NIAMH GREENE

Coco und das Geheimnis des Glücks

GOLDMANN
Lesen erleben

Buch

Die zweiunddreißigjährige Coco Swan betreibt zusammen mit ihrer Großmutter Ruth in der irischen Kleinstadt Dronmore ein Antiquitätengeschäft und lebt seit der Trennung von ihrem Freund wieder in der kleinen Wohnung über dem Laden. Ihre vor knapp zwanzig Jahren verstorbene Mutter nannte sie Coco als Hommage an die Modeschöpferin Coco Chanel. Doch seit sie denken kann, schämt sich Coco für ihren Vornamen. Bei einem solchen Namen, so glaubt sie, erwarten die Leute Exotik und Glamour … eben eine Frau wie Coco Chanel – und ganz sicher keine durchschnittlich aussehende Antiquitätenhändlerin, die ein durchschnittliches Leben in einer durchschnittlichen Kleinstadt führt.

Als allerdings in einem ersteigerten Karton voller Krimskrams eine alte Chanel-Handtasche auftaucht, wird Cocos Leben völlig auf den Kopf gestellt. Denn ein vergilbter Liebesbrief im Seitenfach der Tasche entpuppt sich für Coco mit einem Mal als Schlüssel zum Glück.

Weitere Informationen zur Autorin und ihren Werken
finden Sie am Ende des Buchs.

Niamh Greene

Coco
und das Geheimnis des Glücks

Roman

Übersetzt
von Karin Dufner

GOLDMANN

Die Originalausgabe erschien 2013 unter dem Titel
»Coco's Secret« bei Penguin Books Ltd, London.

Dieses Buch ist auch als E-Book erhältlich.

MIX
Papier aus verantwortungsvollen Quellen
FSC® C014496

Verlagsgruppe Random House FSC® N001967
Das FSC®-zertifizierte Papier *Pamo House* für dieses Buch
liefert Arctic Paper Mochenwangen GmbH.

1. Auflage
Deutsche Erstveröffentlichung Juli 2015

Umschlaggestaltung: UNO Werbeagentur, München,
Umschlagbild: Getty Images/VisitBritain/Daniel Bosworth; CSA Images
Redaktion: Babette Leckebusch
LT · Herstellung: Str.
Satz: DTP Service Apel, Hannover
Druck und Bindung: GGP Media GmbH, Pößneck
Printed in Germany
ISBN: 978-3-442-48275-7
www.goldmann-verlag.de

Besuchen Sie den Goldmann Verlag im Netz

Für meine Familie

»Ein Mädchen sollte zwei Dinge sein:
wer sie will und was sie will.«

Coco Chanel

Paris, November 1993

Sarah stecke den Schlüssel ins Schloss, ruckelte daran herum und drehte ihn hin und her. Zwecklos. Die Tür hatte sich verklemmt und rührte sich keinen Millimeter. Sarah hatte ihre Zimmerwirtin zwar schon öfter darauf angesprochen, doch Madame Bouche zuckte immer nur mit einem geheimnisvollen Lächeln die Achseln, als ginge sie die Instandhaltung ihrer eigenen Pension nichts an. In diesem kleinen Pariser Hotel lag zwar, wie Sarah fand, einiges im Argen, doch es war verhältnismäßig sauber, und die malerische Aussicht auf die Stadt machte den Großteil der Mängel wett.

Sie stellte den Karton mit den antiken Kleinodien weg, die sie am Morgen auf dem Markt gekauft hatte, und stemmte sich mit der Schulter gegen die Tür. Nachdem sie sich mit ihrem ganzen Gewicht dagegengeworfen hatte, gab die Tür endlich ächzend nach und öffnete sich. Mit einem zufriedenen Lächeln hob Sarah den Pappkarton auf und trat in das kleine, immer kühle Zimmer, das in der Stadt des Lichts ihr vorübergehendes Zuhause war. Sie hatte verschiedene Schätze ergattert, die sich im Laden in Dronmore sicher gut verkaufen würden. Vermutlich würde ihr Vater die alberne kleine Kuckucksuhr, die sie entdeckt hatte, für sich behalten wollen. Dafür hatte sie volles Verständnis, denn sie hatte selbst ein Auge auf den reizenden Modeschmuck von einem der Verkaufsstände geworfen. Allerdings durchkreuzte sie mit solchen Gedanken den Sinn und Zweck dieser Reise: Schließlich war sie in Frankreich, um Ware für Swan's Antiques zu kaufen, nicht für den persönlichen Bedarf, auch wenn einige ihrer Funde wirklich verlockend waren. Die Perlenkette zum Beispiel. Sarah kramte in dem Karton, bis ihr die traumhafte Perlenkette entgegenfunkelte. Sie war wirklich wunderschön ... ein Jammer, sie hergeben und an jemand anderen verkaufen zu müssen. Doch sie besaß schon eine Perlenkette und brauchte keine zweite. Sie musste aufhören, ihr Herz an Gegenstände zu verlieren: Das schadete dem Profit.

Sarah schlüpfte gerade aus dem Mantel und nahm den Schal ab, als sie den Umschlag bemerkte, der, die adressierte Seite nach oben, auf der Fußmatte lag. Die Briefmarke stammte unverkennbar aus Irland. Sie griff nach dem Kuvert, drehte es um und erkannte sofort das Emblem von Swan's Antiques auf der Rückseite. Der Brief war aus Dronmore.

Sie stellte den Karton mit den Schmuckstücken weg und ging, den Brief an die Brust gedrückt, zu dem zerschrammten Rattanstuhl vor dem hohen, mit Läden versehenen Fenster. Nachdem sie sich gesetzt hatte, wickelte sie sich wegen der Kälte eine Decke um die Beine und blickte auf die Stadt hinaus. Die Scheibe hatte einen Riss und war außerdem vor Kälte beschlagen. In den Ecken hatten sich winzige Tröpfchen Kondenswasser gesammelt. Dennoch konnte sie sehen, wie sich der Eiffelturm in der Ferne aus dem Dunst erhob. Der Anblick erhellte wie jeden Morgen ihre Stimmung. Dann drehte sie den Umschlag um und betrachtete die geschwungene Handschrift ihrer Mutter. In die Ecke war das irische Wort für Dublin – *Baile Átha Cliath* – aufgestempelt. Manchmal erschien Sarah ihr Zuhause so weit entfernt, dass sie sich fragte, ob es überhaupt noch ihr Zuhause war. Sie nahm den Brief aus dem schmalen Kuvert.

Meine liebste Sarah,
ich dachte, ich schreibe Dir und schicke Dir Grüße, bevor wir Dich nächste Woche wiedersehen. Hier schneit es heute – die Straße sieht in ihrem weißen Kleid wunderhübsch aus. Dein Dad schimpft allerdings darüber, da er befürchtet, dass deswegen weniger Kunden in den Laden kommen könnten, aber ich finde, dass der Schnee zur Weihnachtsstimmung beiträgt. Coco ist natürlich begeistert. Sie und ihre Schulfreundin Pat Reilly haben solchen Spaß daran, draußen auf dem Gehweg herumzuschlittern. Wir können es kaum erwarten, dass Du zu Weihnachten nach Hause kommst, Liebes. Coco ganz besondes. Sie ist uns im Laden eine große Hilfe – Du wärst so stolz auf sie. Sie hat sich sogar ganz allein die Weihnachtsdekoration fürs Schaufenster ausgedacht. Sie hat alle Uhren, die wir im Laden hatten, zusammengesucht und zu einer Szene wie aus Alice im Wunderland arrangiert – es sieht wirklich sehr hübsch aus. Dein Dad konnte kaum fassen, was für ein patentes Mädchen sie ist. Sie hat wirklich Geschmack, das sagen alle. Dein Dad meint, sie sei eine Mini-Sarah, nur dass sie besser folgt!

Offen gestanden ist Coco auch der Grund, warum ich Dir schreibe. Aber Du hast mich wahrscheinlich sowieso schon durchschaut. Inzwischen ist sie fast dreizehn, und ich glaube, dass sie Dich momentan mehr braucht als sonst, Sarah. Es ist so ein seltsames Alter – erinnerst Du Dich nicht mehr daran, wie Du Dich als Teenager gefühlt hast? Die Hormone spielen verrückt, und alles ist schrecklich verunsichernd und verwirrend. Es ist, als wärst Du erst gestern in diesem Alter gewesen. Kaum zu fassen, dass Du jetzt eine erwachsene Frau bist. Wie dem auch sei, wir haben Coco gerne hier bei uns, das war schon immer so. Doch ich glaube, dass sie Dich derzeit mehr braucht als je zuvor. Sie beklagt sich zwar nicht, aber Dein Dad und ich merken trotzdem, dass sie Dich sehr vermisst. Ich weiß, dass Du gerne reist und keine Lust hast, im langweiligen alten Dronmore festzusitzen. Doch vielleicht wäre der Zeitpunkt günstig, eine Weile bei uns zu bleiben. Coco zuliebe. Versprich mir, dass Du es dir überlegst, ja? Wie wir beide wissen, ist die Bindung zwischen Mutter und Tochter so wichtig. Du solltest sie jetzt festigen, bevor es zu spät ist.

Nun mache ich mich besser an die Arbeit – es gibt noch so viel zu tun, bevor Du nach Hause kommst. Dein Dad hat große Pläne für Dein Zimmer. Lass Dich überraschen!

Ganz liebe Grüße,

Mum

PS: Hier ist ein Foto von Coco im Schnee – sie hat genau den gleichen Gesichtsausdruck wie Du in diesem Alter. Siehst Du es auch?

Sarah hielt das Foto auf Armeslänge von sich. Coco stand auf dem Weg vor Swan's Antiques. Sie trug einen roten Mantel und um den Hals einen bunt gestreiften Schal. Im Hintergrund erkannte Sarah die Uhren im Schaufenster. Dazwischen schlängelte sich eine Lichterkette, die in der Dämmerung funkelte. Coco blickte direkt in die Kamera und lächelte den Fotografen an. Ihre Nasenspitze und ihre Wangen waren gerötet, und auf ihrer schwarzen Baskenmütze – der, die Sarah ihr vor zwei Wochen geschickt hatte, um sie über ihre Abwesenheit hinwegzutrösten – saßen Schneeflocken. Coco würde einmal größer und kräftiger sein als sie, doch die Ähnlichkeit um die Augenpartie herum grenzte ans Unheimliche. Sie hätten niemals leugnen können, dass sie Mutter und Tochter waren.

Wo war nur die Zeit geblieben? Wie hatten knapp dreizehn

Jahre so schnell vergehen können? Und was war mit dem vorsichtig formulierten Vorschlag ihrer Mutter, sie solle doch nach Hause kommen? Sarah hatte sich – und allen anderen – stets gesagt, dass sie die ganze Welt bereisen müsse, um einzigartige und interessante Stücke für Swan's Antiques zu kaufen. Aber war das wirklich die Wahrheit? Ja, Swan's war für seine ungewöhnlichen Antiquitäten bekannt. Doch vermutlich würden die Geschäfte genauso gut laufen, wenn sie nicht auf der Suche nach Ware kreuz und quer durch Europa gondelte. Wenn sie ganz ehrlich mit sich war, musste sie einräumen, dass zwei oder drei kurze Reisen im Jahr wahrscheinlich genügt hätten, um den Laden zu bestücken. Das wussten sie alle. Nur, dass Sarah bei der bloßen Vorstellung zurückzukehren und sich häuslich niederzulassen, Beklemungen bekam. Sie liebte ihre Eltern und ihre Tochter von ganzem Herzen, doch ein bürgerliches Leben war noch nie ihre Sache gewesen. Deshalb hatte sie Coco in Irland zurückgelassen, denn ein Kind brauchte Beständigkeit und konnte nicht aus dem Koffer leben. Und schließlich stand Cocos Vater nicht zur Verfügung, um sie zu unterstützen. Allerdings war der Gedanke schrecklich, dass Coco sich womöglich von ihr vernachlässigt fühlte.

Sarah las den Brief ein zweites Mal. Fast schien ihre Mutter zwischen den Zeilen ausdrücken zu wollen, dass Coco sich einsam und ungeliebt fühlte.

Sie wurde von heftigen Schuldgefühlen ergriffen, während sie beobachtete, wie die Passanten unten auf der Straße sich über das vereiste Kopfsteinpflaster tasteten. Im Grunde genommen rannte ihre Mutter mit ihrem Brief offene Türen ein – Sarah hatte tief in ihrem Herzen gewusst, dass eine Veränderung anstand, ja, dringend nötig war. In Gedanken war sie ständig in Dronmore und bei Coco. Sie hatte das Unvermeidliche vor sich hergeschoben. Es musste etwas geschehen, und zwar ihrer Tochter zuliebe. Ihre Eltern waren immer für sie da gewesen und mit ihr durch dick und dünn gegangen. Als sie schwanger und ohne Kindsvater von einer ihrer Reisen zurückgekehrt war, hatten sie sie nicht verurteilt. Nein, sie hatten fest zu ihr gehalten, obwohl die Hälfte der Einwohner der kleinen Stadt sich die Mäuler über sie zerriss, während die andere bemüht unbeteiligt tat. Sarah wollte Coco die gleiche Unterstützung bieten und ihr bedingungslose Liebe schenken. Und wenn das hieß, endgültig nach Dronmore zu ziehen, musste es eben sein.

Sie würde sich daran gewöhnen. Ja, es würde eine Quälerei sein, in der Kleinstadt ihrer Kindheit festzusitzen, in der die Leute mehr über einen wussten als man selbst. Doch wenn Coco sie brauchte, würde sie das in Kauf nehmen.

Wieder betrachtete Sarah das Foto ihrer Tochter und lächelte. Vielleicht würde es ja gar nicht so schlimm werden. Diesmal würde vielleicht alles anders sein. Vielleicht würde es ihr ja gelingen, ihre Wurzeln zu schätzen, anstatt sich von ihnen erstickt zu fühlen. Ihr angeborener Optimismus meldete sich wieder zu Wort, als sie nach einem Stift griff. Sie wollte sofort an Coco schreiben, ihr die gute Nachricht mitteilen und beteuern, dass sie sie mehr liebte, als man es mit Worten ausdrücken konnte, und dass sie immer für sie da sein würde, ganz gleich, was auch geschah.

Sie schrieb schnell und konzentriert und hielt nur hin und wieder inne, um aus dem Fenster zu schauen oder an der Perlenkette zu nesteln, die sie immer trug.

Meine liebste Coco,
ich wollte Dir nur schreiben, wie sehr ich Dich liebe. Das hört sich ziemlich kitschig an, aber es stimmt. Ich kann es kaum erwarten, zu Weihnachten bei Euch allen in Dronmore zu sein. Und ich habe sogar vor, zu bleiben, wenn

Du das möchtest. Reisen macht Spaß, doch ich vermisse Dich zu sehr, um noch länger unterwegs zu sein. Ich weiß, ich habe es Dir wahrscheinlich seltener gesagt, als ich es hätte tun sollen. Aber ich hoffe, Dir ist klar, wie unbeschreiblich stolz ich auf Dich bin. Du warst ein Geschenk an mich, das mir sehr viel bedeutet. Ich kann es kaum erwarten, Dich bald wiederzusehen.

Es grüßt und küsst Dich,
Mum

Sarah kramte einen Umschlag aus der Schublade, adressierte ihn schwungvoll und klebte ihn zu. Sie hatte noch so viel zu erledigen, bevor sie nach Hause flog. Von den unzähligen Aufgaben, die sie abarbeiten musste, ehe sie für immer nach Irland zurückkehrte, schwirrte ihr der Kopf. Ihr Weihnachtsgeschenk für Coco stand schon fest – die wunderschöne Perlenkette, die sie heute Morgen entdeckt hatte. Warum war ihr das nicht schon früher eingefallen? Nun würden sie beide eine haben. Gut, es war nur Modeschmuck, doch Coco würde die Kette trotzdem gefallen. Und wenn sie erst älter war, würde Sarah ihr eine echte schenken, so wie ihre Namenspatronin Coco Chanel sie getragen hatte. Eines Tages würde sie ihr auch, wie versprochen, eine echte Chanel-Handtasche kaufen, denn schließlich hieß sie ja nicht umsonst Coco. Die Leute hatten gelacht, als sie ihre Tochter nach ihrem großen Idol benannt hatte. Aber Sarah hatte es nie bereut. Der Name passte ausgezeichnet zu ihrer Tochter, und Sarah wusste, dass sie einmal sehr erfolgreich sein würde – genau wie Coco Chanel.

Sarah griff nach ihrem Mantel, lief hinaus, zog die Tür hinter sich zu und hastete die Treppe hinunter und hinaus auf die Straße. Sie hatte keine Zeit zu verlieren. Da sie sich entschieden hatte, wollte sie den Brief so schnell wie möglich abschicken. Den kostbaren Brief in der Hand, rannte sie über das vereiste Kopfsteinpflaster und hatte dabei nur Cocos strahlende Augen im Sinn. Es war die richtige Entscheidung, das spürte sie mit jeder Faser ihres Körpers. Sie eilte an der kleinen *boulangerie* an der Ecke vorbei, wo sie jeden Morgen ihr Baguette kaufte, fest entschlossen, noch die morgendliche Briefkastenleerung zu schaffen. Dann würde Coco den Brief in einem oder zwei Tagen erhalten. Sarah sah die begeisterte Reaktion ihrer Tochter förmlich vor sich.

Sie befand sich mitten auf der Straße, als sie jemanden rufen hörte.

Der Radfahrer, den sie nicht bemerkt hatte, geriet beim Versuch, ihr auszuweichen, ins Schleudern. Sarah stieß einen Schrei aus und machte einen Satz rückwärts, sah jedoch aus dem Augenwinkel etwas Weißes auf sich zurasen. Ein schreckliches Geräusch ertönte, ein Splittern und Kreischen, das die Luft zeriss und sich ihr in Kopf und Körper bohrte. Als das Metall mit ihr zusammenprallte, formten ihre Lippen nur ein einziges Wort: Coco. Aber es war zu spät. Viel zu spät.

In dem Polizeibericht schilderte der alte Bäcker von der Ecke bedrückt, wie die nette Irin, die immer eine Perlenkette trug, über die Straße gerannt sei, ohne den herannahenden Lastwagen zu bemerken. Alles war sehr schnell und völlig ohne Vorwarnung geschehen. Die arme *mademoiselle* habe keine Chance gehabt. Er glaubte, sie habe etwas in der Hand gehalten, einen Brief vielleicht, er sei jedoch nicht sicher, denn der eiskalte Wind habe das Papier auf Nimmerwiedersehen davongetragen.

1

Die junge Frau am Empfang des Auktionshauses Maloney blickt nicht einmal auf, als ich mich nähere. »Name?«, fragt sie und zückt den Stift, um meine Daten zu notieren, damit sie mir eine Bieternummer zuteilen kann. Sie hat die gelangweilte, roboterhafte Art eines Menschen, der schon seit Urzeiten hier arbeitet und inzwischen sämtlichen Lebenswillen verloren hat, obwohl ich genau weiß, dass es höchstens fünf Wochen sind.

»Coco Swan«, erwidere ich leise. Eine Sekunde vergeht, und dann hebt sie den Kopf von der Liste aus Namen und Nummern, die vor ihr liegt, um mich anzuschauen. Langsam mustert sie mich von Kopf bis Fuß und speichert dabei jede Einzelheit ab. Ihr Augen wandern über meinen schmalen marineblauen Lieblingsschal, der mittlerweile ein wenig zu oft gewaschen wurde und voller Knötchen ist, den rotbraun und beige gestreiften Pulli mit den ausgebeulten Ellbogen, die abgewetzte Jeans und die zerschrammten braunen Stiefeletten, die ich eigentlich täglich trage. Offenbar findet meine Erscheinung nicht ihre Zustimmung. Das erkenne ich daran, wie sie leicht ihr wohlgeformtes Schmollmündchen verzieht.

»Coco?«, wiederholt sie. »Wie Coco Chanel?«

»Oh, nein, wie Coco der Clown«, witzle ich, lache auf und rechne fast damit, dass sie einstimmt. Das ist meine Standardantwort auf diese Frage, die ich schon hunderte Mal gegeben habe, um die Leute von der Kluft abzulenken, die zwischen meinem Namen und meinem Aussehen klafft.

Die Frau starrt mich verständnislos und ohne die Spur eines Ausdrucks in ihren grauen Augen an. Entweder hat sie keinen Humor oder den Scherz nicht verstanden. Vielleicht auch beides.

»Sollte ein Witz sein«, seufze ich. »Ja, wie Coco Chanel.«

»Wie kommen Sie zu diesem Namen?«, fragt sie, während ihr Blick einen Sekundenbruchteil länger als nötig an meiner Nase hängen bleibt, gerade lang genug, um mir mitzuteilen, dass sie das Körperteil bemerkt hat, das mir das Leben schwer macht, seit ich ein pickeliger, hoch aufgeschossener Teenager war.

Ich spüre, dass sich die Frau hinter mir vorbeugt, um meine Antwort auf diese drängende Frage bloß nicht zu verpassen. Das ist eben das Problem mit einem Namen wie Coco. Die Leute erwarten von einem, dass man glamourös und exotisch aussieht, immer im kleinen Schwarzen herumläuft und ausländische Zigaretten raucht. Sie rechnen eindeutig nicht damit, dass man groß und ein wenig breitschultrig ist und Hängehaare und eine komische, leicht schiefe Nase hat. Und dass man außerdem einen modischen Stil pflegt, den man nur als schäbigen Schick bezeichnen kann. Und zwar ohne den Schick.

»Meine Mutter hat Frankreich geliebt …«, erwidere ich, verlegen wie immer wegen dieser ehrlichen Erklärung. »… und … äh … Coco Chanel.«

»Aber sie sehen ihr *überhaupt* nicht ähnlich«, beharrt die Frau.

Ich weiß, dass sie nicht meine Mutter meint, denn die ist seit fast zwanzig Jahren tot, und die Kleine kann nicht viel älter sein.

»*Überhaupt* nicht«, spricht sie im Brustton der Überzeugung weiter. »Das weiß ich deshalb, weil ich letzte Woche den Film gesehen habe.«

»Ohhh, ja, den habe ich auch gesehen.« Die Frau hinter mir kann offenbar nicht mehr an sich halten. »Sie ähneln ihr wirklich gar nicht.«

Ihr Tonfall ist leicht vorwurfsvoll, als sei das alles ganz allein meine Schuld: Ich habe alle enttäuscht, weil ich meinem Namen nicht gerecht werde. Ich zupfe an meinem Schal und fühle mich plötzlich ein wenig beklommen. »Nein, das weiß ich«, räume ich ein. »Doch ich denke nicht, dass das der Grund ist, warum Mum ...« Meine Stimme erstirbt. Manchmal wünsche ich mir wirklich, meine Mum hätte mir einen netten Durchschnittsnamen gegeben wie Jo oder Clare. Etwas, mit dem man nicht so festgelegt ist und keine Erwartungen weckt. Das Problem ist nur, dass mich Kleider, Schminke und dieser ganze Modekram einfach nicht interessieren. Wenn meine Mutter das gewusst hätte, hätte sie mir die Peinlichkeiten und sinnlosen Debatten ersparen können. Aber Mum war nun einmal kein einfach gestrickter Mensch – und nun muss ich mit einem Namen leben, dessen Anspruch ich niemals gerecht werden kann.

Inzwischen steht die Frau von hinten so dicht neben mir, dass ich den Zigarettenrauch in ihrem Atem riechen kann. Sie hat tiefe Knitterfalten rings um den Mund, und ihr rosafarbener Lippenstift löst sich von ihren Lippen, als wolle er fliehen.

»Herrje, war der Film deprimierend, finden Sie nicht?«, wendet sie sich an das Mädchen hinter der Theke. »Coco Chanel hatte ja so ein trauriges Leben. Natürlich nie verheiratet.«

Die beiden betrachten mich, und die Andeutung, dass mir das gleiche Schicksal droht, liegt in der Luft.

»Ich gebe Ihnen jetzt einfach meine Daten«, sage ich zu dem Mädchen. Schließlich will ich nichts weiter als eine Biternummer, verdammt, nicht dass zwei wildfremde Frauen mein Leben sezieren. Allerdings fehlt mir leider der Mut, ihnen das ins Gesicht zu sagen.

»Sie ist nie irgendwo ohne Zigarette hingegangen«, teilt die Frau mit dem verschmierten Lippenstift den Umstehenden in Hörweite mit. »Das war damals der Look, richtig? Heutzutage ist das Rauchen überall verboten. Die würden einen einsperren und den Schlüssel wegschmeißen.« Mit einem tiefen Seufzer beäugt sie das Schild mit der Aufschrift »Rauchen verboten«, das an der Wand hängt, als würde sie es am liebsten mit bloßen Händen abreißen und zerfetzen.

Endlich wird es der Frau hinter der Theke zu langweilig, und sie schiebt mir die Bieternummer zu. Als ich, froh über die Gelegenheit zur Flucht, davongehe, summt mein Telefon, und eine SMS von meiner besten Freundin Cat trifft ein.

Vergiss nicht, Ausschau nach noch mehr von diesen Spiegeln zu halten! Mach alle fertig, die dich überbieten wollen! x

Cat versucht, mit einem kleinen Budget das Hotel ihrer Familie aufzumöbeln, und ich helfe ihr dabei. Ich habe bereits einen riesigen Spiegel mit vergoldetem Rahmen für die Hotelhalle beschafft und bin auf der Jagd nach weiteren und außerdem noch anderen Deko-Objekten, um den Laden auf Vordermann zu bringen. Ich antworte ihr rasch, dass ich an der Sache dran bin, und schlendere dann durch die Gänge, um mir die ausgestellten Gegenstände anzuschauen.

Ich habe etwa zehn Minuten, bevor die Versteigerung beginnt, und möchte die Zeit gut nutzen, indem ich eine Liste der interessanten Objekte anlege. Ich brauche nicht nur Sachen für das Hotel, sondern weiß auch schon, was ich für den Laden haben möchte – ganz bestimmt keine großen Möbelstücke. Die verkaufen sich einfach nicht, was ein Jammer ist, weil ich an einer Wand eine Reihe traumhafter alter Kleiderschränke bemerke. Sie stehen da wie verlegene Mauerblümchen, die darauf warten, zum Tanzen aufgefordert zu werden. Inzwischen wollen die Leute Einbauschränke, keine frei stehenden Kolosse aus Mahagoni. Wenn wir bei Swan's Antiques den Platz hätten, würde ich sie trotzdem alle mitnehmen. Ich liebe alte Schränke wegen ihrer geheimnisvollen Aura: Wem mögen sie gehört haben? Was für Kleider haben darin gehangen? Prunkvolle, mit Pailetten bestickte Abendroben? Mit Perlen besetzte Flapper-Kleider aus den Zwanzigern? Beim Anblick eines leeren alten Schrankes überschlägt sich meine Phantasie.

Widerstrebend wende ich mich ab. Heute werde ich streng nach Plan vorgehen. Keine Abweichungen vom Kurs. Beim Herumschlendern blättere ich wieder im Katalog und merke vor, was geeignet wäre. Dann lasse ich den Blick durch den überfüllten Auktionsraum schweifen und versuche, mich zu konzentrieren. Es gibt so viel zu sehen: abgenutzte und verschossene Teppiche, ausgerollt auf dem Boden, hoch aufgestapeltes Porzellan in Glasvitrinen, mit Büchern vollgestopfte Kartons, Tische, Schreibtische und Stühle aus jeder vorstellbaren Holzsorte. Überall nehmen Menschen Dinge zur Hand, drehen sie um, beschnuppern sie und suchen nach Anzeichen von Motten, Holzwürmern oder Wasserschäden, alle Aufmerksamkeit auf die Objekte ihrer Begierde gerichtet. Heute ist die Konkurrenz groß. Ich habe bereits ein halbes Dutzend anderer Händler erkannt, die alle hinter denselben Sachen her sein werden. Ich könnte Glück haben, vielleicht aber auch nicht. Doch genau das ist es ja, was Auktionen so aufregend macht. Das Wichtigste ist, sich zu beherrschen und sich nicht von seinen Gefühlen mitreißen zu lassen. Kauf nichts, was du nicht weiterverkaufen kannst: Das ist die goldene Regel, die meine Großmutter mir von klein auf eingebläut hat. Ruth, wie sie lieber genannt wird, weil sie findet, dass das weniger alt macht, ist eine Expertin, und alles, was ich über Antiquitäten weiß, habe ich von ihr gelernt.

Wie auf ein Stichwort erkenne ich sie am anderen Ende des Raums, wo sie wie immer hemmungslos mit jedem flirtet, den sie trifft, und alle um den Finger wickelt. Sie braucht sich gar keine Mühe zu geben, damit sich die Leute ein bisschen in sie verlieben. Sie hat das gewisse Etwas – was immer das auch sein mag –, und zwar im Überfluss, sodass alle sie vergöttern. Ganz gleich, ob jung oder alt, Mann oder Frau, reich oder arm, Ruth findet Zugang zu jedem, und niemand vergisst sie. Ich wünsche wirklich, ich besäße auch diese Fähigkeit. Doch offenbar hat der Charme meine Generation übersprungen. Stattdessen habe ich eine schiefe Nase, breite Schultern und Schüchternheit abgekriegt.

Ich beobachte, wie Ruth angeregt mit Hugo Maloney, dem Inhaber und Auktionator, plaudert. Beim Sprechen nestelt sie an einer Korkenzieherlocke herum und wickelt sie sich um den Finger. Er ist absolut hingerissen. Nicht zum ersten Mal fällt mir auf, wie Männer sie ansehen und wie attraktiv sie ist. Trotz ihrer knapp siebzig Jahre hat sie ein breites Lächeln, ihre dunklen Augen funkeln, ihre Haut strahlt noch immer, und ihr wilder grauer Lockenschopf ist chaotisch aufgesteckt, was ihren Schwanenhals betont.

»Aber, Hugo«, höre ich sie sanft tadeln, »versuch heute nicht, mich über den Tisch zu ziehen. Vergiss nicht, ich bin eine Stammkundin.« Mit diesen Worten legt sie ihm die Hand auf den Arm und lacht perlend über seine Antwort. Hugo – ansonsten ein gnadenloser Geschäftsmann, der in seinem Auktionshaus keine Mätzchen duldet – starrt sie mit unverhohlener Bewunderung an. Er hatte schon immer eine Schwäche für Ruth, und das weiß sie ganz genau.

Natürlich ist mir – ebenso wie vermutlich Hugo – klar, was sie im Schilde führt. Sie versucht, ihn vor der Auktion um den Finger zu wickeln, in der Hoffnung, dass er ihr ein paar gute Abschlüsse zuschanzt und ihr zuliebe ein bisschen schneller mit dem Hammer auf den Tisch schlägt, als er eigentlich sollte. Als sie davonrauscht, auf mich zukommt und sich mit einem zufriedenen Seufzer setzt, kann er den Blick nicht von ihr abwenden.

»Weißt du, dass du das schlimmste Flittchen bist, das ich kenne?«, sage ich und nehme neben ihr Platz.

Sie kichert sehr un-omahaft und zwinkert mir zu. »Ach, wie ich dir schon immer sage, Coco, ist das Alter nur eine Zahl, und es besteht überhaupt kein Grund, keinen Spaß mehr zu haben. Und? Hast du etwas gesehen, das dir gefällt? Irgendwelche hübschen Schmuckstücke?«

Obwohl an mir ein Junge verloren gegangen ist, habe ich eine Schwäche für antiken Modeschmuck. Ruth hat mir erzählt, Mum wäre auch so gewesen – sie hätte sich nie von ihrer Lieblingsperlenkette getrennt. Wir haben sie immer noch im Swan's in einer Milchglasvitrine. Manchmal trage ich sie zu besonderen Gelegenheiten.

»Kein Schmuck, aber ich finde Posten einundzwanzig interessant«, raune ich. Schließlich möchte ich keine Aufmerksamkeit darauf lenken. Hier haben die Wände Ohren.

»Posten einundzwanzig … der Waschtisch?« Ruth schaut in den Katalog und blättert ihn durch. Dabei behält sie die anderen Anwesenden gut im Auge, damit sie bloß keinen möglichen Konkurrenten übersieht.

»Ja. Es steht so viel Mist drauf, Bücherkartons und so, dass den meisten die Marmorplatte vermutlich gar nicht aufgefallen ist. Wir könnten ihn günstig kriegen.«

»Gut gemacht, Coco«, erwidert sie und zwinkert mir zu. »Du hast Adleraugen.«

»Ja, so wie viele Leute hier auch«, antworte ich. »Perry Smythe zum Beispiel.«

Perry Smythe ist ein Antiquitätenhändler mit einem kleinen Laden, der die nervtötende Angewohnheit hat, mich ständig auf Auktionen im ganzen Land zu überbieten. Es ist, als sagte ihm ein sechster Sinn, dass ich eine Sache unbedingt haben will, und dann schlägt er in letzter Sekunde zu und schnappt sie mir weg, wenn ich schon glaube, sie gehört mir. Ich würde beinahe behaupten, dass er es absichtlich tut, um mich zu ärgern, aber weil Perry so ein formvollendeter Gentleman ist, hätte ich wohl Schwierigkeiten, es zu beweisen.

»Ach, der gute alte Perry. Ich glaube, er hat abgenommen, findest du nicht?«, meint Ruth und mustert ihn, während er durch den Raum auf uns zukommt. Er trägt einen Tweedanzug mit Weste und dazu Schnürschuhe von Church's.

»Wehe dir«, warne ich sie.

»Was hast du?«, entgegnet sie mit unschuldig aufgerissenen Augen.

»Ruth! Coco! Wie geht es euch?« Perry hat uns erreicht, ehe ich antworten kann.

Ruth springt auf, um ihn zu begrüßen und ihn freundschaftlich auf beide Wangen zu küssen. »Perry, mein Bester. Wie gut du aussiehst«, schnurrt sie.

»Hallo, Perry«, sage ich und mustere dabei den Katalog in seiner Hand. Hat er etwas markiert, das ich haben möchte? Doch der gerissene alte Fuchs steckt ihn rasch – eindeutig mit Absicht – ein.

»Die Damen sehen wie immer hinreißend aus«, verkündet er. Er hat einen präzisen englischen Akzent, obwohl er aus einer Kleinstadt in Cavan stammt. Es heißt, seine Eltern hätten dem englischen Adel angehört und Perry ab seinem vierten Lebensjahr in ein Internat geschickt. Daher die altmodischen Manieren und der dazu passende Akzent.

»Du auch, Perry, du auch«, erwidert Ruth mit einem freundlichen Lächeln. »Hast du abgenommen? Du bist so schlank!«

Perry tätschelt sich beinahe automatisch den Bauch, und

ein stolzes Lächeln malt sich auf seinem Gesicht ab. »Neun Kilo. Ich mache die Höhlenmenschen-Diät.«

»Die Höhlenmenschen-Diät?«, wiederholt Ruth und starrt ihn an. »Was ist denn das?«

»Es bedeutet, dass ich nur zu mir nehme, was unsere Vorfahren gegessen haben«, erklärt er mit ernster Miene. »Ich kann Fleisch, Gemüse und naturbelassene Lebensmittel essen und verzichte auf industriell verarbeitete Nahrung. Das ist der Schlüssel zum Erfolg.«

»Ich muss feststellen, dass es wirkt – du siehst prima aus«, antwortet Ruth.

»Danke.« Er errötet. »Doch ich muss noch ein bisschen abnehmen«, entgegnet er und klopft sich wieder auf den Bauch.

»Sei nicht albern! Sonst löst du dich noch in Luft auf«, ruft Ruth aus. »Aber vielleicht sollte ich es mal damit probieren – ich werde ein wenig pummelig.« Sie kneift sich in einen eingebildeten Rettungsring und verzieht das Gesicht.

»Das hast du doch gar nicht nötig, Ruth«, antwortet Perry galant. »Du bist so schlank wie immer und so schön wie ...« Er verstummt, als wisse er, dass er zu viel geredet hat. Kurz herrscht Schweigen, während er überlegt, wie er fortfahren soll. »Und, äh, Coco, wie geht es dir?«, wendet er sich an mich.

»Oh, gut. Leider stopfe ich mich noch immer mit allen industriell verarbeiteten Lebensmitteln voll, die ich in die Finger kriege«, sage ich, ohne das Gesicht zu verziehen, denn ich kann der Versuchung, ihn zu hänseln, einfach nicht widerstehen.

»Oh, ich verstehe.« Er hüstelt ein wenig verlegen, weil er nicht sicher ist, ob ich das ernst gemeint habe. »Und wie geht es deinem Freund? Dem Farmer? Tom, richtig? Ein ausgesprochen netter Bursche.«

Ich spüre beinahe Ruths Atem an meinem Ohr, als sie nach Luft schnappt. »Perry, Tom ist ...«

»Schon gut, Ruth«, falle ich ihr ins Wort. »Es ist ja niemand gestorben, kein Problem also.«

Als Perry zwischen mir und Ruth hin und her blickt, malt sich ein verdatterter Ausdruck auf seinem nun schmalen Gesicht ab. Die Diät wirkt tatsächlich. Zum ersten Mal, seit ich ihn kenne, kann ich sehen, dass seine Wangenknochen Schatten werfen.

»Tom ist letzten Monat nach Neuseeland ausgewandert, Perry«, erwidere ich ruhig. »Er wird da drüben eine Rinderfarm leiten. Eine tolle berufliche Chance.«

»Oh, ich verstehe.« Noch einmal schaut Perry zwischen mir und Ruth hin und her, offenbar unsicher, wie er auf diese Nachricht reagieren soll. »Und ... äh ... ziehst du nach?«

Wieder zischt Luft in meinem rechten Ohr. Die arme Ruth. Sie nimmt es schwerer als ich. Sie hat Tom sehr gern gehabt.

»Nein, das mache ich nicht«, entgegne ich mit Nachdruck. »Ich fühle mich hier wohl.«

Wieder blickt Perry zwischen mir und Ruth hin und her. Offenbar überschlagen sich seine Gedanken. Ich kann beinahe hören, wie es in seinem Gehirn rattert. Wenn Tom in Neuseeland ist, und ich bin hier, dann heißt das ...

»Wir haben uns getrennt, Perry«, füge ich hinzu, um ihn von seinen Leiden zu erlösen.

»Ach, ich verstehe.« Er ringt die noch immer pummeligen Hände. Da muss eindeutig noch mal die Höhlenmenschen-Diät ran. »Tut mir leid, Coco.«

»Schon gut, mir geht es blendend«, antworte ich, selbst überrascht, wie vergnügt ich klinge. Allerdings hat mich alles an Toms Auswanderung überrascht. Ich glaube, er war bis zur letzten Sekunde überzeugt, dass ich ihn begleiten würde. Immerhin waren wir seit acht Jahren zusammen, weshalb er und alle anderen erwartet haben, dass ich mitkomme oder zumindest verspreche, auf ihn zu warten, für den Fall, dass er je zurückkehren sollte. Dass ich stattdessen Schluss gemacht habe, hat die ganze Stadt in Erstaunen versetzt. Anfangs sogar mich.

»Wie geht es der Familie, Perry?«, erkundigt sich Ruth, um das Thema zu wechseln.

»Alles bestens, danke, Ruth. Wusstest du, dass mein erster Urenkel unterwegs ist?«

»Das ist ja wundervoll!« Ruth klatscht in die Hände. »Ein neuer Erdenbürger!«

Ich stelle fest, dass mir ihre Seitenblicke sauer aufstoßen. Anscheinend glauben alle, dass der Baby-Zug mit Toms Auswanderung für mich jetzt abgefahren ist. Es hat zwar niemand direkt ausgesprochen, aber ich weiß, was sie denken: Zweiunddreißig Jahre alt und schickt einen netten Mann in die Wüste, obwohl inzwischen ihr biologischer Wecker schrillt. Aber vielleicht will ich ja gar kein Baby. Ich hätte keine Ahnung, wie man Mutti spielt, so viel steht fest.

Rings um uns herum suchen sich die Leute Plätze in den ordentlich arrangierten Sitzreihen. Die Stühle stehen übrigens auch zum Verkauf – einige sind in besserem Zustand als andere.

»Geht es dir wirklich gut?«, fragt Ruth, als Perry sich in seinen ledernen Schnürschuhen getrollt hat und wir auf zwei ausgeblichenen, ein wenig muffig riechenden Queen-Anne-Stühlen sitzen. »Oder hast du nur wegen Perry Theater gespielt?«

»Es geht mir wirklich gut«, entgegne ich leicht verärgert. »Das wiederhole ich doch unablässig, oder?«

Seit Toms Flieger abgehoben hat, misst Ruth stündlich meine emotionale Temperatur. Ich weiß, dass sie das nur tut, weil sie mich liebt und sich Sorgen um mich macht. Aber, herrje, es ist so anstrengend. Manchmal bin ich versucht, einen Nervenzusammenbruch vorzutäuschen, nur damit sie endlich ihre Bestätigung kriegt.

»Vermisst du ihn nicht?«, bohrt sie nach.

»Nein, nicht wirklich. Ich meine, ich weiß, dass ich ihn vermissen sollte, aber nein.«

»Ich schon«, sagt sie, eher zu sich selbst.

»Ich glaube, du vermisst ihn als Konzept.«

»Das ist es nicht, Coco. Er war ein netter Junge, schon immer, und ihr habt gut zusammengepasst.«

Sie hat in gewisser Weise recht. Wir haben gut zusammengepasst. Ein Herz und eine Seele, wie es so schön heißt. Und wenn er noch hier wäre, wären wir wahrscheinlich noch zusammen. Aber er ist nicht hier. Er ist eine gefühlte Million Kilometer weit weg. Und ganz gleich, wie sehr er sich auch ins Zeug gelegt hat, um mich zu überreden, mitzukommen und mit ihm ein neues Leben anzufangen, war das für mich kein Thema. Ich mag mein Leben hier. Außerdem: Wenn der eigene Partner einem eröffnet, dass er ans andere Ende des Erdballs ziehen will, und die erste Reaktion Erleichterung ist, kann das kein gutes Zeichen sein.

Ich spüre, dass Ruth mich eindringlich mustert, so als wolle sie meine geheimsten Gedanken lesen. Das tut sie schon, seit ich ein Teenager war und alle sich nach Mums Tod Sorgen um mich machten. Sie ist ein unbeschreiblich einfühlsamer Mensch, doch sie liebt emotionale Themen, und ein forschender Blick wie dieser ist normalerweise das erste Warnsignal, dass ein solches Gespräch unmittelbar bevorsteht. Die Sache ist allerdings, dass ich nicht so gerne über Gefühle rede wie Ruth. Das war bereits in meiner Jugend so, und es hat sich nichts daran geändert. Ein bisschen Geplauder in diese Richtung und ein paar vage Andeutungen gehen noch an, aber eine vollständige Obduktion meiner Befindlichkeit nun, da Tom fort ist? Nein, danke.

Also starre ich geradeaus zum Podium, wo Hugo sich gerade hinter dem hohen, schmalen Pult niederlässt, um die Auktion zu leiten. Ich muss etwas sagen, das sie ablenkt, sonst wird sie mich immer weiter mit Blicken durchbohren – und das stört meine Konzentration.

»Vielleicht haben wir ja gut zusammengepasst«, räume ich ein, »aber kannst du dir mich auf einer Ranch in der Pampa vorstellen? Es hätte nie geklappt. Du weißt, wie sehr ich Rinder verabscheue. Sie ... riechen so streng.« Ich lache auf, um ihr zu zeigen, dass das witzig gemeint ist.

»Du hättest es wenigstens versuchen können, Coco. Du hättest der Sache eine Chance geben sollen. Das könntest du immer noch. Ich möchte nicht, dass du dich verpflichtet fühlst, zu bleiben und dich um mich zu kümmern. Ich bin absolut ...«

»Wie oft soll ich dir noch erklären, dass ich mich nicht verpflichtet fühle, zu bleiben und mich um dich zu kümmern. Ich weiß, dass du sehr gut allein zurechtkommst, Ruth. Können wir jetzt bitte arbeiten?«

Herrgott, warum lassen die mich einfach nicht in Ruhe? Manchmal habe ich den Eindruck, dass Ruth besessen vom Thema Tom ist. Und das gleiche gilt für Cat. Sie findet auch, dass ich es hätte ausprobieren sollen. Allerdings wissen die beiden nicht, was ich weiß: nämlich dass es kläglich gescheitert wäre. Ja, Tom war ein sympathischer Mensch, und ich hatte ihn gern. Ich habe ihn sogar einmal geliebt. Ich mag ihn immer noch und wünsche ihm alles Gute. Aber er schafft das schon. Es wird nicht lange dauern, bis er da drüben ein nettes Mädchen kennenlernt. Die beiden werden heiraten und eine Horde rinderhütender Kinder mit niedlichen Cowboyhüten großziehen. Das ist nichts für mich. Und dass mich die Vorstellung, er könnte eine neue Beziehung anfangen, überhaupt nicht stört, ist doch der Beweis: Wir haben nicht zusammengepasst, so sehr es für Außenstehende auch danach ausgesehen haben mag.

»Okay«, murmelt Ruth und seufzt leise auf. »Allerdings werde ich nie verstehen, wie du das so kühl und sachlich sehen kannst.«

»Vielleicht bin ich eben einfach so«, erwidere ich. »Können wir jetzt endlich mit dem Thema Tom aufhören und uns darauf konzentrieren, welche Ware wir für den Laden ersteigern wollen?«

Zum Glück räuspert sich in diesem Moment Hugo. Die Auktion hat offiziell begonnen.

»Guten Morgen, meine Damen und Herren. Lassen Sie uns anfangen, ja?«, sagt er und spricht weiter wie ein Maschinengewehr. Hugo ist kein Mensch, der Zeit vergeudet – er will die Sache durchziehen. »Der erste Posten, den wir heute anzubieten haben, ist dieses prachtvolle Sideboard.« Er vollführt eine Handbewegung nach rechts, wo zwei Männer mit verschwitzten Gesichtern ein Sideboard aus massivem dunklem Holz heranschleppen, damit alle, die es bis jetzt noch nicht geschafft haben, es sich gut ansehen können. »Es ist in ausgezeichnetem Zustand«, fährt er fort. »Also, wer bietet einhundert Euro?«

Hugo lässt den Blick durch den Raum schweifen. Seine Augen wandern rasch hin und her, damit ihm auch ja kein Bieter entgeht. Einige Leute zeigen ihr Interesse an einem Gegenstand sehr offen, indem sie die ihnen zugeteilte Bieternummer hochhalten, während andere nur nicken oder einen Finger heben. Im Moment macht es jedoch ganz den Eindruck, als interessiere sich kein Mensch auch nur die Bohne dafür. Die Leute zögern stets, als Erste ins Wasser zu springen: Sie warten, bis Hugo sein Anfangsgebot reduziert.

»Fünfundsiebzig Euro? Bietet jemand fünfundsiebzig Euro?«

Nichts. Seufzend rutscht Hugo auf seinem Stuhl herum, als wisse er, dass es ein langer Tag werden wird und dass er die Leute schubsen und locken muss, damit sich endlich jemand rührt.

»Kommen Sie, meine Damen und Herren. Es wird mir doch jemand fünfundsiebzig Euro für dieses Stück aus massivem Mahagoni geben. Das ist ein absoluter Schnäppchenpreis.«

Nichts.

»Dann also fünfzig?« Er hat Mühe, seinen verzweifelten Tonfall zu unterdrücken. Im nächsten Moment wandert sein Blick in den hinteren Teil des Raums. Endlich hat jemand ein Gebot abgegeben, und obwohl Hugo versucht, sich nichts anmerken zu lassen, kann man seine Erleichterung fast mit Händen greifen.

»Fünfzig Euro an Sie, Sir, vielen Dank. Fünfundfünfzig?«

Eine andere Hand hebt sich.

»Fünfundfünfzig an die Dame hier vorne. Sechzig?«

Und so geht es immer weiter, und der Preis geht zwischen den beiden Bietern hin und her, bis er auf hundertzehn Euro gestiegen ist, wo er verharrt.

»Einhundertzehn? Sind wir bei einhundertzehn Euro fertig?« Hugo verzieht zwar keine Miene, aber ich erkenne, dass er zufrieden ist. Kurz entsteht Schweigen, während die Anwesenden abwarten, ob der andere Bieter dagegenhalten wird. Als er es nicht tut, schlägt Hugo mit dem Hammer kräftig auf den Tisch.

»Verkauft!«, ruft er aus. Die siegreiche Bieterin in der ersten Reihe hebt ihre Nummer, worauf Hugos Assistentin, die neben ihm sitzt, sie in dem Laptop vor sich auf dem Tisch vermerkt. Dann wendet er sich schnell wie der Blitz dem nächsten Gegenstand auf seiner Liste zu. Hugo trödelt nicht herum. Das kann er sich bei mehr als tausend Punkten, die er abarbeiten muss, nicht leisten.

In der ersten Tranche ist nichts dabei, was mich interessiert – ich werde mich noch eine Weile gedulden müssen. Allerdings ist es bei einer Aktion nie langweilig, weil immer etwas los ist. Vielleicht ist das der Grund, warum so viele Menschen herkommen, die überhaupt nicht vorhaben, etwas zu kaufen. Ich schaue verstohlen nach links. Am Ende der Reihe sitzt eine Frau mittleren Alters im beigen Regenmantel auf der Kante eines hölzernen Küchenstuhls. Sie hat einen Katalog in der Hand und den Stift gezückt, um sich den Verkaufspreis jedes Stücks zu notieren. Sie ist Stammgast hier, ich sehe sie bei jeder Auktion, und dennoch kauft sie nie etwas. Sie bietet nicht einmal mit, sondern sitzt nur da und schreibt sich die Preise auf. Das ist zwar seltsam, doch sie ist nicht die Einzige. Es gibt hier noch einige andere Leute, die genau das Gleiche tun. Vielleicht aus Neugier, vielleicht auch aus Langeweile. Oder sie sind einfach nur Sonderlinge.

Eine Stunde später habe ich einen Garderobenständer, ein paar hübsche antike Porzellanteile, die zurzeit so beliebt sind, und eine kleine reparaturbedürftige Uhr ersteigert. Als Nächstes ist der Waschtisch mit Marmorplatte dran. Ich bin sicher, dass ich dafür einen Abnehmer finden werde – er hat zwar ein paar Kratzer und muss restauriert werden, aber die Kunden lieben diesen französischen Stil. Vielleicht streiche ich ihn ja sogar an.

»Und hier haben wir diesen reizenden Waschtisch. Es gehören noch einige Kartons mit Krimskrams dazu«, verkündet Hugo, während die beiden Männer das Möbelstück und sämtliche Kartons nach vorne schleppen. Ruth stößt mich diskret an, und ich nicke. Sie braucht mich nicht daran zu erinnern – ich habe darauf gewartet. »Wer bietet siebzig Euro?«, fragt Hugo.

Ich rühre mich nicht. Siebzig Euro ist als Eröffnungsgebot viel zu viel, und zum Glück scheinen alle anderen diese Ansicht zu teilen. Niemand im Raum hebt die Hand.

»Fünfzig?«, sagt Hugo voller Hoffnung in die Stille hinein. »Dreißig?«

Dreißig Euro wären ein Schnäppchen. Als ich meine Nummer hebe, wirft Hugo mir einen Blick zu. »Es sind dreißig geboten. Und wer bietet vierzig?«

Ich halte den Atem an und hoffe gegen alle Vernunft, dass niemand bieten wird. Dann kriege ich den Waschtisch für dreißig Euro plus Vermittlergebühr. Das wäre das Geschäft des Jahrhunderts.

»Aber, aber.« Hugo lässt nicht so schnell locker. »Allein die Marmorplatte ist das Dreifache wert.«

Ruth neben mir stöhnt leise auf, und ich werde von Verzweiflung ergriffen. Jetzt hat er die Leute darauf hingewiesen, dass Marmor im Spiel ist. Und natürlich bricht hinter mir sofort Unruhe aus, und wenige Sekunden später ist der Preis des Waschtischs auf siebzig Euro gestiegen. Und Perry ist der Bieter. Wie sollte es auch anders sein – aber ich werde mich nur über meine Leiche von ihm überbieten lassen. Beim letzten Mal hat er mir in letzter Minute einen wunderschönen Beistelltisch aus Walnussholz weggeschnappt. Das wird mir nicht noch einmal passieren.

Hugo sieht mich an. »Achtzig?«

Ich nicke. Achtzig ist noch in Ordnung. Ganz knapp.

»Neunzig an den Herrn.«

Verdammt, Perry bietet weiter. Ich hebe ohne nachzudenken die Hand, um ihn zu überbieten. Ruth versetzt mir einen Rippenstoß. Sie will, dass ich das Handtuch werfe, das weiß ich, aber ich sehe es nicht ein, dass ich mir schon wieder von Perry etwas vor der Nase wegschnappen lassen soll.

Er geht auf hundertzehn, ich biete hundertzwanzig, und plötzlich merken die Leute auf und beobachten uns neugierig. Ein Wettbieten wie dieses, auch wenn es um eine verhältnismäßig kleine Summe geht, erregt immer Aufsehen. Perry bietet dagegen, inzwischen sind wir auf hundertdreißig. Hugo sieht mich an. Der Ball liegt auf meiner Seite des Spielfelds.

»Ist es die Sache wert, Coco?«, flüstert Ruth mir zu. Sie predigt mir immer, der Schlüssel zum Erfolg bei einer Auktion sei zu wissen, wann man aufhören muss – wie beim Glücksspiel. Ich sollte jetzt einen Rückzieher machen, der Preis ist zu hoch. Aber eine innere Stimme sagt mir, dass ich Perry nicht gewinnen lassen darf – nicht heute.

»Ich weiß, was ich tue«, raune ich aus dem Mundwinkel und nicke Hugo noch einmal zu. Ich bin noch im Spiel – und ich werde siegreich daraus hervorgehen.

Hugo sieht mich mit hochgezogener Augenbraue an. Offenbar hat er Spaß an dem Wettstreit.

»Einhundertvierzig Euro an die mutige Dame, Sir?« Er wendet sich an Perry, der irgendwo hinter mir sitzt. Ich halte den Atem an. Gib auf, Perry. *Gib auf.*

Eine kurze Pause entsteht, dann lässt Hugo den Hammer auf den Tisch sausen, und der Waschtisch gehört mir.

Jaaa!, juble ich lautlos.

»Das war ein teurer Spaß.« Ruth stößt einen Pfiff aus.

»Keine Sorge, ich habe schon einen Käufer im Visier«, lüge ich.

»Wirklich?«

»Ja. Außerdem sind in den Kartons auch ein paar interessante Sachen. An denen verdienen wir sicher etwas.«

»Was zum Beispiel?« Ruth schnaubt verächtlich. Sie weiß genauso gut wie ich, dass sich in diesen Krimskramskartons normalerweise nur Müll befindet. Offen gestanden bezweifle ich, dass etwas Gutes darin ist – wahrscheinlich nichts als alte Zeitungen, muffige Bücher und angeschlagenes Geschirr, Dinge, die direkt in die Abfalltonne können.

»Wart's einfach ab, du Ungläubige«, flüstere ich. »Und jetzt hör bitte auf zu reden, du lenkst mich ab.«

»Schon gut, Miss Naseweis«, erwidert sie und versetzt mir einen freundschaftlichen Rippenstoß. »Ich bin schon ganz neugierig, was sich in diesen magischen Kartons befindet. Vielleicht werden wir damit ein Vermögen machen!«

»Ha, ha, du bist urkomisch«, antworte ich bemüht lässig, kann aber ein Grinsen nicht unterdrücken. Ich bin enttarnt – natürlich hat Ruth meinen Bluff durchschaut. Der Frau entgeht einfach nichts.

2

Am nächsten Morgen um Punkt neun drehe ich das zerbeulte Schild in der Ladentür von Swan's Antiques auf »Geöffnet«. Nachdem ich das hübsche Rollo aus cremefarbenem Musselin hochgezogen habe, schaue ich in beide Richtungen die Straße entlang. In Dronmore, früher einmal eine belebte Marktstadt, ist es seit dem Bau der Umgehungsstraße vor knapp zehn Jahren viel stiller geworden. Inzwischen ist es eher ein Vorort der Hauptstadt, hat zum Glück aber nichts von seinem kleinstädtischen Flair verloren.

An diesem Morgen macht es den Eindruck, als schliefen sämtliche Einwohner entweder noch oder hätten sich verspätet, denn bis auf die Spatzen, die rings um das Kriegerdenkmal für die Gefallenen des Jahres 1916 voller Hoffnung am Boden picken, rührt sich nichts. Selbst die weißen Rollläden der Metzgerei gleich gegenüber von Swan's sind noch geschlossen, was so gar nicht zu Karl, dem Inhaber, passt. Er ist pünktlich wie ein Uhrwerk und öffnet seinen Laden allmorgendlich um acht Uhr achtundfünfzig – keine Sekunde später. Ruth sagt, das liege an seinen deutschen Vorfahren – seine Mutter stammte aus Berlin, nicht dass man ihm das anhören würde: Er hat einen starken Dubliner Akzent, denn sein Vater war ein Ballymuner aus dem Norden der Stadt.

»Die Deutschen sind manchmal so schrecklich pedantisch, was?«, meint Ruth jedes Mal, wenn wir Karl dabei beobachten, wie er ordentlich die Lammseiten im Schaufenster arrangiert, um sie so gut wie möglich zur Geltung zu bringen.

»So etwas kannst du nicht einfach behaupten, Ruth«, tadle ich sie dann immer.

»Warum nicht? Es stimmt doch.«

»Schon, aber es ist trotzdem ein Vorurteil.«

»Aha! Doch Vorurteile gibt es aus einem bestimmten Grund, Coco. Karl ist ein Pedant. Er sollte ein wenig lockerer werden. Herrje, der Mann ist schließlich erst fünfundfünfzig. Er sollte öfter seine Harley Davidson rausholen und damit über die Straßen brausen. Was bringt es, so ein phantastisches Motorrad zu besitzen, wenn man es kaum benutzt?«

Ruth redet, wie ihr der Schnabel gewachsen ist – das hat bei ihr Methode. Hinzuzufügen wäre, dass es Karl nicht zu stören scheint, nicht einmal, dass sie ihm ins Gesicht sagt, er solle das Leben öfter mal genießen, was sie häufig tut, wenn sie drüben ein paar seiner preisgekrönten Würste kauft.

Als ich nun sein Fenster betrachte, kann ich mir die Frage nicht verkneifen, ob er ihren Rat wohl ernst genommen hat. Vielleicht unternimmt er ja eine morgendliche Ausfahrt mit dem Motorrad. Eine weitere Möglichkeit wäre natürlich, dass er einen schrecklichen Unfall hatte, nun irgendwo liegt und nicht um Hilfe rufen kann. Allerdings spielt mir sicher nur meine blühende Phantasie einen Streich. Karl ist gesund und munter und quicklebendig – bestimmt ist ihm nichts passiert.

Der Fernsehmechaniker nebenan hat auch noch zu. Doch Victor, der Besitzer, hat seltsame Öffnungszeiten. Das Schild mit der Aufschrift »Wegen unvorhersehbarer Ereignisse geschlossen« hängt inzwischen fast jeden Tag schlaff im Fenster. Meistens handelt es sich bei besagten »unvorhersehbaren Ereignissen« um das sehr vorhersehbare Ereignis, dass Victor beim Buchmacher ist. Seit seine Frau ihn vor einem Jahr verlassen hat, verbringt er eine Menge Zeit dort.

Nur Peter und Nora im Coffee Dock gegenüber scheinen heute Morgen schon auf den Beinen zu sein. Sogar von hier aus kann ich sehen, dass Nora wieder einmal heftig mit Peter streitet. Sie ist ein zierliches Persönchen und nur knapp einsfünfzig groß, sodass er sie mit seinen einsfünfundneunzig überragt. Und trotzdem terrorisiert sie ihn. Der arme Peter. Er trägt wieder einmal eine schicksalsergebene Miene zur Schau wie immer, wenn Nora ausrastet, was ziemlich oft geschieht. Wahrscheinlich hat er wieder mal das falsche Brot bestellt oder vergessen, im Großmarkt Teebeutel zu kaufen. Wenn Karl übertrieben ordentlich ist, ist Peter das genaue Gegenteil.

Als das »Geöffnet«-Schild in der Tür von Swan's schwingt, drehe ich mich um und betrachte meinen liebsten Ort auf der ganzen Welt. Jeden Morgen nehme ich mir einen Moment Zeit, einfach nur dazustehen und den süßesten Duft zu schnuppern, den ich kenne: Antiquitäten. Der kleine Laden ist bis in den hintersten Winkel mit wundervollen alten Dingen vollgestopft. Mit manchen davon bin ich sogar aufgewachsen. In der Ecke steht die große Kommode aus Walnussholz, die schon in meiner Kindheit dort stand. Ihre funkelnden Messingbeschläge sind ordentlich poliert. Daneben ist die Bibliothekenleiter aus Mahagoni, die ich nie verkaufen will, weil ich immer noch davon träume, einmal selbst eine Bibliothek zu haben und dann darauf herumzuklettern, um an meine kostbare Sammlung alter Ausgaben heranzukommen. Am Fuße der Leiter befinden sich ein alter Vogelkäfig und eine dunkelrote chinesische Vase mit einer schimmernden Perlmuttlackierung, die im Sonnenlicht funkelt. In jeder Nische drängen sich die verschiedensten Kleinodien, von winzigen Granatperlen in Porzellanschälchen, die geduldig darauf warten, dass die richtige Person sie aus der Vergessenheit befreit und mit nach Hause nimmt, um sie zu einer wunderschönen Kette aufzufädeln, bis hin zu dem riesigen Hirschgeweih, an dem alte Taschenuhren an ihren Ketten baumeln.

An den Wänden prangen vergoldete Spiegel und vergilbte

Bilder in den unterschiedlichsten Rahmen, und an der Decke hängen Kerzenleuchter, antike Lampen und klapprige Kronleuchter. An den Wänden stützen sich windschiefe Regale gegenseitig. Sie sind voller Bücher aller Art, die jeden Moment herauszupurzeln drohen. Ein halbes Dutzend Kopfenden alter Betten lehnt in Reih und Glied aneinander. Antike Morgenröcke sind dekorativ darauf drapiert. Zwei alte Kommoden sind mit zartem Porzellan und zerbrechlichen Figürchen vollgestellt, und daneben steht die Milchglasvitrine mit Mutters geliebter Perlenkette als Dauerausstellungsstück. Und natürlich sind überall Lichterketten. Meine liebste Tageszeit ist die Dämmerung, wenn sie leuchten, und ich mir ausmalen kann, was diese Gegenstände schon alles gesehen haben, wo sie waren und was sie für ein Leben hatten, bevor sie zu mir kamen. Die Geschichte von einigen Stücken kann ich mir beinahe auf den ersten Blick vorstellen. Die Beziehungen, die sich um sie herum zugetragen haben, die Liebeszenen und Verluste, deren Zeugen sie geworden sind.

Ich liebe jeden Quadratzentimeter dieses Ladens. Den Laden und die kleine Wohnung darüber, in der ich seit meiner Kindheit immer wieder gelebt habe, möchte ich niemals missen. Das war bei mir schon als kleines Mädchen so. Ich weiß, dass ich in einer Kleinstadt wohne, wo alles vertraut und langweilig berechenbar ist. Doch ich werde noch immer jeden Morgen von einem Glücksgefühl ergriffen, wenn ich das Ladenschild herumdrehe und den Möglichkeiten, die sich an diesem Tag ergeben könnten, die Tür öffne. Cat hänselt mich schrecklich wegen meiner leidenschaftlichen Affäre mit dem Swan's. Aber ich habe nicht den Eindruck, etwas zu verpassen. Ja, ich musste hier wieder einziehen, nachdem Tom fort war, doch Ruth und ich gewöhnen uns allmählich daran, und es wird schon gutgehen. Cat findet, dass ein Single in meinem Alter eine schicke Wohnung und ein wildes Privatleben haben sollte, doch das passt nicht zu mir. Und außerdem weiß ich, dass sie mich, obwohl sie mich dauernd auf den Arm nimmt, schrecklich vermissen würde, wenn ich ihren Rat befolgen und wegziehen würde. Wir sind immer noch so eng befreundet wie in unserer Kindheit.

Als mein Magen knurrt, wird mir klar, dass ich Hunger habe. Ich gehe in die winzige Kochnische hinter der Theke auf der Rückseite des Ladens, schalte den Teekessel ein und suche dann im Schrank nach etwas Essbarem. Ich könnte natürlich auch oben in der Wohnung richtig frühstücken, aber das ist mir zu mühsam. Ein trockener Keks reicht für den Moment. Wenn Ruth nach unten kommt, laufe ich vielleicht rüber ins Coffee Dock und spendiere uns beiden einen Brunch zum Mitnehmen.

»Hast du vielleicht Milch da?«, erklingt da hinter mir eine Bassstimme. Ich schnappe vor Schreck nach Luft und fahre herum. In der Tür steht ein halb nackter Mann. Sein Bäuchlein hängt ihm über die mit Homer Simpson bedruckte Unterhose. Ich brauche ein oder zwei Sekunden, bis mir klar wird, dass ich Karl vor mir habe. Karl, den Metzger. Von gegenüber. Unseren Karl. Unseren Metzger.

»Herrgott, Karl!«

»Entschuldige, Coco, habe ich dich erschreckt?«, erwidert er und grinst mich an, als spiele es überhaupt keine Rolle, dass nur ein winziges Stück abgetragener Stoff zwischen mir und seinen männlichen Geschlechtsteilen steht, sodass ich gar nicht weiß, wo ich hinschauen soll.

»Äh, nicht mehr viel«, stammle ich und lasse den Blick über seinen Körper gleiten, vorbei an einer Unmenge furchterregender Tattoos an seinen Oberarmen und seiner behaarten Brust. Ich hatte ja keine Ahnung, dass Karl tätowiert ist – bin ich es doch gewöhnt, ihn anständig bekleidet zu sehen. In seiner Metzgerschürze, nicht in Comicunterhosen.

Heißt das … kann das heißen, dass Karl und Ruth allen Ernstes *Sex* miteinander haben? Hektisch zermartere ich mir das Hirn nach einer anderen Erklärung – irgendeiner. Vielleicht musste er mitten in der Nacht fluchtartig seine Wohnung verlassen. Hat es vielleicht gebrannt? Möglicherweise hat Ruth ihm Unterschlupf gewährt, weil es irgendeinen Notfall gab. Das würde zu ihr passen, einem Mitmenschen zu helfen, der in der Klemme steckt. Da würde sie nicht zweimal überlegen.

»Ruth hätte gerne ein Tässchen Tee, aber oben ist keine Milch mehr.« Als er um mich herumgreift, um eine Tasse für sie zu holen, erhalte ich weitere Einblicke in seine unteren Körperregionen. Die Unterhose spannt sich über Homers kahlen Schädel, als er sich streckt.

Okay, wenn er ihr, nur mit einem Stoffstreifen über dem Hintern, Tee bringt, sind er und Ruth eindeutig mehr als nur gute Bekannte. Sie treiben es definitiv miteinander.

»Offenbar wusstest du nicht, dass ich hier bin«, stellt er fest. Die Situation scheint ihm nicht im mindesten peinlich zu sein.

»So ähnlich«, stammle ich.

Ruth und Karl haben sich schon immer gut verstanden, ja, das war mir klar. Aber nicht so gut. Nicht so, dass sie das Bett miteinander teilen und sich um den Verstand vögeln. Seit wann läuft das schon?

»Entschuldige, dass ich dich erschreckt habe«, sagt er und wirft einen Teebeutel in die Tasse.

»Ist okay«, erwidere ich. »Ich hatte nur keine Ahnung, dass du und Ruth, dass du und Ruth …« Mir fehlen die Worte. Absolut.

»Dass ich ihr Toy-Boy bin?«, meint er grinsend und lacht dann laut über seinen eigenen Witz. »Ja, sie möchte das noch nicht an die große Glocke hängen.« Er macht den Kühlschrank auf und holt eine Milchtüte heraus. Mir fällt auf, dass er sich im Haus auskennt. Also ist er nicht zum ersten Mal hier.

»Ich verstehe«, murmle ich. Dieses hinterhältige Geschöpf, würde ich am liebsten hinzufügen. Wie hat sie es geschafft, das vor mir geheim zu halten?

»Oh, mein Gott, ist es schon so spät?«, entsetzt sich Karl nach einem Blick auf die Uhr. »Ich muss los. Das Fleisch verkauft sich nicht von allein.«

»Sicher nicht«, antworte ich.

»Ich bin unpünktlich. Das passiert mir sonst nie.«

»Ja, ich weiß.«

»Daran ist nur deine Großmutter schuld.« Er seufzt. »Sie findet, ich müsste lockerer werden. Aber das ist leichter gesagt als getan.«

Unwillkürlich werfe ich einen Blick auf seine Homer-Simpson-Unterhose und muss ein hysterisches Kichern unterdrücken.

»Also, dann bis später«, sagt er und trollt sich mit Ruths Tee.

»Ja, bis später«, rufe ich ihm so fröhlich wie möglich nach. Aber hoffentlich nie wieder in dieser Unterhose.

Kurz darauf sitze ich auf dem Hocker neben der Ladentheke und versuche, mich zu beruhigen. Karl hat sich bereits durch die Seitentür, die auf die Terrasse führt, davongemacht. Ich habe getan, als hätte ich ihn nicht gesehen: Wenn er nicht den Haupteingang genommen hat, wollte er vermutlich unbemerkt bleiben. Von der Terrasse aus muss er über die Mauer klettern und dann einen Umweg über die Seitengasse nehmen, um zur Straße und zu seinem Laden zu kommen. Wahrscheinlich macht er das schon seit einer Weile.

Gerade spiele ich mit dem Gedanken, mir wegen des

Schocks etwas Brandy in den Kaffee zu kippen, als Ruth erscheint. Sie hat ein breites, dreckiges Grinsen auf dem Gesicht und trägt ein leuchtend blaues Wickeloberteil aus Wolle über ihrer geliebten schwarzen Jerseyhose. An ihrer Brust steckt eine antike Brosche aus Rotgold mit einem kleinen roten Granat. Die silbrigen Locken schwingen offen um ihre Schultern. Sie strahlt.

»Guten Morgen, mein Schatz, ist es nicht ein wundervoller Tag?«

»Ja«, erwidere ich. Ich beiße mir auf die Lippe und kann ihr nicht in die Augen schauen. Wenn man Karls Bekleidungszustand bedenkt, weiß nur der Himmel, was die beiden getrieben haben, während ich hier unten war. Oder noch schlimmer: Was sie getrieben haben, während ich auf der anderen Seite des Flurs in meinem Bett lag? Die Vorstellung ist schockierend, und ich habe verstörende Bilder im Kopf, die ich einfach nicht loswerde.

»Schau dir nur den Sonnenschein an!« Sie späht zur Seitentür hinaus, wo die winzige Terrasse in den fahlen Schein der Herbstsonne getaucht ist. »Was hältst du davon, wenn wir uns mit unserem Kaffee nach draußen setzen? Falls ein Kunde kommt, hören wir ihn schon. So einen schönen Tag muss man nutzen.«

Sie hat eine Kanne Kaffee fertig, sitzt wenig später auf der Gartengarnitur aus lackiertem Schmiedeeisen, die ich vor einigen Jahren für ein Butterbrot auf dem Flohmarkt gekauft habe, und hält ihr Gesicht in die Sonne. Ich folge ihr und lasse mich ihr gegenüber nieder. Sie hat recht – das Wetter wird zwar allmählich kühler, aber es ist noch immer wunderschön hier draußen. Die Terrasse ist zwar nur klein, doch sehr gut gepflegt. Sie war Großvaters Lieblingsplatz. Stundenlang saß er hier und bastelte an den Uhren herum, die er reparieren wollte. Einen grünen Daumen hatte er zwar nicht unbedingt, aber das war auf so engem Raum auch nicht nötig. Er war einfach nur gern im Freien, beschäftigte sich mit seinen geliebten Uhren und lauschte dem Plätschern des kleinen Steinbrunnens neben der mit Efeu bewachsenen Backsteinmauer. Er fand das Geräusch immer so friedlich.

Da nun Schweigen zwischen uns herrscht, höre ich dem Plätschern zu und frage mich, wie Ruth mir die Sache mit Karl erklären wird. Eins muss ich ihr lassen – sie ist die Nonchalance in Person.

»Und ist alles bereit für deinen Kurs?«, erkundigt sie sich.

»Mehr oder weniger«, antworte ich, trinke von dem Kaffee, den sie mir einschenkt, und spüre, wie er mich innerlich wärmt. Mein Restaurierungskurs ist der Höhepunkt der Woche. Ich gebe ihn nun schon seit zwei Jahren und bringe den Teilnehmern bei, wie man heruntergekommene Möbelstücke wieder zum Leben erweckt. Ich freue mich schon auf das neue Projekt, mit dem ich heute anfangen werde: das Aufarbeiten alter Kommoden.

»Stimmt etwas nicht, Liebes?«, meint Ruth und sieht mich über den Tisch hinweg an. »Du wirkst ein wenig geistesabwesend.«

»Nun, ich glaube, die Begegnung mit dem Metzger in Unterhosen in meiner Küche war ein seltsamer Start in den Tag.« Das ist mir herausgerutscht, bevor ich es verhindern konnte.

Eine Millisekunde vergeht, bevor sie antwortet: »Ach, ja, Karl hat darauf bestanden, mir eine Tasse Tee zu machen. Er ist wirklich reizend.«

»Er sagte, du hättest verlangt, dass er dir einen macht.« Wenn ich es mir genauer überlege, hat Ruth ihn vermutlich mit Absicht nach unten geschickt, damit ich erfahre, was zwischen den beiden läuft, ohne dass sie es mir selbst erzählen muss. So etwas würde ich ihr durchaus zutrauen.

»Hat er das?« Sie kichert. »Der alberne Mensch! Wie dem

auch sei, es tut mir leid, wenn dich das überrumpelt hat. Vielleicht hätte ich dich warnen sollen, da du nun wieder hier wohnst.«

»Wie? Indem du eine Socke an deinen Türknauf hängst, wenn du Besuch hast?«

Sie denkt darüber nach.

»Ruth, das war ein Scherz.«

»Trotzdem keine schlechte Idee. Dann wärst du nicht so überrascht gewesen.«

»Wie ich vermute, war das nicht seine erste Nacht hier.«

»Nicht unbedingt.« Sie errötet ein klein wenig.

»Und warum weiß ich nichts davon?«

»Wir haben es nicht herumposaunt. Außerdem warst du ja immer … bei Tom, wenn er hier war.«

Sie hat recht. Bevor Tom nach Neuseeland übergesiedelt ist, haben wir zusammen in seinem Bungalow am Stadtrand gewohnt. Er und seine Brüder haben es mit bloßen Händen erbaut, wie seine Mutter mir bei jeder unserer Begegnungen aufs Butterbrot geschmiert hat – wie um zu unterstreichen, dass ich niemals Ansprüche auf das Haus würde erheben können. Als er ging, bin ich einfach wieder in die Wohnung über dem Laden gezogen. Offenbar habe ich damit Ruths Privatsphäre verletzt. Wir arbeiten zwar schon seit Jahren zusammen im Swan's, doch ihre Abende gehörten immer ihr allein. Wahrscheinlich ist sie es nicht mehr gewöhnt, mich ständig um sich zu haben – und auch nicht, dass ich die Nase in ihre Angelegenheiten stecke. Während ich es nicht gewöhnt bin, ihr Privatleben so aus nächster Nähe mitzubekommen. Wir haben eindeutig einigen Klärungsbedarf.

»Du hättest es mir erzählen können«, sage ich.

»Ich war nicht sicher, ob du einverstanden sein würdest. Schließlich hast du deinen Großvater vergöttert, und Karl ist der Erste, seit …«

»Ruth!« Ich werfe ihr einen warnenden Blick zu.

»Ich meine damit nur, dass du hoffentlich nicht glaubst, ich würde das Andenken an deinen Großvater nicht in Ehren halten.« Sie muss die Tränen zurückdrängen.

»Natürlich nicht«, erwidere ich und greife nach ihrer Hand. »Niemand erwartet von dir, dass du für immer trauerst.«

»Das weiß ich noch nicht so genau.« Sie tupft sich zittrig lächelnd mit einem Taschentuch die Wimpern ab. »Manchmal glaube ich, Anna wäre es am liebsten, wenn ich im Witwengewand herumschleiche, bis ich tot umfalle. Verplapper dich bloß nicht in ihrer Gegenwart, okay?«

Anna ist Ruths Schwester, meine Großtante. Sie sind so grundverschieden, dass niemand eine Verwandtschaft vermuten würde. Während Ruth ein Freigeist ist und vor Lebenslust förmlich übersprudelt, ist Anna eine Spießerin – konventionell und mit Vorurteilen beladen. Auch sie ist verwitwet – ihr Mann ist schon seit vielen Jahren tot –, und sie verbringt den Großteil ihrer Zeit damit, sich in der Kirchengemeinde zu engagieren. Ich bin nicht sicher, was genau sie da tut, aber offenbar hält es sie ziemlich auf Trab. Obwohl sie und Ruth einander lieben, geraten sie sich immer wieder in die Haare. Ruth ist jung geblieben, während Anna schon alt geboren wurde.

»Ich glaube, Opa hätte nichts dagegen gehabt, dass du und Karl was miteinander habt«, sage ich, um die Stimmung aufzulockern. Und das stimmt auch. Er hat Ruth vergöttert und hätte gewollt, dass sie glücklich wird. Außerdem ist er nun schon seit fast vier Jahren tot, und ich weiß, dass sie seitdem schrecklich einsam ist. Sie hat ein bisschen Glück verdient, insbesondere, nachdem sie ihn so viele Jahre wegen seiner Parkinsonerkrankung gepflegt hat.

»Ja, und er hat Karl immer gemocht«, fährt Ruth fort. »Er war begeistert von seinem Fleisch.« Sie kichert ein wenig über diesen völlig schrägen Witz, und dann fangen wir beide zu lachen an.

»Aber er ist nicht unbedingt dein Typ, oder?«, frage ich.

»Weil er so viel jünger ist, meinst du?«

»Irgendwie schon. Und er ist so etwas wie ein ungeschliffener Diamant.«

Opa war ein Gentleman, ein Antiquitätenhändler, der einen Oldtimer fuhr, James Joyce las und einen Tweedanzug mit Weste trug. Karl ist ein tätowierter Metzger – und er hat ein hammerhartes Motorrad. Und nicht nur das: Er ist etwa fünfzehn Jahre jünger als Ruth. Also nicht unbedingt das, was ich als Ruths Typ betrachten würde.

»Er ist erstaunlich zartfühlend«, erwidert Ruth. »Das würde man nicht glauben, wenn man ihn so sieht.«

Ihr Gesichtsausdruck lässt mich vermuten, wovon sie spricht. »Oh Gott, ich will keine Einzelheiten hören.« Ich halte mir die Ohren zu.

»Coco, beruhige dich. Karl und ich haben keine feste Beziehung – wir sind nur Freunde.«

»Wie es den Anschein hat, seid ihr viel mehr als Freunde«, murmle ich. »Nicht, dass ich das so genau wissen möchte.«

»Nun, vielleicht mehr als Freunde«, meint sie. »Wahrscheinlich sind wir das, was eure Generation als FBs bezeichnet.« Im ersten Moment verstehe ich nicht, wovon sie redet. FBs? Was soll denn das sein? Und dann fällt es mir wie Schuppen von den Augen. Oh Gott, sie wird doch nicht etwa … *fuck buddies* – Fickfreunde – meinen, oder?

»Ja, wir haben einander sehr gern, doch wir planen keine gemeinsame Zukunft. Wir treffen uns, wenn wir Lust haben. Das ist eine … Vereinbarung.«

»Ich fasse es nicht, dass ich dieses Gespräch mit meiner eigenen Großmutter führe.« Ich schüttle den Kopf. »Du solltest nicht einmal wissen, was ein FB ist. Ach, herrje. Übrigens: Der höfliche Ausdruck lautet ›erweiterte Freundschaft‹ – *friends with benefits*, FWBs.« Die andere Vokabel kann ich nicht einmal aussprechen.

»Was sind FWBs?«, fragt plötzlich eine befehlsgewohnte Stimme. Als ich mich umschaue, sehe ich Anna in der Tür stehen. Ich werfe Ruth einen entsetzten Blick zu. Wir haben sie gar nicht kommen hören. So viel zum Thema, dass wir eintreffende Kundschaft schon bemerken würden.

Ruth grinst mich frech an – so, als sei es ihr völlig egal, dass Anna uns belauscht hat. »Soll ich es ihr sagen, Coco?«, meint sie, während Anna hinaus auf die Terrasse tritt und zwischen mir und Ruth hin und her schaut. Sie hat einen hochgeschlossenen schwarzen Wollmantel, einen schwarzen Schal und schwarze Handschuhe an. Seit dem Tod ihres Mannes, und damals war ich noch klein, trägt sie ausschließlich Schwarz. Sie ist von Beruf Witwe. Wie Ruth hat sie silbergraues Haar, nur dass ihres kurz geschnitten ist. Und wie ihre Schwester ist sie sehr attraktiv. Doch sie hat eine unnahbare Ausstrahlung, während Ruth Wärme und Offenheit verströmt.

»Was willst du mir sagen?«, erkundigt sie sich.

»Was FWBs sind. Möchtest du das wirklich wissen?«

Gütiger Himmel, ich fasse es nicht, dass wir tatsächlich dieses Gespräch führen. Es ist noch nicht einmal zehn.

»Ist es denn so interessant?«, fragt Anna und pflückt sich eine unsichtbare Fluse vom Ärmel, während sie weiter vor uns stehen bleibt. Sie gehört zu den Frauen, die beim Verlassen des Hauses hinter sich her staubsaugen. Unordnung hat in ihrem Leben keinen Platz.

»Ein FWB ist … *ein furniture washing broom* – ein Besen zum Reinigen von Möbelstücken«, stammle ich, weil es das Erste ist, was mir einfällt. Im nächsten Moment bereue ich es bitterlich. Warum, oh, warum nur musste ich zu einer Lüge greifen, die mit Saubermachen zu tun hat? Denn nun mustert

Anna mich neugierig. Saubermachen und Frömmigkeit sind ihre einzigen Leidenschaften.

»Wie funktioniert der?«, fragt sie mich allen Ernstes.

»Ja«, fügt Ruth mit einem hinterhältigen Grinsen hinzu. »Wie funktioniert ein FWB, Coco?«

Ich könnte sie umbringen. »Tja, das ist nur so ein modernes Teil aus der Werbung, das ich ... irgendwo gesehen habe. Ein mit Flüssigkeit gefüllter Besen, mit dem das Abwischen der Möbel angeblich weniger mühsam ist. Ich halte das für Betrug.« Ich kann den beiden nicht in die Augen schauen. Das ist doch absolut lächerlich.

Anna scheint nicht sehr beeindruckt. »Ich habe nichts gegen Mühe«, entgegnet sie mit Nachdruck. »Und ich hoffe bei Gott, dass das auch so bleiben wird. Also ist ein FWB nichts für mich.«

Ruth scheint gefährlich nah an einem Lachkrampf zu sein. Und bei mir ist es auch gleich so weit. Wenn Anna die wahre Bedeutung kennen würde, würde sie, ihren Rosenkranz umklammernd, aus den Latschen kippen.

»Also«, verkündet Anna und wendet sich an mich. Dabei zieht sie die Luft zwischen den Zähnen durch, was mich sofort in Alarmbereitschaft versetzt. Das tut sie nämlich nur, wenn sie etwas Wichtiges auf dem Herzen hat. Es ist so etwas wie ein Warnsignal.

»Coco.« Sie mustert forschend mein Gesicht.

»Ja?«

»Wie geht es dir, mein Kind?«, erkundigt sie sich.

»Bestens.«

»Stimmt das wirklich?«

»Ja. Ehrenwort.« Unter ihrem eindringlichen Blick fange ich an, auf dem Stuhl herumzurutschen.

»Und was ist mit dem armen Tom?«

»Was soll mit ihm sein?«

»Seine Mutter sagt, er sei entsetzlich einsam da drüben.« Bedeutungsschwere Pause. »In Neuseeland.« Das letzte Wort betont sie, als hätte ich vergessen, wo Tom ist, obwohl seine Abreise erst wenige Wochen zurückliegt.

»Tut sie das?« Ich sehe Ruth an, die inzwischen nicht mehr lacht. Ihr Blick ist argwöhnisch geworden und sie beobachtet Anna aufmerksam.

»Ja, ich habe sie gestern auf dem Friedhof getroffen. Die arme Frau. Dass er fort ist, bricht ihr das Herz.«

»Hat sie nicht noch drei andere Söhne, die ihr Gesellschaft leisten?«, will Ruth wissen. Ich werfe ihr einen dankbaren Blick zu. Auch wenn Ruth es für einen Fehler hält, dass ich mit Tom Schluss gemacht habe, wird sie das Anna nicht unter die Nase reiben.

»Oh ja, aber Tom war ihr *Jüngster.*« Anna seufzt. »Es ist immer schwer, sein Baby loszulassen. Und natürlich ist ihr klar, was bald passieren wird ...«

Ich schaue bewusst an Anna vorbei und auf den Brunnen, den mein Großvater so geliebt hat.

»Er wird ein nettes einheimisches Mädchen kennenlernen, und dann kommt er nie mehr zurück.«

»Hör auf, Anna«, sagt Ruth, und ich bemerke, dass sie mich besorgt ansieht.

»Schon gut, sie hat recht«, meine ich und lächle die beiden an. »Er wird sicher einer anderen begegnen – offen gestanden hoffe ich das sogar.«

Ich merke Annas und Ruths Mienen an, dass sie das schockiert. Ich klinge kalt, so als sei Tom mir gleichgültig. Doch genau das Gegenteil trifft zu. Ich weiß, dass ich Tom mit meiner Weigerung, ihn zu begleiten, sehr gekränkt habe. Aber ich weiß auch, dass er meine Entscheidung nach einer Weile verstehen wird. Es hat vor allem seinen Stolz getroffen. Er wird mich schneller vergessen, als er glaubt.

»Coco, ich wollte dir nicht wehtun«, rudert Anna zurück. Natürlich war es keine Absicht von ihr. Und wenigstens hat sie die Sache mit der biologischen Uhr nicht erwähnt, obwohl es ihr bestimmt auf der Seele brennt.

»Ach, und warum hast du dann nicht einfach die Klappe gehalten?«, entgegnet Ruth spitz.

»Ich sagte doch nur ...«

»Schau, mir geht es gut, und Tom kommt sicher auch bald wieder in Ordnung«, erwidere ich. »Vielleicht hätten wir uns schon vor Jahren trennen sollen. Es ist das Beste so.«

»Oh«, antwortet Anna mit dünner Stimme.

»Bist du jetzt zufrieden?«, fragt Ruth und sieht ihre Schwester böse an.

»Nun, ich dachte nur ...«

»Du denkst nie. Genau das ist das Problem«, gibt Ruth zurück.

»Ich weiß nicht, was du meinst, Ruth!«, empört sich Anna. »Wie kannst du so etwas Unverschämtes sagen?«

»Ach, komm doch runter von deinem hohen Ross, du Ignorantin.«

»Ich wollte mich nur erkundigen, wie es der armen Coco geht! Aber jetzt gehe ich. Ich weiß, wenn ich unerwünscht bin.« Anna hat rote Flecken am Hals, wie immer, wenn sie sich ereifert. Wenn ich bei dieser kleinen Zankerei jetzt nicht mäßigend eingreife, wird sie ein wochenlanges Nachspiel haben.

»Mir ist klar, dass du dir nur Sorgen um mich gemacht hast, Anna. Das weiß ich zu schätzen«, sage ich beschwichtigend.

Ihre Miene wird versöhnlicher. »Ja, gut, danke, Coco. Ich bin froh, dass wenigstens du meine Hilfe annimmst.« Sie sieht ihre Schwester finster an, die den Blick nicht minder finster erwidert.

»Soll ich uns allen noch einen Kaffee machen?«, schlage ich vor. »Die Kanne hier ist nicht mehr ganz warm.«

Ruth gibt als Erste nach. »Ach, komm schon, Anna«, seufzt sie. »Setz dich, und genieß mit uns den Sonnenschein. Vielleicht bessert das ja deine Laune.«

»Mit meiner Laune ist alles in Ordnung«, entgegnet Anna spitz. »Zumindest war das so, bis ich hier ankam.«

»Bau eine Brücke und überschreite sie, Schwesterherz. Und jetzt trink einen Kaffee.«

»Nein, danke«, antwortet sie, allerdings inzwischen weniger abweisend. »Ich bin unterwegs zu Vater Pat.«

»Worum geht es? Den Pfarrgemeinderat?«, fragt Ruth.

»Das darf ich nicht sagen«, erwidert Anna geheimnisvoll, als seien die Vorgänge in einer Kirchengemeinde geheimnisvoller als eine verdeckte Operation des MI5.

»Ich habe gehört, Peggy Lacey wird bestimmt die neue Vorsitzende«, fährt Ruth mit einem spitzbübischen Funkeln in den Augen fort, das ihrer Schwester jedoch entgeht. »Sie ist sehr tüchtig, oder?«

»Sie steht ganz sicher nicht an erster Stelle«, antwortet Anna, starr vor Empörung. »Und tüchtig ist sie eindeutig nicht.«

»Oh, ich verstehe«, meint Ruth, gespielt harmlos. »Wie konnte ich nur darauf kommen?«

»Keine Ahnung.« Annas Tonfall ist herablassend. »Jedenfalls stimmt es nicht.«

»Hmmm … es könnte ja daran liegen, dass Vater Pat, wie ich gehört habe, letzte Woche so von ihren Blumen begeistert war … beim ökumenischen Gottesdienst.«

»War er nicht.« Wieder funkelt Anna sie finster an. Doch ich erkenne ein Aufflackern von Panik in ihrem Blick, als zweifle sie an sich selbst.

»Wirklich? Tja, Stella Doyle könnte sich ja geirrt haben. Sie hat mir erzählt, er hätte gesagt, sie seien sehr … aufmunternd gewesen.«

»Diese Frau!«, ruft Anna aus. Dann schiebt sie den Schulterriemen ihrer Handtasche zurecht und marschiert davon, ohne sich umzuschauen. Offenbar ist sie auf einer Mission und will etwas geraderücken. Anna ist nämlich sehr ehrgeizig, und dass Vater Pat das Blumenarrangement einer anderen Frau besser gefällt als das, welches sie in stundenlanger Kleinarbeit zusammenstellt, ist, als würde man einen Eimer Steinsalz in eine offene Wunde kippen. Das wird sie sich niemals bieten lassen.

»Ruth, das war gemein.« Lachend räume ich unsere Kaffeesachen ins Haus, wo das Ladenglöckchen nach Annas Abgang noch klagend bimmelt.

»Mag sein«, erwidert Ruth mit einem hämischen Grinsen. »Aber ich bin machtlos dagegen. Es ist so einfach, sie auf die Palme zu bringen.«

»Wenn du sie wirklich auf die Palme bringen willst, solltest du ihr vielleicht von dir und Karl erzählen«, antworte ich.

»Alles zu seiner Zeit, mein Kind. Alles zu seiner Zeit. Jetzt muss ich oben ein bisschen Ordnung machen. Kommst du unten alleine klar?«

»Natürlich«, sage ich lächelnd. »Ich muss nur noch etwas für den Kurs vorbereiten, aber das dauert nicht lang.«

»Deine Kursteilnehmer sind wirklich begeistert«, merkt sie an. »Ich glaube, es hat noch keiner eine Stunde ausfallen lassen.«

»Offenbar erkennen sie, dass sie es mit einer guten Kursleiterin zu tun haben«, witzle ich, worauf sie lacht.

»Eigenlob stinkt normalerweise«, erwidert sie, »aber in diesem Fall hast du recht.« Dann küsst sie mich auf die Wange. Ihr unverkennbares Moschusparfüm hüllt mich ein, bevor sie nach oben verschwindet.

3

Bis ich die Sachen in dem kleinen Nebenzimmer des Ladens aufgebaut habe, wo ich meine Kurse abhalte, ist es fast elf. Schmirgelpapier, Schleifmaschine, alte Lappen und Terpentin – alles, was meine Kursteilnehmer brauchen, liegt auf getrennten Arbeitsplätzen bereit. Sie wissen, dass sie alte Sachen anziehen sollen. Ich schaue auf die Uhr und rechne mit dem Eintreffen der ersten, als das Ladenglöckchen bimmelt und Cat hereinkommt. Wie immer sieht meine beste Freundin ausgesprochen schick aus. Zierlich, weibliche Kurven und unbeschreiblich glänzendes Haar.

Cat erzählt den Leuten gerne, dass wir uns am ersten Grundschultag kennengelernt haben, aber das stimmt nicht ganz. Es war am zweiten. Das weiß ich genau, weil ich am ersten Tag neben Siobhan Kelly sitzen musste. Siobhan – oder Stinkbombe, wie ich sie aus Rache gerne nannte – hat mit ihrem grünen Wachsmalstift mein nagelneues Malbuch vollgeschmiert, was ich ihr niemals vergessen werde, so verzweifelt war ich. Ich war eine leidenschaftliche Anhängerin des ordentlichen Ausmalens und absolut abgestoßen von dem Chaos, das Siobhan aus reinem Mutwillen veranstaltet hatte. Am zweiten Tag begegnete ich Cat auf dem Pausenhof. Sie teilte ihr Springseil mit mir, und seitdem sind wir beste Freundinnen. Selbst damals, als alle uns wegen unseres Größenunterschieds »die Riesenzwerge« nannten. Sie war immer tipptopp gepflegt, ich ein wenig vergammelt. Daran hat sich nichts geändert.

Heute hat Cat ein auf Figur geschnittenes schwarzgraues Nadelstreifenkostüm und eine gebügelte weiße Bluse an. An ihrem Hals funkelt eine schlichte Goldkette. Die Kostümjacke ist tailliert und betont ihre beneidenswerten Kurven. Der Rock endet kurz unterhalb des Knies und bringt ihre wohlgeformten Beine zur Geltung. Wie immer trägt sie mörderisch hochhackige Schuhe. Sie würde niemals andere anziehen, angeblich, weil sie so klein ist, denn sie misst gerade einmal einen Meter fünfzig. Vermutlich trägt sie die Pumps sogar zum Pyjama, auch wenn ich nicht weiß, wie sie das schafft, weil sie den ganzen Tag auf den Beinen ist, insbesondere seit sie das Hotel ihrer Familie übernommen hat, denn ihr Vater hat sich letztes Jahr zur Ruhe gesetzt.

Sie hat das Central mächtig auf Vordermann gebracht. Das Hotel ist auf Aufwärtskurs, auch wenn Cat sich mit einigen heiklen Personalproblemen herumschlagen musste. Ein paar Mitarbeiter sind schon seit Jahren an Bord, wehren sich gegen jede Veränderung und machen ihr das Leben schwer, weil sie das Hotel unbedingt im einundzwanzigsten Jahrhundert ankommen lassen will. Das fängt beim Küchenchef an, der sich weigert, etwas an der jahrzehntealten Speisekarte des Hotelrestaurants zu ändern, und endet mit der Empfangsdame, die wegen der gestalterischen Veränderungen in der Hotelhalle schmollt, weil ihr liebster, aber sehr abgewetzter Sessel abgeschafft wurde. Cat hat an vielen Fronten gekämpft. Und nicht nur das, sie arbeitet außerdem rund um die Uhr, um Hochzeiten, Taufen und andere Festivitäten auszurichten, und hat überdies noch ein Familienleben – mit drei Söhnen nicht unbedingt ein Zuckerschlecken. Zum Glück ist ihr Mann David, Dozent an der örtlichen Fachhochschule, ein Schatz und unterstützt sie nach Kräften.

»Hallo«, sagt sie jetzt, schmeißt ihre überdimensionierte Designertasche auf die Theke und schiebt sich die gewaltige Sonnenbrille in die ordentlich geföhnten blonden Locken. Ihre Augen in dem perfekt geschminkten Gesicht sind riesig, ihr violetter Farbton wird von der dicken Schicht Wimperntusche und einem Hauch grauem Lidstrich noch betont. Cat kann sich mit nur einem Tupfer mit dem Schminkstift innerhalb von Sekunden verwandeln und hat jahrelang versucht, es mir beizubringen. Leider sehe ich mit geschminkten Augen aus wie eine Transe, ganz gleich, wie sehr sie sich auch bemüht, mich vom Gegenteil zu überzeugen. Ich kaufe ihr das nicht ab.

»Hi«, sage ich und grinse sie an. »Wo willst du denn hin?«

»Ich hatte gerade einen Termin mit meinem Steuerberater.« Sie verzieht das Gesicht. »Jetzt bin ich auf dem Rückweg ins Hotel.«

»Alles okay?«, frage ich.

»Ja, bestens. Der alte Greizkragen bewilligt mir kein Geld für einen neuen Fassadenanstrich, aber den krieg ich schon noch rum.« Cat ist kein Mensch, der sich von Banalitäten ausbremsen lässt. Sie mag zwar klein sein, doch sie kann sich durchsetzen. »Und wie läuft es bei dir?«, erkundigt sie sich. »Hast du schon wieder umgeräumt?« Sie sieht sich im Laden um.

»Äh, ich glaube schon«, gebe ich, ein wenig verlegen, zu.

»Hat das denn nie ein Ende?« Sie lacht.

»Wahrscheinlich nicht.« Ich muss ebenfalls lachen. »Es ist eine meiner Lieblingsbeschäftigungen.«

»Der Pulli ist hübsch«, stellt sie fest, nachdem sich ihr Blick vom Laden auf mich gerichtet hat.

»Das alte Ding?« Ich zupfe daran. Verglichen mit Cat sehe ich zum Fürchten aus. Mein Haar ist zu einem Pferdeschwanz zusammengebunden, ich habe nicht die Spur von Make-up im Gesicht, und außerdem trage ich einen vergammelten Pulli, Jeans und die üblichen Stiefeletten.

»Ja, Bikermode ist voll angesagt. Wenn du ihn über die Schulter rutschen lässt, bis man den BH-Träger sieht, wäre es richtig sexy.« Sie greift über die Theke und beginnt, an meinem Kragen zu ziehen.

»Die Wahrscheinlichkeit, dass das geschieht, liegt zwischen gering und null!« Ich schubse ihre Hand weg. Cat versucht ständig, mich ein bisschen aufzumöbeln, allerdings vergeblich. Sie ist einfach von Natur aus glamourös und könnte mit ihrer Wespentaille und der Stundenglasfigur Model werden. Nicht in einer Million Jahren könnte ich so aussehen wie sie. Nicht einmal, wenn eine Mannschaft von Topstylisten hereingestürmt käme, um mich so richtig in die Mangel zu nehmen. Der Trampel in mir lässt sich einfach nicht verleugnen.

»Was ist mit der Wäschegarnitur, die ich dir zum Geburtstag geschenkt habe?«, will sie wissen. »Die aus burgunderfarbener Spitze. Die würde unter dem Pulli gut wirken. Du solltest mehr Haut zeigen, Coco, du hast eine tolle Figur. Du brauchst dich nicht zu verstecken.«

»Ja, vielleicht«, erwidere ich und weiche ihrem Blick aus. Cat ahnt nämlich nicht, dass ich die Dessous umgetauscht und dafür ein Thermounterhemd und ein Paar Wandersocken erstanden habe. Also ist es das Beste, sie abzulenken. »Und wie geht es den Jungs?«

»Sie treiben mich wie immer in den Wahnsinn«, seufzt sie. »Stell dir vor, die Zwillinge haben nächste Woche Geburtstag.«

»Nicht zu fassen, dass sie schon fünf sind.« Seit sie auf die Welt gekommen sind und Cat und David die ganze Nacht wach gehalten haben, ist die Zeit nur so dahin gerast. Jetzt sind sie in der »Schule für Große«, wie sie jedem, den sie zu fassen kriegen, stolz verkünden.

»Ich weiß.« Wieder seufzt sie. »Wo sind nur die Jahre geblieben? Die armen Kinder. Wahrscheinlich enden sie beim

Psychiater auf der Couch, wenn sie mal älter sind. Manchmal befürchte ich, dass ich mich nicht genug mit ihnen beschäftige.«

»Du bist eine tolle Mum! Hör auf, dir Vorwürfe zu machen«, versuche ich, sie zu beschwichtigen. »Mit den Zwillingen wird alles glattgehen.«

»Da bin ich nicht so sicher – sie werden immer ungebärdiger, Coco. Gestern haben sie wie die Wilden im Speisesaal rumgetobt und mich entsetzlich blamiert. Ich hätte im Erdboden versinken können.«

»Sie sind doch nur Kinder, Cat. Beruhige dich.«

»Ja, aber du kennst Liam ja. Der Typ ist ein richtiger Spießer. Ich warte nur darauf, dass er verlangt, dass sie Hausverbot kriegen.«

Ich pruste vor Lachen. Liam Doyle ist der langjährige Barmann und Restaurantchef, führt sich allerdings auf, als leite er das Dorchester ganz allein. Ständig drückt er sich herum und sucht nach Fehlern, um sie Cat unter die Nase zu reiben, denn seiner Ansicht nach kann niemand ihren Vater ersetzen. Mit Ausnahme von ihm selbst vielleicht.

»Es ist mein Ernst«, protestiert sie. »Während ich versuche, das Hotel familienfreundlicher zu gestalten, findet er, dass man Kinder zwar sehen, aber nicht hören sollte. Wir leben doch nicht mehr im Mittelalter. Und die Zwillinge machen die Sache natürlich nicht besser.«

»Was haben sie denn angestellt?«, erkundige ich mich. Ich wage kaum, danach zu fragen. Patrick und Michael haben es nämlich faustdick hinter den Ohren – um es einmal milde auszudrücken. Sie sind wirklich niedlich, aber schrecklich hyperaktiv. Sie können eine Sekunde stillzusitzen. Ihre Streiche sind über die Grenzen des Hotels hinaus berüchtigt.

»Sie haben schon wieder die Deckel von den Salzstreuern abgeschraubt.« Ein dritter Seufzer. »Vater Pat hat den Inhalt eines ganzen Streuers plus Deckel in seine Rübensuppe gekippt.«

»Oh, nein!« Ich kann ein Lachen nicht unterdrücken.

»Oh, ja.« Und danach musste ich mir von Liam einen Vortrag zum Thema Respekt anhören. Wirklich. Dabei war Vater Pat gar nicht böse – wir haben beide darüber gelacht.

»Achte einfach nicht auf Liam. Er ist ein Blödmann«, meine ich.

»Leichter gesagt als getan.« Sie stöhnt auf. »Ich schwöre dir, dieser Mann wird mich in ein frühes Grab bringen. Das heißt, falls Mark ihm nicht zuvorkommt.« Noch ein Seufzer, diesmal ein ganz besonders tiefer.

Mark ist Cats und Davids fünfzehnjähriger Sohn. Bei seiner Geburt – »unehelich«, wie man in der Stadt nicht müde wurde zu betonen – war sie erst achtzehn. Sie und David haben sich damals nicht unbedingt beliebt gemacht. Ihre sonst sehr toleranten Eltern sind mehr oder weniger ausgeflippt, als sie es ihnen gebeichtet hat – was der Grund war, warum sie bei mir, Ruth und Opa gewohnt hat, bis Mark zur Welt kam und sie mit David zusammenzog. Cat beteuert immmer wieder, wie dankbar sie uns deshalb war – was lächerlich ist, denn sie würde für mich das Gleiche tun, wenn ich Hilfe bräuchte. Außerdem war es wirklich ein Spaß, bis spät in die Nacht darüber zu reden, wie das Baby wohl aussehen und was sie tun würde, falls es das Pech haben sollte, Davids Nase zu erben. Die ist nämlich noch schlimmer als meine, wenn das überhaupt möglich ist. Zum Glück hat Mark das gute Aussehen seiner Mutter und die Ausgeglichenheit seines Vaters mitgekriegt. Zumindest war das so, bis er in die Pubertät kam und sich in einen wandelnden Kessel voller brodelnder Hormone verwandelte. Cat und er streiten sich in letzter Zeit ziemlich oft. Ich glaube, es sind nur die üblichen Debatten zwischen Müttern und Jugendlichen, doch es belastet sie sehr. Sie hat mehr als einmal gesagt, sie habe das Gefühl, er zöge sich immer mehr vor ihr zurück, sodass sie ihn nicht mehr erreichen könne. Ich beteure dann stets, das sei nur eine Phase, die wir alle in diesem Alter durchgemacht hätten, aber das nützt offenbar nichts.

»Was ist denn jetzt schon wieder passiert?«, frage ich, weil ich befürchte, sie könnten sich so richtig gefetzt haben.

»Nun …«

Wieder bimmelt die Ladenglocke, und als wir aufblicken, sehen wir Harry Smith undd Lucinda Dee, zwei meiner Kursteilnehmer, hereinkommen.

»Ach, Mist«, raunt Cat aus dem Mundwinkel. »Ich verdrücke mich lieber. Ich will vermeiden, dass Harry mich wieder auf die dämliche Feier zum Hochzeitstag anspricht, die er für seine Frau veranstalten will. Er erwartet von mir, dass ich sie praktisch umsonst ausrichte. Schaust du später bei mir vorbei?«

»Klar«, erwidere ich. »Ich muss dir nämlich noch erzählen, was mir heute Morgen passiert ist. Glaube mir, du wirst deinen Ohren nicht trauen.« Ich kann es kaum erwarten, Cat von Ruth und Karl zu berichten. Ruth will es zwar nicht an die große Glocke hängen, aber Cat wird dichthalten. Außerdem platze ich, wenn ich nicht darüber reden kann.

Eine Stunde später hat mein buntes Trüppchen Kursteilnehmer eine Lektion im Schmirgeln und dem Vorbereiten ihrer Möbelstücke fürs Lackieren hinter sich und plaudert angeregt.

»Ich glaube, ich nehme ein hübsches Apfelgrün«, meint Lucinda und tritt zurück, um ihre ordentlich abgeschmirgelte Kommode zu bewundern.

»Das wird sicher schön«, erwidere ich. »Kommen diesmal wieder Schablonen oder andere Motive drauf?«

Lucinda, eine durchtrainierte Frau Mitte Sechzig, liebt es, ihre Stücke mit Decoupagetechnik zu verzieren. Ihr letztes Werk – eine zerschrammte alte Truhe – war nicht wiederzuerkennen, nachdem sie sie mit einander überlappenden Blumenmotiven bedeckt und dann lackiert hat. Das Innere hat sie mit über die Jahre gesammelten antiken Zeitungen ausgelegt, und nun prangt das Möbel stolz in ihrem Wohnzimmer.

»Oh, ich bin sicher, das eine oder andere werde ich hinkriegen.« Sie kichert.

»Oh, Gott, nicht noch mehr Blumen«, stöhnt Harry Smith theatralisch und sieht sie grinsend über den Rand seiner Lesebrille hinweg an. Harry, ein jugendlicher Sechziger, ist ein Purist, der am liebsten alles abbeizt und dann eine Schellackpolitur verwendet, damit die Schönheit des Holzes zur Geltung kommt. Deshalb bestehen fast alle seine Stücke aus hochwertigem Mahagoni.

»Ach, sei schon still, du alter Meckeronkel, sonst kriegst du auch ein paar Blümchen ab«, witzelt Lucinda, die einen Hang zur Ironie hat.

»Wo willst du sie hinstellen, Lucinda?«, frage ich. Sie plant ihre Stücke stets im Voraus und kann sich gut ausmalen, wie sie anschließend aussehen werden und wo sie bei ihr zu Hause hinpassen.

»Ins Schlafzimmer«, antwortet sie wie aus der Pistole geschossen.

»Sag jetzt nicht, dass du deine Höschen drin aufbewahren willst?« Harry lacht laut.

»Du hast eine schmutzige Phantasie, Harry Smith«, entgegnet Lucinda, muss aber selbst ein Lachen unterdrücken.

»Aber, aber, sonst muss ich noch den Rohrstock rausholen«, rufe ich in meinem besten Lehrerinnenton.

»Das sind doch nichts als leere Versprechungen«, meint Harry und zwinkert mir zu.

»Herrgott, Mann, zieh deine Jacke an und geh heim zu deiner Frau«, erwidert Lucinda.

Daraufhin schauen die Leute auf die Uhr, legen die Werkzeuge weg und schlüpfen in ihre Mäntel. Wieder ist eine Kursstunde vorbei, und es ist Zeit, sich zu verabschieden.

»Also, dann bis nächste Woche«, sage ich. »Aber pünktlich!«

»Klar doch«, rufen einige im Hinausgehen.

Als auch der Letzte fort ist, lächle ich immer noch. Es sind wirklich nette Leute, und die Mischung in der Gruppe stimmt auch. Alle verstehen sich großartig, und ihr Geplänkel hat eine aufmunternde Wirkung. Abgesehen davon, dass der Kurs Spaß macht, ist es ein echtes Erfolgserlebnis, schäbige alte Möbel wieder herzurichten. Nichts bereitet mir mehr Vergnügen, als jemanden dabei zu unterstützen, ein ungeliebtes Möbelstück zu retten und ihm zu einem neuen Leben in einem neuen Zuhause zu verhelfen. Das hat jedes Mal eine berauschende Wirkung auf mich.

Als ich in dem stillen Laden allein bin, überlege ich, was ich nun tun soll. Ich beschließe, den letzten Karton voller Krimskrams auszusortieren, den ich zusammen mit dem Waschtisch bei der Auktion ersteigert habe. Mit den anderen bin ich schon durch und habe zu meiner großen Enttäuschung nichts als Müll darin vorgefunden – staubige alte Bücher, die sicher niemand will, und angeschlagene Porzellanfigürchen, die kein Mensch kaufen wird. Diese Dinge habe ich für meine Kurse beiseitegelegt – man weiß ja nie, ob man sie nicht doch mal gebrauchen kann –, bin aber trotzdem ein wenig verärgert, weil wirklich nichts Interessantes dabei war. Immerhin habe ich mehr als hundert Euro ausgegeben.

Als ich gerade in dem letzten Karton krame, erscheint Ruth. »Und, was ist in deiner Schatzkiste? Etwas Brauchbares?«, fragt sie und späht mir über die Schulter.

»Ich glaube nicht«, seufze ich. »Wieder nur der gleiche alte Schrott. Du hattest recht.«

Zu meiner Enttäuschung kommt noch hinzu, dass es mir inzwischen ein wenig peinlich ist, wie versessen ich auf die Sachen war, nur weil Perry gegen mich geboten hat. Obwohl ich wahrscheinlich etwas an dem Waschtisch verdienen werde, habe ich dennoch zu viel bezahlt, und das wissen wir beide.

»Wie schade«, erwidert sie leichthin.

Ruth reibt es mir nie unter die Nase, wenn ich einen Fehlkauf getätigt habe – in dieser Hinsicht ist sie sehr großzügig. Als ich anfing, Ware für den Laden einzukaufen, habe ich mich häufig geirrt, aber sie hat mich nie deshalb getadelt.

»Es ist dumm von mir, doch ich hoffe immer, dass ich eines Tages in einer dieser Kisten auf etwas schrecklich Wertvolles stoßen werde«, gebe ich zu.

»Wie in *Antiques Roadshow*?«

»Ja, es ist wirklich nur Doofheit.«

»Nein, ist es nicht«, tröstet sie mich. »Das gehört zur Faszination einer Versteigerung. Manchmal weiß man einfach nicht, was man bekommt.«

»Nun, ich hätte wissen müssen, dass da nichts Spannendes zu finden ist«, antworte ich. »Einige dieser Sachen kann man nicht mal verschenken.«

Ich fördere weiteren Krimskrams zutage – ein paar alte Feuerzeuge, nicht zusammenpassende Besteckteile und eselsohrige Bücher –, doch da ist nichts, was verkäuflich wäre. Inzwischen enthält der Karton nur noch einen Stapel muffiger alter Musikzeitschriften.

Ich fahre mit der Hand darunter, nur um mich zu vergewissern, dass ich nichts übersehen habe. Als ich ganz unten rechts etwas ertaste, hole ich es heraus. Es ist ein cremefarbener Stoffbeutel.

»Oh, ist da eine Handtasche drin?«, fragt Ruth und merkt

auf, während ich die Umhüllung entferne und eine kleine schwarze gesteppte Handtasche zutage fördere.

»Nur eine Chanel-Kopie.« Ich seufze auf. »Na ja. Noch ein Teil für die Spendenkiste.« Es ist nicht die erste Billighandtasche, die ich in einem solchen Karton gefunden habe. Die Leute werfen beim Entrümpeln alles Mögliche hinein. Es gibt Menschen, die Auktionshäuser als Entsorgungsunternehmen benutzen.

»Oh, mein Gott.« Ruth ist plötzlich ein wenig blass geworden.

»Was ist?«, frage ich besorgt. »Fühlst du dich nicht wohl?«

»Diese Tasche ...«

»Was soll damit sein?«

Sie starrt mit weit aufgerissenen Augen darauf, als hätte sie einen Geist gesehen. »Ich glaube ... ich glaube, das ist eine Chanel 2.55.«

»Ja, schon gut.« Ich lache auf. »Das ist eine Fälschung, Ruth. Wahrscheinlich hat sie jemand bei einem Straßenhändler in New York gekauft. Und es ist nicht mal eine gute Kopie. Die Schließe mit dem doppelten C fehlt.« Eine billige Nachahmung, mehr nicht. Diese Dinger haben nicht den geringsten Wert. Wenn ich fünf Euro dafür kriege, habe ich Glück gehabt.

»Aber genau das ist es ja, Coco! Die ersten Versionen hatten einen Mademoiselle-Verschluss, schon vergessen? So wie die da! Die hießen so, weil ...«

»Chanel nie geheiratet hat«, beende ich den Satz beinahe automatisch.

Ich halte die Tasche hoch, betrachte sie mit neuen Augen und untersuche den stabilen Verschluss, von dem Ruth spricht. Sie hat recht – es sieht nach einem Mademoiselle-Verschluss aus. Außerdem ist die Tasche bei näherer Begutachtung ausgezeichnet verarbeitet und nicht schief genäht wie so viele Fälschungen. Ich bekomme Herzklopfen. Könnte sie echt sein?

Ich kenne die Geschichte der berühmten 2.55 beinahe auswendig, weil Mum sie mir erzählt hat, als ich noch klein war. Die ersten Exemplare wurden in Coco Chanels Pariser Atelier in der Rue Cambon mit der Hand gefertigt. In den Achtzigern brachte Karl Lagerfeld das Model als Tribut an Chanel in einer neuen Auflage heraus. Doch diese Tasche stammt nicht aus der Neuauflage, das sehe sogar ich. Sie ist viel älter – sie könnte sogar ein Original sein. Aber wie ist sie zwischen dem Abfall gelandet? Niemand wirft eine antike Handtasche von Chanel in einen Karton voller angeschimmelter Bücher. So etwas passiert nicht im wirklichen Leben.

»Mach sie auf«, drängt Ruth mit zitternder Stimme. »Ganz vorsichtig.«

Mit bebenden Händen öffne ich den Verschluss. »Oh«, keuche ich, und mein Herz setzt einen Schlag aus, als ich feststelle, dass das Futter den berühmten Rostbraunton hat, die Farbe der Uniform, die Chanel als Kind in dem Waisenhaus tragen musste, wo sie aufwuchs. Das ist, wie der Originalverschluss, ein Zeichen dafür, dass die Tasche echt ist. Es verschlägt mir den Atem.

Gespannt späht Ruth hinein. »Schau – da ist das Geheimfach, das Chanel für Liebesbriefe entwofen hat«, flüstert sie ehrfürchtig. »Auf der Innenlasche ist auch das erhabene CC.«

Ich streiche vorsichtig mit den Fingern über das Futter der Tasche. Nähte und Reißverschluss sind von höchster Qualität. Das Steppmuster ist makellos und perfekt symmetrisch – auch ein gutes Zeichen. Ich halte mir die Tasche ans Gesicht und schnuppere daran. Sofort steigt mir ein deutlicher, wenn auch fast verflogener Lavendelduft in die Nase und mischt sich mit dem unverkennbaren Geruch, der allen alten Dingen eigen ist. »Glaubst du allen Ernstes … Ich meine, die Wahrscheinlichkeit ... die ist doch eins zu einer Milliarde, wie beim Lotto.«

»Ich weiß«, sagt sie. »Aber ich glaube, du könntest den Jackpot geknackt haben, Coco. Rasch, probier sie doch mal an.«

Wie in Trance, hänge ich mir die Goldketten, die als Träger dienen, über die Schulter und betrachte mich in dem antiken Spiegel an der Wand. Er mag abgeschabt und voller Farbkleckse sein, doch das spielt plötzlich keine Rolle mehr, denn ich habe nur noch Augen für die Tasche. Sie ist wie ein Magnet, der meinen Blick anzieht. Ihr Gewicht auf meiner Schulter, wie sie sich unter meinem Arm anfühlt. Es steht fest, dass Ruth recht hat – die Tasche ist echt.

Ich fühle mich wie im Traum, während sie fröhlich weiterredet. Ihre Stimme klingt ganz weit weg. Eine Handtasche von Chanel. Eine originale Handtasche von Chanel. Ein Wunder! Ja, natürlich kann man bei einer Auktion manchmal Glück haben – und wenn es passiert, ist es phantastisch –, doch eine seltene Chanel-Hantasche in einem Karton voller Krimskrams zu finden, ist ein Jahrhundertereignis. Ich könnte ein Vermögen damit verdienen – eine originale Chanel-Handtasche ist mindestens viertausend Euro wert. Was für eine Gewinnspanne! Wer weiß, was dabei rausspringt, wenn ich den richtigen Käufer finde. Menschen, die Objekte von Chanel sammeln, sind sicher bereit, Unsummen für so eine Tasche zu bezahlen.

Ich nehme die Tasche von der Schulter und fasse diesen Glücksgriff noch immer nicht ganz. Ein Wunder, dass ich darüber gestolpert bin, und was für ein unglaublicher Erlös für so wenig Einsatz. Plötzlich erscheint mir mein Bedürfnis, Perry zu überbieten, wie ein Geniestreich. Das einzige Problem ist, dass ich die Tasche dazu verkaufen muss. Für eine solche Tasche würde ich einen Mord begehen. Natürlich passt sie zu nichts, was ich im Schrank habe – meine Sachen sind viel zu alltäglich, um sie richtig zur Geltung zu bringen –, aber allein sie in der Hand zu halten, sorgt dafür, dass mir vor Sehnsucht schwindelig wird. So, als ob ich mich, einzig und allein dadurch, dass ich sie schultere, in ein exotisches Geschöpf verwandeln würde, das ich nicht bin und das meinem Namen Ehre macht. Im nächsten Moment fällt mir ein, dass ich sie ja gar nicht verkaufen muss, oder? Das heißt, ja, ich sollte es tun, weil sie ordentlich Gewinn abwerfen würde und der Laden eine Finanzspritze gut gebrauchen kann. Doch die Alternative wäre, sie … für mich zu behalten.

Plötzlich stelle ich mir mich selbst in den verschiedensten Handtaschen-Situationen vor. Wie ich die Straße hinunterschlendere und sie verführerisch an ihren goldenen Henkeln baumeln lasse. Wie ich in einem Restaurant das Portemonnaie aus der Handtasche hole. Natürlich bräuchte ich dann ein neues. In einer echten Chanel-Handtasche trägt man kein Hello-Kitty-Portemonnaie herum, wie Cat es mir aus Jux zum einundzwanzigsten Geburtstag geschenkt hat. Schließlich bin ich inzwischen zweiunddreißig, also erwachsen. Und zu einer erwachsenen Handtasche gehört nun mal ein erwachsenes Portemonnaie. Wieder streiche ich über die wunderschöne Tasche und gestatte mir zu träumen. Ewas so Schönes könnte ich mir niemals leisten, auch wenn ich mein Leben lang sparen würde. Und jetzt habe ich es in der Hand. Fast ist es, als hätte die Tasche mich gefunden und sei für mich bestimmt. Immerhin hat meine Mum immer gesagt, ich müsste wegen meines Namens eine eigene Chanel-Tasche haben. Als ich klein war, hat sie versprochen, mir eine zu kaufen. Und hier ist sie, wie ein Geschenk des Himmels.

»Ich frage mich, wem sie wohl gehört hat«, meint Ruth, nimmt sie mir ab, hängt sie sich selbst um und betrachtet sich im Spiegel. »Wirklich ein Prachtstück – in ausgezeichnetem Zustand.«

Kurz herrscht Schweigen, als wir einander ansehen. Ich weiß, was sie denkt: Dass das ein Irrtum sein muss, weil niemand so eine Tasche absichtlich wegwirft. Sie ist viel zu wertvoll.

»Du findest, dass wir sie zurückgeben sollten.« Meine Begeisterung legt sich.

»Das habe ich nicht gesagt.« Sie senkt den Blick.

»Aber du hast es gedacht.«

»Ich habe mich nur gefragt, wie sie in den Karton geraten sein mag, mehr nicht.«

»Das ist nicht mein Problem«, entgegne ich bockig.

»Schon gut. Hier, nimm sie, bevor ich damit durchbrenne.« Sie lächelt zwar, doch ich werde das unangenehme Gefühl nicht los, dass die ungeklärte Herkunft der Tasche bei ihr ein schlechtes Gefühl hinterlässt. Gut, wir haben also keine Ahnung, wie oder warum sie in einem Karton mit wertlosem Nippes lag. Aber sollten wir uns darüber den Kopf zerbrechen? Weshalb nicht einfach akzeptieren, dass es sich um einen Glückszufall handelt?

Ruth betrachtet mich immer noch. »Was hältst du davon, wenn wir einen Kaffee trinken? Ich setze den Kessel auf, ja?«, schlägt sie vor.

»Okay«, erwidere ich, höre jedoch nur mit halbem Ohr zu. Da ich die Tasche nun wieder in der Hand habe, bin ich viel zu sehr damit beschäftigt, sie zu bewundern, um auf etwas anderes zu achten. Ich will sie nicht zurückgeben und sehe auch nicht ein, warum ich das tun sollte. Ganz gleich, wem sie früher gehört hat und woher sie kommt, jetzt ist sie meine. Und am allerliebsten würde ich sie behalten.

4

Als ich, die Chanel-Tasche sicher in meiner zerschrammten Umhängetasche aus Leder verstaut, durch die Halle des Central Hotels schreite, fällt mir wieder auf, wie sich hier alles zum Vorteil verändert hat, seit Cat den Laden vor einem Jahr von ihrem Vater übernahm. Von außem mag das Gebäude noch ein wenig schäbig wirken und einen neuen Anstrich brauchen, doch das Innere ist wirklich elegant. Die Bewertungen bei TripAdvisor fallen schon viel besser aus, da die Touristen es als charmant und individuell bezeichnen. Und das ist eindeutig Cats Bemühungen zu verdanken.

Sie hatte schon immer klare Vorstellungen von der Ausstattung und Atmosphäre des Hotels. Das Problem war nur, dass diese sich hundertprozentig von denen ihres Vaters unterschieden. Sein Bild von einem Hotel war fest in den Siebzigern verwurzelt, einem Jahrzehnt, das vom guten Geschmack übersprungen worden ist, während Cat eher auf den luxuriösen Chic eines Boutiquehotels aus war. Und genau das hat sie geschaffen, seit er im Ruhestand ist. Die früher zugige und altmodische Hotelhalle ist nun gemütlich und einladend. Die Seidenvorhänge an den Fenstern sind dick, üppig und austernfarben, was wundervoll zu dem gebohnerten Parkettboden und den hellgrünen Wänden passt. Die goldgelben Samtsofas mit den weinroten Sofakissen verbreiten eine angenehm warme Stimmung. Wenn im Kamin ein Feuer brennt und die eleganten Stehlampen ein indirektes Licht verbreiten, ist die Wirkung beachtlich und ein himmelweiter Unterschied zu dem scheußlichen mit braunen und orangefarbenen Kringeln gemusterten Teppichboden und der schmuddeligen altrosa gestrichenen Tapete von früher.

Ich habe Cat beim Einrichten geholfen. Dafür hat sie einen kleinen gerahmten Hinweis auf das Swan's an der Rezeption aufgehängt, in dem sie sich bedankt und ihren Gästen den Laden empfiehlt. Ihr sehr begrenztes Budget machte den Umbau zur Herausforderung, doch im Laufe der Zeit konnte ich die nötigen Sachen für sie auftreiben. Die Lampen waren ein echtes Schnäppchen, ebenso wie der riesige Spiegel mit vergoldetem Rahmen, der an einer Wand prangt. Ich habe ihn für ein Butterbrot bekommen, weil er so gewaltig ist, dass er in einen kleineren Raum nicht hineinpassen würde. Cat hätte gerne noch so einen, doch ein solcher Spiegel ist nicht leicht zu finden – was nicht heißt, dass ich die Suche aufgegeben habe. Cat sagt immer, wenn ich will, kann ich sein wie ein Bluthund, und sie hat recht, insbesondere wenn es um Antiquitäten geht. Das Central ist für mich zum zweiten Swan's geworden, und ich halte überall Ausschau nach weiteren Dingen, die dort Akzente setzen würden.

Ich gehe in die Hotelbar, der Cat mit eleganten Lederbänken und dezenter Beleuchtung ebenfalls neues Leben eingehaucht hat. Die Bar ist immer noch der beliebteste Treffpunkt der Einwohner von Dronmore, auch wenn einige Angehörige der älteren Generation gern wegen der Modernisierung die Nase rümpfen. Im Laufe des Jahres ist diese Bar Schauplatz des Nachspiels von Hochzeiten, Beerdigungen und Taufen gewesen, ebenso wie von Beziehungsstreitigkeiten, geschäftlichen Absprachen unter Ehrenmännern und dem ein oder anderen Faustkampf. Wenn diese Wände sprechen könnten, hätten sie eine Menge zu erzählen.

»Hallo, Coco.«

Ich reiße mich aus meinem Tagtraum. Liam Doyle, Barmann und Restaurantchef, steht plötzlich vor mir. Wie immer trägt er unter seinem schwarzen Anzug ein zu enges Hemd. Sein rundes Gesicht ist hochrot wie das eines Schuljungen, der bei etwas Verbotenem erwischt worden ist.

»Hallo, Liam«, antworte ich und zucke leicht zusammen wie immer, wenn er unvermittelt aus dem Nichts erscheint. Er hat etwas an sich, von dem ich Gänsehaut bekomme.

»Sie suchen sicher Ihre Majestät«, meint er mit einem hämischen Grinsen.

»Äh, ja, richtig«, erwidere ich.

»Da hinten sitzt sie.« Er weist mit dem Kopf auf einen Ecktisch, wo Cat gerade mit einem jungen Paar spricht.

»Eine Hochzeit.« Liam schnaubt verächtlich. »Die wollen tatsächlich hier bei uns heiraten anstatt in der Kirche. So was habe ich ja noch nie gehört.«

»Das tun heutzutage viele Paare, Liam«, entgegne ich. »Es bürgert sich immer mehr ein.« Der Typ ist ein bigotter, heuchlerischer Spießer. Kein Wunder, dass Cat ihn nicht abkann.

»Nun, ich halte nichts von solchen neumodischen Bräuchen. Und außerdem finde ich, dass wir so etwas nicht auch noch unterstützen sollten.«

Aus dem Augenwinkel sehe ich, dass Cat sich von dem Paar verabschiedet und mich heranwinkt. Im nächsten Moment ist Liam verschwunden, als hätte er sich in Luft aufgelöst.

»Hi«, sagt Cat, als ich vor ihr stehe. »Drink? Ich bin für heute Gott sei Dank fertig.«

»Sehr gern«, antworte ich und setze mich ihr gegenüber.

Cat ruft den jungen Barkeeper herbei, und es dauert nicht lange, bis wir zwei große Gläser Pinot Grigio vor uns haben. »O Gott, das tut gut.« Sie seufzt zufrieden auf.

»Anstrengender Tag?«, frage ich.

»Ach, nur das Übliche. Musste wieder mal Feuerwehr spielen. Du kennst das ja.«

»Liam ist nicht sehr begeistert davon, dass du hier Ziviltrauungen abhalten lässt«, melde ich und schaue dabei über die Schulter, um mich zu vergewissern, dass er nicht in Hörweite ist.

Sie verdreht die Augen. »Daran wird er sich gewöhnen müssen. Das ist die Zukunft, ganz gleich, was er davon hält.«

»Du bist ein harter Knochen«, erwidere ich.

»Etwas anderes bleibt einem in diesem Geschäft nicht übrig. Außerdem bin ich Mutter von drei Söhnen – mir macht man nicht so leicht Angst.«

»Apropos – raus mit der Sprache. Wir sind ja vorhin unterbrochen worden.«

»Ha! Wo soll ich anfangen?« Sie stöhnt auf.

»Ärger im Paradies?«

»Nun, die Zwillinge kriegen sich vor Aufregung wegen ihrer Geburtstagsfeier kaum noch ein – die übrigens noch nicht richtig organisiert ist. Und Mark ist der absolute Albtraum.«

»Was ist passiert?«

»Keine Ahnung, aber er benimmt sich, als würde er mich hassen«, antwortet sie bedrückt.

»Er hasst dich nicht«, beschwichtige ich sie.

»Da bin ich nicht so sicher, Coco. Er hört überhaupt nicht mehr auf mich. Und immer, wenn ich versuche, mit ihm zu reden, geht er in die Luft. Er führt sich auf wie nach einer Persönlichkeitstransplantation. Sogar David findet das.«

»Ach, das ist bestimmt nur die Pubertät«, meine ich.

»Ich mache mir solche Sorgen um ihn. Was, wenn das für den Rest seines Lebens so bleibt und er sich Tag und Nacht mit uns rumstreitet? Ich halte das nicht mehr aus.« Cat schüttelt den Kopf und trinkt einen großen Schluck Wein.

»Das ist nur eine Phase«, sage ich. »Ihr habt euch immer prima verstanden, das wird schon. Er muss eine Weile gegen dich rebellieren, bevor er sich wieder beruhigt.«

»Ich weiß nicht … zurzeit kann ich ihm nichts recht machen.«

»Vielleicht braucht er mehr Freiraum«, schlage ich vor.

»Ich gebe ihm doch Freiraum, verdammt«, zischt sie gereizt. Ich sehe sie wortlos an. »Entschuldige, ich mache mir bloß solche Sorgen um ihn, Coco.«

»Er wird nur erwachsen und muss sich über einiges klar werden. Außerdem spielen seine Hormone verrückt. Da muss es doch zwangsläufig zu Spannungen kommen, richtig?«

»Nun, ich kaufe mir ein paar Bücher zu diesem Thema und informiere mich«, verkündet sie entschlossen.

»Glaubst du, das bringt was?«, frage ich.

»Es kann ja nicht schaden. Irgendwas muss ich ja tun. Wir waren in diesem Alter doch auch nicht so, oder?«

»Ich kann mich nicht erinnern – es ist schon so lange her.« Ich lache wehmütig auf.

»Ja! Stell dir vor, wir haben vor fünfzehn Jahren die Schule abgeschlossen. Es ist verrückt. Ich habe mir überlegt, ob wir nicht ein Klassentreffen organisieren sollen. Das Zehnjährige haben wir ja ausfallen lassen.«

»Mit mir brauchst du nicht zu rechnen«, antworte ich. »Außerdem hast du doch schon genug zu tun.«

»Ach, komm schon, es wird sicher lustig, die anderen wiederzusehen! Gut, mit Ausnahme von Monica Molloy. Habe ich dir erzählt, dass sie bei Facebook meine Freundin werden wollte?«

»Echt?« Ich schnappe erschrocken nach Luft.

»Doch! Als ob ich je mit ihr befreundet sein würde, nach dem, wie sie über mich geredet hat.«

Monica ist eine ehemalige Mitschülerin, die sich einen Spaß daraus gemacht hat, über Cat zu lästern, als sie schwanger wurde. Und nicht nur das, sie hat auch noch versucht, ihr David auszuspannen. Also steht sie ganz oben auf unserer

Hitliste der Menschen, denen wir gern zu einem qualvollen Tod verhelfen würden, wenn wir sie je in die Finger bekämen. Monica teilt sich den ersten Platz mit der Nonne, die uns zehnmal rund um das Basketballfeld rennen ließ, weil wir uns nicht auf irische Grammatik vorbereitet hatten, und der Hebamme, die sich geweigert hat, Cat ein Schmerzmittel zu geben, als sie in den Wehen lag. Eigentlich stellt unsere Liste einen breit gefächerten Querschnitt durch die Bevölkerung dar.

»Monica, die dümmste aller Kühe, wohnt inzwischen in New York«, fügt Cat mit hasserfülltem Blick hinzu und trinkt noch einen Schluck Wein.

»Woher weißt du das?«, frage ich. Bis jetzt hatten wir seit Jahren nichts mehr von Monica Molloy gehört – seit wir die Schule abgeschlossen und unsere Mitschülerinnen sich in alle vier Winde verstreut haben.

»Natürlich habe ich sie gegoogelt«, entgegnet Cat grinsend. »Das solltest du mal ausprobieren. Wahnsinn, was man über andere Leute rauskriegt. Zu guter Letzt habe ich unsere halbe Abschlussklasse gegoogelt.«

»Wirklich?«

»Ja. Ein paar haben echt Karriere gemacht. Laura Mangan ist weltweite Geschäftsführerin irgendeiner New Yorker Bank, und Nasenpopel O'Brian ist Topmanagerin in London.«

»Oh, mein Gott – Louise O'Brian! Die hatte ich ganz vergessen. Warum haben wir sie noch mal so genannt?« Ich zermartere mir das Hirn in dem Versuch, mich zu erinnern.

»Wegen Jon Jo ›Nasenpopel‹ Maguire natürlich.«

»Ach, ja! Jon Jo. Den hatte ich ebenfalls vergessen!« Ich lache auf.

Jon Jo »Nasenpopel« Maguire hatte immer eine Triefnase. Es war echt widerlich, doch Louise schien das nicht zu stören – die beiden klebten in der Fünften und Sechsten förmlich aneinander. Vor einiger Zeit hat Jon Jo die Farm seiner Familie geerbt – die ganzen zwölfhundert Hektar. Ich kann mich der Frage nicht erwehren, ob Louise es inzwischen bereut, dass sie ihm den Laufpass gegeben hat, als sie zum Studieren nach Dublin ging.

»Nicht zu fassen ... sie sind über die ganze Welt verteilt, und wir beide sind hier im guten alten Dronmore geblieben ...« Einen Moment sieht Cat ein wenig wehmütig aus.

»Du bereust es doch nicht, oder?«, frage ich.

Als sie mich ansieht, wirkt sie noch immer leicht bedrückt. »Nicht wirklich«, erwidert sie, klingt jedoch nicht sehr überzeugend. »Aber denkst du denn nie daran, dass du auch ein anderes Leben hättest führen können?«

»Eigentlich nicht.« Ich zucke die Achseln.

»Coco Swan«, meint sie kopfschüttelnd. »Ich habe noch nie jemanden getroffen, der so an seiner eigenen Vergangenheit hängt.«

Ich erröte leicht, denn ich höre zwischen den Zeilen ein wenig Kritik heraus. »Ach, lass das. Was ist denn so schlimm daran, seine Heimat zu lieben?«

Cat lächelt mich an. »Du warst schon immer niedlich verrückt«, sagt sie.

»Und du bist einfach nur normal verrückt«, gebe ich zurück, was sie zum Lachen bringt. Es ist so schön, sie lachen zu sehen – offenbar wird ihr die Verantwortung in letzter Zeit zu viel.

»Jetzt aber genug von meinen Kindern und den Dingen, die ich bereue. Was ist mit dir? Was tut sich?«

»Tja, ich habe wirklich Neuigkeiten ...« Ich habe ihr bis jetzt nicht von der gefundenen Tasche erzählt, weil sie dringend über Mark reden musste. Inzwischen platze ich fast vor Mitteilungsbedürfnis.

»Ich hab's doch gewusst!« Ihre Augen leuchten auf. »Du bist wieder mit Tom zusammen, richtig? Das habe ich schon zu David gesagt. Ich habe ihm gesagt, du seist dabei, es dir anders zu überlegen. Er fand, dass ich mich irre, aber ich hatte so ein Gefühl ...«

»Soll das ein Scherz sein, Cat?« Verlegenes Schweigen entsteht, als ihr klar wird, wie weit sie daneben liegt.

»Oh, also doch nicht?« Ihre Miene verdüstert sich, und sie zieht die Mundwinkel nach unten wie eine Comicfigur.

»Nein, natürlich nicht. Wie kommst du denn auf diese Idee?« Ich kann nicht verhindern, dass mein Tonfall kühl klingt.

»Du hast gesagt, du hättest Neuigkeiten. Und da habe ich eben angenommen ...« Sie weicht meinem Blick aus.

»Nun, da hast du dich geirrt.«

»Tut mir leid. Ich dachte nur, du hättest es dir anders überlegt.«

»Warum sollte ich das?«, frage ich, noch ein wenig mehr verärgert.

»Nun, manche Leute tun es«, antwortet sie. »Ich meine damit, dass viele Paare sich trennen und dann doch wieder zusammenkommen.«

»Wir nicht«, entgegne ich mit Nachdruck.

»Aber ... vermisst du ihn denn gar nicht, Coco?«, erkundigt sie sich und mustert forschend mein Gesicht. Sie hält Ausschau nach Anzeichen dafür, dass ich ihr meine wahren Gefühle verheimliche. Cat ist überzeugt, eine Lüge in zehn Sekunden enttarnen zu können – das erkenne ich an ihrer Körpersprache.

»Ein bisschen natürlich schon«, erwidere ich aufrichtig. »Aber es war schon aus, bevor er ausgewandert ist, das weißt du genau.«

Cat hat Tom immer gern gehabt, obwohl sie kein enges Verhältnis zu ihm hatte. Wir haben nur selten etwas zu viert unternommen.

»Doch er war wirklich sehr nett und außerdem total verliebt in dich«, protestiert sie. »Und er war eine gute Partie.«

»Du hast recht, er war nett. Aber die Beziehung hatte sich totgelaufen. Das habe ich dir bereits erklärt.«

»Was, wenn die Trennung ein Fehler war?«

»War sie nicht.«

»Und was ist mit ... Kindern?«

Ich spüre, wie sich mir die Nackenhaare aufstellen. Allmählich habe ich es satt, dass alle andeuten, ich könnte den Rest meiner Tage als unfruchtbare alte Jungfer verbringen. »Was soll mit ihnen sein?«

»Tom wäre ein toller Dad gewesen«, sagt sie. »Er wäre in dieser Rolle aufgegangen. Manchmal glaube ich ...«

»Cat«, unterbreche ich ihr kleines Szenario. »Ich habe nie behauptet, dass ich Kinder will. Hast du mich in all den Jahren unserer Freundschaft je etwas anderes sagen hören?«

Sie dreht den Stiel ihres Glases zwischen den Fingern. »Ich habe nur manchmal das Gefühl ...«, platzt sie heraus und hält dann abrupt inne.

»Was für ein Gefühl?«, hake ich nach.

»Nichts. Es geht mich nichts an. Ich will mich nicht einmischen.«

»Ach, verdammt, raus mit der Sprache. Allmählich reißt mir der Geduldsfaden.«

»Okay, aber sei jetzt nicht sauer. Ich habe nur manchmal den Eindruck, dass du Angst hast, dein Territorium zu verlassen.«

»Nein, habe ich nicht.«

»Wirklich? Überleg mal, Coco. Tom war wirklich ein Supertyp, und er hat dich vergöttert. Ich weiß, dass man Mut braucht, um ans andere Ende der Welt zu ziehen, doch es hätte sehr spannend werden können. Du kannst dich nicht für immer in deinem Laden verkriechen.«

»Ich verkrieche mich nicht in meinem Laden.«

»Wirklich?« Sie betrachtet mich, und aus irgendeinem Grund kann ich ihrem Blick nicht standhalten.

»Ich will nicht mehr darüber reden«, entgegne ich und spüre, wie ich rot anlaufe. Auch wenn Cat meine älteste Freundin ist, erkennt sie manchmal nicht, wo die Grenzen sind.

»Okay«, seufzt sie. »Wenn du meinst. Ich hoffe nur, dass du es nicht bereuen wirst.« Sie nimmt die Flasche und füllt unsere Gläser nach. »Fangen wir von vorne an«, sagt sie mit einem Lächeln. »Was für Neuigkeiten hattest du denn?«

Ich greife in meine Umhängetasche, um die Handtasche herauszuholen. Allerdings werde ich das Gefühl nicht los, dass all das Gerede über Tom mir die Freude an meiner Enthüllung ein wenig verdorben hat. Als ich die elegante 2.55 aus der Schutzhülle nehme, fällt Cats Reaktion so dramatisch aus wie erwünscht.

»Wow!«, keucht sie und reißt die Augen auf wie eine Pantomimin. »Oh, mein Gott, ist die echt?«

»Wir sind uns da ziemlich sicher«, erwidere ich und weide mich an ihrem Staunen. »Ich habe sie vor ein paar Tagen bei einer Auktion gekauft. Sie lag ganz unten in einem Karton voller Krimskrams. Wir sind überzeugt, dass es eine originale Chanel ist.«

»Oh, mein Gott, wie cool. Für so ein Ding würde ich einen Mord begehen.« Als ich lache, fasst sie mich am Arm. »Im Ernst«, fährt sie fort. »Das würde ich wirklich. Also Vorsicht auf dem Heimweg. Du könntest auf geheimnisvolle Weise von hinten niedergeschlagen werden und mit leeren Händen aufwachen.«

»Ich bin nicht sicher, ob ich sie behalte«, sage ich.

»Was? Warum denn nicht?«, entsetzt sie sich.

»Ich habe ein schlechtes Gewissen.« Ich seufze auf. »Oder besser, Ruth hat es mir eingeredet.«

»Schlechtes Gewissen?«, hakt Cat nach. »Spinnst du? Warum solltest du ein schlechtes Gewissen haben?«

Ich wünschte, es wäre anders, aber es ist nun einmal so. Vielleicht habe ich eine echte Tasche von Chanel gefunden, der Stoff, aus dem die Träume sind – oder zumindest meine Träume –, weiß allerdings, dass ich sie nicht behalten und mich daran erfreuen kann. Was, wenn jemand panisch danach sucht und den Verlust betrauert?

»Nun, sie ist ganz bestimmt versehentlich in den Karton geraten«, antworte ich, während ich die Tasche hin und her drehe. Sie ist wirklich ein ausgesprochen schönes Stück.

»Ja, das ist sie sicher. Na und?«, entgegnet sie.

»Ich weiß, dass ich nicht mit dem Gedanken leben kann, jemand könnte sie vermissen.«

»Herrgott, Coco, du bist Geschäftsfrau. Du darfst dich nicht so intensiv mit dem Leben anderer Leute befassen. Das bringt doch nichts. Wer kann schon sagen, woher die Tasche kommt? Jedenfalls ist es nicht dein Problem.«

»Ruth sieht das anders.«

»Das ist doch albern. Du bist nicht dafür verantwortlich, was andere Leute mit ihren Sachen machen.«

»Und wenn jemand danach sucht?«

»Dann hätte derjenige vermutlich schon beim Auktionator auf der Matte gestanden, richtig? Er hätte versucht, sie aufzuspüren.«

Sie könnte recht haben. Die Auktion ist nun schon ein paar Tage her, und Hugo führt über alle Käufer Buch.

»Mag sein«, erwidere ich zweifelnd.

»Ich würde dir raten, sie für dich zu behalten«, meint sie, nimmt die Tasche und hält sie hoch. »Sie ist wunderschön. Du hättest schon vor Jahren so eine Tasche haben sollen. Wir haben doch immer gesagt, dass du eine Tasche von Coco Chanel brauchst, weil das zu deinem Namen passt, oder? Willst du wissen, was ich davon halte. Das ist Vorsehung, Coco. Und gegen das Schicksal ist man machtlos, richtig?«

»Ja, es könnte Schicksal sein, klar. Oder Pech für jemand anderen«, wende ich ein.

»Ach, vergiss das. Es ist Schicksal. Die Tasche ist für dich bestimmt. Ich würde sagen: Viel Spaß damit.«

»Das ist dir zuzutrauen!« Ich lache.

»Mein Gott, eines Tages werde ich mir so ein Prachtstück gönnen. Wie alt schätzt du sie?«

»Nun, die ersten wurden im Februar 1955 hergestellt – deshalb nennt man sie ja die 2.55. Wir glauben, es könnte eine aus der allerersten Serie sein, vielleicht sogar ein Prototyp. Wir haben in einem vom Mums alten Büchern über Chanel nachgeschlagen.«

»Mann, das ist ja Wahnsinn.«

»Ja. Und hast du das Geheimfach gesehen? Chanel hat es für die Aufbewahrung von Liebesbriefen entworfen – so heißt es wenigstens.«

»Oh, Gott, das ist ja so romantisch. Ich meine, wer schreibt denn heutzutage noch Liebesbriefe? Ich kann mich nicht einmal mehr erinnern, wann David mir zuletzt eine verliebte SMS geschickt hat. Und auf eine richtig scharfe Sex-SMS warte ich bis heute.«

»Cat!«, kichere ich. »Wenn deine Eltern dich hören könnten.«

Beim Reden zeige ich ihr das Innere der Tasche, und als ich bemerke, dass der Reißverschluss des Geheimfachs ein Stück offen steht, will ich ihn schließen. Doch im nächsten Moment spüre ich, dass unter dem Stoff etwas steckt, und schaue genauer hin.

»Was ist das?«, fragt Cat.

»Da ist etwas drin. Bis jetzt ist es mir gar nicht aufgefallen …«

Als ich den Finger ins Geheimfach stecke, ertaste ich ein Stück Papier und angle es vorsichtig heraus. Es ist sehr dünn, beinahe durchsichtig, und mehrere Male gefaltet. Kein Wunder, dass ich es übersehen habe – es ist beinahe federleicht.

»Ist es ein Brief?«, flüstert Cat. »Ich glaube es nicht. Was steht drin?«

Langsam und sorgfältig entfalte ich den Bogen.

»Los, so lies schon vor«, drängt sie.

»Ich weiß nicht recht. Vielleicht ist es privat.«

»Mach dich nicht lächerlich!«, protestiert Cat. »Du musst ihn lesen. Wenn du es nicht tust, mache ich es. Gib her.«

»Nein.« Ich drücke den Brief an meine Brust. »Ich habe ihn gefunden. Also werde ich ihn lesen, wenn ihn überhaupt jemand liest.«

»Dann los. Worauf wartest du? Ein Zeichen vom Himmel? Herrje, es könnte ein richtiger Liebesbrief sein!« Sie kann vor Aufregung kaum stillsitzen, und ich befürchte schon, dass sie mir das zarte Stück Papier aus der Hand reißt.

»Meinetwegen. Warte einen Moment.« Ich hole tief Luft und lese die große, kühne Handschrift.

November 1956

Mein Liebling,
schon auf den ersten Blick wusste ich ohne die Spur eines Zweifels, dass Du die Liebe meines Lebens bist. Als ich in Deine wunderschönen blauen Augen geschaut habe, die so zärtlich und ausdrucksvoll sind, habe ich für immer mein Herz an Dich verloren. Es war, als kennten wir uns bereits seit vielen Monaten und als seien wir zwei Seelen, die schon in einem vergangenen Leben vertraut miteinander waren. Unsere gemeinsame Zeit war so kostbar, mein Liebling, und viel zu kurz. Während ich diese Zeilen schreibe, bricht es mir das Herz, denn heute werden

wir getrennt werden. Dieser Brief ist mein Abschiedsgruß.

Du sollst wissen, dass ich mit jeder Faser meines Körpers bei Dir sein, Dich in den Armen halten und Dich nie wieder loslassen will. Doch ich darf nicht. Denke stets daran, dass ich Dich nie vergessen werde, denn Du bist mein Herz. Und wie sollte ich mein eigenes Herz vergessen?

Ich bete zu Gott, dass wir eines Tages wieder vereint sein werden, damit ich Deine Hand in meiner halten kann.

Ewig Dein, x

»Oh, mein Gott!«, ruft Cat aus. »Ein tragisches Liebespaar. Die Armen.«

»Der Brief ist nicht unterschrieben.« Ich drehe ihn um, doch auf der Rückseite steht auch nichts.

»Die Besitzerin dieser Tasche muss eine tolle Frau gewesen sein, um jemanden zu einem solchen Brief zu inspirieren«, fährt Cat fort. »Man kann die Leidenschaft zwischen den Zeilen spüren, findest du nicht? Es ist so traurig.«

»Warum hat er sie wohl verlassen müssen?« Ich untersuche den Brief nach weiteren Hinweisen, aber da sind keine. Wie lange liegt er schon in der Tasche? Unmöglich festzustellen. Er enthält keine Informationen über den Verfasser – nur die wenigen traurigen Sätze.

»Schau, wie alt und vergilbt das Papier ist«, meint Cat. »Bestimmt ist er schon seit Jahren in der Tasche, vielleicht seit er geschrieben wurde. Sicher hat sie ihn immer mit sich herumgetragen. Ich frage mich, ob wir die Einzigen sind, die ihn außer ihr gelesen haben.«

»Was soll ich damit machen?«, sage ich unschlüssig. »Er ist so … privat.«

Ein träumerischer Ausdruck malt sich in Cats Augen.

»Glaubst du, sie haben sich wiedergefunden? Ob er zu ihr zurückgekehrt ist?«

Meine Gedanken überschlagen sich. Der Brief ist anrührend und kommt von Herzen. Und dennoch fühle ich mich ein wenig seltsam, weil wir uns in das Leben dieser Menschen drängen. Es ist, als würde man in einem fremden Tagebuch herumschnüffeln: Man weiß, dass man etwas Verbotenes tut, kann aber trotzdem nicht widerstehen.

»Mein Gott, die Leute waren damals noch so romantisch«, spricht sie weiter. »Wie im Film. Heutzutage betrachten es die meisten Männer als romantische Geste, wenn sie einem die Fernbedienung überlassen.«

Ich kichere – sie hat recht. Diese Gefühle haben zweifellos etwas Altmodisches an sich. Romantik wie diese gibt es inzwischen nicht mehr – und wenn doch, habe ich sie noch nie erlebt.

»Was denkst du gerade?« Cat schneidet eine Grimasse.

»Wovon redest du?« Allerdings weiß ich, worauf sie anspielt.

»Du kannst nicht verbergen, was in dir vorgeht, Coco Swan. Es steht dir ins Gesicht geschrieben! Jetzt hast du noch ein schlechteres Gewissen, richtig?«

Ich sehe erst sie und dann wieder die Tasche in meinen Händen an. »Kann sein«, räume ich ein.

»Nur weil du den Brief gefunden hast, heißt das noch lange nicht, dass du die Tasche nicht behalten darfst, okay? Es hat nichts zu bedeuten!«

Ich nicke. Doch in meinem Innersten teile ich ihre Auffassung nicht. Was, wenn die Tatsache, dass ich Tasche und Brief gefunden habe, doch etwas zu bedeuten hat? Womöglich sogar mehr, als ich zu träumen wage?

Am nächsten Morgen sitzt Ruth mir im Laden gegenüber. Der Brief aus der Handtasche liegt zwischen uns auf dem Tisch. Nach meinem Besuch bei Cat bin ich nach Hause gerannt, um meine Geschichte loszuwerden. Aber ich habe nur einen Zettel vorgefunden, dass sie heute Nacht nicht da sein wird und dass ich sie im Notfall mobil erreichen könne. Keine Erklärung, wohin sie wollte – obwohl ich annehme, dass sie bei Karl ist und das tut, was die beiden eben so tun. Ich musste mich zurückhalten, um sie nicht anzurufen und ihre sofortige Rückkehr zu fordern, damit ich ihr von meinem Fund erzählen konnte.

»Und was denkst du?«, frage ich sie jetzt und trinke einen Schluck Tee aus meiner antiken Lieblingstasse, der cremefarbenen mit dem hübschen Rosendekor.

»Ich bin ein bisschen erschrocken«, erwidert sie.

»Ich weiß. Verrückt, findest du nicht? Erst liegt diese Tasche ganz unten in einem Karton voller Nippes und jetzt das hier … Ich kriege es immer noch nicht ganz auf die Reihe.«

»Ich muss zugeben, dass mir in all meinen Jahren in dieser Branche noch nie so etwas passiert ist«, stellt Ruth fest. »Ja, man stößt hin und wieder auf Sachen. Alte Fotos, die Fragen wecken, Widmungen in Büchern, die einen ins Grübeln bringen. Einmal habe ich in der Tasche eines alten Pelzmantels einen wirklich wertvollen Diamantohrring entdeckt. Aber das … das ist etwas anderes.«

»Warum musste er sie wohl verlassen?«, überlege ich laut.

»Gab es 1956 irgendwo einen Krieg? Vielleicht war er ja Soldat und musste nach Übersee zu einem Einsatz.«

»Nun, damals fand die Suez-Krise statt, also könnte es möglich sein«, antwortet Ruth nachdenklich. »Aber das werden wir nun nie mehr erfahren ...«

»Und sie hat den Brief die ganze Zeit über in dieser Tasche aufbewahrt ... sicher hat sie ihn sehr geliebt«, sage ich.

Lange herrscht bedeutungsschwangeres Schweigen – das Unausgesprochene schwebt in der Luft. Was soll ich mit den Sachen anfangen? Kann ich die Tasche behalten und den Inhalt einfach ignorieren? Ist das moralisch vertretbar? Aus irgendeinem Grund muss ich an Mum denken. Wie hätte sie reagiert? Wenn sie über eine Chanel-Tasche gestolpert wäre, wäre für sie ein Wunschtraum in Erfüllung gegangen. Fast kann ich ihre Stimme hören, die mir verspricht, mir eines Tages eine zu schenken. Ist es albern zu glauben, dass sie mir die Tasche geschickt hat? Ist es absurd anzunehmen, diese Tasche könnte eine Botschaft von ihr sein?

»Ich fühle mich ziemlich merkwürdig«, sage ich schließlich.

»Natürlich tust du das, Liebes«, erwidert Ruth. »Schließlich wirft die Angelegenheit jede Menge Fragen auf. Erst findest du die Tasche, dann den Brief. Das ist ziemlich viel auf einmal.«

»Und was sollte ich deiner Ansicht nach jetzt machen?«, will ich wissen.

»Was meinst du?«

»Ich sollte die Besitzerin der Tasche aufspüren und sie ihr zurückgeben.«

Die Worte sind ausgesprochen, bevor mein Gehirn sie richtig verarbeitet hat. *Ich muss die Besitzerin der Tasche finden.* Ich habe zwar keine Ahnung, wie sie in den Karton mit wertlosem Krimskrams gekommen ist, aber es war ganz sicher keine Absicht. Sie ist bestimmt durch einen Irrtum in die Versteigerung geraten. Und nachdem ich so einen persönlichen und emotionalen Brief darin entdeckt habe, kann ich nicht mehr die Hände in den Schoß legen. Der Brief hat einer Frau so viel bedeutet, dass sie ihn jahrzehntelang in ihrer Tasche herumgetragen hat. Es wäre grausam, das zu ignorieren. Falls Mum mir wirklich eine Botschaft hat schicken wollen, verstehe ich sie nicht ganz. Vielleicht klärt sich ja alles auf, wenn ich die Besitzerin der Tasche aufspüre. So verrückt es auch klingen mag, kann ich mich des Gefühls nicht erwehren, dass an dieser Theorie etwas dran sein muss.

»Braves Mädchen.« Ruth lächelt mich an.

»Denkst du, dass ich recht habe?«, frage ich.

»Ja, Coco, das denke ich. Ich wünschte nur, ich hätte mich in meinem Leben auch immer an diese Regel gehalten …« Sie verzieht das Gesicht und wendet sich ab.

»Was meinst du damit?«

»Oh, nur dass mir häufig durch den Kopf geht, ich hätte deinen Großvater drängen sollen, schon früher einen Arzt aufzusuchen, wie mein Bauchgefühl es mir geraten hat. Dann wäre er vielleicht nicht …«

»Das ist doch albern. Du darfst dir keine Vorwürfe machen, weil Opa krank geworden ist.«

Sie lächelt zwar, doch ich erkenne tiefe Trauer und Bedauern in ihren Augen. »Ja, ich weiß. Ich wollte damit nur sagen, dass es nie falsch ist, auf sein Bauchgefühl zu hören. Außerdem wirst du, seit du so darüber denkst, ohnehin keinen Spaß mehr an der Tasche haben. Wenn du sie behalten würdest, hättest du dauernd ein schlechtes Gewissen. Also ist die Tasche jetzt wertlos für dich.«

»Ich könnte lernen, damit zu leben«, erwidere ich lächelnd. Die Vorstellung, so ein wunderschönes altes Stück zurückzugeben, bricht mir fast das Herz.

»Das bezweifle ich, Liebes.«

»Ein Jammer, dass ich ein Schuld-Gen habe.« Ich seufze

auf. »Mum hat es offenbar übersprungen. Warum musste ausgerechnet ich es erben?«

Wieder entsteht Schweigen, als wir daran denken, wie wahr diese Worte sind. Mum hielt nichts von Schuldgefühlen. Sie war ein Freigeist und schlug sämtliche gesellschaftlichen Konventionen in den Wind. Deshalb hatte sie auch kein Problem damit, in ihre kleine Heimatstadt zurückzukehren, als sie während einer monatelangen Reise schwanger mit mir geworden war.

Ruth erzählt, sie habe, nachdem sie sie ein halbes Jahr nicht gesehen hatten, einfach vor der Tür gestanden, mit einem riesigen Babybauch und einem Koffer in der Hand. Natürlich hatte es Ruth und Opa vor Schreck die Sprache verschlagen, weil Mum sie nicht vorgewarnt hatte. Alle in der Stadt zerrissen sich sofort die Mäuler über sie, doch das störte sie nicht. Sie fühlte sich nie verpflichtet, anderen eine Erklärung abzugeben. Sie richtete sich wieder in ihrem alten Zimmer über dem Laden ein, dem Zimmer, in dem ich schließlich geboren wurde. Ruth sagte sie nur, ich sei in Liebe empfangen worden, das Ergebnis einer leidenschaftlichen Affäre mit einem hinreißenden Franzosen. Es gibt keine Möglichkeit mehr, die Wahrheit herauszufinden, da sie starb, bevor ich sie danach fragen konnte. Ich könnte also genauso gut Folge eines One-Night-Stands sein. Jedenfalls sagt Ruth immer, es sei bei Mum Liebe auf den ersten Blick gewesen, als ich zur Welt kam, auch wenn ich den Wahrheitsgehalt dieser Äußerung auch nicht mehr nachprüfen kann. Denn warum hat sie sich meistens aus dem Staub gemacht, wenn sie mich so geliebt hat?

Das Einzige, was ich mit Sicherheit weiß, ist, dass Mum sich nicht um die Meinung ihrer Mitmenschen geschert hat. Nach meiner Geburt lebte sie einfach weiter wie bisher, pendelte zwischen Irland und ihrem geliebten Frankreich und suchte nach Kostbarkeiten für den Laden. Ungewöhnliche Dinge für das Swan's aufzutreiben, war ihre Leidenschaft, und es machte ihr nichts aus, mich, manchmal über Wochen hinweg, in Dronmore zu parken, während sie auf Antiquitätenmärkten herumstöberte und ihre Fundstücke nach Hause schickte. Damals gefiel mir das gar nicht, und ich konnte es auch nicht verstehen. Ich weiß nicht, ob sich daran etwas geändert hat. Aber so war Mum eben. Für sie war das Leben ein großes Abenteuer, und das rastlose Herumreisen durch ganz Europa war für sie das Paradies. Auch wenn ihr geliebtes Frankreich ihr schließlich zum Verhängnis wurde. Sie wurde auf einer Straße in Paris Opfer eines Verkehrsunfalls, als ich noch nicht einmal dreizehn war, und so verlor ich meine Mutter für immer. Ruth behauptet, dass Mum vor ihrem Tod geplant hat, für immer nach Hause zurückzukehren, um für mich da zu sein. Doch auch das wird sich nicht mehr aufklären lassen. Zu mir hat Mum nie etwas dergleichen gesagt.

Ich sehe Ruth an und schiebe den Gedanken an Mums Tod wie immer beiseite, in einen Winkel meines Gehirns, wo ich mich nicht damit beschäftigen muss. Dort verharrt er im Schatten, zusammen mit dem Groll, weil sie mich, wenn sie mich wirklich geliebt hätte, nicht zurückgelassen hätte. Sie wäre gern bei uns hier im Laden geblieben, anstatt wie eine Wilde irgendwelchen Träumen hinterherzujagen.

»Deine Mum wäre von der Tasche begeistert gewesen«, sagt Ruth leise und holt mich damit in die Gegenwart zurück.

»Ja«, stimme ich zu. »Das wäre sie ganz bestimmt.« Obwohl Mum ein absolutes Faible für Chanel hatte und oft meinte, sie werde mir eines Tages eine Handtasche schenken, hat sie nie selbst eine besessen.

»Ich weiß noch, wie sie mir gesagt hat, dass sie dich Coco nennen will«, fährt Ruth fort.

»... und du ihr geantwortet hast, dass sie spinnt.« Ich lache auf. Diese Geschichte kenne ich in- und auswendig.

»Und sie erwiderte, dass du einen großen Namen bräuchtest, weil du einmal große Dinge tun würdest«, verbessert mich Ruth.

»Wenn sie nur geahnt hätte, wie sehr sie sich irrt«, stelle ich fest.

»Coco!« Ruth wirft mir einen tadelnden Blick zu. »Du wirst große Dinge tun, hab doch ein bisschen Selbstvertrauen.«

»Tja, bis jetzt habe ich noch nicht so viel hingekriegt, oder?« Das ist nur zum Teil ein Scherz. Obwohl ich mit meiner Situation sehr zufrieden bin, muss ich der Tatsache ins Auge sehen, dass ich seit meiner Kindheit in derselben Kleinstadt wohne und mit meiner Großmutter zusammenarbeite. Ich stelle nicht gerade die Welt auf den Kopf. Ich muss an Cats Bemerkung denken, dass ich mich verkrieche und Angst habe, mein Territorium zu verlassen. Hat sie womöglich recht?

Als Ruth mir einen seltsamen Blick zuwirft, wird mir klar, dass ich sie vielleicht gekränkt habe. Sie war so gut zu mir. Es kann nicht leicht sein, den Tod der eigenen Tochter zu verkraften und eine Halbwüchsige und einen pflegebedürftigen Ehemann zu versorgen. Außerdem hat sie mich mit offenen Armen aufgenommen, als Tom wegzog, obwohl ich ihrem Privatleben im Wege bin – ihrer heimlichen Affäre mit ihrem Toy-Boy.

»Du hast ziemlich viel geschafft«, sagt sie jetzt mit leuchtenden Augen. »Und ich denke, da wird noch mehr kommen. Ich weiß, dass du dich selbst so überraschen wirst, wie du es jetzt in deinen kühnsten Träumen nicht glauben würdest, Coco Swan. Denke an meine Worte.«

Ich lächle, dankbar, weil sie mir eine Ausflucht lässt, wie immer, wenn ich anfange, mich zu bemitleiden. Ruth hält nichts von Selbstmitleid. Sie ist der zuversichtlichste Mensch, den ich kenne. Das scheint auch ein genetisches Erbe der Familie

Swan zu sein, das mich übersprungen hat: Ich bin nun einmal kein Stehaufmännchen.

»Ich frage mich, was Mom wohl damit angefangen hätte.« Ich tätschle noch einmal die Tasche.

»Das kann ich dir genau sagen«, antwortet Ruth. »Sie hätte sich bestimmt auf die Suche nach der Besitzerin gemacht und auf ein möglichst dramatisches Ende gehofft!«

Ich lache spöttisch auf. Sie hat recht. Mom hatte eine Schwäche für Theatralik. Das weiß sogar ich.

»Ich will mich nicht davon trennen«, meine ich und streichle wieder traurig über die Tasche. Sie ist so schön, und ich will sie unbedingt behalten. Aber ich darf nicht. Jetzt nicht mehr.

»Das ist mir klar, Liebes, doch du tust das Richtige«, erwidert Ruth. »Der Brief bedeutet der Besitzerin offenbar sehr viel. Sie muss ihn zurückbekommen.«

»Ich spreche heute Nachmittag mit Hugo«, verkünde ich.

»Braves Mädchen, pflücke den Tag!«, entgegnet Ruth. »Allerdings wird er sicher nicht erfreut sein.«

»Das kann ich mir vorstellen.« Er wird aus der Haut fahren, wenn er erfährt, dass ihm eine echte Chanel-Tasche durch die Lappen gegangen ist, denn dann wäre für ihn eine viel höhere Beteiligung herausgesprungen.

»Oh, im Grunde seines Herzens ist er sanft wie ein Lämmchen. Du musst ihn nur ein bisschen um den Finger wickeln, Coco. Leg dich mal ordentlich ins Zeug. Ich sage dir doch schon immer, dass du endlich mal deine weiblichen Reize einsetzen solltest!«

Jetzt klingt sie wie Cat. Manchmal habe ich den Eindruck, dass die beiden sich bald verbünden werden, um mich in ein kleines Schwarzes und Pumps zu zwängen.

»Ja, schon gut«, sage ich. »Das Problem ist nur, dass dieses Gen mich auch übersprungen hat.«

Später am selben Nachmittag stehe ich in den Auktionsräumen von Maloney's und habe Hugo gerade die ganze Angelegenheit erklärt. Wie vorausgesehen, ist er nicht sehr erfreut.

»Du hast eine Chanel-Tasche in einem dieser Kartons gefunden?«, hakt er nach und kriegt den Mund nicht mehr zu. »Verdammte Scheiße!«

Er tobt, wie wir es uns schon gedacht haben. Wenn er gewusst hätte, was er jetzt weiß, hätte er die Tasche nach Dublin zu einer Spezial-Auktion schicken können – vielleicht sogar nach London.

»Das war einfach nur Glück, Hugo«, erwidere ich und werde verlegen. Es ist ja nicht so, als ob ich ihn absichtlich über den Tisch gezogen hätte. Und dennoch habe ich ein schlechtes Gewissen.

»Bist du sicher, dass sie echt ist?«, fragt er, ohne sich die Mühe zu machen, seine Gereiztheit zu verbergen. Zornesröte arbeitet sich seinen massigen Hals hinauf bis zu den Hängebacken und steigt weiter.

»Ja, ziemlich«, erwidere ich.

»Ich fasse es nicht, verdammt! *Danielle*! Danielle, komm sofort her!« Auf sein Gebrüll folgt ein junges Mädchen aus dem Büro, nicht sonderlich eilig, wie ich hinzufügen muss. Es ist die Frau, die mir meine Bieternummer zugeteilt und gesagt hat, ich sähe überhaupt nicht aus wie Coco Chanel. Heute hat sie das Haar zu einem zerzausten Knoten aufgesteckt, der improvisiert wirkt, vermutlich aber viel Arbeitszeit in Anspruch genommen hat. Sie trägt einen weiten schwarzen Acrylpulli. Ihre mageren Beinchen stecken in Leggings mit Aztekenmuster und abgeschabten Ugg-Boots-Imitaten.

»Hast du mich gerufen?«, fragt sie Hugo mit demselben gelangweilten Gesichtsausdruck, an den ich mich noch vom Auktionstag erinnere.

»Ja, habe ich, zum Teufel.« Inzwischen ist Hugo vor Wut

hochrot im Gesicht, seine Nüstern beben. »Hast du vor der Auktion sämtliche Kartons durchgesehen, wie ich dich angewiesen habe?«

Sie sieht ihn verständnislos an. »Welche Kartons?«

Hugo holt tief Luft und muss sich offenbar beherrschen, um sie nicht zu ohrfeigen. »Die Kartons, die mit dem Waschtisch mit Marmorplatte geliefert wurden.«

»Ja, ich hab da mal reingeschaut«, druckst sie herum.

»Wenn du das wirklich getan hast, wie konntest du dann das da übersehen?«

Als er auf die Tasche in meiner Hand weist, bleibt dem Mädchen der Mund offen stehen. »Ist die echt?«, stammelt sie, und ihre blauen Augen weiten sich. Trotz ihrer Optik hat sie offenbar eine Ahnung von Mode – sie hat die Tasche sofort erkannt. Vermutlich gehört sie zu den Frauen, die ein Monatsgehalt für ein Paar Louboutins ausgeben und den restlichen Monat von Kartoffelchips leben würden.

»Ja, die ist echt, verdammt«, brüllt er sie an. »Und kannst du mir verraten, was passiert wäre, wenn ich gewusst hätte, dass die da drin ist?«

Das Mädchen schaut zwischen mir und ihm hin und her und schweigt.

»Dann verrate ich es dir, einverstanden? Ich hätte Gewinn gemacht, und zwar ziemlich viel Gewinn, vielen Dank auch!«

»Sorry«, nuschelt sie, den Blick noch immer auf die Tasche gerichtet.

»Ganz recht«, entgegnet er. »Dass mir so etwas nicht wieder vorkommt.«

»Müssen Sie sie zurückgeben?«, fragt sie mich. Ich sehe, wie es in ihrem Gehirn rattert – sie überlegt, wie sie die Tasche in diesem Fall in die Finger kriegen kann.

»Nein, das muss sie nicht!«, brüllt Hugo. »Sie hat sie offiziell gekauft – dank dir!«

»Oh, okay.«

Das Mädchen schlurft davon. Hugo seufzt tief auf. »O Gott, sie ist eine Katastrophe. Absolut unfähig. Meine Nichte – hat null Ahnung.« Verzweifelt schüttelt er den Kopf.

»Vielleicht lernt sie ja noch dazu«, meine ich.

»Das bezweifle ich. Ihre Mutter ist genauso – absolut hohlköpfig. Aber das ist eine andere Geschichte.« Wieder seufzt er auf. »Wie dem auch sei, du willst wissen, wem sie gehört hat?« Er weist auf die Tasche.

»Ja.«

»Warum?«

»Warum?« Ich sehe ihn verdattert an.

»Warum? Warum interessiert dich das? Du hast sie offiziell ersteigert, so ungern ich das auch zugebe. Einfach nur Glück, wie du schon gesagt hast. Wen kümmert es, wem sie gehört hat? Das geht dich nichts an.«

»Aber sie muss versehentlich in die Versteigerung geraten sein, Hugo«, antworte ich.

»Ach? Sag jetzt nicht, du willst sie zurückgeben. Spinnst du?«

»Ich finde es nicht richtig, sie zu behalten«, murmle ich. Ich überlege noch immer, ob ich den Brief erwähnen soll oder nicht. Er ist so persönlich, dass es mir nicht richtig erscheint, es herumzuposaunen.

»In dieser Branche darf man kein Weichei sein, Coco, das weißt du doch«, entgegnet er gereizt. »Wenn du nicht ein paar Skrupel über Bord wirfst, werden die Leute dich über den Tisch ziehen. Nimm nur mich, zum Beispiel.« Er weist auf seine Brust.

»Was ist mit dir?«

»Wenn die Leute mich für ein Weichei halten würden, würden sie das ausnutzen. Das liegt in der Natur des Menschen. Deswegen mache ich auch keine Zugeständnisse.«

»Aber vielleich sucht jemand diese Tasche, Hugo. Sie gehörte nicht in diesen Karton, das wissen wir beide. Ich finde es nicht richtig, sie zu behalten. Schlechtes Karma.«

»Nein, tun sie nicht. Niemand sucht diese Tasche.«

»Woher weißt du das?«

»Weil die nette alte Dame, der die Tasche gehört hat, inzwischen die Radieschen von unten betrachtet, Coco. Hat vor ein paar Monaten den Löffel abgegeben, wie ich gehört habe.«

»Oh.« Ich spüre, wie mir plötzlich die Luft ausgeht. Die Besitzerin dieser Tasche ist tot. Damit hatte ich nicht gerechnet.

»Ja. Wie hieß sie noch mal?« Beim Nachdenken schlägt er die Stirn in Falten. »Tatty irgendwas …«

Tatty. Das also war ihr Name. Ich versuche, sie mir vorzustellen. Wo hat sie gewohnt? Wie sah sie aus? Hat sie ihren Geliebten, der ihr diesen herzzerreißenden Brief geschrieben hat, je wiedergesehen?

Hugo erzählt weiter. »Offenbar war sie sehr wohlhabend, hatte jedoch keine Angehörigen. Dermot Browne hat den Verkauf ihrer Sachen organisiert – dieser Blödmann.«

»Wer ist Dermot Browne?«, frage ich.

»Ihr schmieriger Rechtsverdreher. Ein Betrüger, wie er im Buche steht. Hat ein Riesentheater wegen meiner Courtage veranstaltet. Herrje, diese Branche … es muss doch eine einfachere Methode geben, Geld zu verdienen.« Wieder ein tiefer Seufzer.

Von Dermot Browne habe ich noch nie gehört, aber offenbar sind er und Hugo keine dicken Freunde.

»Also hatte sie überhaupt keine Angehörigen?«

»Das sagte ich doch gerade. Der Mistkerl hat alle guten Stücke natürlich in Dublin behalten. Wir haben nur den Krimskrams abgekriegt, über den die tollen Hechte die Nase gerümpft haben.«

»Gut, also war es eine Haushaltsauflösung. Ist nach ihrem Tod alles auf einen Rutsch verkauft worden?«

»Ja. Wir hier sind die armen Vettern vom Land«, fährt er, eindeutig verbittert, fort. »Offenbar nicht gut genug, um ihre wertvollen Stücke zu verkaufen. Tja, da haben die Jungs in Dublin offenbar Pech gehabt. Anscheinend ist ihnen die Tasche durch die Lappen gegangen. Ha, das geschieht denen recht.« Er kichert schadenfroh, obwohl er selbst dabei Verlust gemacht hat. »Das Absurdeste an der ganzen Sache ist, dass sämtliche Erlöse der Auktion an Wohltätigkeitsorganisationen gehen. Was für eine verdammte Verschwendung.«

»Wohltätigkeitsorganisationen?«, wiederhole ich. »Warum hat sie denn das gemacht?«

»Da sie keine Kinder hatte, hat sie beschlossen, ihr gesamtes Vermögen zu spenden. Das hat Browne wenigstens erzählt. Manche Leute tun wirklich verrückte Dinge.«

»Ja, verrückt«, stimme ich zu.

Ich drücke die Tasche ein wenig fester an mich, weil ich das Gefühl habe, den Inhalt beschützen zu müssen. Also ist Tatty allein und ohne Angehörige gestorben. Was ist aus ihrem verschollenen Geliebten geworden? Vermutlich werde ich das nun nie mehr herausfinden.

»Nur interessehalber – weißt du vielleicht, an welche Organisation die Spende ging?«, frage ich.

»Keine Ahnung«, erwidert er gleichmütig. »Das ist vertraulich.«

»Ich verstehe.« Ich bin ein wenig enttäuscht, weil er mir nicht mehr sagen kann. Die Spur ist erkaltet.

»Und wie geht es Ruth?«, erkundigt sich Hugo.

»Bestens«, erwidere ich, während ich mir den nächsten Schritt überlege. Soll ich mich an diesen Dermot Browne wenden? Oder die ganze Sache vergessen und die Tasche behalten? Schließlich braucht niemand zu erfahren, was ich darin gefunden habe. Ich habe mich richtig verhalten, indem ich hierhergekommen bin, um die Tasche wieder mit ihrer Besitzerin zu vereinen. Doch wenn diese Besitzerin verstorben ist, ändert das doch alles, oder? Vielleicht hat Cat recht – ich sollte vergessen, dass ich den Brief je gesehen habe, und mich an meinem Glücksgriff erfreuen. Das würde ich am liebsten tun, nur, dass ich es noch immer als Unrecht empfinde. Fast kann ich Mums Stimme hören, die mich auffordert, weitere Nachforschungen zu betreiben.

»Ruth ist eine außergewöhnliche Frau«, sagt Hugo und stößt einen leisen Pfiff aus. »Wirklich außergewöhnlich.«

»Ja, das ist sie«, antworte ich geistesabwesend. Fast hätte ich vergessen, dass Hugo auch zu ihrem Fanclub gehört.

»Wie lange ist dein Großvater nun schon tot?«

»Knapp vier Jahre.«

»Vier Jahre …« Seine Stimme erstirbt. »Dein Großvater war ein wahrer Gentleman.«

»Ja, ich weiß.« Großvater war ein Gentleman der alten Schule. Er hatte ausgezeichnete Manieren und hätte keiner Fliege etwas zuleide getan. Es versetzt mir einen Stich ins Herz, als ich daran denke, was die Parkinsonsche Krankheit ihm – und uns – alles genommen hat.

»Er hatte ein Faible für Uhren, richtig? Ich habe den Überblick darüber verloren, wie viele ich ihm im Laufe der Jahre verkauft habe. Da war zum Beispiel eine Großvateruhr, die er einfach haben musste – vier Konkurrenten hat er überboten, um sie zu bekommen.«

»Wir haben sie immer noch im Laden.« Die wunderschöne Uhr aus Eichenholz steht hinter der Theke und schlägt melodiös und pünktlich jede Stunde.

»Wirklich?« Er macht ein erstauntes Gesicht, und ich weiß auch warum: Diese Uhr könnten wir mühelos für eine hohe vierstellige Summe verkaufen.

»Ja, Ruth will sich nicht davon trennen. Du kennst das ja.« Die Großvateruhr gehört zu den Gegenständen, an denen sie am meisten hängt – und ich auch. Jeden Tag sehe ich sie an und denke an ihn.

»Ja, ich verstehe.« Er räuspert sich. »Wirst du sie also behalten?« Er weist mit dem Kopf auf die Tasche.

»Ich bin nicht sicher«, erwidere ich wahrheitsgemäß. »Gibst du mir die Nummer des Anwalts? Vielleicht rufe ich ihn an und bohre ein bisschen weiter nach.«

Ich habe nur einen Sekundenbruchteil gebraucht, um mich zu entscheiden – ich muss mehr herausfinden. Beinahe empfinde ich es als meine Pflicht, auch wenn ich mir den Grund nicht erklären kann.

Hugo verzieht das Gesicht. »Meinetwegen. Aber erzähl ihm um Himmels willen nichts von der Tasche. Sonst springt er wahrscheinlich sofort in seinen Mercedes und fährt los, um sie sich zu holen.«

»Das werde ich nicht. Ich erfinde irgendeinen Vorwand, keine Sorge. Ich lasse mir schon etwas einfallen.«

»Hier ist sie.« Er blättert das Verzeichnis in seinem Telefon durch und diktiert mir die Nummer. »Irgendwie ist es Ironie des Schicksals, oder?«, sagt er, nachdem ich sie in meinem Telefon gespeichert habe.

»Warum?«

»Du heißt Coco, und die Tasche ist von Coco Chanel. Vielleicht sollte es ja so sein, dass du sie findest. Es steht ja praktisch dein Name drauf.«

Das waren auch Cats Worte – und mein erster Gedanke: Die Tasche ist für mich bestimmt. Allerdings hat der Brief alles geändert.

»Mag sein«, erwidere ich. »Aber ...«

»Hugo!« Das Mädchen erscheint, das Telefon am Ohr, in der Tür.

»Was ist, Danielle?«, ruft er, wieder mürrisch, zurück.

»Weißt du, der Schrank, den wir letzte Woche verkauft haben?«

»Welcher?« Er verdreht die Augen zum Himmel.

»Äh, der ganz große? Ich habe einen Kunden am Apparat, der sagt, er hätte ihn zwar nach Hause geschafft, doch jetzt passt er nicht durch die Tür.«

»Das ist nicht mein Problem, verdammt!«, schimpft Hugo. »Können die Leute ihre dämlichen Möbel denn nicht abmessen, bevor sie sie kaufen?«

Das Mädchen hält ihm achselzuckend das Telefon hin. Offenbar fühlt sie sich nicht zuständig.

»Ach, herrje. Entschuldige, Coco. Bis bald. Richte Ruth viele Grüße von mir aus.«

»Okay. Danke, Hugo.«

Nachdem er mir noch einmal kurz zugenickt hat, marschiert er vor sich hin brummelnd davon. Ich bleibe, die Tasche in der Hand, zurück. Der geheime Brief darin scheint nahezu zu pulsieren.

Ich darf jetzt nicht aufgeben. Ich muss mehr herausfinden – und Dermot Browne könnte die Antworten haben, die ich suche.

6

Es war die desaströseste Entscheidung meines Lebens.

»Ich will eine Giraffe!«

»Ich will eine Python!«

»Ich will einen Leguan!«

Ich befinde mich in einem Veranstaltungssaal im Central Hotel, und zwar umzingelt von gefühlten Hunderten kreischender Fünfjähriger, und blase den gefühlten millionsten Luftballon des Tages auf. Warum habe ich mich nur breitschlagen lassen einzuspringen, als der von Cat für den Geburtstag der Zwillinge engagierte Clown abgesagt hat?

»Bitte, Coco«, flehte sie, als sie mich voller Panik anrief. »Ich habe einen Profifotografen bestellt, der für die neue Broschüre des Hotels Fotos vom Kindergeburtstag machen soll, damit alle sehen, was wir zu bieten haben. Es *muss* ein Clown dabei sein.«

»Aber ich habe doch gar keine Ahnung, was ein Clown so treibt«, protestierte ich verzweifelt, um mich aus der Affäre zu ziehen.

»Du brauchst nicht viel zu tun, Ehrenwort. Ich beschaffe dir ein Kostüm. Du musst nur Luftballons aufpusten und vielleicht ein paar Witze erzählen. *Bitte-bitte-bitte.*«

Natürlich habe ich nachgegeben. Nun pochen meine Schläfen, und meine Kopfhaut juckt so schrecklich unter der orangefarbenen Perücke, dass ich sie mir am liebsten vom Leibe reißen und den Kopf unter einen Wasserhahn halten möchte.

»Okay«, rufe ich in die tobende Kinderhorde hinein und

lächle mit zusammengebissenen Zähnen. »Wer ist als nächster dran?«

»*Iiiiich*!«, kreischen alle im Chor. Ein Meer aus runden kleinen Gesichtern umwogt mich, und jeder will der Erste sein. Sie sind ja so anspruchsvoll. Mit einfachen Hunden aus Luftballonwürstchen sind sie nicht zufrieden. Oh, nein, sie fordern seltene oder ausgestorbene Tierarten. Ich hole tief Luft und bemühe mich um Fassung. Noch ein paar Ballons, und dann ist das Schminken dran. In einer guten Stunde werden sie von ihren Eltern abgeholt, und ich habe es ausgestanden. Aber es ist so mörderisch heiß. Das Clownkostüm klebt mir am Rücken, und ich fühle mich, als würde ich bei lebendigem Leibe gebraten. Außerdem ist der verdammte Fotograf noch immer nicht aufgekreuzt. Es gibt kein Entrinnen.

»Ich war zuerst da!« Ein stämmiger kleiner Junge drängt sich vor, verschränkt die Arme vor der in ein Ben-10-Sweatshirt gehüllten Brust und schiebt die Unterlippe vor.

»Nein, warst du nicht!«, brüllt ein sommersprossiges Mädchen, das ein Dora-the-Explorer-Sweatshirt trägt.

»Doch!«, schreit er.

Einen Sekundenbruchteil später stehen sie Nase an Nase da wie zwei kampfbereite Bulldoggen.

»Aber Kinder«, sage ich beschwichtigend. »Ihr braucht euch doch nicht zu streiten. Jeder kommt dran.« Herrje, um diese Horde zu bändigen, wäre ein Blauhelmeinsatz nötig. Sieht es so aus, Mutter zu sein? Wenn dem so ist, ist es eindeutig nicht mein Ding.

»Ich war zuerst da«, beharrt der kleine Junge wieder.

»Nein, warst du *nicht*«, schrillt das kleine Mädchen. Und dann beugt sie sich direkt unter meiner Nase vor und schlägt ihm genüsslich die Zähne in den Arm.

Die anderen Kinder schnappen gleichzeitig nach Luft, und es folgt eine Sekunde Stille. Dann fängt der kleine Junge aus voller Kehle an zu schreien. Das kleine Mädchen steht da, schüttelt ihre Zöpfe und scheint sehr zufrieden mit sich zu sein.

Mist.

»Aber, aber«, murmle ich und tätschle dem Jungen hilflos den Kopf. »Alles wird gut.«

»Sie hat mich gebissen!«, jammert er. Sein Schluchzen wird lauter und heftiger.

»Ich weiß, und das war nicht sehr nett von ihr. Du musst dich bei ihm entschuldigen, kleines Fräulein«, wende ich mich streng an sie.

»Nein!« Sie reckt das Kinn und starrt mich finster an. Inzwischen ist der kleine Junge vor lauter Gebrüll fast blau im Gesicht, und ich bin völlig ratlos. Der Biss blutet zwar nicht, doch die Zahnabdrücke an seinem Arm sind deutlich zu sehen. Das wird sicher einen dicken Bluterguss geben. Dieses Szenario gehörte nicht zu meiner Stellenbeschreibung.

»Wollt ihr einen Kartentrick sehen?«, frage ich leicht verzweifelt. »Oder soll ich dich schminken? Als Spiderman vielleicht? Das wäre doch cool, oder?« Ich bin zu allem bereit, damit er mir nur nicht das ganze Hotel zusammenschreit.

Ich sehe, dass Cat am anderen Ende des Raums Chips an eine andere johlende Kinderhorde verteilt. Sie wirft mir einen erschrockenen Blick zu und eilt zu mir hinüber.

»Alles okay?«, erkundigt sie sich und kauert sich hin, um das weinende Kind zu trösten.

»Sie hat mich gebissen!«, jault der kleine Junge.

»*Waaaas*? Coco, was ist passiert?« Blankes Entsetzen malt sich auf Cats Gesicht ab.

»Nicht *ich*«, erwidere ich und muss beim Anblick ihrer entgeisterten Miene ein Lachen unterdrücken. »Dieser kleine Teufelsbraten da drüben.« Ich zeige auf das sommersprossige Mädchen, das gerade dabei ist, ein anderes Mädchen an den

Haaren durchs Zimmer zu schleudern. Sie hat ganz eindeutig ein schweres Aggressionsproblem.

Cat bückt sich, um das wehklagende Kind kurz an sich zu drücken. Dann gibt sie dem Jungen ein Rice-Krispie-Brötchen, das er prompt auf den Boden wirft und in den Teppich tritt, bevor er davonläuft.

»Herrgott, was für ein Albtraum«, sagt sie und wischt sich den Schweiß von der Stirn. »Der Fotograf verspätet sich. Jetzt kriegt er keine guten Fotos mehr in den Kasten – sie sind viel zu aufgedreht. Eine Katastrophe!«

Sie tut mir wirklich leid. Es ist irrsinnig stressig, die Rasselbande in Schach zu halten. Ständig brechen Prügeleien aus, und sie hat bereits zweimal Kotze aufwischen müssen. Das ist nicht unbedingt die Spaßveranstaltung, die sie sich für ihre Broschüre gewünscht hat – eher der Aufstand einer Horde kleiner Wilder.

»Äh, bist du wirklich sicher, dass du solche Feiern regelmäßig durchziehen willst?«, frage ich. »Es ist doch eine Menge Arbeit, oder?«

»Ja, aber Kinderpartys sind der Markt der Zukunft. Wenn es sich herumspricht, dass wir hier tolle Feten schmeißen, könnte ich vielleicht sogar diesen Indoor-Spielplätzen Konkurrenz machen. Die Mums sind immer auf der Suche nach Sensationen.«

»Schon …«, erwidere ich zweifelnd.

Rings um uns herum rangeln die Kinder miteinander. Cats Mann David ist von einer Gruppe von Bengeln, die sich auf ihn werfen wie Cruise Missiles, in die Ecke gedrängt worden.

»Mein Vater findet die Idee natürlich schwachsinnig«, fährt Cat fort, während sie sich bückt, um das Rice-Krispie-Brötchen vom Teppich zu kratzen. »Seiner Ansicht nach soll man Kinder sehen, aber nicht hören, da ist er genau wie Liam.«

»Er könnte recht haben«, entgegne ich spöttisch.

»Nicht heutzutage«, widerspricht sie. »Ein Hotel muss kinderfreundlich sein. Der Familienmarkt ist der allerwichtigste für uns – und wir müssen uns von der Masse absetzen.«

Aus dem Augenwinkel sehe ich, dass Liam Doyle um die Türkante späht. Abgrundtiefe Verachtung malt sich auf seinem Gesicht, bevor er sich wieder verdrückt. Ich beschließe, Cat zu verschweigen, dass er spioniert – sie hat ihn nicht bemerkt und sowieso schon genug um die Ohren.

»Oh, Gott«, seufzt sie jetzt. »Die halbe Nacht habe ich mit der Vorbereitung dieser dämlichen Brötchen verbracht. Ich habe Krispies an Körperstellen, die du dir nicht einmal ausmalen möchtest.«

»Ich bewerte sie hiermit offiziell mit zehn von zehn Punkten.« Ich grinse sie an, während ich in eines beiße, worauf sie blechern auflacht.

»Wenigstens haben die Zwillinge Spaß. Danke, Coco – du bist wirklich ein Schatz, dass du mir geholfen hast. Ich bin dir was schuldig.«

»Klar bist du das, aber es ist lustig«, schwindle ich.

»Nein, ist es nicht.« Wieder seufzt sie. »Es ist ein Albtraum, sehen wir den Tatsachen ins Auge. Und natürlich hat mein lieber Großer sich aus dem Staub gemacht.«

Ich schaue mich um. Sie hat recht – von Mark fehlt jede Spur. Vorhin war er eindeutig noch hier. Er hat sogar über mein Kostüm gelacht, als ich hereingewatschelt kam. Bei seinem Anblick – ein junger Mann, fast einsachtzig groß, dunkle Ponyfransen über den Augen, die den gleichen Violetton haben wie die von Cat, und ausgewaschene Bluejeans, tief auf den schmalen Hüften sitzend – dachte ich, dass er so schnell erwachsen geworden ist. Es ist, als sei er quasi über Nacht vom Jungen zum Mann geworden, was mich ein wenig traurig macht. Früher hat er sich mir in die Arme geworfen und mein Gesicht mit klebrigen Küssen bedeckt. Inzwischen grüßt er mich kaum noch. Es ist nur eine Phase – das weiß ich –, aber trotzdem sehr ungewohnt. Ich empfinde es genauso, wie Cat es geschildert hat. Sie standen einander sehr nah, und nun hat sie das Gefühl, dass sich eine gewaltige Kluft zwischen ihnen auftut – als habe er eine unsichtbare Mauer um sich errichtet.

Plötzlich treten Cat die Tränen in die Augen.

»Hast du was?«, frage ich besorgt.

»Nein, alles okay.« Rasch wischt sie sich die Tränen weg und blickt nach rechts und links, um sich zu vergewissern, dass es niemand aufgefallen ist. »Ich bin nur sentimental.«

»Mark kommt sicher bald zurück.«

»Meinst du? Ich weiß ja nicht mal, wo er hin ist – vermutlich sitzt er mit seinen Freunden im Park und trinkt.«

»Cat!« Ihr Tonfall erschreckt mich.

»Was ist? Ich habe doch keine Ahnung, was er so treibt. Er erzählt mir nichts mehr. Ich weiß nicht, was sich in seinem Leben abspielt, und offenbar will er das auch so.«

»Das wird schon wieder«, versuche ich, sie zu trösten. »Wir waren mit fünfzehn auch nicht besser, launisch und bockig.«

»Waren wir das?«

»Aber natürlich! Wahrscheinlich waren wir sogar noch schlimmer. Erinnerst du dich nicht mehr, wie wir die Hausbar deiner Mutter geplündert haben?«

Sie lacht, und ihre Miene entspannt sich ein wenig. »Ja, dunkel.«

»Du warst ein echter Profi«, füge ich hinzu.

»Ich habe die Wodkaflasche mit Wasser nachgefüllt. Herrje, ich hatte es faustdick hinter den Ohren.«

»Absolut. Du hast einen schlechten Einfluss auf mich ausgeübt!« Ich kichere. »Weißt du noch, als du eine halbe Flasche Cider getrunken und Monica Molloy vollgekotzt hast?«

»Kein Wunder, dass sie mich danach gehasst hat.« Sie muss auch kichern. »Ich habe ihre beste Levi's ruiniert.«

»Die sah sowieso bescheuert aus.«

»Ja, stonewashed, igitt!«

Wir fangen an zu lachen.

»Schau, so schlimm ist es nicht«, sage ich. »Mark ist eben in der Pubertät. Er wird es überleben, genau wie wir. Und eines Tages werdet ihr euch daran erinnern und darüber lachen. Ganz bestimmt.«

»Hoffentlich hast du recht«, erwidert sie. »Wir standen uns so nah. Manchmal befürchte ich, er könnte eifersüchtig auf die Zwillinge sein. Schließlich waren wir so lange nur zu dritt. Vielleicht fühlt er sich jetzt überflüssig.«

»Nein, er liebt sie. Das sieht doch ein Blinder.«

»Wenn er sie lieben würde, wäre er auf ihrer Geburtstagsfeier geblieben«, brummt sie. Dann reißt sie sich zusammen. »So, jetzt schaue ich mal, wo dieser dämliche Fotograf bleibt.«

Während sie losgeht, läutet das Telefon in der Tasche meines Clownkostüms. Es dauert eine Weile, es hervorzukramen, und als ich es endlich finde, erkenne ich die Nummer nicht.

»Hallo?«

Ein Kind zupft am weiten Hosenbein meines Kostüms. Ich lege den Finger an die Lippen, um den Jungen zum Schweigen zu bringen, worauf er mir die Zunge rausstreckt und sich trollt. So viel zum Thema Dankbarkeit – ich habe schon drei komplizierte Dinosaurier für ihn gebastelt. Da könnte er doch ein bisschen Nachsicht mit mir haben.

»Spreche ich mit Coco Swan«, dringt eine Stimme an mein Ohr. Ich versuche, mich zu konzentrieren.

»Ja.«

Ich bin nicht richtig bei der Sache. In der Ecke ist eine Prügelei wegen einer Papierpuppe ausgebrochen. Drei Kinder weinen bereits. Bei einem läuft ein Rinnsal grüner Rotz von der Nase bis zur Oberlippe. Kein hübscher Anblick. Ich sollte mich darum kümmern, und die Bande mit einem Zaubertrick ablenken. Gerade will ich dem Anrufer sagen, dass ich mich später bei ihm melde, als der Mann weiterspricht.

»Ich bin Dermot Browne. Sie haben eine Nachricht bei meiner Sekretärin hinterlassen«, fährt er fort.

Tattys Anwalt! Ich fasse es nicht, dass er mich tatsächlich zurückruft. Er redet zwar weiter, aber ich kann ihn kaum verstehen.

»Könnten Sie einen Moment warten?«, frage ich, schiebe die Tür nach draußen auf, schlüpfe hinaus und gehe über den knirschenden Kiespfad zum Lieferanteneingang an der Seite des Hotels.

»So, da bin ich wieder, tut mir leid«, sage ich. »Es war ein bisschen laut da drin.«

»Aha. Also, wie kann ich Ihnen behilflich sein?« Sein Tonfall ist kühl, als interessiere er sich nicht für meine Entschuldigungen. Offenbar soll ich auf den Punkt kommen, damit er das Telefonat rasch beenden kann.

»Ich rufe wegen Tatty an ...«, beginne ich.

»Tatty Moynihan?«, unterbricht er mich, als spräche ich für seinen Geschmack zu langsam.

Tatty Moynihan, das muss sie sein. Er wird doch keine zwei Mandantinnen namens Tatty haben, oder?

»Äh, ja, Tatty Moynihan«, versuche ich es auf gut Glück und gebe mir Mühe, nicht die Nerven zu verlieren.

»Was ist mit ihr?«, erkundigt er sich barsch.

»Sie war ... sie war eine Freundin meiner Großmutter. Wir haben eben erst erfahren, dass sie vor Kurzem verstorben ist und dass Sie ihren Nachlass geregelt haben.« Die Lüge kommt mir leicht über die Lippen.

»Sie hat uns vor einigen Monaten verlassen«, entgegnet er zackig.

»Ja ... äh ... ich habe mich nur gefragt, ob Sie vielleicht die Adresse ihrer Angehörigen haben, damit wir ihnen eine

Trauerkarte schicken können. Meine Großmutter hat Tatty aus den Augen verloren und …«

»Aha. Tja, Miss Swan, Tatty hatte keine Angehörigen. In ihren letzten Jahren lebte sie allein und wurde zu Hause von einer Pflegerin versorgt. Das Haus wurde mit dem gesamten Inventar verkauft.«

»Oh, ich verstehe. Nun, haben Sie möglicherweise die Kontaktdaten der Pflegerin? Meine Großmutter möchte sich wirklich gern mit jemandem in Verbindung setzen, und ich will sie nicht enttäuschen.«

Eine Pause entsteht, bevor er antwortet. Ich halte den Atem an. Er könnte mich genauso gut in die Wüste schicken – schließlich verteilen Anwälte nicht gewohnheitsmäßig vertrauliche Informationen am Telefon.

»Ja, ich denke, das geht … Moment«, erwidert er schließlich. Es raschelt im Hintergrund, und eine Minute später ist er wieder am Apparat. »Hier ist sie. Die Pflegerin hieß Mary Moore. Sie wohnt im Kylemore Way.« Er diktiert mir die Adresse, die ich mir merke. Ich habe eine vage Vorstellung, wo das ist – am Kanal in Dublin.

»Super, danke. Und hätten Sie vielleicht auch eine Telefonnummer …«

»Auf Wiederhören.« Es klappert, und mir wird klar, dass er einfach aufgelegt hat.

Verdammt, eine Telefonnummer wäre gut gewesen. Aber dennoch. Da ich jetzt Namen und Adresse habe, dürfte es nicht weiter schwer sein. Wenn ich sie aufspüre, erfahre ich vielleicht, ob Tatty ihre verlorene Liebe je wiedergefunden hat. Ich weiß, dass es albern ist, aber ich bin dennoch aufgeregt. Ich platze vor Neugier, ob die Liebenden einander je wiedergesehen haben. Ich bin gespannt, ob diese Mary Moore mir etwas erzählen kann.

Ich stecke das Telefon wieder ein und atme in tiefen Zügen

die Nachmittagsluft ein. Im Saal ist es so stickig, dass ich es als Erleichterung empfinde, draußen im Freien zu sein. Ich will gerade wieder hineingehen, als ich sehe, wie sich auf der anderen Straßenseite etwas bewegt. Direkt gegenüber vom Hotel in einer schmalen Seitengasse neben Dohertys Apotheke sehe ich Mark mit einem anderen Jugendlichen reden. Also treibt er sich dort herum – er hängt mit seinen Kumpeln ab. Cat wird erleichtert sein, wenn ich ihr erzähle, dass ich beobachtet habe, wie er einfach nur mit seinen Freunden redet – und nicht etwa trinkt. Gerade will ich ihm etwas zurufen, als sich der zweite Jugendliche umdreht. Zu meinem Entsetzen erkenne ich dieses spitze Gesicht. Es ist Sean O'Malley, der berüchtigste Intensivtäter der ganzen Stadt. Obwohl er nur ein Jahr älter ist als Mark, ist er schon öfter wegen Drogenbesitzes mit dem Gesetz in Konflikt geraten. Warum, um Himmels willen, spricht Mark mit ihm?

Während ich noch hinschaue, verabschieden sich die beiden, und ich schlüpfe wieder ins Gebäude, bevor Mark mich bemerkt. Ich möchte nicht, dass er glaubt, ich spionierte ihm nach. Allerdings kriegt Cat die Krise, wenn sie das erfährt. Sie hat Sean bereits Hausverbot bei der monatlichen Teenie-Disco im Hotel erteilt, weil er Alkohol eingeschmuggelt hat. Sollte sie hören, dass Mark sich mit diesem Tunichtgut herumtreibt, würde sie ihm die Hammelbeine lang ziehen. Das wird das Verhältnis der beiden weiter trüben. Sehr schlechte Nachrichten.

Ich zupfe mein Clownkostüm zurecht und kehre, erschüttert von meiner Beobachtung, zur Veranstaltung zurück. Allerdings habe ich keine Zeit zum Grübeln, denn inzwischen ist der Fotograf da und versucht, die Kinder dazu zu bringen, sich in einer Reihe aufzustellen und in die Kamera zu lächeln.

»Coco!«, ruft Cat bei meinem Anblick. »Ich habe dich überall gesucht. Wir brauchen dich für dieses Foto.«

Ich setze ein gefrorenes Lächeln auf und beschließe, meine Erkenntnisse noch für mich zu behalten. Vielleicht kann ich mit Mark ja ein Gespräch unter vier Augen führen und ihn überzeugen, dass es nicht empfehlenswert ist, sich mit Sean abzugeben. Jedenfalls ist jetzt nicht der richtige Moment, Cat etwas zu sagen. Ich grinse so breit wie möglich in die Kamera, mache für den Fotografen ein übertrieben fröhliches Gesicht und überrede die Kinder, mit mir zu posieren. Zum Glück ist alles schnell vorbei, und die Eltern treffen ein, um ihren übermüdeten Nachwuchs – keine Minute zu früh – nach Hause zu bringen.

»Gott sei Dank, es ist vorbei«, sagt Cat, nachdem sich die letzten Mums und Kinder verabschiedet haben. »Ich bin total kaputt.«

»Aber es hat doch ganz gut geklappt, oder?«, erwidere ich, nehme die orangefarbene Perücke ab und schüttle mein Haar aus. Es ist eine gewaltige Erleichterung, dieses Ding los zu sein. Da jetzt alle – auch die Zwillinge, die David nach Hause fährt – fort sind, kann ich endlich entspannen.

»Ja, dank deiner Hilfe.« Sie strahlt mich an. »Die Fotos für die Broschüre werden sicher recht gut.« Sie ist so glücklich und froh, dass die Party überstanden ist und trotz allem ein Erfolg war. Deshalb bringe ich es nicht über mich, ihr von Mark zu erzählen. Vielleicht gibt es ja eine unverfängliche Erklärung dafür, warum er mit diesem miesen Typen geredet hat, obwohl mir auf Anhieb keine einfällt. Dennoch ist mir nicht wohl dabei, ihm noch mehr Schwierigkeiten einzubrocken, als er bereits hat. Also beschließe ich, den Mund zu halten, mir Mark später vorzuknöpfen und zu schauen, ob wir die Sache unter uns klären können. Cat hat schließlich genug um die Ohren. Ich spreche zuerst mit ihm, bevor ich etwas unternehme, und frage ihn, was da gelaufen ist. Hoffentlich mache ich mir grundlos Sorgen.

»Und wie geht es Ruth und ihrem Toy-Boy?«, fragt Cat, lässt sich in einen Sessel fallen und schenkt uns beiden ein hart verdientes Glas Wein aus einer Flasche ein, die sie hinter einem Tisch versteckt hatte. »Nicht zu fassen, sie hat sich einen Lover zugelegt!«

Wir kichern beide – die Folge von *Sex and the City*, in der Carrie allen erzählt, dass sie sich einen Lover zugelegt hat, gehört zu unseren liebsten.

»Frag nicht«, erwidere ich und setze mich ihr gegenüber. »Ich glaube, sie treiben es wie die Karnickel.«

»Ich glaube es noch immer nicht, dass sie den Metzger vögelt.«

»Glaub es.«

»Und sie sagt, sie haben eine erweiterte Freundschaft wie …«

»Sprich es nicht aus, Cat, sonst könnte ich implodieren.«

»Toll für sie, finde ich. Ich glaube, für eine sexuelle Beziehung ist man nie zu alt.«

Cat und ich sprechen immer von »sexuellen Beziehungen« – das liegt daran, dass wir eine Klosterschule besucht haben und es Aufgabe der Nonnen war, uns aufzuklären. Cat hatte einen Heidenspaß daran, Schwester Ignata im Religionsunterricht über Orgasmen und Blowjobs auszuhorchen. Dabei konnte sie tatsächlich ernst bleiben. Die arme Schwester Ignata – kein Wunder, dass sie in Frührente gegangen ist. Ich glaube, Cats Frage, ob eine Frau auch während ihrer Periode Sex haben könne, hat ihr den Rest gegeben.

»Hey, rate mal, was passiert ist. Tattys Anwalt hat mich angerufen.« Ich glaube es noch immer nicht, dass ich einen neuen Hinweis habe. Beim bloßen Gedanken kriege ich Gänsehaut.

»Echt?«

»Ja. Ich habe ihm eine Nachricht hinterlassen, nachdem Hugo mir seine Nummer gegeben hatte. Allerdings habe ich nicht gedacht, dass er mich zurückruft. Und weißt du, was noch passiert ist?«

»Was?«

»Er hat mir den Namen der Pflegerin verraten, die sie bis zu ihrem Tod versorgt hat – sie heißt Mary Moore und wohnt in Dublin.«

»Und?« Mit einem Seufzer entledigt Cat sich ihrer Pumps, lehnt sich im Sessel zurück und schließt die Augen.

»Vielleicht melde ich mich bei ihr und versuche, mehr herauszufinden.«

Cat öffnet ein Auge. »Warum?«

»Weil ich neugierig bin, darum.«

Sie macht beide Augen auf. »Schon, aber Tatty ist tot. Was bringt es also, ins Blaue hinein zu recherchieren? Ich habe dir doch schon gesagt, Coco, dass du keinen Grund hast, ein schlechtes Gewissen zu haben.«

»Du warst diejenige, die fand, dass der Brief das Romantischste ist, was du je gesehen hast«, erinnere ich sie.

»Ja, war er«, räumt sie ein. »Ich kapiere trotzdem nicht, was du dir davon versprichst weiterzubohren. Niemand sucht nach der Tasche, richtig? Es mag skrupellos klingen, aber ich würde sie an deiner Stelle einfach behalten.«

»Du bist eben ganz anders als ich«, witzle ich und gehe dann in Deckung, weil sie einen Schuh nach mir wirft.

»Ha!«, sagt sie lachend. »Jetzt aber mal im Ernst, Coco. Mir ist klar, wie traurig der Brief ist, den du gefunden hast, aber hältst du es für eine gute Idee, Geistern nachzujagen?«

»Du nicht?«, frage ich.

»Nun«, erwidert sie. »Wonach suchst du eigentlich? Ich meine, was willst du erreichen?«

»Du solltest dich mal reden hören, du Geschäftsfrau des Jahres. Nicht alles lässt sich auf Grafiken oder Excel-Tabellen reduzieren, und das weißt du genau.« In Wahrheit weiß ich selbst nicht, was ich noch herausfinden könnte. Aber eine innere Stimme sagt mir, dass ich das Richtige tue. *Mum hätte es so gewollt*. Der Gedanke schießt mir einfach so durch den Kopf, und zwar nicht zum ersten Mal. Ruth hat gesagt, dass Mum die Geschichte der Tasche und das damit zusammenhängende Drama recherchiert hätte. Wahrscheinlich ist es Wahnwitz, und dennoch denkt da ein Teil von mir, dass Mum das von mir erwartet hätte. Ich werde die Vorstellung nicht los.

»Wahrscheinlich bin ich ein bisschen zwanghaft«, meint Cat nachdenklich. »Manchmal habe ich das Gefühl, dass dieses Hotel mir die Spontaneität ausgesaugt hat.«

»Ich bin auch nicht unbedingt der spontane Typ«, erwidere ich. »Offen gestanden habe ich keine Ahnung, warum ich so scharf darauf bin, der Sache auf den Grund zu gehen. Es ist einfach so.«

Ich möchte Cat meine Theorie, was meine Mutter betrifft, noch nicht beichten. Sie klingt schon verrückt genug, wenn ich sie nur denke.

»Gut, ich stehe voll hinter dir«, sagt sie. »Aber sei vorsichtig, einverstanden? Du bist für diese Angelegenheit nicht verantwortlich, und es ist nicht deine Aufgabe, das Rätsel zu lösen. Der Mann, der den Brief geschrieben hat, ist inzwischen vermutlich ebenfalls tot, das ist dir doch klar, oder?«

Ich spüre ihren durchdringenden Blick auf mir. »Ja, natürlich«, nuschle ich. »Ich bin einfach nur neugierig.«

»Okay.« Sie zuckt die Achseln und lächelt mir zu. »Jetzt stoßen wir erst mal auf dich an. Danke, dass du mir heute so eine große Hilfe warst. Du hast nicht vielleicht Interesse an einem Vollzeitjob?«

»Lieber trinke ich Formaldehyd mit Zehennagelstückchen drin«, antworte ich, ohne eine Miene zu verziehen. Wir brechen in lautes Gelächter aus, und dann beugt sie sich vor, um mit mir anzustoßen.

7

»Wie geht's, wie steht's, Coco?«

Ich stehe in der Küche und spüle die Toastkrümel von meinem Teller, als ich hinter mir eine tiefe Männerstimme höre. Es ist Karl. Diesmal hat er mehr an als nur eine Unterhose – allerdings nicht viel mehr. Er trägt Ruths ultrakurzen, rosafarbenen Seidenkimono, fest über seinem Bäuchlein zusammengezurrt.

»Oh, hallo, Karl«, sage ich und würde am liebsten im Erdboden versinken.

»Wie läuft es denn so?«, fragt er und lächelt mich an.

»Äh, alles bestens, danke«, antworte ich, ohne ihm in die Augen zu sehen.

Offen gestanden mache ich seit dem Morgen, an dem ich ihm in der Unterhose begegnet bin, einen Riesenbogen um Karl. Er ist wirklich ein netter Mensch, aber ich kriege einfach das Bild nicht aus dem Kopf, wie er und Ruth einer … »sexuellen Beziehung« frönen. Ruth ist so glücklich wie seit Großvaters Tod nicht mehr, was mich sehr freut. Doch sie und Karl sind so ein seltsames Paar. Ganz gleich, wie sehr ich mich auch bemühe, ich komme einfach nicht klar damit.

»Ich wollte Ruth nur einen Tee machen«, erklärt er, schiebt sich die Kimonoärmel über die behaarten Arme und greift, die Tüchtigkeit in Person, nach dem Wasserkessel.

»Äh, ja«, erwidere ich. »Ich bin sowieso hier fertig.«

»Du brauchst nicht zu gehen«, meint er, während ich in Richtung Tür zurückweiche. Seine Wangen sind leicht gerötet, und ich erkenne, dass ihn die Situation auch ein wenig verlegen macht. Es ist wirklich ausgesprochen peinlich.

»Gut, dann trinke ich noch schnell meinen Kaffee aus«, antworte ich beklommen und setze mich wieder. Der arme Karl – ich will ja nicht, dass er mich für unhöflich hält. Also werde ich versuchen, wenigstens ein bisschen Smalltalk zu betreiben.

Als er mich breit anlächelt, bekomme ich wieder ein schlechtes Gewissen. Es ist ja nicht seine Schuld, dass ich hierher zurückgezogen bin. Bis jetzt war er es gewohnt, sich frei im Haus bewegen zu können. Wahrscheinlich habe ich Ruth und ihm die Stimmung verdorben.

»Ruth hat mir erzählt, du hättest so eine Handtasche gefunden«, eröffnet er das Gespräch.

»Richtig. Eine antike von Chanel. Ein richtiger Glücksfall«, sage ich, erleichtert, dass wir ein unverfängliches Thema haben. Gut gemacht.

»Diese Dinger sind doch Sammlerstücke, richtig?«

»Ja, sind sie«, bestätige ich. »Die Chancen, auf so was zu stoßen, stehen bei eins zu einer Million.«

»Und außerdem einen Brief, wie ich gehört habe.« Als er nach oben in den Hängeschrank greift, kann ich einen Blick auf einen sehr behaarten Oberschenkel und eine Pobacke erhaschen. Mir wird klar, dass er unter dem Kimono nichts anhat. Ich schlucke heftig und versuche, diese Tatsache zu verdrängen.

»Ja, einen sehr traurigen Brief.«

»Ruth erzählt, dass du noch mehr rausbekommen willst.«

»Nun, offen gestanden weiß ich nicht, ob es da noch mehr rauszubekommen gibt. Die Besitzerin der Tasche ist verstorben. Also stecke ich eigentlich in einer Sackgasse.«

»Ja, das hat Ruth auch gesagt. Aber du hast noch einen weiteren Hinweis, richtig? So eine Altenpflegerin?«

Er gibt einen halben Löffel Zucker in den Tee, den er für Ruth gekocht hat, und rührt vorsichtig um, als wolle er, dass für sie alles absolut perfekt ist.

»Ja, habe ich.« Ich lächle ihm zu. Der arme Mann gibt sich solche Mühe, ein normales Gespräch mit mir zu führen – es ist wirklich rührend. »Ich habe ihre Adresse und so weiter, aber als ich ihre Telefonnummer nachschlagen wollte, habe ich festgestellt, dass sie nicht im Telefonbuch steht.«

»Ach, das ist aber blöd.« Er macht ein enttäuschtes Gesicht. »Wo genau wohnt sie denn?«

Ich nenne ihm die Adresse im Kylemore Way, worauf sich seine Miene wieder erhellt. »Ach, herrje, die Gegend kenne ich gut!«, sagt er. »Das ist unten am Kanal, ein sehr hübsches Altbauviertel. Lauter nette Leute.« Er lehnt sich an die Arbeitsfläche und verschränkt nachdenklich die Arme. »Du solltest sie mal besuchen«, verkündet er. »Vielleicht erfährst du ja doch noch etwas.«

»Äh, lieber nicht«, entgegne ich. »Dazu habe ich den Mumm nicht.«

»Natürlich hast du ihn«, protestiert er. »Was hast du denn zu verlieren?«

»Was ist denn hier los?« Ruths zerzauster Haarschopf erscheint in der Tür. Ihre Lockenmähne ist zerwühlt, ihre Augen noch schläfrig.

»Dein Tee ist fertig, Liebling«, sagt Karl mit einem zärtlichen Lächeln. »Ich wollte ihn dir gerade raufbringen.«

»Du lässt dir aber Zeit«, neckt sie ihn, setzt sich mit einem gewaltigen Gähnen auf einen Stuhl und stützt beide Ellbogen auf den Küchentisch.

»Soll ich dir einen Toast machen?«, fragt er fürsorglich, bereit, sie mit Aufmerksamkeiten zu überschütten.

Sie winkt lächelnd ab. »Nein, ich habe wirklich keinen Hunger. Und jetzt verratet mir mal, was ihr da zu bereden hattet.«

»Ich habe Coco geraten, die Altenpflegerin zu besuchen. Die, die sie aufgespürt hat, du weißt schon. Sie wohnt unten am Kanal«, antwortet Karl.

»Ach, ich glaube nicht, dass das so eine gute Idee ist …«, beginne ich.

»Warum?« Ruth mustert mich forschend. »Hast du die Suche aufgegeben?«

»Das habe ich nie gesagt. Aber vielleicht sollte ich die Sache wirklich auf sich beruhen lassen.« Ich denke immer öfter über Cats Worte nach und glaube, dass sie recht haben könnte. Was bringt es mir, die Angelegenheit weiter zu verfolgen. Möglicherweise sollte ich die Tasche einfach behalten und den Brief vergessen.

»Unsinn«, unterbricht mich Ruth mit Leidenschaft. »Du darfst jetzt nicht das Handtuch werfen. Karl hat recht – du solltest mit dieser Mary Moore reden. Sie könnte etwas wissen.«

»Vielleicht hilft sie dir ja weiter«, ergänzt Karl.

»Es ist ja so aufregend«, seufzt Ruth. »Wer mag diese Tatty Moynihan wohl gewesen sein? Was war sie von Beruf? Wo hat sie gewohnt?«

»Und warum hat sie alles wohltätigen Zwecken gespendet?«, fügt Karl hinzu.

Während sie sich weiter unterhalten, laufen verschiedene Szenarien in meinem Kopf ab. Wie gerne würde ich der Altenpflegerin einen Besuch abstatten, mehr über Tatty erfahren und die Geschichte rekonstruieren, doch ich traue mich nicht.

»Wie soll ich sie denn darauf ansprechen?«, falle ich Ruth und Karl ins Wort. »Wenn ich einfach unangemeldet bei ihr auf der Matte stehe und sie mit Fragen bombardiere, wird sie mich für eine Spinnerin halten.«

Ruth verzieht nachdenklich das Gesicht. Im nächsten Moment stößt sie einen Jubelruf aus und reckt den Finger in die

Luft. »Ich hab's! Wir müssen doch den Rosenholztisch zum Restaurator bringen, richtig? Er hat seine Werkstatt in der Nähe des Kanals. Du kannst ihr sagen, du seist gerade in der Nähe gewesen und wolltest die Gelegenheit nutzen, um ein paar Nachforschungen anzustellen. Dann würde das Ganze nicht mehr so seltsam wirken. Außerdem wäre es die Wahrheit.«

»Und was mache ich dann? Frage ich sie, ob sie etwas über den Brief weiß?«, bohre ich nach.

»Genau!«, verkündet Ruth.

»Ruth, wir sind hier nicht in *Fünf Freunde* von Enid Blyton«, erwidere ich und kann mir angesichts ihrer Begeisterung ein Kichern nicht verkneifen. Als Kind habe ich diese Romane geliebt. Ruth hat sie mir immer wieder vorgelesen, wenn Mum in Frankreich war und sie und Großvater auf mich aufgepasst haben.

»Das ist mir klar. Es wäre auch eher wie in *Nancy Drew* – und du bist Nancy, die Kinderdetektivin«, antwortet sie mit funkelnden Augen. Der geheimnisvolle Brief in der Tasche fasziniert sie fast noch mehr als mich – falls das überhaupt möglich ist.

»Dann komm doch mit, wenn du es vor Neugier nicht mehr aushältst«, schlage ich vor.

Doch sie schüttelt den Kopf. »Nein. Zwei wildfremde Frauen, die plötzlich bei ihr vor der Tür stehen, wären zu viel. Das würde ihr Angst machen. Oder, Karl?«

»Du könntest im Auto warten«, meint Karl.

»Ich kann nicht – ich muss hierbleiben und den Laden hüten«, widerspricht sie. »Außerdem wollte Anna heute Morgen vorbeikommen.«

Aus dem Augenwinkel sehe ich, dass Karl ein wenig zusammenzuckt, als er den Namen hört. Offenbar fürchtet er sich vor meiner Großtante.

»Woher weißt du das?«, frage ich. Für gewöhnlich kündigt Anna ihre Besuche nicht an, sondern platzt einfach herein, fast als wolle sie uns in flagranti bei etwas Verbotenem ertappen.

»Ich hatte beim Aufwachen so eine unheilvolle Vorahnung«, entgegnet Ruth. »Sie wird noch vor elf hier sein, denke an meine Worte.«

»Aber sicher bist du nicht«, erwidere ich grinsend.

»Oh, doch. Meine unheilvollen Vorahnungen trügen mich nur selten. Außerdem ist Peggy Lacey gestern Abend zur Vorsitzenden des Pfarrgemeinderats gewählt worden, weshalb Anna ganz sicher auf dem Kriegspfad ist – und dieser Pfad führt, wie du genau weißt, direkt an unserer Haustür vorbei. Fährst du jetzt zu der Altenpflegerin oder nicht?«

»Ich bin nicht sicher«, antworte ich, noch immer voller Zweifel.

»Komm schon, Coco«, fordert Karl mich auf. »Pack den Stier bei den Hörnern.«

»Ja, tu es, Liebes – stirbst du nicht auch fast vor Neugier, wie die Geschichte geendet hat?«

»Bei mir ist es jedenfalls so«, ergänzt Karl.

»Du bist ein unverbesserlicher Romantiker, Karl«, sagt Ruth und lächelt ihn an. »Wer hätte das gedacht?«

»Na und?« Er erwidert gelassen ihr Lächeln. »Auch Metzger können eine romantische Seele haben.«

»Ach, herrje«, lache ich. »Also gut, ich fahre. Aber wenn es furchtbar in die Hosen geht, seid nur ihr beide schuld.«

8

Kylemore Way ist eine Straße am Kanal, die von eng stehenden Reihenhäusern aus rotem Backstein gesäumt wird. Jedes hat einen ordentlich gepflegten Vorgarten. Als ich Nummer zehn erreiche, fühle ich mich ausgesprochen beklommen. Da ich nun hier bin, erscheint mir mein Vorhaben völlig verrückt. Wenn Ruth und Karl mich nicht überredet hätten, würde ich jetzt ruhig und gemütlich zu Hause sitzen. Ich klopfe an die Tür, in der Hoffnung, dass niemand da ist. Dann kann ich wieder nach Hause fahren, Ruth in die Augen schauen und ihr aufrichtig sagen, ich hätte zwar mein Bestes versucht, allerdings vergeblich. Inzwischen habe ich ein wenig Angst: Die Kühnheit, die mich dazu beflügelt hat, Dermot Browne zu belügen, scheint sich in Luft aufgelöst zu haben. Ich bin kurz davor, auf dem Absatz kehrt zu machen und die Flucht zu ergreifen, als die Tür aufgeht.

»Ja bitte?«

Die mollige Frau, die öffnet, hat eine rot-schwarz gestreifte Schürze um die dicke Taille geschlungen und Mehlstaub in den dunklen Haaren. Ihre Gesicht ist leicht sonnengebräunt, sie hat die Ärmel bis zu den Ellbogen hochgekrempelt, und um ihre in roten Crocs steckenden Füße wimmeln drei braunweiß gefleckte Jack Russels, die mich ziemlich unfreundlich anbellen.

Jetzt oder nie.

»Hallo … äh, sind Sie Mary Moore?«, frage ich schüchtern und sehe aus dem Augenwinkel, wie der kleinste der Hunde knurrend die scharfen Zähnchen fletscht. Was sagt man noch mal über Terrier? Dass sie nicht mehr loslassen, wenn sie sich erst einmal in jemandem verbissen haben?

»Wer will das wissen?« Sie wischt sich die bemehlten Hände an der Schürze ab und starrt mich unverhohlen an. Mit der ist nicht gut Kirschen essen, so viel ist klar, und mein Magen macht einen Satz. Wie dumm von mir, unangemeldet hier hereinzuschneiden. Ich hätte ihr einen Brief schreiben und ihr Zeit geben sollen, darauf zu antworten.

»Äh, mein Name ist Coco Swan. Ich ...«

»Sind Sie vom Amt? Geht es um die Haushaltsabgabe? Denn wenn ja, können Sie gleich wieder verschwinden. Bevor ich die bezahle, lasse ich mich lieber ins Gefängnis stecken.« Sie stemmt die Beine in den Boden, die Hände in die Hüften und reckt trotzig das Kinn.

»Nein, nein, das ist es nicht«, erwidere ich rasch, während meine Nervosität zunimmt. Diese Frau hat Haare auf den Zähnen. Wie lautet der Spruch noch mal? Angriff ist die beste Verteidigung? »Ich bin nicht vom Amt, sondern wollte mit Ihnen über Tatty Moynihan sprechen.«

»Kannten Sie Tatty?« Ihre grünen Augen mustern mich argwöhnisch von Kopf bis Fuß, und ich merke ihr an, dass sie das für höchst unwahrscheinlich hält.

»Nicht im eigentlichen Sinne«, antworte ich. »Doch ich weiß, dass Sie sie bis zu ihrem Tod gepflegt haben, und wollte Sie fragen ...«

»Und woher wissen Sie das?« Ihr Blick wird immer argwöhnischer.

»Nun, äh, ich habe mit Dermot Browne gesprochen, ihrem Anwalt. Er hat mir Ihre Adresse gegeben.«

Ihr Augenausdruck wird richtiggehend hasserfüllt. »Ach, hat er das?«, entgegnet sie in eisigem Ton. »Der hat vielleicht Nerven.«

Mist, das hier läuft absolut falsch. Anstatt mich bei ihr einzuschmeicheln, verderbe ich alles, indem ich mich missverständlich ausdrücke. Gleich wird sie mich auffordern zu verschwinden. »Tja, das war nicht unbedingt seine Schuld. Ich habe ihn beschwatzt. Wissen Sie, ich wollte unbedingt jemanden auftreiben, der Tatty kannte. Ich habe nämlich etwas gefunden, das meiner Ansicht nach ihr gehörte, und wollte mehr darüber erfahren.« Inzwischen überschlagen sich meine Worte. Ich muss auf jeden Fall verhindern, dass sie mir die Tür vor der Nase zuknallt, bevor ich fertig bin.

»Etwas, das ihr gehört? Was denn?«

»Nun, das ist eine lange Geschichte und ... ziemlich kompliziert. Ich hatte gehofft, wir könnten uns unterhalten, damit ich Ihnen mehr darüber erzählen kann.«

Ich stehe da, und sie mustert mich noch einmal von Kopf bis Fuß, offenbar in der Absicht zu ermitteln, ob ich eine Art Trickbetrügerin bin. Mittlerweile kläffen die Hunde nicht mehr, sondern beschnuppern meine Füße und knurren hin und wieder. Ich kann mich des Gedankens nicht erwehren, dass sie gleich das Bein heben werden, um meine Schuhe als ihr Territorium zu markieren, und bemühe mich deshalb um einen freundlichen und aufrichtigen Gesichtsausdruck.

»Sie haben nicht etwa vor, mir etwas zu verkaufen?«, erkundigt sie sich.

»Auf gar keinen Fall«, antworte ich.

»Oder mich zu etwas zu bekehren? Denn ich glaube nicht an diesen ganzen Hokuspokus.«

»Nein, ich möchte nur über Tatty reden, mehr nicht. Es dauert nicht lange, Ehrenwort. Ich hätte mich ja telefonisch angekündigt, aber ich konnte Ihre Nummer nicht finden. Und da ich gerade geschäftlich in der Nähe war, dachte ich, ich klopfe einfach bei Ihnen an. Ich weiß, dass Ihnen das sicher seltsam vorkommt.«

Ich halte mich an Ruths Geschichte, die offenbar wirkt, denn nach ihrem Gesichtsausdruck zu urteilen, überlegt sie gerade, ob sie mich hereinlassen soll.

»Tja, dann kommen Sie besser mal rein«, sagt sie zögernd. »Ich darf doch annehmen, dass Sie keine Serienmörderin sind?«

»Ganz bestimmt nicht.«

»Gut. Denn in diesem Fall müsste ich die Hunde auf Sie hetzen.«

Wie auf ein Stichwort fangen die Hunde wieder an, mich schrill anzubellen, als sie mich hereinbittet. Wenn ich sie mir so anschaue, wären sie durchaus in der Lage, mich zu zerfleischen, insbesondere der Kleinste: Der scheint abgrundtief bösartig zu sein.

Ich folge ihr einen schmalen Flur entlang und schaue mich bewundernd um. Da das winzige Reihenhaus von außen ziemlich durchschnittlich wirkt, bin ich von der Innenausstattung überrascht. An den strahlend weißen Wänden wechseln sich afrikanische Masken aus dunklem Holz mit Aquarellen ab, die Wüstenszenen darstellen. Der dunkelrote Läufer auf dem Boden könnte aus Marokko stammen, und an der Decke prangen winzige bunte Mosaikfliesen. Der Effekt ist atemberaubend.

Als ich in die Küche komme, die quer durch den hinteren Teil des Hauses verläuft, bin ich von dem wunderschönen Raum beeindruckt – er ist lichtdurchflutet und scheint größer, als er ist. Über dem blitzblank geschrubbten Küchentisch hängt ein riesiger Wandteppich. Er stellt eine afrikanische Mutter dar, die liebevoll ein Kind im Arm wiegt. Der Boden besteht aus gebleichtem Holz, die Möbel sind frei stehend und in einem zarten Ockergelb gestrichen. Überall liegen weitere marokkanische Teppiche. Entweder ist Mary Moore weit gereist oder stammt aus einer Familie von Globetrottern.

»Hinsetzen«, befiehlt sie, und im ersten Moment bin ich unschlüssig, ob sie mich oder die Hunde meint. Erst als sie mit dem Kopf auf einen Stuhl weist, bin ich sicher, dass die Aufforderung mir gilt.

Ich nehme Platz und behalte dabei die Hunde im Auge, die im Raum umherlaufen und am Boden schnuppern. »Sie haben ein wunderschönes Haus«, sage ich ihr. »Offenbar sind Sie weit herumgekommen.«

»Ich habe jahrelang als Schwester in Übersee gearbeitet«, entgegnet sie knapp.

»Wo? In Afrika?«

»Unter anderem.« Sie schürzt die Lippen, als wolle sie nicht mehr preisgeben. »Ich muss noch das da ins Backrohr schieben. Einen Moment Geduld bitte.«

»Backen Sie gern?«, frage ich. Backen ist doch ein nettes, unverfängliches Thema.

»Eigentlich nicht«, erwidert sie kühl und erstickt damit meinen Versuch, Smalltalk zu betreiben, im Keim. Sie nimmt die Schürze ab und wäscht sich die Hände in dem tiefen Keramikspülbecken. »Aber ich arbeite inzwischen in einem Altersheim – also seit Tattys Tod. Die meisten Bewohner lieben Teebrötchen, und so bringe ich ihnen welche mit, wenn ich Nachtschicht habe.« Sie trocknet sich die Hände ordentlich mit einem Geschirrtuch ab und setzt sich mir gegenüber. Die drei Hunde hören mit dem Herumlaufen auf und legen sich ihr zu Füßen.

Mir fällt auf, dass sie mir keinen Tee anbietet. Das wird ein hartes Stück Arbeit werden. Inzwischen mustert sie mich eindringlich und wartet darauf, dass ich mit der Sprache rausrücke. Es ist Zeit, auf den Punkt zu kommen.

»Am besten erzähle ich Ihnen jetzt, warum ich hier bin, oder?« Ich lächle sie an.

Sie bleibt ernst. »Wenn Sie so gut sein wollen.«

»Äh, ich betreibe zusammen mit meiner Großmutter ein Antiquitätengeschäft und habe in einem Karton mit Sachen, die ich für den Laden ersteigert habe, eine Tasche gefunden. Ich glaube, sie gehörte Tatty.« Ich hole die Chanel-Tasche aus meinem Lederbeutel und zeige sie ihr.

Sie betrachtet sie verständnislos. »Deshalb sind Sie hier?«

»Äh … ja.«

»Nun, da kann ich Ihnen, wie ich fürchte, nicht weiterhelfen. Tatty hatte viele Taschen. Keine Ahnung, ob das ihre war.«

»Sie haben sie nie damit gesehen?«, hake ich bedrückt nach. Meine Theorie, dass Tatty diese Tasche ständig mit sich herumgetragen hat, fällt in sich zusammen.

»Das kann ich nicht sagen. Aber Sie dürfen nicht vergessen, dass wir fast immer nur im Haus waren. Sie hätte nicht oft Gelegenheit gehabt, die Handtasche zu benutzen, selbst wenn es ihre war. Wo haben Sie sie noch mal gefunden?«

»Ich habe sie bei einer Auktion gekauft – sie war in einem Karton bei einigen anderen Sachen.«

Sie schüttelt seufzend den Kopf. »Ich begreife es noch immer nicht ganz – ihr ganzes Hab und Gut, in alle vier Winde verstreut.«

»Ich habe gehört, dass ihr gesamter Besitz verkauft worden ist«, sage ich.

Mary nickt und krault einem Hund das Ohr. »Ich war ja nicht damit einverstanden, aber sie wollte es so. Und es ist Dummheit, jemandem seinen letzten Willen ausreden zu wollen.«

»Sie hat wirklich alles wohltätigen Zwecken gespendet?«, hake ich zögernd nach. Ich will sie nicht bedrängen, aber unbedingt mehr in Erfahrung bringen.

»Ja. Sie hat das alles im Voraus mit ihrem Anwalt abgesprochen. Ein richtiggehender Unsympath.«

Ich muss ein Auflachen unterdrücken – sie und Hugo haben offenbar die gleiche Meinung, was den überheblichen Dermot Browne angeht.

Mary beugt sich hinunter, um einen anderen Hund zu tätscheln. Die drei kuscheln sich enger an ihre stämmigen Beine und schnarchen leise.

»Haben Sie lange bei ihr gearbeitet?«, erkundige ich mich.

»Etwa zehn Monate. Bis dahin war sie sehr selbstständig gewesen, hat immer allein gelebt, war nie verheiratet und hatte auch keine Kinder. Aber sie war wohlhabend. Das muss man auch sein, wenn man sich die Stundensätze dieser Agentur leisten kann«, fügt sie hinzu. »Die sind nämlich Wucher, wenn Sie mich fragen.«

»Woher mag sie ihr Geld wohl gehabt haben?«, überlege ich laut. Darüber habe ich schon öfter nachgedacht. Es wundert mich nicht, dass Tatty eine reiche Frau war – immerhin besaß sie Wertgegenstände und konnte in ihren letzten Monaten die Agenturhonorare für eine Pflegerin bezahlen –, aber womit hat sie es verdient? Das ist immer noch ein Geheimnis.

»Ich habe sie nie gefragt«, entgegnet Mary Moore ein wenig spitz. »Es ging mich nichts an.«

»Und sie hatte sonst keine Hilfe? Keine Angehörigen?«

»Nein. Sie rief die Agentur an, nachdem sie gestürzt war. Sie hat selbst das Vorstellungsgespräch mit mir geführt – sie hatte bereits ein halbes Dutzend anderer Pflegerinnen kennengelernt. Ich war die Letzte auf ihrer Liste.«

Etwas an der Art, wie sie das sagt, lässt mich aufmerken. Was hätte Tatty an Mary Moore sympathisch finden können? Warum hat sie sich ausgerechnet diese Frau ausgesucht, um sich von ihr pflegen zu lassen?

»Fand das Vorstellungsgespräch bei ihr zu Hause statt?«, frage ich, in der Hoffnung, dass sie mir Tattys Wohnung beschreibt, damit ich weitere Einblicke in ihr Leben gewinne.

Inzwischen scheint sie in Erinnerungen zu schwelgen und ist nicht mehr so argwöhnisch. Für mich ist das ein Vorteil, denn ich habe den Eindruck, dass sie mit Informationen normalerweise nicht so freigiebig ist.

»Ja, ich werde es nie vergessen.« Sie lacht wehmütig auf. »Sie wohnte in einem wunderschönen georgianischen Haus am Merrion Square. So etwas hatte ich noch nie zuvor gesehen.«

»Das klingt beeindruckend.« Ich weiß, dass die Häuser in dieser Gegend sehr exklusiv sind. Bei den meisten handelt es sich um dreistöckige Villen.

»Ja, war es. Natürlich mit den vielen Treppen absolut ungeeignet für jemanden, der in seiner Beweglichkeit eingeschränkt ist. Das habe ich ihr auch klipp und klar gesagt.«

»Beim Vorstellungsgespräch? Das war aber mutig von Ihnen!«

Sie lacht auf und beugt sich wieder hinunter, um die Hunde zu streicheln. »Das waren auch ihre Worte – ich hätte Eier. Mein Gott, was habe ich gelacht! Tatty war sehr schlagfertig.«

»Und sie hatte überhaupt keine Familie? Keinen Menschen?«, frage ich. Ich will den Brief aus Tattys Handtasche nicht erwähnen. Noch nicht.

Mary fixiert mich mit grünen Augen. »Mir ist nie jemand begegnet«, erwidert sie. »Während meiner Zeit dort hatte sie kein einziges Mal Besuch. Doch das kommt häufig vor – die Leute vergessen die Alten. Sie werden unsichtbar.«

Sie wendet sich ab, und ich merke ihr an, dass sie das trotz ihrer ruppigen Art traurig macht. Durch ihre Arbeit im Altenheim kennt sie sich mit alten Menschen besser aus als die meisten und weiß, dass man häufig am Rand der Gesellschaft landet, wenn man betagt und gebrechlich wird. Kurz muss ich an Ruth denken, obwohl sie nichts mit der Durchschnittsrentnerin gemein hat. Allerdings ist sie gesund und munter

– wenn sie krank werden würde, sähe die Sache ganz anders aus. Bei der bloßen Vorstellung erschaudere ich.

Offenbar hat Tatty Moynihan sehr einsam und zurückgezogen gelebt. Keine Familie, keine Freunde. Welches Ereignis mag sie dazu gebracht haben, sich so von der Welt abzuschotten? Und was ist aus ihrem Geliebten geworden, der ihr den Brief geschrieben hat?

Plötzlich beugt Mary sich zu mir hinüber. Wieder malt sich Argwohn auf ihrem sonnengebräunten Gesicht ab.

»Warum interessiert Sie das alles? Was geht es Sie an?«, erkundigt sie sich. »Sie stellen so viele Fragen über Tatty, nur weil Sie eine Tasche gefunden haben, die ihr möglicherweise einmal gehört hat? Worauf sind Sie in Wirklichkeit aus?«

Sofort wird mir klar, dass ich ihr nun reinen Wein einschenken muss. Ansonsten werde ich sofort vor die Tür gesetzt, während die Hunde nach meinen Fersen schnappen. Ich beschließe spontan, ihr die Wahrheit zu sagen. Sie ist nicht so wie der Anwalt Dermot Browne, der klang, als sei ihm die alte Dame völlig gleichgültig gewesen, solange sie nur seine Rechnungen bezahlte. Gut, ich bezweifle, dass Tatty Mary von ihrer alten Liebe erzählt hat. Doch wie ich inzwischen festgestellt habe, hat sie ihren Mitmenschen so manches verschwiegen. Allerdings erkenne ich an der Art, wie Mary über Tatty spricht, dass ihr die alte Dame sehr wichtig war. Die beiden Frauen hatten eine Beziehung, die über das Finanzielle und Berufliche hinausging. Sie waren Freundinnen. Ihr den Brief zu zeigen, ist deshalb keine Indiskretion.

Ich hole tief Luft. »Ich habe einen Brief gefunden. In der Tasche«, erkläre ich.

»Einen Brief? Was für einen Brief?« Sie legt die sonnengebräunte Stirn in Falten.

»Ein Brief von einem ehemaligen Geliebten. Hier, lesen Sie.«

Ich schiebe den Brief über den Tisch und beobachte sie beim Lesen. Ihre Hand wandert zu ihrer Kehle.

»Oh«, sagt sie nur, doch ihr Tonfall ist todtraurig. Der Brief geht ihr genauso ans Herz wie mir, das merke ich ihr an.

»Ich weiß, dass sich das verrückt anhört, doch seit ich den Brief kenne, fühle ich mich Tatty irgendwie ... verbunden. Deshalb habe ich versucht, mehr über sie herauszufinden. Ich habe Dermot Browne angerufen, der mich zu Ihnen geführt hat. Aber offen gestanden weiß ich selbst nicht so genau, wonach ich suche.«

Mary Moore betrachtet mich nachdenklich. »Nun, meiner Erfahrung nach«, erwidert sie langsam, »hat ein Mensch, der etwas sucht, ohne genau zu wissen, was es ist, meistens etwas verloren und möchte es ersetzen.« Sie mustert mich so eindringlich, dass ich spüre, wie mir die Röte die Brust hinauf bis ins Gesicht steigt. »Also, Coco Swan, lautet die Frage, was Sie verloren haben?«

Ich starre sie an, weil mir die Worte fehlen. Dennoch habe ich zu meinem Ensetzen plötzlich Mums Gesicht vor Augen. »Ich weiß nicht, was Sie meinen«, erwidere ich. »Ich bin einfach nur neugierig.«

»Hmmm ...« Sie lächelt mich an und wirft dann einen Blick auf den Backofen, der mit einem *Pling* ankündigt, dass die Teebröchen fertig sind. »Wissen Sie was, wir trinken jetzt erst mal einen Tee, oder?«

Eine halbe Stunde später plaudern Mary Moore und ich wie zwei alte Freundinnen. Ich habe bereits zwei ihrer leckeren Teebrötchen, triefend von geschmolzener Butter und selbstgemachter Marmelade, intus und vertilge gerade ein drittes, noch warm aus dem Ofen.

»Es macht den Eindruck, als sei Tatty sehr elegant gewesen«, sage ich, den Mund voller Krümel.

»War sie«, erwidert Mary. »Sie hatte das gewisse Etwas und war sehr eigen, was ihr Äußeres anging, obwohl sie nie das Haus verließ.«

»Wirklich?«

»Oh, ja. Bis zum Schluss musste ich ihr die Haare richten und sie schminken. Sie hatte einen wundervollen Knochenbau – in ihrer Jugend muss sie eine Schönheit gewesen sein. Mit ihren Wagenknochen hätte man Glas zerschneiden können. Weißt du, an wen sie mich erinnert hat? Diese rothaarige Schauspielerin aus *Der Sieger* und *Das Wunder von Manhattan.* Wie hieß die noch mal?«

»Maureen O'Hara?«

»Ja. Sie war ihr wie aus dem Gesicht geschnitten. Außerdem liebte sie Musik und hatte eine wunderschöne Stimme.«

»Sie hat gesungen?«

»Dauernd. Evergreens, pflegte sie zu sagen. Ich habe ihr immer empfohlen, sich bei *The X Factor* anzumelden!«, erinnert Mary sich mit einem Kichern.

»Und was hat sie geantwortet?«

»Oh, sie hat es mit einem Lachen abgetan. Sie hat immer gelächelt, selbst als es mit ihr bergab ging. Und sie war eine richtige Dame. Und das sollte ich am besten wissen. Ich habe nämlich viele gepflegt, die ganz und gar keine waren.«

So lebhaft, wie Mary mir Tatty beschreibt, kann ich sie beinahe vor mir sehen. Ich bin ein wenig traurig, weil ich ihr jetzt nicht mehr begegnen werde.

»Warum hat sie wohl nie geheiratet und Kinder gehabt?«, sage ich mit einem leisen Seufzer. Tatty muss ein bemerkenswerter Mensch gewesen sein. Wie konnte es dann geschehen, dass sie am Ende ihres Lebens bis auf eine bezahlte Pflegerin allein war?

»Viele Menschen enden allein, Coco. Das ist gar nicht so ungewöhnlich«, antwortet Mary. Ein wehmütiger Ausdruck zeichnet sich auf ihrem Gesicht ab und verschwindet dann wieder.

Natürlich hat sie recht. Nicht jeder findet einen Partner. Vielleicht hat Tatty ihren geheimnisvollen Geliebten nie wiedergesehen. Vielleicht ist Mary ja auch nie dem Richtigen begegnet. Wenn ich es mir genauer überlege, ist es bei mir genauso. Wer weiß, ob ich jemals wieder jemandem über den Weg laufen werde? Dieser Gedanke beunruhigt mich ein wenig.

Ich beobachte, wie Mary ein Teebrötchen an die Hunde verteilt. Nachdem sie es verschlungen haben, scheucht sie sie liebevoll weg. Sie trollen sich in eine Ecke, wo ein großes, abgewetztes Hundebett mit Karomuster zwischen einer Kommode aus Fichtenholz und dem Kühlschrank steht. Sie machen es sich gemütlich und drehen sich um die eigene Achse, bis sie es bequem haben. Ein Häufchen aus Fell und feuchten Nasen.

»Ich denke ständig an den Mann, der Tatty den Brief geschrieben hat«, fahre ich fort. »Was mag aus ihm geworden sein? Er hat ihr offenbar viel bedeutet, wenn sie den Brief all die Jahre aufbewahrt hat.«

Wieder betrachtet Mary den Brief, der zwischen uns auf dem Tisch liegt wie eine Botschaft aus einer anderen Zeit. »Ich weiß nicht«, antwortet sie ratlos. »Sie hat ihn mir gegenüber nie erwähnt, nicht einmal, als es mit ihr zu Ende ging. Denn dann sprechen die Menschen meistens über das, was wirklich in ihnen vorgeht. Wenn jemand nach Leuten fragt, die vor ihm gestorben sind, weiß ich, dass es nicht mehr lange dauern wird. Aber über diesen Mann hat sie nie ein Wort verloren.«

»Warst du dabei, als sie starb?«, frage ich.

»Ja. Vor ihrem Sturz war sie ziemlich gesund, was anfangs ein Vorteil war. Aber sie hat rasch abgebaut. Ein halbes Jahr, nachdem ich bei ihr anfing, war sie meistens auf den Rollstuhl angewiesen. Und dann hat sie sich eine Lungenentzündung zugezogen …« Ihre Stimme erstirbt. In der Stille höre ich, dass die Hunde schon eingeschlafen sind und leise schnarchen.

»Es tut mir so leid, Mary. Du hattest sie offenbar sehr gern.«

»Ja, hatte ich.« Sie hebt den Kopf und sieht mich traurig an. »Ich wusste, dass ich diejenige war, die sich um sie kümmern sollte. Aber manchmal schien es genau umgekehrt zu sein.«

»Ja? Wie genau?«

Lange herrscht Schweigen. »Sie war einfach so ein Mensch«, erklärt sie. »Zwischen uns bestand eine … wie hast du es ausgedrückt? Eine Verbindung. Das passiert nicht bei jedem Patienten. Aber bei Tatty war es anders.«

»Wirklich komisch, genauso empfinde ich es auch, obwohl ich sie nun nie kennenlernen werde. Ein bisschen verrückt, oder?«

»Eigentlich nicht«, erwidert Tatty achselzuckend. »Die Frage ist nur, was du jetzt mit dem Brief machst?«

»Keine Ahnung.«

»Nun, was sagt dir dein *Gefühl*. Denk nicht darüber nach, sondern erzähl es mir einfach. Sprich das Erstbeste aus, was dir einfällt.«

»Ich habe das Gefühl, seiner Spur folgen zu müssen.« Das ist die Wahrheit. Ich weiß nicht, warum ich mich verpflichtet fühle, mehr herauszufinden. Es ist eben so. Ich kann es nicht erklären, aber es ist, als schöbe mich jemand oder etwas weiter. Ja, Ruth und Karl haben mich ermutigt, der Sache auf den Grund zu gehen. Doch daran liegt es nicht. Zumindest nicht ganz. Etwas an dieser Tasche und diesem Brief hat meine Phantasie beflügelt. Und ich werde inzwischen den Eindruck nicht mehr los, dass es etwas mit Mum zu tun hat.

»Mach weiter, lass dich nicht beirren«, sagt Mary und schenkt mir noch eine Tasse Tee ein.

»Nun … das klingt jetzt sicher total abstrus, aber meine Mum war ein großer Fan von Chanel. Sie hatte eine Perlenkette genau wie die von Coco, die sie nie abgenommen hat.«

»Und deswegen hat sie dich Coco genannt?«

»Ja.« Ich verdrehe die Augen, weil mir dieser Grund immer ein wenig peinlich ist. »Jedenfalls ist sie kurz vor meinem dreizehnten Geburtstag gestorben, bevor ich sie richtig kennenlernen konnte. Nun werde ich das Gefühl nicht los, dass sie … mir diese Tasche absichtlich geschickt hat.«

»So, als würde sie dir etwas ins Ohr flüstern?«, fragt Mary.

»Genau! Das hört sich doch an, als hätte ich eine Schraube locker, oder?«

»Nein, überhaupt nicht«, antwortet Mary. »Ich habe im Leben schon so viel gesehen, dass ich nichts leichtfertig abtue. Alles ist möglich, Coco. Du solltest deinem Herzen folgen und schauen, wohin es dich führt.«

»Aber ich kann mir das Ziel nicht so recht vorstellen«, wende ich stirnrunzelnd ein. »Tatty ist tot, und es gibt keinen Weg herauszufinden, wer ihr Geliebter war, oder? Und selbst wenn dieser Mann noch lebt und ich ihn aufspüre – welchen Sinn könnte das haben?«

»Ich denke, mit dieser Frage solltest du dich erst befassen, wenn es so weit ist.«

Plötzlich habe ich eine Idee. »Wenn er noch lebt, könnte ich ihm den Brief geben. Das würde ihn glücklich machen und ihn zum Lächeln bringen. Vielleicht löst es wundervolle Erinnerungen an Tatty in ihm aus und hilft ihm, diesen ganz besonderen Moment aus seiner Vergangenheit noch einmal zu durchleben.«

Selbst für mich klingt das ein wenig an den Haaren herbeigezogen.

Allerdings scheint Mary das nicht zu finden. Ein strahlendes Lächeln breitet sich auf ihrem Gesicht aus. »Aha, ich glaube, jetzt verstehe ich. Du bist eine unverbesserliche Romantikerin«, verkündet sie.

»Nein, das stimmt nicht«, protestiere ich. »Es ist nur, weißt du …«

»Es ist nur«, beendet Mary den Satz für mich, »dass du glaubst, das Leben könnte auch magische Momente haben. Und du möchtest dem unbekannten alten Knaben, der Tatty geliebt hat, zu einem solchen verhelfen.« Sie zieht die Augenbrauen hoch. »Kann es zufällig sein, dass du selbst auf der Suche nach der Liebe bist?«

Ihre Unverblümtheit ist ein wenig beunruhigend. Und außerdem irrt sie sich gründlich. Ich bin nicht auf der Suche nach der Liebe, sondern mit meiner derzeitigen Situation voll und ganz zufrieden.

»Offenbar hat Tatty dich sofort durchschaut«, stelle ich fest.

»Wie meinst du das?«

»Du hast eindeutig Eier.«

Wir kriegen beide einen Lachanfall.

»Aha! Aber habe ich recht?«, zieht sie mich auf. »Oder hast du die Liebe deines Lebens schon gefunden?«

»Ich habe gerade eine Trennung hinter mir. Also bin ich offiziell jung, frei und Single.«

Mary macht ein trauriges Gesicht, als befürchte sie, mich gekränkt zu haben. »Oh, das tut mir aber leid, Coco. Ich wollte dir nicht zu nahe treten.«

»Es ist wirklich okay«, antworte ich. »Ich war es, die Schluss gemacht hat – es war die richtige Entscheidung. Wir waren am Ende eigentlich nur noch Freunde.«

»Keine Leidenschaft?« Sie schneidet eine Grimasse.

»Nein, nicht mehr so viel.« Ich lache wehmütig auf. Zwischen Tom und mir gab es nie das überwältigende Knistern wie bei anderen Leuten. Cat und David konnten anfangs nicht die Finger voneinander lassen. Und der Funke glüht noch immer. Das habe ich noch nie mit jemandem erlebt.

»Nun, vielleicht wartet ja gleich um die Ecke eine leidenschaftliche Affäre auf dich.«

»Das bezweifle ich«, erwidere ich.

»Warum sagst du das?«

»Tja, ich denke, entweder ist man so eine Art Mädchen oder eben nicht. Und ich bin es nicht.«

»Das würde ich nicht so sehen. Steck dich nicht jetzt schon in eine Schublade. Für die Tasche und den Brief scheinst du leidenschaftlich zu empfinden.«

»Das ist etwas anderes.« Ich kichere.

»Warum?«

»Tja ... um sich leidenschaftlich zu verlieben, muss man sich fallen lassen, richtig?«

»Und das kannst du nicht?«

»Äh, nein, ich glaube nicht.«

»Nun, vielleicht kannst du es lernen. Zum Beispiel, mehr Risiken eingehen.«

»Vielleicht.«

»Ich glaube schon. Ich an deiner Stelle würde die Leidenschaft noch nicht abschreiben.«

Wir lächeln einander an.

»Mary, warum ist es manchmal einfacher, mit Fremden zu sprechen als mit Angehörigen und Freunden?« Ich kann kaum fassen, dass ich ein so ans Eingemachte gehende Gespräch mit einer Frau führe, die ich kaum kenne. Das ist absolut untypisch für mich.

»Keine Ahnung«, antwortet sie mit einem Grinsen. »So ist halt das Leben. Geteiltes Leid ist halbes Leid, das ist meine Ansicht.«

»Danke, dass du mit mir geredet hast, Mary«, sage ich und umarme sie über den Tisch hinweg. »Ich gehe jetzt besser.

Aber ich lasse dir meine Nummer hier, falls dir noch etwas einfällt, wie ich diesen Mann finden kann.«

»Weißt du, da war jemand, den sie erwähnt hat«, verkündet Mary plötzlich. »Ich bin aber nicht sicher, ob es wichtig ist.«

»Schieß los.«

»Sie hatte eine Freundin in England. Sie haben einander hin und wieder geschrieben. Es war sogar von einem Besuch die Rede, doch Tatty hat es immer wieder vor sich hergeschoben. Als sie gebrechlich wurde, hat sie die Leute auf Abstand gehalten. Sie war einfach zu stolz und wollte kein Mitleid.«

Ich merke hoffnungsfroh auf. Vielleicht ist das eine neue Spur. »Wo in England lebt sie denn?«

»London. Tatty hat auch dort gewohnt, damals, als sie noch viel jünger war. Ich habe den Verdacht, dass sie Irland nach einem Streit mit ihren Eltern verlassen hat, auch wenn das nie aufs Tapet kam.«

»Erinnerst du dich an den Namen dieser Freundin?«

»Ja. Sie heißt Bonnie Bradbury. Der Name ist mir immer im Gedächtnis geblieben. Sie ist Schauspielerin und tritt auch noch auf, obwohl sie sicher schon über siebzig ist.«

»Ich habe noch nie von ihr gehört.«

»Sie ist nicht berühmt, aber ich weiß, dass sie Theaterschauspielerin ist. In den Briefen ging es immer um irgendein Theater ... Wie war noch mal der Name?« Sie runzelt konzentriert die Stirn. »The Parlour! Ja, das ist es. In Farringdon.«

»Vielen, vielen Dank, Mary. Vielleicht besuche ich sie ja, um herauszufinden, ob sie mir noch etwas zu erzählen hat.«

»Oh, ja, tu das!«, sagt Mary und umarmt mich an der Tür fest zum Abschied. »Die arme Frau. Sie hat mir immer leidgetan. Tatty hat, was die Beerdigung anging, sehr genaue Anweisungen hinterlassen. Sie wollte niemanden dabeihaben. Die arme Bonnie hat erst von ihrem Tod erfahren, als es schon zu spät war.«

»Ach, wirklich?«

Sie nickt traurig. »Ja. Alles musste so laufen, wie sie es wollte. Das war eben Tatty. Erstattest du mir Bericht, wenn du etwas rauskriegst? Da ich den geheimnisvollen Brief jetzt kenne, bin ich richtig neugierig geworden.«

Ich winke Mary am Tor zum Abschied zu und springe ins Auto. Allerdings fahre ich nicht direkt zur Schnellstraße und nach Hause, sondern den Kanal entlang zum Merrion Square. Als ich an den wunderschönen georgianischen Häusern vorbeikomme, aus deren hohen Fenstern warmes Licht strömt, stelle ich mir vor, wie Tatty, die Chanel-Tasche unter dem Arm, die Stufen hinauf zu ihrer Eingangstür läuft. Und ich habe Mums Stimme im Ohr, die mir, wie Mary, rät, nicht aufzugeben.

9

Alle Mitglieder meines Möbelrestaurierungskurses arbeiten zufrieden in dem kleinen Raum über dem Laden an ihren Projekten. Emsige Geschäftigkeit liegt in der von Lacken und Klebstoffdämpfen geschwängerten Luft, als die Kursteilnehmer ihre abgenutzten Möbelstücke wieder zum Leben erwecken. Während ich von einem zum andern gehe, Ratschläge gebe und Mut mache, denke ich über das nach, was Mary Moore mir über Tatty erzählt hat.

Nach meiner Rückkehr aus Dublin haben Ruth und ich Bonnie Bradbury im Internet recherchiert. Die Webseite des Parlour Theatre zeigt ein kleines Nachbarschaftstheater in der Nähe von Farringdon. Es gibt einige verschwommene Gruppenaufnahmen, und es werden Rollen erwähnt, die Bonnie Bradbury gespielt hat, doch mehr Informationen über sie sind nicht zu haben. »Coco, du bist heute ganz weit weg!«, höre ich jemanden sagen und kehre in die Gegenwart zurück.

Es ist Lucinda Dee, die mich angrinst, und mir wird klar, dass sie recht hat – ich war ganz weit weg und habe an Tatty gedacht. »Entschuldige, Lucinda, was hast du gerade gesagt?«

»Ich sagte, dass ich nicht sicher bin, ob das so richtig ist. Was meinst du?«

Sie tritt einen Schritt von ihrer frisch lackierten Kommode zurück und mustert den Apfelgrünton, den sie sich ausgesucht hat, mit einem zweifelnden Stirnrunzeln. Das schwarz-weiß karierte Kopftuch, das sie manchmal im Kurs trägt, ist voller grüner Farbkleckse, und das Gleiche gilt für ihre ausgeblichene Arbeitshose. Ich empfehle den Teilnehmern stets, ihre ältesten Sachen anzuziehen. In guten Klamotten ist es unmöglich, sich wirklich in ein Projekt zu vertiefen. Man muss sich wohlfühlen und darf keine Angst haben, seine Kleider zu beschmutzen. Vielleicht bin ich deshalb hier so zufrieden – ich kann ohne die Spur von Verlegenheit in meinem vergammeltsten Zeug herumlaufen.

»Mir gefällt es«, erwidere ich wahrheitsgemäß. Ich versuche, allen Kursteilnehmern gegenüber ehrlich zu sein. Natürlich hat jeder seinen individuellen Geschmack, weshalb die Interpretationen eines Themas sehr unterschiedlich ausfallen können. Doch wenn etwas nicht stimmt, sage ich es auch.

»Ich weiß nicht, aber irgendwie gefällt es mir nicht«, meint sie. »Ist die Farbe nicht ein bisschen zu auffällig? Vielleicht hätte ich mehr Grün untermischen sollen, um sie abzudämpfen …« Die Hände in die Hüften gestemmt, neigt sie den Kopf zur Seite und betrachtet ihr Werk.

»Tja, wenn du dir ein qualitativ hochwertiges Möbelstück ausgesucht hättest wie ich, hättest du jetzt nicht dieses Problem«, lässt sich Harry Smith, der Perfektionist, vernehmen, der am anderen Ende des Raums liebevoll seine Mahagonikommode einölt.

»Ach, halt den Mund«, antwortet Lucinda schmunzelnd. »Wenigstens ist meine Kommode nicht langweilig.«

»Schon … wenigstens das nicht«, entgegnet er mit einem hämischen Grinsen.

Lucinda greift nach einem Pinsel und droht ihm damit.

»Immer mit der Ruhe, Leute«, sage ich lachend. Die beiden kabbeln sich ständig.

Ich drehe mich zu Lucinda um. »Weißt du was? Ich glaube, die Griffe stimmen nicht. Das könnte der störende Faktor sein. Cremefarbene würden besser zu dem Grün passen. Ich habe noch welche im Laden. Ich denke, die würden wirken.«

»Oh, ich verstehe genau, was du meinst«, antwortet sie mit einem breiten Lächeln. »Ich sollte sie wirklich austauschen. Danke, Coco.«

»Ich gehe mal nachschauen. Bin gleich zurück.« Im Laden ziehe ich den großen Pappkarton unter der Theke hervor, in dem ich den Krimskrams aufbewahre, den ich nicht wegwerfe. Irgendwo müssen noch ein paar Griffe sein, die ich ganz sicher vor einigen Monaten von einer alten Kommode abgeschraubt habe.

Als ich sie gerade, eingeklemmt unter einer riesigen Klebebandrolle, entdecke, bimmelt die Ladenglocke, ich blicke auf und sehe Cat hereinkommen. Heute hat sie einen wundervoll geschnittenen hellgrauen Hosenanzug an. Dazu winzige Diamantohrringe, ein durchscheinendes cremefarbenes Oberteil und sehr hochhackige schwarze Lackpumps. Ihr Haar ist zu einem lockeren Knoten aufgesteckt. Ihre violetten Augen sind mit goldfarbenem Lidstrich umrandet, und ihre Haut ist so makellos wie immer. Als sie sich die überdimensionale Sonnenbrille ins Haar schiebt, bemerke ich das Einzige, was heute an ihrem Äußeren nicht stimmt: Sie hat Augenringe. Nicht einmal der geschickt aufgetragene Concealer kann die Erschöpfung verbergen.

»Hi«, sage ich, froh, sie zu sehen. Ich hatte noch keine Gelegenheit, über meinen Besuch bei Mary Moore zu sprechen, und kann es kaum erwarten, ihr sämtliche Einzelheiten zu schildern.

»Hi«, antwortet sie bedrückt.

»Du klingst so niedergeschlagen. Was ist denn?«

»Ach, nichts. Nur der übliche hochkarätige Mist.«

»Was ist passiert?«

»Wo soll ich anfangen?« Sie verzieht das Gesicht. »Erstens hatte ich wieder einmal eine Riesenkrach mit dem Küchenchef.«

»Er bewegt sich also noch immer nicht in Sachen Speisekarte?«

Die Debatte über eine Änderung der Hotelspeisekarte wird zunehmend hitziger – und weder Cat noch der Küchenchef des Centrals sind zu Zugeständnissen bereit.

»Nein. Er beharrt einfach weiter auf das verdammte Hühnchen und das Rindfleisch. Ich krieg langsam die Krise!«

»Es gibt Leute, die Hühnchen und Rindfleisch mögen«, meine ich beschwichtigend. »So schlecht ist es nun auch wieder nicht.«

»Aber auch nicht gut«, entgegnet sie. »Das Hotel muss endlich im einundzwanzigsten Jahrhundert ankommen, und sei es mit Gewalt. Bei uns gibt es noch immer den gleichen Mist wie damals bei unserem Debütantinnenball, Coco, und das ist eine Milliarde Jahre her.«

»Ich esse gern Hühnchen«, erwidere ich. »Und ich bin außerdem noch keine Milliarde Jahre alt.« Allerdings hat ihr Einwand etwas für sich. Die Speisekarte hat sich seit unserem Abschlussball kaum verändert, und seitdem ist eine Ewigkeit vergangen.

»Nun, ich finde, wir sollten experimentierfreudiger werden«, protestiert sie. »Mal was Neues versuchen.«

»Was zum Beispiel?«

»Ich weiß nicht! Irgendwas! Sushi!«

»Du willst im Restaurant Sushi anbieten? Ich glaube nicht, dass das gut laufen wird«, witzle ich.

»Ja, die würden mich vermutlich aus der Stadt jagen. Bei Morgengrauen. Mit Mistgabeln.« Sie verdreht die Augen.

»Vielleicht könntest du mit einem asiatischen Abend anfangen«, schlage ich vor. »Nur einmal pro Woche.«

»Pah! Der Koch verweigert sogar Frühlingsrollen. Null Chance. Mein Vater unterstützt ihn darin. Seiner Ansicht nach müssen wir ›unseren Kundenkreis berücksichtigen‹. Manchmal fühle ich mich, als würde ich mit dem Kopf gegen eine Wand rennen. Bin ich jetzt die Chefin von dem Laden oder nicht?«

»Möglicherweise hat dein Dad ja recht«, wende ich ein. »Die Einheimischen können recht festgefahren sein.«

»Nun, ich denke, dass sie auch mal was Neues ausprobieren sollten«, widerspricht sie. »Anfangs waren sie auch alle gegen die Renovierung, und jetzt gefällt es ihnen.«

»Immer mit der Ruhe, Cat. Ich wollte doch nur helfen«, sage ich.

»Entschuldige, Coco. Ich bin heute einfach schlecht drauf.« Sie seufzt tief auf. »Außerdem hatte ich wieder Stress mit Mark.«

Ich zucke leicht zusammen, als ich den Namen höre. Seit ich ihn im Gespräch mit Sean O'Malley beobachtet habe, will ich mit ihm reden. Doch Tattys Tasche und der Brief haben mich abgelenkt. »Was war denn los?«, frage ich.

»Er ist diese Woche jeden Tag zu spät zum Abendessen gekommen, und seine Schulnoten kann man in die Tonne treten. Ich erreiche ihn einfach nicht.«

»Und woran könnte das deiner Ansicht nach liegen?«, erkundige ich mich und fürchte mich fast vor der Antwort. Ich habe ein schlechtes Gewissen, weil ich mir nicht die Zeit genommen habe, Mark zu fragen, was er hat. Vielleicht sollte ich Cat einfach erzählen, was ich gesehen habe. Aber angesichts ihrer Laune geht sie dann womöglich endgültig an die Decke. Ich könnte die Situation noch schlimmer machen, und vielleicht ist es nur viel Lärm um nichts. Mark könnte rein zufällig mit Sean geredet haben, sodass gar kein Zusammenhang zu seinem derzeitigen Verhalten besteht. Ich muss mehr herausfinden, bevor ich Gerüchte in die Welt setze.

»Nun, ich habe etwas darüber gelesen, und offenbar benimmt er sich so, weil er sich von mir lösen will.«

»Von dir lösen? Das klingt aber seltsam.«

»Ja, tut es, doch es ergibt vermutlich Sinn. Er ist beinahe ein Mann. Da ist es nur natürlich, dass er Mamas Schürzenzipfel loslässt, rebelliert und seine eigene Identität sucht. So steht es zumindest in dem Buch.«

Ich bin versucht zu erwidern, dass sich das wie der absolute Schwachsinn anhört, fühle mich aber nicht dazu berechtigt. Schließlich habe ich keine Kinder. Wie kann ich es mir also anmaßen, gute Ratschläge zu verteilen?

»Richtig«, sage ich. »Wahscheinlich wissen die Fachleute es am besten. Du kriegst das bestimmt hin.«

»Da bin ich nicht so sicher. Es ist, als hätte er beschlossen, mich zu hassen – so als hätte er einen Hebel umgelegt und auf den Nieder-mit-Mutter-Knopf gedrückt.«

»Tja, falls das stimmt, schaltet er wahrscheinlich genauso schnell wieder zurück. Alle Jugendlichen machen so etwas durch – das ist wie ein Initiationsritus.«

»Und wenn nicht, Coco?«, antwortet sie verzweifelt.

»Ich bin ziemlich sicher, dass du einfach nur durchhalten musst«, erwidere ich. »Er wird diese Phase überstehen und geläutert daraus hervorgehen. Dann werdet ihr euch lachend daran erinnern.«

»Hoffentlich hast du recht«, sagt sie mit finsterer Miene.

»Habe ich«, sage ich und lächle ihr zu.

Ausgerechnet in diesem Moment steckt Lucinda den Kopf zur Tür herein. »Oh, Cat, ich wusste gar nicht, dass du hier bist.«

»Hallo, Lucinda, entschuldige, dass ich euch die Lehrerin abspenstig mache!«, ruft Cat fröhlich und überspielt rasch ihre Niedergeschlagenheit.

Lucinda lacht auf. »Kein Problem. Entschuldigt die Störung. Ich brauche nur die Griffe, Coco, falls du welche da hast.«

»Hier sind sie.« Ich gebe sie ihr. »Ich bin gleich zurück – sag den anderen, dass ich nicht davongelaufen bin.«

»Lass dir ruhig Zeit, Coco. Ich kann die Horde bändigen, wenn sie sich danebenbenehmen sollte.« Sie trollt sich wieder zu ihrer Kommode.

Ich wende mich wieder an Cat. »Mach dir keine Sorgen um Mark. Bald werden wir darüber lachen, Ehrenwort.«

»Wirklich?«

»Natürlich! Ich plane bereits die Feier zu seinem einundzwanzigsten Geburtstag. Ich werde eine total peinliche Rede zu dem Thema halten, wie launisch er als Jugendlicher war. Bestimmt wird er da schon eine Freundin haben und vor Verlegenheit im Erdboden versinken.«

»David glaubt, dass da bereits ein Mädchen im Spiel ist«, meint Cat.

In meinem Kopf leuchtet ein Lämpchen auf. Das wäre eine Erklärung für seine Launenhaftigkeit. Dann hätte sein Gespräch mit Sean ja nichts zu bedeuten. »Siehst du, da hast du deine Antwort. Liebeskummer könnte der Grund für seine Stimmungsschwankungen sein.«

»Mag sein. Allerdings ist das unmöglich zu erfahren, wenn ich kein Wort aus ihm rauskriege. Ich muss ihm jede Silbe aus der Nase ziehen. Es macht mich fertig.«

»Was? Dass er möglicherweise eine Freundin hat?«

»Ja.« Sie nickt. »Wenn er eine Freundin hat, könnte es sein, dass er auch mit ihr schläft!«

»Ach, nein, dazu ist er noch viel zu jung!«

»Er ist fünfzehn, Coco.«

»Oh, Gott.«

»Ja, oh, Gott«, wiederholt sie bedrückt. »Ich bin einfach noch nicht erwachsen genug, um mich mit so etwas zu befassen.«

Wir lachen ein wenig verhalten.

»Ach, je«, meint Cat nach einer Weile. »Keine Ahnung, warum ich lache – es ist eine ernste Angelegenheit.«

»Keine Angst«, sage ich. »Mark passiert schon nichts. Er ist ein vernünftiger Junge und wird bestimmt keine Dummheiten machen.«

»So wie ich?« Ich weiß, dass sie auf ihre eigene Teenager-Schwangerschaft anspielt. Trotz all ihrer Erfolge kann sie nicht vergessen, was sie in dieser schwierigen Zeit aushalten musste. Es hat sie als Person geformt, so wie Mums Tod und dessen Nachspiel mich verändert haben.

»Hör auf, dich zu zermürben«, sage ich. »Damals war damals, und heute ist heute.«

»Ich weiß nur, dass ich es kaum erwarten kann, dass er auf Klassenreise nach Spanien fährt. Wir brauchen Abstand voneinander.« Ihre Augen füllen sich mit Tränen.

»Hey, komm schon.« Es geht mir sehr nah, wenn sie sich elend fühlt.

»Tut mir leid«, schnieft sie. »Ich habe nur ein schrecklich schlechtes Gewissen, wenn ich es laut ausspreche. Früher habe ich es kaum ertragen, von ihm getrennt zu sein, und nun freue ich mich darauf. Ist das nicht furchtbar? Ich hätte nie gedacht, dass es einmal so weit kommen würde. Dass wir uns nur noch streiten.« Sie ringt um Fassung.

»Schau, Cat, ich glaube, du brauchst mal wieder einen Zug durch die Gemeinde. Warum gehst du nicht mit David aus, und ich bewache die Zwillinge.«

Ihre Augen leuchten auf. »Wirklich? Du kannst dir gar nicht vorstellen, wie mich das freuen würde.«

»Kein Problem. Gib mir einfach Bescheid.«

Sie umarmt mich rasch. »Danke, Coco, das weiß ich wirklich zu schätzen. Es tut mir so leid, dass ich dich ständig mit meinen Problemen belaste.«

»Kein Problem«, erwidere ich. »Du kannst jederzeit vorbeischauen und mit mir reden.«

»Offen gestanden bin ich noch aus einem anderen Grund

hier«, fügt sie hinzu, räuspert sich und macht ein noch ernsteres Gesicht.

»Ach, herrje, was denn noch?«

»Es geht um Tom.« Sie hält dramatisch inne, bevor sie weiterspricht. »Ich habe seine Mutter im Supermarkt getroffen.«

»Herzlichen Glückwunsch.« Ich verziehe das Gesicht. Toms Mutter gehörte nie zu meiner Fangemeinde. Ich wurde das Gefühl nicht los, dass sie meine Herkunft missbilligte – Kind einer alleinerziehenden Mutter, Vater unbekannt. Ich habe nicht gerade einen Bilderbuch-Stammbaum.

»Coco, ich hoffe, du bist jetzt nicht traurig, aber sie hat mir etwas erzählt, das du von mir erfahren solltest, bevor du es von anderer Seite hörst.« Wieder verstummt sie. »Tom hat eine neue Freundin. Eine Neuseeländerin.«

»Aha.«

Ich stochere ein wenig in meinen Gefühlen herum, um herauszufinden, was diese Information in mir auslöst. Die Nachricht überrascht mich nicht, natürlich nicht. Ich habe damit gerechnet. Aber trotzdem.

»Ist alles in Ordnung?« Sie mustert mich forschend.

»Ja, absolut.« Zu meiner großen Erleichterung erkenne ich, dass das stimmt. »Warum auch nicht?«

»Weil er ziemlich schnell die Seiten gewechselt hat?«, gibt sie spitz zurück.

»Ich habe Schluss gemacht, schon vergessen?«, erinnere ich sie. »Also habe ich keinen Grund zu trauern.«

»Tja, er hätte wenigstens den Anstand haben können, noch eine Weile so zu tun, als litte er an einem gebrochenen Herzen«, empört sie sich.

Cat will mich immer beschützen. Ich weiß nicht genau, warum – vielleicht, weil sie in der Schule immer die Hübsche und Beliebte war. Die anderen dachten, dass ich mich an sie klammerte, obwohl sie mir nie dieses Gefühl vermittelt hat.

»Eigentlich … bin ich froh, dass er jemanden kennengelernt hat«, sage ich.

»Du bist froh?«, wiederholt Cat und starrt mich an, als hätte ich nicht mehr alle Tassen im Schrank.

»Ja, das heißt, dass ich kein schlechtes Gewissen mehr haben muss. Wenn er eine Neue hat, heißt das, dass er über mich hinweg ist.«

»Nicht unbedingt.«

»Doch, unbedingt«, protestiere ich.

»Nur weil er mit einer anderen Frau eine sexuelle Beziehung hat, muss er noch lange nicht über dich hinweg sein, Coco.«

»Meiner Ansicht nach bedeutet es genau das«, beharre ich. »Er ist über mich hinweg. Kapitel abgeschlossen. Wir können beide nach vorne schauen.«

»Und was ist mit dir?«

»Was soll mit mir sein?«

»Wann suchst du dir einen Neuen?«

»Bitte, es ist viel zu früh, um auch nur daran zu denken.«

»Für ihn war es nicht zu früh. Ich fand immer, dass ihr beide ein Traumpaar wart. Das ergibt doch alles keinen Sinn.«

»Pass auf, Cat. Ich bin absolut glücklich, okay?«

»Okay. Gut, dann sage ich nichts mehr.« Ihr tiefer Seufzer scheint aus ihren Zehen aufzusteigen. »Was weiß ich schon über das Thema? Ich habe ja keine Ahnung von Männern.«

»Äh, in deinem Leben wimmelt es von Männern.«

»Ja, ich bin von ihnen umzingelt. Und verstehe sie trotzdem nicht. Woran mag das liegen?«

Ich schaue mich um, wohl wissend, dass Lucinda und die restlichen Kursteilnehmer sich vermutlich fragen, wo ich abgeblieben bin. »Ich muss zurück zu meinem Kurs«, sage ich. »Der Himmel weiß, was die alles aushecken. Schlimmer als eine Horde Teenager.«

»Sag bitte, bitte so was nicht«, erwidert sie und verdreht die

Augen. »Ruf mich später an, okay? Ich möchte alles über deine Fahrt in die ferne Hauptstadt hören. Hast du mehr über die Tasche rausgekriegt?«

»Ja, habe ich«, antworte ich. »Ich erstatte nachher Bericht.«

»Toll. So kann ich durch dich ein Leben aus zweiter Hand führen.« Sie lächelt traurig, und dann ist sie fort.

Auf dem Rückweg zu meinem Kurs habe ich kurz Toms Gesicht vor Augen. Obwohl es nicht leicht ist, sich ihn mit einer anderen Frau vorzustellen, freue ich mich für Tom. Seltsam, dass mich die Nachricht nicht mehr erschüttert hat, aber Tattys Geschichte beschäftigt mich so, dass es mir schwerfällt, mich auf etwas anderes zu konzentrieren.

Tom war nicht meine große Liebe – das weiß ich. Meistens habe ich ihn als guten Freund und manchmal sogar als nervtötenden Bruder empfunden. Rückblickend betrachtet, war ich mit ihm zusammen, weil er eben da war und weil ich mich nicht von ihm … bedroht gefühlt habe. Das wirft kein besonders gutes Licht auf mich, ich weiß. Aber Tom war sanft, zurückhaltend und berechenbar – ein Mann, mit festen Gewohnheiten und moralischen Prinzipien. Ungefährlich eben.

Ich gehe zur Tür, lehne mich an den Türstock und beobachte meinen Kurs bei der Arbeit. Manche plaudern, andere sind konzentriert am Werk. Sie sind alle verheiratet oder verwitwet. Manchmal fühle ich mich wie der einzige Lachs in der Stadt – ich schwimme flussaufwärts, absichtlich gegen den Strom. Ich schmunzle in mich hinein. Das muss ich Cat erzählen – der einzige Lachs in der Stadt –, damit sie etwas zum Lachen hat. Das Fazit ist, dass ich mich für Tom freue, ja, doch da ist noch ein anderes Gefühl, das ich nicht richtig zu fassen kriege. Nein, nicht Enttäuschung, so kann man es nicht nennen, aber vielleicht ein bisschen … Einsamkeit. Liebe und Ehe. Was macht man, wenn man zweiunddreißig ist und nichts damit am Hut hat?

10

Kaum zu glauben, bald ist es schon wieder Oktober und Zeit für eine neue Schaufensterdekoration. Keine Ahnung, wie die Tradition, an jedem Monatsersten das Schaufenster umzugestalten, begonnen hat, aber inzwischen hat es sich bei Swan's eingebürgert. Als Jugendliche habe ich angefangen, hin und wieder die Schaufenster zu dekorieren, und bald bemerkt, welchen Spaß es mir macht, mir etwas Interessantes einfallen zu lassen, das die Passanten dazu bringt innezuhalten. Im Laufe der Jahre sind meine Dekorationen zu einiger Berühmtheit gelangt, und viele Einheimische gehen am Monatsersten hier vorbei oder schauen herein, nur um zu sehen, was ich diesmal gemacht habe.

Ruth ist manchmal in Sorge, dass die Erwartungen inzwischen zu hoch sein könnten und ich es nur noch als lästige Pflicht empfinde. Aber das ist nicht so. Ich habe großen Spaß daran, hinter dem Laken zu arbeiten, mit dem ich das Fenster verhänge, damit niemand etwas sieht, bis alles perfekt ist. Dann befinde ich mich in einer dämmrigen Welt und konzentriere mich, ohne einen Blick auf die Uhr zu werfen, darauf, etwas Wunderschönes zu schaffen. Bis heute ist es ungeheuer fesselnd, ein großes Vergnügen und sehr befriedigend.

Nun kauere ich auf den Fersen und betrachte mein Werk. Ich versuche, zu Ehren des abkühlenden Wetters, ein Winterwunderland nachzubauen. Als Hintergrund habe ich eine große, gestärkte weiße Stoffbahn aufgespannt. Davor steht ein Stapel antiker hölzerner Schmuckschatullen, jede davon gefüllt mit weißem Satin. Ein paar Weißgoldketten lugen heraus, damit die Kundschaft einen Blick auf den verlockenden Inhalt erhaschen kann. Daneben habe ich eine mit reinweißem Leinen bezogene Kniebank gestellt. Ich glaube nicht, dass jemand heutzutage noch auf so einem Ding betet, doch in einem Schlafzimmer würde es sich gut machen. Neben der Bank befindet sich ein Haufen alter, in Leder gebundener Bücher, aufgeschlagen, damit die Wörter darin sichtbar werden. Auf die Bücher habe ich ein paar kleine Holzvögel platziert, als Symbol für die Spatzen, die sich immer draußen am Fuß des Denkmals versammeln. Die Vögel habe ich silbern lackiert und die gesamte Szene mit Glitzer bestreut, um Raureif vorzutäuschen. Nun bewundere ich die Wirkung.

Bis jetzt bin ich sehr mit dem Effekt zufrieden. Es ist fast genauso geworden, wie ich es geplant habe. Es freut mich jedes Mal wieder, wenn das Bild in meinem Kopf Wirklichkeit wird. Allerdings sind noch ein paar Handgriffe nötig, bevor ich mein Werk enthüllen kann – es ist noch nicht ganz fertig. Ich brauche ein auffälliges Mittelstück, das die Szene zentriert. Vielleicht würden ja ein paar große Altarkerzen auf dem Kinderschlitten wirken, den wir im Laden haben. Das würde dem Schaufenster eine altmodische und fast magische Atmosphäre verleihen. Doch jetzt mache ich erst mal eine Pause.

Ich stehe auf, strecke meine Beine und spähe über das Laken. Gegenüber redet Karl auf einen Kunden ein – wahrscheinlich erklärt er ihm den Unterschied zwischen den verschiedenen Fleischstücken, ein Thema, in das er sich wirklich hineinsteigern kann. Victors Fernsehwerkstatt nebenan ist noch immer geschlossen. Der arme Victor – er hat eindeutig ein Problem mit dem Glücksspiel. Er versucht zwar, es geheim zu halten, doch selbst ich kann beobachten, dass er inzwischen den ganzen Tag beim Buchmacher verbringt. Neben seinem schäbigen Laden fegt Nora vom Coffee Dock den

Gehweg. Ihre Miene ist finster. Offenbar steht es zwischen ihr und Peter noch immer nicht zum Besten.

Als plötzlich jemand ans Fenster klopft, zucke ich zusammen. Es ist Ruth, die eine grellrote Daunenjacke trägt und mich breit angrinst.

»Darf ich schauen?«, ruft sie, während sie die Ladentür öffnet und, gefolgt von einem Schwall eiskalter Luft, hereinkommt. Es ist wirklich schlagartig winterlich geworden.

»Noch nicht«, antworte ich.

»Ach, komm schon ... Nur ganz kurz?«

»Nein. Du musst warten, bis ich fertig bin, wie alle anderen auch.«

»Spielverderberin.« Kichernd nimmt sie den Schal ab und schlüpft dann aus der Daunenjacke, sodass ein enger schwarzer Gymnastikanzug aus Lycra zum Vorschein kommt.

Wieder einmal frage ich mich, wie sie es schafft, für eine Frau von fast siebzig Jahren so verdammt gut auszusehen. Hoffentlich habe ich ein paar ihrer Gene geerbt. Sie hat immer noch eine schlanke, straffe Figur, und ihre Haut strahlt.

»Uff, ist das kalt.« Sie stößt einen Pfiff aus und reibt sich die Hände. »Ich friere mir die Titten ab!«

»Ruth!«

»Was? Sagt man das nicht heutzutage so?« Sie lacht spitzbübisch auf.

»Man vielleicht schon, aber doch nicht du.«

»Ich passe mich gern der Jugend an, Coco! Warum, glaubst du, habe ich mit Zumba angefangen?«

»Und wie ist es so?«, frage ich.

Ruth hat sich vor ein paar Wochen zu einem Kurs angemeldet, um in Form zu bleiben. Es ist genau die Art von nicht seniorengerechter Beschäftigung, die ihr Spaß macht.

»Wirklich phantastisch! Robbie sagt, ich bin ein Wunder!« Sie kichert.

»Ach, der hinreißende Robbie!«

Alle witzeln darüber, dass Ruth total auf den zweiundzwanzigjährigen Kursleiter steht, der steinharte Bauchmuskeln und einen Po aus Stahl hat. Inzwischen streitet sie es nicht einmal mehr ab.

»Er hat mich danach auf einen Kaffee eingeladen. Ich glaube, ich habe Chancen – Karl sollte auf der Hut sein.«

»Du bist unverbesserlich.« Ich lache ein wenig dreckig.

»Ich gebe mir Mühe.« Sie lacht ebenfalls. »War etwas Interessantes los, während ich weg war?«

»Nun, Carmel Ronan war vorhin hier.«

Carmel ist ein stadtbekannter Snob. Alle sechs Monate stattet sie dem Laden gnädigerweise einen Besuch ab und feilscht dann wie auf dem Basar.

Ruth verdreht die Augen zum Himmel. »Oh, Gott, diese Landplage. Vermutlich hat sie nichts gekauft.«

»Doch, hat sie sogar – die beiden schauerlichen Aschenbecher, die wir letztes Jahr reingekriegt haben.«

»Du machst Witze!« Ruth bleibt der Mund offen stehen. »Die versuche ich schon seit Monaten loszuwerden.«

»Das weiß ich. Außerdem hat sie mir beinahe den vollen Preis bezahlt.«

»Ich glaube, ich muss mich setzen.« Ruth schüttelt angesichts dieses wundersamen Ereignisses den Kopf. »Ob Carmel altersmilde wird?«

»Offenbar hatte sie heute keinen guten Tag«, räume ich ein. »Sie hat sich nur ein paar Minuten mit mir herumgestritten.«

»Wozu könnte sie diese Aschenbecher brauchen? Sie raucht nicht.«

»Für Gäste vielleicht?«, antworte ich. »Allerdings kann ich mir nicht vorstellen, dass sie oft Besuch bekommt.« Carmel hat zwei erwachsene Kinder, die beide nach dem College in die USA gezogen sind und nur selten nach Hause kommen.

Ihr Mann ist vor Jahren gestorben, und sie scheint keine dauerhaften Freundschaften zu pflegen. Das ist allgemein bekannt, denn obwohl niemand sie mag – oder vielleicht gerade deswegen –, beobachten die Leute genau, wer in ihrem riesigen Haus aus und ein geht.

»Die Arme. Eigentlich tut sie mir leid«, meint Ruth.

»Du bist wirklich nicht nachtragend«, sage ich und ziehe eine Augenbraue hoch. Nach Ruths letzter Begegnung mit Carmel hat sie noch tagelang geschimpft. Carmel war in den Laden marschiert und wollte eine Vase zurückgeben, und zwar unter dem Vorwand, sie habe erst zu Hause bemerkt, dass sie angeschlagen war. Ruth wusste, dass die Vase den Laden in ausgezeichnetem Zustand verlassen hatte. Sie hatte sich, da sie Carmel kennt, nämlich selbst davon vergewissert. Dennoch hatte sie nur die Wahl, Carmel entweder als Lügnerin zu bezeichnen oder ihr das Geld zu erstatten. Ruth hat eine Ewigkeit gebraucht, um diesen Zwischenfall zu verwinden. Sie grollt anderen Leuten nicht lange, doch Carmel gehört zu den Zeitgenossen, die die Geduld ihrer Mitmenschen auf eine schwere Probe stellen.

»Na, weißt du, ich glaube, sie ist einsam. Deshalb tut sie immer so knallhart«, fährt Ruth fort. »Sie hat niemanden in ihrem Leben, und das ist nicht leicht zu verkraften. Stell dir vor, Abend um Abend allein in dieser Riesenvilla zu sitzen – da können einem Menschen die seltsamsten Gedanken kommen.«

»Du bist heute aber sehr verständnisvoll, Ruth«, sage ich, erschrocken über ihren plötzlichen Sinneswandel, was ihre Erzfeindin betrifft.

»Vielleicht, weil ich es mir leisten kann. Ich habe meinen wundervollen Laden, ich habe einen Freundeskreis, und vor allem habe ich dich. Was kann sich eine Frau mehr wünschen?«

Sie lächelt mich an. Dennoch erkenne ich wie immer einen Anflug von Trauer in ihrer Miene. Sie vermisst Mum und Großvater immer noch. So sehr sie sich auch bemüht, nach vorne zu schauen, neue Aktivitäten zu entdecken und am Ball zu bleiben, wird sie sich nie ganz von diesem Verlust erholen. Obwohl ich mich des Gedankens nicht erwehren kann, dass ihr Affärchen mit Karl einen Schritt in die richtige Richtung bedeutet, so sehr sie auch beteuert, dass es nichts Ernstes ist.

»So. Du warst also schwer beschäftigt«, sagt sie jetzt.

»Ja. Und wenn ich schon dabei bin, kann ich auch gleich noch den Fußboden wischen«, erwidere ich und hole Eimer und Mopp aus dem Besenschrank.

»Du hast erst vorgestern gewischt«, verkündet sie, während ich den Mopp inspiziere und überlege, ob wir einen neuen brauchen.

»Wirklich? Na, eine Wiederholung kann ja nicht schaden.«

»Sauberkeit ist Gottesfurcht, was?«

»Du glaubst nicht an Gott, Ruth.«

»Was ein Glück ist – ansonsten könnte ich wegen der Dinge, die ich mit Karl treibe, in die Hölle kommen.« Sie schaut aus dem Fenster und winkt ihrem Liebsten kokett zu. Selbst von hier aus kann ich erkennen, dass er breit lächelt, als er ihren Blick auffängt. Sie hat ihn wirklich dort, wo sie ihn haben will: Er frisst ihr aus der Hand.

»Zu viele Informationen.« Ich verziehe das Gesicht. »Hast du vor, mich zu traumatisieren?«

Ich freue mich, dass Ruth glücklich zu sein scheint. Allerdings beschäftigt mich die Frage, wie Anna reagieren wird, wenn sie davon erfährt – was sie sicher tun wird. Wir leben hier in einer Kleinstadt, wo sich alles früher oder später herumspricht, wenn es nicht sogar schon geschehen ist. Ich habe da so einen Verdacht, dass meine Großtante ganz und gar nicht einverstanden sein wird.

»Verzeih mir. Also bist du nicht die Einzige, die beschäftigt war«, erwidert sie lässig.

Etwas an ihrem Tonfall lässt mich aufmerken und versetzt mich in Alarmbereitschaft. »Wirklich? Was ist los?«, frage ich.

Als sie mich ansieht, steht ein ausgesprochen schuldbewusster Ausdruck in ihren Augen. »Versprichst du, mir nicht den Hals umzudrehen, wenn ich es dir erzähle?«

»Was hast du angestellt?«, stöhne ich.

»Du erinnerst dich doch noch, dass wir uns die Webseite des Parlour Theatre angeschaut haben.«

»Ja?«

»Ich habe dort angerufen.«

»Nein!« Einerseits erschreckt mich ihr Alleingang, andererseits kann ich meine Neugier nicht leugnen.

»Doch.« Inzwischen ist sie verlegen. »Ich konnte der Versuchung nicht widerstehen. Aber ich bin nicht sehr weit gekommen.«

»Was soll das heißen?«

»Nun, der nette Mann am Telefon hat mir mitgeteilt, Bonnie sei zwar im Theater, probe aber für ein Stück, das nächsten Monat Premiere hat, und könne deshalb nicht mit mir sprechen.«

»Du hast darum gebeten, sie zu sprechen?«, sage ich entsetzt.

»Ja, habe ich. Nur, um festzustellen, ob es sie noch gibt, natürlich. Ich hätte aufgelegt. Aber letztlich spielte es keine Rolle, denn offenbar ist sie schwerhörig und telefoniert nicht mehr gern.«

»Du bist wirklich unmöglich, Ruth!«, schimpfe ich. Einerseits bin ich ihr böse, andererseits bewundere ich ihren Mut.

»Tut mir leid, Liebes, ich wollte dir nur ein bisschen Arbeit abnehmen«, sagt sie, wohl wissend, dass ich ihr längst verziehen habe. »Also ist die gute Nachricht, dass du sie erreichen kanst. Die schlechte ist, dass dazu vermutlich mehr als ein Anruf nötig ist. Aber dazu habe ich mir bereits etwas einfallen lassen.«

»Und warum wundert mich das jetzt nicht?« Ich muss lachen.

»Ja!«, ruft sie mit aufgeregt funkelnden Augen aus. »Wir fliegen nach London. Dann kannst du persönlich mit ihr sprechen!«

»Das ist doch nicht dein Ernst!«

»Warum nicht? Ich drohe doch schon seit Längerem, die dortigen Flohmärkte nach Ware zu durchkämmen. Auf diese Weise schlagen wir zwei Fliegen mit einer Klappe.«

Mein Herz fängt an zu klopfen. Ich würde liebend gern mit Bonnie sprechen und herausfinden, was sie über Tatty und den Brief weiß. Aber habe ich das auch im Kreuz? »Ich weiß nicht. Vielleicht sollte ich die Sache auf sich beruhen lassen«, meine ich zögernd.

»Auf sich beruhen lassen?«, entsetzt sich Ruth. »Das kannst du doch nicht tun, jetzt, wo es gerade interessant wird!«

»Immer mit der Ruhe, Ruth«, warne ich sie. Sie hat die Neigung, den Wagen vor das Pferd zu spannen.

»Ich rege mich doch gar nicht auf. Aber du darfst jetzt nicht aufgeben. Möchtest du nicht mehr erfahren? Die Geschichte lässt mich nicht mehr los! Wer war diese Tatty wirklich?«, spricht Ruth weiter, offenbar in dem Versuch, meine Neugier anzustacheln, damit ich mitmache. »Wie kommt es, dass sie am Ende ihres Lebens ganz allein war. Hat sie die ganze Zeit darauf gewartet, dass die Liebe ihres Lebens zu ihr zurückkehrt? Ist sie an gebrochenem Herzen gestorben?«

»Aber Ruth, London ist …«

»London? Wer fliegt nach London?«

Ruth und ich sehen uns entsetzt an, als wir hinter uns eine Stimme hören.

Es ist Anna. Wie lange steht sie schon da? Wie viel hat sie belauscht? Zum Teufel mit ihr und ihren Schuhen mit Gummisohlen, die sie im Laden für Berufsbekleidung kauft.

»Anna!« Ruth wirbelt zu ihr herum. »Herrje, willst du, dass ich einen Herzinfarkt kriege? Es ist unheimlich, wie du dich an andere Leute anschleichst!«

»Ich schleiche mich nicht an, sondern bin einfach nur durch die Tür hereingekommen. Ist das ein Verbrechen?«

»Hallo, Anna«, sage ich freundlich. Ich habe mich zwar noch immer nicht von dem Schock erholt, möchte aber einen Zank zwischen den beiden Schwestern unter allen Umständen vermeiden. »Wie geht es dir?«

»War schon mal besser«, brummelt sie, führt es jedoch nicht weiter aus. »Was ist jetzt mit London?«

Ich werfe Ruth einen warnenden Blick zu. Ich habe Anna noch nichts von Tattys Handtasche oder dem Brief erzählt, weil ich das Gefühl habe, dass sie es ohnehin nur abtun würde. Anna ist nicht unbedingt eine Romantikerin. Nach dem Tod ihres Mannes Colin hat sie sich nie wieder mit jemandem verabredet – es war, als hätte sie das Thema Liebe einfach abgehakt. Ich habe den Verdacht, dass sie mein Interesse an Tattys Geschichte nicht verstehen würde.

»Ich möchte mich auf den Flohmärkten umsehen«, erwidert Ruth leichthin.

»Warum?«, fragt Anna beinahe argwöhnisch.

»Warum nicht?«, entgegnet Ruth. »Die Welt dreht sich nicht um diese kleine Stadt, weißt du?«

»Mit dieser kleinen Stadt ist alles in Ordnung«, gibt Anna, sofort in Verteidigungshaltung, zurück.

»Du hast recht, es liegt nicht an der Stadt, sondern an den Kleingeistern, die hier wohnen«, hänselt Ruth.

»Auf wen spielst du an?«, fragt Anna, die den Scherz nicht verstanden hat, argwöhnisch.

»Niemanden. Sie spielt auf niemanden an«, unterbreche ich die beiden. Mal im Ernst, da sind diese Frauen im Rentenalter und führen sich trotzdem manchmal auf wie die Kindergartenkinder.

»Raus mit der Sprache, Ruth. Hältst du mich für einen Kleingeist?« Anna lässt nicht so schnell locker.

Ruth zuckt die Achseln. »Das hast *du* gesagt.«

Inzwischen hat Anna zwei dunkelrote Flecken auf den bleichen Wangen. Sie sieht die humoristische Seite einfach nicht. »Und du hältst dich wohl für die große Revoluzzerin!«, höhnt sie.

»Am besten koche ich uns ein Tässchen Tee«, schlage ich vor.

»Tja, wenigstens bin ich nicht so verknöchert wie manche andere Leute«, merkt Ruth spitz an.

»Warum? Weil du es *cool* findest, dich einmal in der Woche zum Narren zu machen, indem du mit Leuten, die deine Urenkel sein könnten, in einem Tanzsaal herumspringst?«

Ich zucke zusammen, als sie den Zumba-Kurs verhöhnt. Ruth hat so viel Spaß daran.

»Ich hab's doch gewusst!«, jubelt Ruth. »Ich habe gewusst, dass ich dich blamiert habe. Wie traurig!«

»Dass ich Zumba nicht für den passenden Zeitvertreib für eine Frau deines Alters halte, macht mich noch lange nicht zur traurigen Gestalt«, schleudert Anna ihr entgegen.

»Du solltest es mal ausprobieren – es macht Spaß, und außerdem wirst du davon vielleicht ein bisschen lockerer«, merkt Ruth an.

»Ich brauche nicht lockerer zu werden, vielen Dank auch. Und ich habe ganz bestimmt nicht vor, wie ein Teenager herumzuhüpfen. Es … gehört sich nicht.«

»Für eine Witwe, meinst du?« Plötzlich ist Ruth nicht mehr zum Scherzen aufgelegt. Ihr Tonfall ist kalt.

»Das habe ich nicht gesagt.« Anna senkt den Blick.

»Das brauchtest du auch nicht. Wäre es dir lieber, wenn ich für den Rest meines Lebens zu Hause bleiben und trauern würde? Vielleicht sollte ich mich ja ans Kaminfeuer setzen und auf den Tod warten.« Inzwischen erinnern Ruths Augen vor Zorn an dunkle Seen.

»Du machst dich wirklich lächerlich.« Offenbar rudert Anna zurück, wohl wissend, dass sie den Bogen überspannt hat.

Die Luft vibriert vor Anspannung, als die beiden Frauen einander mit Blicken fixieren.

»Hey, was haltet ihr davon?«, frage ich. Um sie von ihrem Kollisionskurs abzubringen, weise ich auf den antiken Schlitten, den ich ins Schaufenster stellen will. »Vielleicht dekoriere ich ja diesen Monat das Schaufenster damit.«

Anna schaut nur kurz hin. »Der wird sicher sehr gut wirken, Coco«, erwidert sie mit einem verkrampften Lächeln. »Du bist ein sehr begabtes Mädchen.«

»Danke«, plappere ich weiter. »Diesen Monat soll das Fenster etwas ganz besonderes werde. Ich kann es kaum erwarten …«

Aber Anna hört mir gar nicht zu, sondern betrachtet mich, einen merkwürdigen Ausdruck auf dem Gesicht. Sie neigt den Kopf zur Seite und blickt mitleidig drein. Sofort bereue ich, die Streithähne getrennt zu haben, denn nun richtet sich ihre Aufmerksamkeit auf mich statt auf Ruth. Ich sehe buchstäblich, wie es in ihrem Kopf rattert. Oh, nein, sie wird über Tom sprechen wollen. Sie kennt die Geschichte. Mist. Ich wollte ganz sicher nicht, dass Ruth es auf diese Weise erfährt. Obwohl es schon einige Tage her ist, dass Cat mir von seiner neuen Beziehung erzählt hat, habe ich noch nicht den richtigen Moment gefunden, es ihr zu sagen. Ihrer Ansicht nach haben Tom und ich gut zusammengepasst. Dass er sich so schnell umorientiert hat, könnte ihr wehtun, und das möchte ich auf jeden Fall verhindern.

»Das mit Tom hast du vermutlich schon gehört. Dass er … etwas mit einem Mädchen in Neuseeland angefangen hat?«, fragt Anna. Einfach so. Gut, dass ich es schon wusste, denn es war nicht sonderlich feinfühlig von ihr, die Bombe auf diese Weise platzen zu lassen.

Aus dem Augenwinkel sehe ich, dass Ruth der Mund offen stehen bleibt. »Was?«, stößt sie hervor.

»Ja. Er geht jetzt mit einem einheimischen Mädchen.« Anna schnalzt mit der Zunge, als missbillige sie diese neue Entwicklung.

»Wusstest du davon, Coco?«, fragt Ruth und sieht mich an.

»Ja, Cat hat es mir vor ein paar Tagen erzählt …«, antworte ich ausweichend. Sie ist verärgert, weil ich mich ihr nicht anvertraut habe, das merke ich genau.

»Es war ziemlich überstürzt. Ich glaube, seine Mutter ist nicht sehr erfreut«, fährt Anna fort.

»Wirklich nicht?«, entgegne ich. »Es machte nämlich ganz und gar nicht diesen Eindruck, da sie sich fast eine Sehnenzerrung geholt hat, als sie im Supermarkt über einen Stapel Cornflakesschachteln gehechtet ist, um es Cat zu sagen.«

»Nun, sie macht natürlich gute Miene zum bösen Spiel, aber welchen Grund hat sie, sich darüber zu freuen? Sie weiß nichts über dieses Mädchen … über seine Familie. Wie auch, wenn Tom so weit weg ist? Und sie hat auch keine Möglichkeit, es herauszufinden. Dieses Mädchen könnte jede x-Beliebige sein.«

»Bestimmt ist sie sehr nett«, meine ich. »Tom würde nicht mit ihr gehen, wenn sie nicht nett wäre.«

»Hmmm …« Anna scheint nicht überzeugt. »Irgendwie habe ich Schwierigkeiten mit diesen Neuseeländern. Sie haben etwas … Merkwürdiges an sich.«

»Wie kannst du so etwas behaupten, Anna!«, protestiert Ruth.

»Warum nicht? Ich habe doch ein Recht auf meine eigene Meinung, oder?«

»Nicht, wenn sie absolut lächerlich ist«, brummt Ruth leise. Interessanterweise neigt Ruth zu denselben Pauschalurteilen, so wie damals ihre Bemerkung über Karl und seine deutschen Vorfahren. Allerdings halte ich den Zeitpunkt für ungünstig, die beiden Schwestern darauf hinzuweisen, dass sie mehr Gemeinsamkeiten haben als sie glauben.

Anna dreht sich zu mir um und neigt wieder den Kopf zur Seite. »Du bist doch jetzt sicher traurig, Coco«, flötet sie und sucht mein Gesicht nach Anzeichen für Niedergeschlagenheit ab. Sie ist überzeugt, dass diese Nachricht mich bis ins Mark erschüttert hat.

»Nein, natürlich nicht. Warum denn auch?«, erwidere ich.

»Coco.« Anna beugt sich vor und umfasst meine Hände. »Du brauchst deinen Schmerz nicht vor mir zu verstecken.«

»Das tue ich auch nicht.«

»Natürlich tust du das. Wer weiß, wann du wieder jemanden kennenlernen wirst? Es könnte Jahre dauern. Vielleicht passiert es sogar nie.«

Ich betrachte sie und frage mich, ob sie es manchmal bedauert, dass sie nach Colins Tod keinem anderen Mann begegnet ist. Sie erwähnt nie, dass sie einsam ist oder sich nach einer Partnerschaft sehnt. Andererseits trägt sie ihre Witwenschaft beinahe vor sich her wie einen Orden. So, als sei sie stolz darauf, allein zu sein. Sie hat nicht das Gefühl, dass ihr etwas fehlt, weil sie keine Kinder und den Großteil ihres Lebens allein verbracht hat. Warum also macht sie diesen Eindruck auf mich?

»Anna, Herrgott noch mal, halt den Mund«, zischt Ruth.

»Warum?«, antwortet Anna. »Es stimmt. Letzte Woche

habe ich in der Zeitung einen Artikel über eine Frau gelesen, die sich von ihrem Freund getrennt hat, weil sie glaubte, dass sie noch eine besseren abkriegen könnte. Zehn Jahre später ist sie immer noch Single! Sie ist sehr verbittert deswegen. Er hat ein Jahr später eine andere geheiratet und drei Kinder mit ihr bekommen. Und sie ist nach all der Zeit ein Ladenhüter. Sie sagte, wenn sie ihre Entscheidung rückgängig machen könnte, würde sie bei ihm bleiben, obwohl er nur Mr. Kompromiss war. So nannte sie den Burschen, den sie verlassen hat, Mr. Kompromiss. Wie sich herausstellte, war er doch Mr. Right. Und weißt du, was sie noch gesagt hat? Sie sagte, wenn eine Frau mit vierzig noch immer Single ist, bleibt sie es für den Rest ihres Lebens – so lautet die Statistik.«

Sie hält inne und holt tief Luft. In der Stille höre ich mein eigenes Herz klopfen.

»Anna, du bist die schlimmste Landplage, die mir je begegnet ist«, schimpft Ruth, während ich versuche, die Tatsache zu verarbeiten, dass ich womöglich einsam und allein sterben werde, weil ich meinen Mr. Kompromiss in die Wüste geschickt habe, obwohl er die ganze Zeit über Mr. Right war.

»Ich kenne deine Meinung über mich, vielen Dank«, gibt Anna spitz zurück. »Schließlich sagst du sie mir immer wieder. Ich will doch nur darauf hinaus, dass es nicht immer klappt, wenn man jemandem den Laufpass gibt, weil man auf etwas Besseres hofft.«

Im Raum herrscht dröhnendes Schweigen, als die beiden mich ansehen.

»Es stört mich nicht im Geringsten, dass Tom eine andere kennengelernt hat«, seufze ich, weil ich sicher bin, dass sie mir sowieso nicht glauben. »Ich weiß, dass ihr glaubt, ich könnte als kinderlose alte Jungfer und Ladenhüter enden …«

»Nein«, sagen die beiden im Chor und wechseln erschrockene Blicke.

»Doch, tut ihr. Aber selbst wenn das so wäre, ist es besser als mit jemandem zusammenzuleben, der nicht zu mir passt. Tom war nett, aber er war nicht …«

»Der Richtige?«, beendet Ruth den Satz.

»Nun, den Ausdruck mag ich nicht besonders, aber ja, ich denke, das habe ich gemeint.«

»Ich verstehe«, erwidert Ruth. »Gut, dann hast du dich richtig entschieden, oder, Anna?«

»Vermutlich«, engegnet Anna widerstrebend, scheint jedoch noch nicht überzeugt.

Ruth räuspert sich. »Und wie ich bereits sagte, bevor du uns so unhöflich unterbrochen hast, liebes Schwesterherz, tut dir ein kleiner Abstecher nach London sicher gut, Coco. Ich habe mich bereits nach Flügen umgeschaut, und wenn wir diesen Donnerstag starten, kriegen wir einen echten Schnäppchenpreis.«

»Diesen Donnerstag?«, stoße ich hervor. »Aber das ist viel zu früh!«

»Warum?«, fragt Ruth.

»Nun, weil … weil ich hier unheimlich viel zu tun habe. Ich muss das Fenster fertig dekorieren und das Material für meinen Kurs sortieren …«

Ruths Augenbrauen sind beinahe bis zum Haaransatz gewandert. »Unsinn. Ein paar Nächte auswärts werden dich nicht umbringen. Richtig, Anna?«

Anna überlegt. Wenn sie ihrer Schwester jetzt zustimmt, wäre das ein Jahrhundertereignis, und ich merke ihr an, dass sie das weiß. »Nein, werden sie nicht«, sagt sie schließlich mit einem Nicken. »Du solltest hinfliegen.«

Der Schock, weil sie sich tatsächlich einig sind, verschlägt mir die Sprache. »Aber was ist mit dem Laden?«, frage ich.

Noch während ich das ausspreche, sehe ich, wie es in Annas Gehirn arbeitet. Mist! Jetzt wird sie …

»Ich kümmere mich um den Laden!«, verkündet sie.

»Das können wir doch nicht von dir verlangen.« Ruth versucht, ihr Entsetzen angesichts dieses Vorschlags hinter guten Manieren zu tarnen – was sie beinahe umbringt. Sie war so sehr damit beschäftigt, mich zu überreden, dass sie die Möglichkeit, Anna könnte sich freiwillig melden, gar nicht in Betracht gezogen hat.

»Warum nicht? Traust du mir etwa nicht?« Mit einem stählernen Funkeln in den Augen wirft Anna ihr den Fehdehandschuh hin.

»Äh, natürlich trauen wir dir. Daran liegt es nicht. Es ist nur …« Ruth hat sich selbst ins Abseits manövriert.

»Also gut, abgemacht.« Anna reibt sich die Hände. »Ich freue mich schon darauf. Dann kann ich hier mal so richtig durchputzen.«

»Das ist nicht nötig!«, protestiert Ruth.

»Natürlich ist es das.« Anna schnalzt mit der Zunge. »Ihr zwei braucht euch überhaupt keine Sorgen zu machen. Ab nach London mit euch. Bis ihr zurück seid, habe ich dafür gesorgt, dass dieser Laden läuft wie ein Uhrwerk.«

Als sie losläuft, um den Teekessel aufzusetzen, bleiben Ruth und ich in ihrer Wirbelschleppe zurück.

»Was habe ich nur getan?«, stöhnt Ruth.

»Das hast du dir ganz allein eingebrockt«, lache ich.

»Der Himmel weiß, was sie anstellt, während wir weg sind. Ich wage gar nicht, es mir auszumalen.«

»So schlimm wird es schon nicht werden.«

»Doch wird es. Schlimmer als schlimm. Erinnerst du dich noch an das letzte Mal, als wir in Kerry waren?«

»Bei Opas Cousins?«

Wir waren stundenlang in Großvaters Aston Martin durch das Land gefahren, um ein paar entfernte Cousins zu besuchen, die in der Nähe von Killarney wohnten. Unterwegs machten wir immer wieder Rast, um am Straßenrand zu picknicken und Eis zu kaufen. Großvater liebte Softeis mit Schokosplittern und brachte mir bei, das Eis mit der Zunge bis nach unten ins Hörnchen zu schieben, damit ich es bis auf den letzten Bissen genießen konnte. Es war einer der schönsten Urlaube meines Lebens. Wir übernachteten auf einer abgelegenen Farm, wo ich morgens beim Kühemelken helfen durfte. Bis heute erinnere ich mich an den Bauernhofgeruch. Anfangs dachte ich, dass ich mich nie daran gewöhnen würde. Doch nach einer Weile gefiel er mir.

»Ja, und dabei waren wir nur eine Woche weg«, sagt Ruth. »Und als wir zurückkamen, hatte sie den ganzen gottverdammten Laden umorganisiert.«

»Das weiß ich nicht mehr«, erwidere ich.

»Vermutlich hast du das Trauma verdrängt«, entgegnet Ruth in unheilverkündendem Ton. »Sie hat sämtliche Flächen poliert und den gesamten Warenbestand umgeräumt. Großvater und ich konnten nichts mehr finden – und der Geruch nach Bleiche hielt sich noch tagelang.«

»Sie hat bestimmt geglaubt, dass sie uns hilft.« Die Situation ist so komisch, dass ich mir ein Kichern nicht verkneifen kann.

»Auf diese Art von Hilfe kann ich verzichten«, stellt Ruth fest.

»Vielleicht sollte ich zu Hause bleiben«, schlage ich vor. Ich möchte zwar unbedingt mit Bonnie sprechen, doch die Vorstellung macht mich auch nervös.

»Nichts da!«, widerspricht Ruth sofort. »Nein, wir fliegen. Anna wird sich diesmal bedeckt halten, da bin ich mir sicher.«

»Ruth …«, flüstere ich warnend, als Anna mit einem Teetablett erscheint.

»Keine Sorge«, raunt sie. »Sie wird sich benehmen. Sonst kann ich für nichts garantieren.«

11

»Ein Schnäppchenpreis, Schätzchen!«, ruft der Mann hinter dem Verkaufstisch, als ich nach einem kleinen Metallkrug greife und ihn prüfend mustere.

Ich bin in der Portobello Road, dem berühmtesten Straßenmarkt von London. Während ich hin und her schlendere, versichern mir sämtliche Händler, dass alles, was ich berühre, der Glücksgriff des Jahrhunderts ist. Dieser Typ, dessen Verkaufsstand von Krimskrams überquillt, stellt da keine Ausnahme dar.

»Da habe ich meine Zweifel!« Lächelnd drehe ich den Krug hin und her und suche nach Haarrissen. Es ist zwar hübsch, aber nicht annähernd die fünfzig Pfund wert, die er dafür haben will.

»Ein wundervolles Stück«, fährt er fort. »Mitte des neunzehnten Jahrhunderts.«

»Oder eine Kopie aus China?«, entgegne ich grinsend. Ich mache nur Witze – der Krug ist keine Fälschung. Das weiß ich, aber trotzdem leidet er an Wahnvorstellungen, wenn er glaubt, dass er mehr als einen Fünfer dafür kriegt.

»China?«, keucht er und schlägt die Hand vor die Brust, als würde er gleich vor Schreck einen Herzinfarkt erleiden. »Sehe ich aus wie ein Mann, der anderen Leuten Schrott andreht, Schätzchen?«

»Genauso siehst du aus!«, verkündet sein Standnachbar. »Der Kerl ist ein abgefeimter Betrüger, junge Frau! Vergessen Sie ihn, und schauen Sie sich meine Ware an!«

»Hören Sie nicht auf ihn.« Der Händler schnalzt missbilligend mit der Zunge. »Du bist ein Muttersöhnchen, Frank!«, ruft er seinem Nachbarn zu, der daraufhin dröhnend lacht, eine Thermoskanne aufschraubt und sich einen heißen Tee einschenkt.

»Eisig kalt heute«, sagt er und zwinkert mir zu.

Er hat recht. Es ist wirklich sehr kalt. Ich liebe solche Tage, an denen der Himmel strahlend blau und die Luft so frisch und kalt ist, dass man seinen Atem sehen kann.

Der Händler redet wieder mit mir. »Und was suchen Sie, Schätzchen?«

»Ach, nichts Bestimmtes«, antworte ich, nehme ein kleines herzförmiges Schmuckdöschen aus Keramik und drehe es hin und her. Es ist wirklich hübsch, aber Ruth und ich haben schon genug eingekauft. Obwohl ich nichts mehr brauche, muss ich mich immer weiter umschauen. Meine Liebe zu Antiquitäten ist wie eine Sucht, auf die ich keinen Einfluss habe.

»Sind Sie aus Irland, Schätzchen?«, fragt der Händler. Er hat gerötete Wangen, und als er lächelt, kommen kleine, regelmäßige Zähne in Sicht, die sich weiß leuchtend von seinem wettergegerbten Gesicht abheben. Ich muss an Del Boy aus der BBC-Comedy-Serie *Only Fools and Horses* denken – er trägt sogar eine flache Kappe und einen Lammfellmantel gegen die Kälte, entspricht also voll und ganz dem Klischee.

»Erwischt.« Ich erwidere sein Lächeln.

»Das habe ich gleich gemerkt – auf diesen niedlichen irischen Akzent fliege ich immer wieder.«

Sein Nachbar bringt ihm ein romantisches Ständchen auf einer imaginären Geige dar. »Er ist der Richtige«, ruft er mir zu, während er sich im Takt wiegt und mit einem unsichtbaren Bogen Sägebewegungen vollführt.

»Das ist wirklich ein schönes Stück«, spricht der Händler weiter, ohne auf seinen Nebenmann zu achten. »Sie haben einen geschulten Blick – die würde sich gut auf Ihrem Kaminsims machen.«

Ich wende das kleine Kästchen und spüre sein Gewicht in der Hand. »Vielleicht«, erwidere ich. Er ist ein hartnäckiger, wenn auch charmanter Verkäufer.

»Ich sag Ihnen was: Ich mache Ihnen einen Sonderpreis, mein Schatz, weil ich diesem wundervollen irischen Akzent einfach nicht widerstehen kann. Einen Lady Godiva, und es gehört Ihnen.«

Gut, dass ich früher ein großer Fan von *Only Fools and Horses* war und deshalb weiß, dass er einen Fünfer meint. Der Typ erinnert mich von Minute zu Minute mehr an Del Boy.

»Ich gebe Ihnen vier.« Ich grinse. Es wäre ein tolles Geschenk für Cat, das sie vielleicht aufmuntern würde. Wir haben vor meiner Abreise nach London miteinander geredet: Die Lage zwischen ihr und Mark hat sich nicht entspannt. Und um das Maß vollzumachen, droht der Küchenchef jetzt mit Kündigung. Ein kleines Geschenk wird ihr sagen, dass ich immer für sie da bin, wenn sie jemanden zum Reden braucht. Ich habe mir fest vorgenommen, mir Mark vorzuknöpfen, sobald ich zurück bin. Vielleicht kann ich ja noch etwas retten.

»Dann nehmen Sie das Ding mit, Sie Glückspilz. Bis jetzt habe ich es leider nie nach Irland geschafft«, erwidert der Händler und wickelt die Schatulle in eine der Zeitungen von dem Stapel zu seinen Füßen.

»Weil sie ihn nicht einreisen lassen!«, höhnt sein Nachbar.

»Ach, sei doch still, du Idiot.« Er überreicht mir das Schmuckkästen, inzwischen in Zeitungspapier gehüllt und in einer Plastiktüte verstaut. Ich kann sie zu den anderen Sachen tun, die Ruth heute Morgen in der Schatzhöhle, das heißt in Alfie's Antique Market in Marylebone, entdeckt hat. Unser Reisegepäck wird überquellen.

»Kann ich sonst noch was für Sie tun?«, fragt der Händler.

»Ich habe noch ein paar hübsche Messbecher aus Kupfer da, die gestern reingekommen sind. Gute Qualität.«

»Nein, schon okay, danke«, antworte ich und gebe ihm einen Fünfpfundschein.

Ich schaue auf die Uhr. In einer halben Stunde muss ich im Parlour Theatre in der Nähe des Bahnhofs Farringdon sein und möchte nicht zu spät kommen.

»In Ordnung, Schätzchen«, antwortet er. Schon wandert sein Blick an mir vorbei und schießt hin und her, um den nächsten potenziellen Kunden in der Menge auszumachen.

»Vielen Dank«, sage ich und stecke das Wechselgeld in die Manteltasche.

»Danke, mein Schatz.« Allerdings schaut er mich inzwischen nicht mehr an, sondern richtet seinen Charme, in der Hoffnung auf neuen Umsatz, auf jemand anderen. Es ist sein Metier, jeden Kunden um den Finger zu wickeln.

Ich gehe zum Ende des Marktes und lasse unterwegs die Atmosphäre auf mich wirken. Die Mütze habe ich tief über die Ohren gezogen. Dieser Ort hat etwas Magisches an sich. In der engen Straße drängen sich die Verkaufsbuden. Alle wollen ihre Waren an den Mann bringen und rufen einander und ihrer Kundschaft etwas zu. Als ich inmitten von Leuten mit von der Kälte geröteten Wangen dahinschlendere, werde ich den Gedanken nicht los, dass Tatty vielleicht auch hier gewesen ist. Möglicherweise ist sie wie ich an Verkaufsständen stehen geblieben und hat sich die Sachen angesehen, ausgerüstet mit der Handtasche, die wohlbehalten in meiner Umhängetasche ruht. Fast habe ich das Gefühl, in ihre Fußstapfen zu treten.

Ich schnuppere den Duft von frischem Kaffee, der durch die eisige Luft weht und sich mit dem alten Dingen eigenen Geruch mischt. Wenn ich mehr Zeit hätte, würde ich, einen Kaffeebecher in der Hand, die Stände durchstöbern. Aber wenn ich mich jetzt nicht auf den Weg mache, könnte ich mein Gespräch mit Bonnie Bradbury verpassen. Die Proben dauern den ganzen Nachmittag – diese Auskunft hat Ruth erhalten, als sie anrief. Also habe ich vielleicht nur eine einzige Gelegenheit, die ich unbedingt beim Schopf packen muss.

Eine halbe Stunde Fahrt mit einem von Londons berühmten roten Bussen später, biege ich um die Ecke, und da, auf der linken Seite, ist das Parlour Theatre. Es ist ein heruntergekommenes Gebäude. Die Farbe blättert ab, und zerfledderte Plakate, die längst vergangene Inszenierungen ankündigen, flattern im Wind. Ich kenne keines der beworbenen Stücke. Keine Ahnung, was ich erwartet habe, vielleicht ein Haus der gehobeneren Kategorie. Doch das Parlour Theatre wirkt eher wie ein drittklassiges Theater.

Vor der Tür bleibe ich stehen und hole tief Luft. Ich wünschte, Ruth wäre dabei, doch wie bei meinem Treffen mit Mary Moore hat sie sich geweigert mitzukommen. Sie sagte, es würde besser klappen, wenn ich allein sei. Und außerdem hätte sie noch etwas Wichtiges zu erledigen. Ich könnte ihr ja später alles erzählen. Als ich sie fragte, was das für eine geheimnisvolle Erledigung sei, tippte sie sich an die Nase und erwiderte, das würde sie nicht einmal einem Polizisten beantworten. Also habe ich es dabei belassen. Ruth hat ihre Geheimnisse, und sie will, dass es so bleibt. Zwischen ihr und Karl scheint es bestens zu laufen – sie verbringen viel Zeit zusammen, so viel steht fest. Vielleicht möchte sie ihm ja ein Geschenk kaufen. Sie könnte heute Morgen etwas in Alfie's Antique Market gesehen und beschlossen haben, noch einmal hinzufahren. Möglicherweise war es ihr ja peinlich, das zuzugeben.

Wieder schaue ich auf die Uhr. Jetzt oder nie. Ich öffne die Tür und trete ein.

Ich höre Geschrei, bevor ich jemanden sehe.

»Was soll dieser Mist?«, schreit eine zornige Männerstimme.

»Es war nicht meine Schuld! Du hast dein Stichwort verpasst!«, brüllt eine Frauenstimme zurück.

»Nur, weil du deinen verdammten Text nicht kannst. Du solltest dein dämliches Hörgerät höher drehen, Bonnie!«

Ich stehe im Foyer und weiß nicht, was ich tun soll. Wenn ich die Flügeltür vor mir aufschiebe, stehe ich mitten im Theatersaal, und es klingt nicht danach, als ob die Probe sehr gut laufen würde. Plötzlich werden die Türflügel aufgerissen, und eine alte Dame erscheint, gefolgt von einer jüngeren Frau.

»So kann ich nicht arbeiten«, verkündet die Ältere, offensichtlich verärgert und mit blitzenden Augen. »Dieser Jungspund ist nichts als heiße Luft.«

»Lass uns eine Pause machen«, schlägt ihre Begleiterin beschwichtigend vor. »Dann versuchen wir es noch mal. In zehn Minuten, okay? Und er hat recht – du musst dein Hörgerät besser einstellen.« Die jüngere Frau dreht sich um und kehrt mit schwingendem dunklem Pferdeschwanz in den Theatersaal zurück.

Sie ist es! Bonnie Bradbury, wie sie leibt und lebt.

Da sie mich noch nicht bemerkt hat, kann ich sie nach Herzenslust anstarren. Sie ist groß, fast so groß wie ich, und trägt ein fließendes buntes Oberteil, das ihr bis zu den Knien reicht, zu einer eng anliegenden schwarzen Hose, die knapp oberhalb der noch immer schlanken und wohlgeformten Knöchel endet. Doch das Beeindruckendste an ihr ist ihr Haar – es ist makellos silbergrau und fällt ihr wie ein schimmerndes Laken über den Rücken. Gut, sie hat Falten im Gesicht, aber auch hohe Wangenknochen, und ich erkenne, dass sie in ihrer Jugend eine wahre Schönheit gewesen sein muss. Sie ist noch immer ausgesprochen attraktiv. Eigentlich erinnert sie mich an Ruth – die beiden sind aus demselben Holz geschnitzt.

Noch während ich versuche, den Mut zu fassen, um sie anzusprechen, dreht sie sich um und sieht, dass ich sie beobachte. Ihr Rücken streckt sich, als richte sie sich zu voller Größe auf. »Kann ich Ihnen helfen?«, fragt sie.

»Äh, hallo«, antworte ich. »Mein Name ist Coco Swan.«

»Wer?«

»Coco Swan. Ich würde mich freuen, wenn Sie kurz Zeit für mich hätten.«

Während ich rede, gibt die Lautsprecheranlage ein schrilles Rückkopplungsgeräusch von sich. Bonnie verzieht das Gesicht und fasst sich ans Ohr. »Ich schwöre, die tun das nur, um mich zu ärgern«, sagt sie. »Kommen Sie, wir gehen in meine Garderobe und unterhalten uns. Dort haben wir wenigstens unsere Ruhe.«

Ohne ein weiteres Wort schreitet sie durch eine andere Tür und dann einen schmalen Flur entlang. Ich trotte hinterher. Kaum sind wir in ihrer winzigen Garderobe, als sie sich schon eine Mentholzigarette anzündet, bevor sie wieder das Wort ergreift. Ich war noch nie zuvor in einer Theatergarderobe und habe sie mir ganz anders vorgestellt. Sie ist winzig – und anstelle eines die ganze Wand bedeckenden, von schicken Glühbirnen umrahmten Spiegels ist da nur ein kleines, rissiges Exemplar, das in einer Ecke auf einem Stuhl lehnt. Der rote Teppich ist schäbig und an den Ecken fadenscheinig, und an der Wand prangt ein Wasserfleck. In der anderen Ecke rattert laut ein Luftbefeuchter. Rings um mich herum sind die Wände mit unzähligen Fotos bepflastert, die aus vergangenen Inszenierungen stammen. Die meisten wellen sich an den Rändern und sind undeutlich und verschwommen, was am Alter liegen kann – oder auch am Rauch.

Bonnie lässt sich auf einem kleinen geblümten Zweisitzersofa nieder, das zwischen einem überquellenden Papierkorb und einem Kleiderständer mit leeren Kleiderbügeln klemmt. Sie klopft auf den Platz neben sich, damit ich mich ebenfalls setze. Es ist seltsam, in einem so engen Raum dicht bei ihr zu sitzen, aber ich tue es, weil ich sie nicht kränken will.

»Natürlich darf ich hier drin nicht rauchen«, sagt sie, inhaliert tief und pustet den Rauch mit einem zufriedenen Seufzer aus. »Aber Regeln sind dazu da, gebrochen zu werden, finden Sie nicht?«

»Äh, ja«, antworte ich. Ich kann ihr da wirklich nicht widersprechen. Offen gestanden habe ich den Eindruck, dass sie zu den durchsetzungsfähigen Frauen gehört, denen man sowieso nicht widerspricht. Aus Prinzip.

»Also, meine Liebe, was kann ich für Sie tun? Und sprechen Sie bitte laut. Ich bin inzwischen halb taub«, beginnt sie und schnippt die Asche geschickt in den Aschenbecher, der zwischen uns auf dem Sofa steht. Es befindet sich bereits ein halbes Dutzend Kippen darin, jede versehen mit einem Abdruck ihres hell orangefarbenen Lippenstifts.

»Nun, ich möchte mit Ihnen sprechen«, erwidere ich.

Sie wirkt ein wenig verdattert. »Hatten wir einen Termin?«

»Äh, nein, hatten wir nicht.«

»Also sind Sie keine Journalistin?«

Als ich den Kopf schüttle, seufzt sie auf. »So viel Glück hätte ich mal gerne. Inzwischen ist es in dieser Stadt unmöglich, eine Rezension zu kriegen. Ganz anders als in der guten alten Zeit – damals haben die mir die Bude eingerannt. Die Reporter sind um den Block herum Schlange gestanden, um mit mir zu reden.« Sie blickt ins Leere, als erinnere sie sich an eine goldene Ära, bis sie sich wieder mir zuwendet. »Also sind Sie keine Journalistin. Was dann? Ein Fan vielleicht?« Ihr Tonfall klingt hoffnungsfroh.

»Nicht ganz.«

Wieder seufzt sie und zieht heftig an ihrer Zigarette. »Hätte ich mir denken können. Von denen habe ich auch nicht mehr viele. Meine Zeit ist vorbei.«

»Das ist sie ganz sicher nicht.«

»Oh, doch, glauben Sie mir, das ist sie. Mein einziger Trost ist, dass ich noch schöne Beine habe. Sie sind dreimal zu den Beinen des Jahres gewählt worden, damals in den Sechzigern.«

Ich beschließe, nicht lange um den heißen Brei herumzureden. Schließlich hat Offenheit bei Mary auch gewirkt, auch wenn sie mir anfangs misstraut hat. Also komme ich auf den Punkt.

»Ich wollte mit Ihnen über Tatty Moynihan sprechen. Sie waren doch Freundinnen, oder?«, frage ich.

Sie hält inne, und ihre Züge werden weicher, als sie Tattys Name hört. »Kannten Sie sie?«

»Nicht direkt«, erwidere ich. »Die Sache ist ...«

Ich setze zu einer Erklärung an, aber Bonnie hört nicht wirklich zu, sondern scheint wieder in Gedanken versunken zu sein.

»So ein wundervoller Mensch«, sagt sie leise, als spräche sie mit sich selbst. »Ein Herz aus Gold. Hier sind wir zusammen. Schauen Sie.«

Sie weist auf ein Schwarz-Weiß-Foto an der Wand. Ich springe auf, um es mir aus der Nähe anzusehen. Zwei schöne junge Frauen stehen Arm in Arm da und strahlen in die Kamera. Ich erkenne Bonnie auf Anhieb – die hohen Wangenknochen sind unverwechselbar, auch wenn ihr Haar auf dem Foto dunkel ist. Und neben ihr, ein lebenslustiges und humorvolles Funkeln in den Augen, ist Tatty. Als ich sie eindringlich mustere, wird mir klar, dass ich sie mir fast genauso vorgestellt habe. Mary hat recht – sie sieht wirklich aus wie Maureen O'Hara. Sie hat eine markante Nase und Kieferpartie und gewelltes Haar, das ihr Gesicht umrahmt. Doch am auffälligsten ist ihr Gesichtsausdruck. Sie wirkt so lebendig, dass ich kaum glauben kann, dass es sie einfach nicht mehr gibt. Ich kann die Energie, die sie ausstrahlt, buchstäblich spüren. Es ist, als ob das Foto erst gestern entstanden wäre, obwohl es unter dem Glas des Rahmens bereits vergilbt.

Es verschlägt mir fast den Atem, sie zum ersten Mal zu sehen. Das ist sie – die frühere Besitzerin der legendären Chanel-Tasche, die ich am Grunde eines Kartons voller Krimskrams gefunden habe.

»Sie fehlt mir«, sagt Bonnie traurig, drückt ihre Zigarette aus, holt sofort die nächste aus der Packung und zündet sie an. »Wir hatten ja solchen Spaß, ach, herrje!«

Selbst an dem alten Foto erkenne ich, wie eng die beiden Frauen befreundet waren. Ihre Körpersprache spricht Bände, denn sie lehnen sich aneinander und umarmen sich fest, wie es nur gute Freundinnen tun. Bonnie richtet sich auf, als kehre sie aus ihren Erinnerungen in die Gegenwart zurück.

»Wer sind Sie noch mal?«, fragt sie. »Beginnen Sie ganz am Anfang.«

»Meine Name ist Coco Swan«, erwidere ich. »Ich komme aus einer kleinen irischen Stadt namens Dronmore – ich besitze dort ein Antiquitätengeschäft.«

»Aha. Und was hat das mit Tatty zu tun? Oder mit mir?«, erkundigt sie sich verdattert.

Gerade will ich es ihr erklären, als die junge Frau von vorhin den Kopf zur Tür hereinsteckt. »Verflixt und zugenäht!«, schimpft sie. »Wie oft muss ich dir noch sagen, dass du hier drin nicht rauchen darfst? Was ist denn daran so schwer zu verstehen?«

Bonnie verdreht die Augen in meine Richtung, lächelt die Frau reizend an und drückt die Zigarette aus. »Entschuldige, Schätzchen«, meint sie. »Das hatte ich ganz vergessen. Muss am Alter liegen.«

»Alter, da lachen ja die Hühner«, entgegnet die Frau gereizt. »Du bist geistig noch voll auf Zack. Alle warten auf dich. Wenn du also so gütig wärst, uns mit deiner Gegenwart zu beehren, wären wir dir sehr dankbar.«

Bonnie erhebt sich mit einem Seufzer. »Tut mir leid, Coco Swan«, verkündet sie dramatisch. »Ich muss los. Zeit ist in meiner Branche Geld.«

»Aber, Bonnie, ich habe Ihnen doch noch gar nicht alles erzählt«, protestiere ich, voller Panik, sie könnte mir entgleiten, obwohl ich sie doch gerade erst gefunden habe »Und ich habe noch so viele Fragen an Sie!«

»Tja, dann müssen Sie eben wiederkommen«, antwortet sie. »Morgen um die gleiche Zeit? Wir treffen uns hier.«

Sie lächelt mir zu, tätschelt mir die Wange und verschwindet, nachdem sie mich gebeten hat, selbst zum Ausgang zu finden.

Während ich, frustriert und enttäuscht, weil ich nicht mehr erfahren habe, meine Sachen zusammensuche, um zu gehen, fällt mein Blick auf das Foto von Bonnie und Tatty. Wahrscheinlich bilde ich es mir nur ein, aber es ist, als lächle Tatty mich aus dem zerbeulten Rahmen an.

»Nun, Tatty«, sage ich, »offenbar ist dein Geheimnis noch eine Weile sicher.

Ich bin zwar überzeugt, dass meine Phantasie mir einen Streich spielt, aber etwas an ihrem Gesichtsausdruck vermittelt mir das Gefühl, dass sie mich sehr wohl verstanden hat.

12

Ruth und ich haben uns auf unglaublich weichen und gemütlichen Sofas vor einem lodernden Kaminfeuer im Chancery Park Hotel zusammengerollt. Draußen hat sich nächtliche Kälte über die Stadt gelegt wie eine dunkle Decke. Durch die Fenster ist gedämpfter Verkehrslärm zu hören. Ich habe Ruth alles über meine Begegnung mit der geheimnisvollen Bonnie erzählt, und nun ist sie ebenso neugierig wie ich.

»Ich wette, du kannst es kaum erwarten, sie morgen wiederzusehen«, meint sie nun, trinkt einen Schluck aus ihrem Rotweinglas und seufzt zufrieden auf.

»Stimmt«, erwidere ich und schlinge aufgeregt die Arme um den Leib. Ich muss unbedingt mehr über Tatty und ihr Leben erfahren und auch, ob Bonnie etwas über den geheimnisvollen Brief und eine gescheiterte Liebesgeschichte weiß. Ich bin völlig fasziniert.

»Bist du also froh, dass wir hergekommen sind?«, fragt sie und zieht die Augenbraue hoch.

»Du hattest recht, mir die Pistole auf die Brust zu setzen, ich gestehe«, antworte ich.

»Ich? Dir die Pistole auf die Brust setzen?«, entgegnet sie mit einem arglosen Lächeln. »Als ob ich je etwas dergleichen tun würde!«

»Schon gut!« Ich lache auf. »Du hast das alles geplant, versuche bloß nicht, es abzustreiten. Ich habe noch nie erlebt, dass jemand so schnell einen Flug bucht.«

»Ich halte es für das Beste, den Stier bei den Hörnern zu

packen. Außerdem habe ich den Eindruck, dass du es allmählich auch lernst. Du hast dich kaum gewehrt!«

»Kann sein«, sage ich nachdenklich. Noch vor wenigen Wochen hätte ich mir nicht träumen lassen, dass ich Detektiv spielen würde. Aber jetzt ist es so weit und entpuppt sich als großer Spaß. »Also, was hast du heute Nachmittag getrieben?«, frage ich. Ich bin nicht sicher, ob es am heimeligen Kaminfeuer oder am Alkohol liegt, jedenfalls fühle ich mich hier vollkommen wohl. Ich nehme mir vor, Cat von der gemütlichen Atmosphäre zu erzählen. Die hohen Säulenkerzen überall in den Räumen sind wirklich stimmungsvoll und würden auch wunderbar ins Central passen.

»Ach, nicht viel«, erwidert sie. »Dies und das.«

Ruth hat, was ihre wichtige Erledigung von heute Nachmittag betrifft, nur ausweichend geantwortet und macht ein großes Geheimnis daraus. Ich beschließe, ihr ein wenig zuzusetzen.

»Hast du etwas für den Laden gekauft?«, erkundige ich mich, schlage die Beine unter und kuschle mich in die weichen Polster.

»Nein«, entgegnet sie. »Hey, was hältst du davon, Fingerfood zu bestellen? Mir knurrt der Magen.«

»Hast du ein Geschenk für Karl besorgt?«, hake ich nach. So leicht entkommt sie mir nicht.

»Nein, habe ich nicht«, gibt sie zurück und versucht wieder, das Thema zu wechseln. »Schau mal, ob du Blickkontakt mit dem Barmann aufnehmen kannst. Dann bestellen wir uns ein paar Kleinigkeiten.«

»Ruth! Warum verrätst du mir nicht, was du gemacht hast?«, frage ich. »Was soll denn die Heimlichtuerei?«

Etwas an ihrem Blick lässt mich innehalten. Ihre Miene ist so ernst, als beschäftige sie etwas wirklich Wichtiges.

»Was ist los?«, erkundige ich mich mit zitternder Stimme.

Plötzlich habe ich das schreckliche und beängstigende Gefühl, dass etwas nicht in Ordnung ist. Vielleicht ist sie ja krank. Vielleicht war sie beim Arzt. Sie hätte ja einen Spezialisten in der Harley Street aufsuchen können, und zwar wegen Beschwerden, die sie mir verschwiegen hat. Es würde zu ihr passen, ihre Sorgen für sich zu behalten, um mich nicht damit zu belasten.

»Es ist wohl das Beste, wenn ich dir reinen Wein einschenke. Ich brauche deinen Rat«, sagt sie schließlich.

Mir klopft das Herz bis zum Hals. Noch vor wenigen Minuten habe ich warm und kuschelig vor dem Kaminfeuer gesessen. Nun ist mir eiskalt, und ich habe Todesangst. »Herrgott, Ruth, du hast mir einen ordentlichen Schrecken eingejagt. Du bist doch nicht etwa krank?«

»Wer, ich?« Sie schüttelt den Kopf. »Nein, natürlich nicht. Ich bin so stark wie ein alter Ochse.«

»Gott sei Dank.« Ich atme auf. »Also, was ist es dann?«

»Ich habe jemanden besucht. Jemanden, der tatsächlich krank ist und im Sterben liegt.«

»Wer ist es?«

»Ein Mann, den ich vor vielen Jahren kannte. Er liegt in einem Hospiz in St. Albans und hat nicht mehr lange zu leben.«

»Du bist den ganzen Weg nach St. Albans gefahren? Ist das nicht ziemlich weit weg?«

»Mit dem Zug dauert es nur eine halbe Stunde. Ich habe ihm versprochen, ihn zu besuchen, und dieses Versprechen wollte ich auch halten.«

»Aber warum hast du mir nicht davon erzählt? Ich hätte doch mitkommen können, wenn du einen Freund besuchst.«

Sie hebt den Kopf. »Er ist kein Freund«, erwidert sie laut und deutlich.

»Was dann? Ein Verwandter?«

Sie lässt den Wein im Glas kreisen. »Gewissermaßen.«

Allmählich fühle ich mich wie in einem Spionagekrimi. »Ruth, mach jetzt endlich den Mund auf. Das ist ja schlimmer als Zähneziehen.«

Sie hält inne, als suche sie nach den richtigen Worten. »Ich war bei Colin, Annas Mann.«

Vor Schreck verschlägt es mir die Sprache. Ich verstehe kein Wort. Annas Mann ist doch schon vor Jahren bei einem Unfall in England ums Leben gekommen.

»Er ist nicht tot«, fährt Ruth fort und blickt dabei ins Feuer. »Das hat Anna nur allen erzählt, als er sie verlassen hat.«

Ich stelle mein Glas auf den Tisch, weil ich beinahe befürchte, es könnte mir sonst aus der Hand gleiten. »Soll das ein Scherz sein?«

Sie schüttelt den Kopf. »Es ist mein voller Ernst.«

»Entschuldige, Ruth, aber ich blicke da nicht mehr ganz durch. Soll das heißen, Anna hat allen gesagt, ihr Mann sei tot, obwohl er die ganze Zeit über hier in England gelebt hat?«

Sie seufzt auf. »Ja. Sie hatte die verrückte Idee, dass es besser sei, ihn der ganzen Stadt gegenüber als tot auszugeben, anstatt zur Wahrheit zu stehen.«

»Und die wäre?« Mir schwirrt noch immer der Kopf – warum sollte sie so etwas tun?

»Dass er sie wegen einer Frau verlassen hat, der er begegnet ist, als er hier arbeitete. Er hat die letzten vierzig Jahre oder so in St. Albans gewohnt.«

Ich nehme mein Glas und trinke einen großen Schluck. Das ist ja verrückt. Meine Großtante hat jahrzehntelang eine Lüge gelebt. »Ich fasse es nicht«, sage ich. »Also hat Anna die ganze Zeit nur so getan, als sei sie eine trauernde Witwe?«

Ruth nickt. »Ja. Sie hat sich geschämt zuzugeben, was wirklich passiert ist. Allen etwas vorzumachen ist ihr leichter gefallen.«

»Aber Trennungen sind doch etwas Alltägliches. Wir leben schließlich nicht mehr im Mittelalter.«

Ruth seufzt noch einmal. »Du kennst Anna ja, Coco. Der äußere Schein ist ihr sehr wichtig. Manchmal glaube ich, dass er bei ihr an erster Stelle kommt.«

»Sie hat doch so eine klare Meinung zu mir und Tom vertreten«, wende ich ein. »Warum redet sie davon, dass ich für den Rest meines Lebens alleine bleiben könnte, wenn sie selbst sich freiwillig dazu entschieden und allen den wahren Grund dafür verschwiegen hat?«

»Ach, nun«, meint Ruth. »Das ist leicht zu erklären. Sie liebt dich, Coco. Und sie will nicht, dass du das Gleiche durchmachst wie sie – sie wünscht sich ein Happy End für dich.«

»Das ist doch Wahnsinn.« Ich habe noch immer Mühe zu begreifen, was Ruth mir gerade erzählt hat. »Und sonst weiß niemand Bescheid? Es hat nie ein Mensch Verdacht geschöpft?«

»Tja, Colin hatte keine Verwandtschaft in Dronmore – er war Engländer, weißt du noch? Anna hat überall verbreitet, er wäre bei einem Autounfall umgekommen, als er seine Familie in Surrey besuchte, und sei dort beerdigt. Alle haben ihr geglaubt.«

»Und du hast es die ganze Zeit gewusst?«

»Ja – dein Großvater auch.« Sie hält inne. »Und deine Mum.«

»Mum hat es gewusst?«

»Sie hat gehört, wie Anna und ich uns eines Tages deshalb gestritten haben. Ich fand es verrückt, so ein Leben zu führen … Außerdem hatte ich das ständige Lügen und Vertuschen satt.«

»Warum hast du dann mitgemacht?«, frage ich.

»Weil sie meine Schwester ist und mich darum gebeten hat.« Sie lächelt wehmütig. »Familie ist eben Familie, Coco.«

»Und er hat die ganze Zeit Kontakt zu dir gehalten?« Ich fasse es nicht, was für ein Netz aus Lügen Anna da geknüpft hat, einfach nur, damit niemand erfährt, dass sie von Colin verlassen worden ist. Immerhin war *er* doch der Bösewicht. Wenn sie die Wahrheit gesagt hätte, hätten sie alle nach Kräften bemitleidet.

»Nein. Ich habe vor einigen Wochen einen Brief von ihm bekommen, in dem er schrieb, er sei sehr krank und wolle gern mit mir sprechen. Ich wusste lange nicht, was ich tun und wie ich reagieren soll …«

»Und dann hast du beschlossen, ihn zu besuchen?«

»Ja.« Sie nickt. »Ich dachte, mit dieser Reise könnten wir zwei Fliegen mit einer Klappe schlagen, um es einmal so auszudrücken. Du könntest dich mit Bonnie Bradbury treffen, und ich könnte Colin sehen.«

»Wow«, sage ich.

Wir schweigen eine Weile und beobachten die züngelnden Flammen im Kamin.

»Und was um Himmels willen wollte er nach all dieser Zeit?«, frage ich.

»Er will, dass sie ihm verzeiht«, antwortet Ruth. »Er muss bald sterben und möchte seinen Frieden mit ihr machen.«

»Oh, Gott«, erwidere ich. »Und du sollst die Vermittlerrolle übernehmen?«

Sie zuckt die Achseln. »Sieht ganz danach aus. Ich hatte Colin immer gern. Er wollte Anna nicht wehtun. Sie beurteilt das natürlich anders.«

»Natürlich. Was verlangt er von dir? Dass du sie bittest, sich bei ihm zu melden?«

Sie schüttelt den Kopf. »Zum Glück nicht. Ich hatte Angst, dass er das von mir erwarten könnte. Allerdings weiß er, dass sie nie einverstanden wäre, nicht einmal unter diesen Umständen. Es geht um etwas anderes. Ruth kramt in ihrer Tasche und holt ein kleines Kästchen heraus. »Ich soll ihr das hier geben«, verkündet sie und stellt das Kästchen auf den niedrigen Couchtisch zwischen uns.

»Was ist das?« Ich wage kaum, es zu öffnen.

»Es ist die Taschenuhr, die Anna ihm am Morgen ihrer Hochzeit geschenkt hat. Seitdem hat er sie jeden Tag getragen. Sagt er.«

»Und jetzt will er sie ihr zurückgeben?« Ich verstehe nicht ganz.

»Ja, als eine Art Entschuldigung vermutlich. So möchte er ihr mitteilen, dass er bereut, ihr wehgetan zu haben. Er sagt, sie würde wissen, was das bedeutet.«

»Puh.« Ich stoße einen Pfiff aus. »Ich fasse es nicht, dass es in unserer Familie so viele Jahre ein solches Geheimnis gab.«

»Wahrscheinlich ist es in allen Familien so«, meint sie mit dem Anflug eines Lächelns. »Jeder hat seine Leichen im Keller. Colin hat mir heute erzählt, dass deine Mum ihn einmal sogar besucht hätte. Davon wusste ich gar nichts.«

»Wirklich?«

»Ja. Ich habe keine Ahnung, wie sie ihn aufgespürt hat, aber sie hat es geschafft. Er sagte, sie sei auf dem Nachhauseweg aus Frankreich gewesen und habe einfach bei ihm vor der Tür gestanden.«

Ich kann mir ein Lachen nicht verkneifen. Es war so typisch Mum, einfach unangekündigt aus dem Nichts aufzutauchen. Ruth stimmt ein, und bald kichern wir beide hysterisch. So einer wahnwitzigen Situation kann man nur mit Galgenhumor beikommen.

»Kannst du dir das vorstellen?«, prustet sie lachend. »Er meinte, er sei noch nie im Leben so erschrocken gewesen. Natürlich hat er sie anfangs nicht erkannt, doch nachdem sie es ihm erklärt hatte, dachte er schon, sie sei gekommen, um ihn zu kastrieren!«

»Zum Totlachen!«, keuche ich, als ich mir ausmale, wie Mum aus heiterem Himmel bei ihm aufgekreuzt ist. Er hat sicher den Schock seines Lebens erlitten.

»Schließlich haben sie den Nachmittag miteinander verbracht, einen getrunken und geredet. Er hat es nie vergessen.«

»Oh, Ruth, das ist nicht zu überbieten«, sage ich.

»Findest du nicht auch? So war deine Mutter eben. Immer für eine Überraschung gut. Ich kann es nicht glauben, dass sie es nie erwähnt hat.«

»Ich schon«, erwidere ich. »Sie hat viel für sich behalten.« Zum Beispiel, wer mein Vater ist. Allerdings spreche ich das nicht laut aus. Stattdessen hole ich die alte Uhr aus dem Kästchen und untersuche sie gründlich. Auf der Rückseite sind Colins Name und ein Datum eingraviert.

»Das Hochzeitsdatum«, erklärt Ruth, bevor ich nachfragen kann.

»Autsch«, rufe ich aus und zucke zusammen. Wird diese Uhr Anna nicht an den Schmerz erinnern, den sie vor so vielen Jahren erlitten hat? Werden dadurch nicht mühsam unter Verschluss gehaltene Gefühle aufgewühlt? »Was wirst du jetzt tun?«, frage ich Ruth. »Gibst du sie ihr?«

»Das muss ich wohl, oder?«, antwortet Ruth bedrückt und betrachtet ihr Glas. »Mir bleibt nichts anderes übrig. Allerdings wird sie nicht erfreut sein, und ich bin dann die Überbringerin der schlechten Nachricht.«

»Ich komme mit«, schlage ich vor, ohne zu wissen, warum ich ihr das anbiete. Anna diese Botschaft zu übermitteln, wird sicher kein Spaß. Doch Ruth braucht Unterstützung, und die kriegt sie von mir.

Ruth Miene erhellt sich. »Würdest du das tun?«

»Natürlich«, erwidere ich. »Das Reden übernimmst du, aber ich halte dir Händchen. Zu zweit wird es nicht so schlimm.«

Ich klinge mutiger, als ich mich fühle. Anna kann ziemlich beängstigend werden, wenn sie sich in die Ecke gedrängt fühlt. Und dieses Szenario wird sie definitiv als Falle empfinden.

Ruth greift über den Tisch und drückt meine Hand. »Danke, Liebes, das weiß ich wirklich zu schätzen.«

»Kein Problem. Natürlich könnte es auch passieren, dass ich mich unter dem Tisch verstecke.«

Sie grinst. »Das glaube ich nicht. Auch wenn du dich selbst als kleines Mäuschen einschätzt, wirst du allmählich tapfer wie ein Löwe.«

»Da bin ich nicht so sicher«, sage ich. »Aber ich gebe mir Mühe. Und jetzt trinken wir noch einen, das haben wir uns verdient.«

»Ich habe eine Idee«, meint Ruth. »Vielleicht sollten wir Anna unter Alkohol setzen, bevor wir es ihr erzählen. Das könnte helfen.«

»Ich denke nicht, dass das klappt. Ich habe sie noch nie auch nur beschwipst erlebt.« Anna ist viel zu stocksteif, um sich jemals gehen zu lassen.

»Ja, sie verwendet sogar alkoholfreien Sherry für ihre dämlichen Fruchtpuddings«, antwortet Ruth mit finsterer Miene. »Kein Wunder, dass sie so scheußlich schmecken.«

Als sie mich ansieht, krümmen wir uns wieder vor Lachen.

13

»So, jetzt können Sie noch einmal von vorne anfangen«, sagt Bonnie, zündet eine ihrer Mentholzigaretten an und inhaliert tief. »Erzählen Sie mir, warum Sie etwas über Tatty wissen wollen.«

Es ist der folgende Nachmittag, und ich sitze wieder in Bonnies schäbiger, beengter Theatergarderobe und bin so neugierig auf das, was sie mir zu sagen hat, dass ich kaum noch an mich halten kann. Den Vormittag habe ich damit verbracht, mit Ruth zu üben, wie wir Anna die Sache mit Colin beibringen sollen. Doch ich schiebe den Gedanken daran beiseite. Das hier ist meine große Chance, und ich kann mir keine Ablenkung leisten. Über Anna zerbreche ich mir später den Kopf.

»Okay, es hat sich folgendermaßen abgespielt. Ich habe vor Kurzem etwas bei einer Auktion gekauft, das früher Tatty gehört hat. Diese Tasche.« Ich fördere die Chanel-Tasche zutage und reiche sie Bonnie.

Sofort treten ihr die Tränen in die Augen. »Oh. Das war ihre Lieblingstasche«, sagt sie so leise, dass ich sie kaum hören kann.

»Wirklich?«, frage ich, begeistert, dass sie sie erkannt hat. Mary Moore wusste nichts von der Tasche, und es wäre so enttäuschend gewesen, wenn Bonnie genauso reagiert hätte.

»Oh, ja, sie bedeutete ihr sehr viel, wegen ...« Bonnie blickt ruckartig auf und sieht mich an. Ich bemerke, dass sie sich zusammenreißt, so als wolle sie mir noch nicht mehr verraten. »Aber ich will nichts überstürzen. Zuerst müssen Sie mir ein wenig mehr erzählen. Warum haben Sie mich aufgesucht? Das ist doch ziemlich viel Umstand, nur weil sie die Tasche einer alten Dame gefunden haben.«

»Nun, es war etwas darin. Ein Brief.«

»Dukes Brief«, flüstert sie, wie zu sich selbst. »Natürlich.«

Duke! So war also sein Name. Eine weitere wichtige Information. »Wissen Sie über ihn Bescheid?«, frage ich, beinahe atemlos vor Aufregung.

»Oh, ja. Tatty hat den Brief überallhin mitgenommen.« Bonnie schaut zu Boden. Ihre Augen sind tränennass. Ich kann den Blick nicht von ihrem Gesicht abwenden. Es malt sich ein derart gefühlvoller Ausdruck darin, als hätte diese Tasche kostbare Erinnerungen zurückgebracht. Offenbar kennt sie die ganze Geschichte, die hinter dem Brief steckt. Beinahe muss ich mich auf meine Hände setzen, um sie nicht zu schütteln, damit sie weiterspricht.

»Was ist geschehen? Können Sie es mir erzählen?«, frage ich.

»Warum interessiert Sie das alles so sehr?«, entgegnet sie. »Ich verstehe noch immer nicht ganz.«

Ich bin nicht sicher, was ich darauf antworten soll. Die Wahrheit – dass ich es für eine Botschaft meiner verstorbenen Mutter halte – klingt albern. Andererseits werde ich mich mit einer Ausflucht nur verdächtig machen. Als ich Bonnie ansehe, weiß ich, dass sie nur mit mir sprechen wird, wenn ich ihr reinen Wein einschenke. Also gehe ich genauso vor wie bei Mary Moore. Ich hole tief Luft und packe den Stier bei den Hörnern.

»Okay, nun, die Wahrheit ist, dass ich ... ich glaube, ich habe diese Tasche aus einem ganz bestimmten Grund gefunden. Ich meine, sie lag einfach so am Grunde eines Kartons mit wertlosem Nippes, und dann der Brief ... er hat mich fasziniert.«

»Also glauben Sie, dass jemand Ihnen eine Botschaft schicken wollte?«, hakt Bonnie nach und fixiert mein Gesicht mit leuchtenden Augen.

Ich bin verwundert, weil sie mich so rasch durchschaut. Woher kann sie das wissen? Steht es mir ins Gesicht geschrieben?

»Nun, ja. Genau. Ich habe noch nie etwas dergleichen gefunden. Es erschien mir … wichtig.«

»Ja, das habe ich inzwischen verstanden. Aber wer möchte Ihnen Ihrer Ansicht nach eine Botschaft schicken? Tatty?« Sie beugt sich mit angespannter Miene vor.

»Nein«, erwidere ich. »Nun, nicht ganz.«

»Wer dann?«, bohrt sie nach.

Ich weiß, dass diese Frau meine Antwort skurril finden wird. »Nun, das klingt jetzt bestimmt albern, aber meine Mum – sie starb, als ich noch sehr jung war – hat Coco Chanel geliebt. Deshalb hat sie mich ja auch Coco genannt.«

»Aha, natürlich … und als sie über eine Chanel-Tasche gestolpert sind …«

»Kam mir das vor wie eine Art Zeichen von ihr. Und dann habe ich den Brief entdeckt und hatte das Gefühl …«

»… der Sache nachgehen zu müssen? Etwas Schicksalhaftes?«

Ich schaue ihr unverwandt ins Gesicht. »Ja.«

Sie hält inne, als müsse sie sich überlegen, was sie von mir halten soll. Es dauert mehrere Minuten, bis sie wieder das Wort ergreift. Während der ganzen Zeit halte ich die Luft an.

»Tatty war auch überzeugt, dass das Schicksal Einfluss auf unser Leben hat«, sagt sie schließlich. »Sie gab viel auf Zeichen und war abergläubisch.«

»Wirklich?«, frage ich und wage kaum auszuatmen.

»Sie werden feststellen, dass das bei den meisten Theaterleuten so ist. Offenbar liegt es uns besonders stark im Blut. Ich erzähle Ihnen von dem Brief, Coco. Aber zuerst erzähle ich Ihnen von Tatty selbst.«

»Bitte, tun Sie das. Ich kann es kaum erwarten.«

»Ich habe sie 1957 kennengelernt. Sie kam gerade frisch aus Irland. Wir haben zusammen in einer Kaschemme im East End gekellnert und uns sofort miteinander angefreundet.«

»Erzählen Sie weiter«, fordere ich sie auf. Es ist faszinierend, etwas über diese Phase in Tattys Leben zu hören. Wie hat sie es von der Kellnerin in einem drittklassigen Restaurant zu einer Stadtvilla in einem exklusiven Viertel von Dublin gebracht?

»Die haben uns schuften lassen wie die Sklaven, aber die Trinkgelder waren gut, und nach der Schicht sind wir zum Tanzen gegangen. Wir hatten ja solchen Spaß! Tatty hat ausgezeichnet getanzt.«

»Ja?« Kurz habe ich das Bild vor Augen, wie sie die Nächte durchtanzte. Ich kann mir vorstellen, wie sie die Beine in die Luft warf und sich amüsierte.

»Oh, ja – sie hatte Rhythmus im Blut. Außerdem war sie eine wundervolle Sängerin. Deshalb hat sie ja das Gesangsduo gegründet. Ich war eigentlich nur Background, sie war der Star.«

»Sie haben zusammen gesungen?« Ich erinnere mich an Marys Worte, dass Tatty Musik geliebt hat. Aber ich habe nicht gewusst, dass sie professionelle Sängerin war.

»Oh, ja! Wir haben uns The Chanelles genannt.«

»The Chanelles?«

»Ja – es war ein Wortspiel. Tatty hat Coco Chanel geliebt, wissen Sie?« Sie wirft mir einen Blick zu, während ich diese Information auf mich wirken lasse. Coco Chanel durchzieht diese Geschichte wie ein Faden eine Stoffbahn – sie ist einfach überall.

»Das sind wir ganz am Anfang«, sagt Bonnie und zeigt auf

ein Schwarz-Weiß-Foto an der Wand. »Damals haben wir in einem Laden namens Candy Club gearbeitet und sind jeden Abend zusammen aufgetreten. Die Bezahlung war natürlich miserabel und die Zuschauer manchmal noch schlimmer, aber wir waren begeistert.«

»Was haben Sie denn gesungen?«, frage ich fasziniert.

»Ach, was damals eben so modern war. Populäre Stücke und so weiter. Tatty hat Jazz geliebt. Sie hatte eine wundervolle Stimme dafür, sehr melancholisch. Aber hauptsächlich haben wir gesungen, was die Leute wollten.«

Ich kann mir gut vorstellen, wie sie zusammen in verqualmten Clubs gesungen haben, beide schöner und temperamentvoller, als gut für sie war. Wie sie Herzen gebrochen und sich immer wieder neu verliebt haben.

»Ja, es war wirklich ein großer Spaß ...«, meint sie wehmütig. »Tatty hätte ein Star werden können – sie hat sogar ein Demoband aufgenommen. Aber als sie nach Irland zurückgekehrt ist, hat sie das alles aufgegeben. Deshalb bin ich zum Theater gegangen. Ohne sie konnte ich nicht weitersingen.«

»Warum ist sie denn zurückgekehrt?«, frage ich. Hatte das etwas mit dem geheimnisvollen Duke zu tun? Vielleicht ist er ja wieder in ihr Leben getreten, und sie sind zusammen glücklich geworden. Das wäre wirklich ein unglaublich romantisches Ende für diese Geschichte und eindeutig das, was ich mir erhoffe.

»Ihre Eltern sind umgekommen, als ihr Haus abbrannte. Sie waren sehr wohlhabend, und Tatty erbte alles – die Aktienpakete und den ganzen Rest. Sie ist nach Irland gefahren, um den Nachlass zu regeln, und sagte, sie würde eines Tages wiederkommen. Doch die Jahre vergingen, und sie hat es nie getan.«

»Und was war mit Duke?«

Bonnie betrachtet sich in dem kleinen, rissigen Spiegel, der noch immer auf dem Stuhl in der Ecke steht, und streicht sich das silbergraue Haar glatt, bevor sie antwortet.

»Tatty wollte sich nicht von ihm trennen, das weiß ich. Aber sie hatte keine andere Wahl«, erwidert sie schließlich.

»Wo ist er hin? Musste er in den Krieg?«

»Krieg?«, wiederholt sie verdattert.

»Ich dachte, er sei vielleicht Soldat gewesen. Mussten Sie sich deshalb trennen?«

Inzwischen mustert mich Bonnie, als hätte ich eine Schraube locker. »Wovon reden Sie, Coco?«, fragt sie.

»In dem Brief stand, er müsse fort, das klang, als sei ihm nichts anderes übrig geblieben. Sie waren ein vom Schicksal getrenntes Liebespaar.«

Bonnie reißt die Augen weit auf. »Glauben Sie, der Brief sei von Tattys Geliebten?«, sagt sie mit belegter Stimme.

»Nun, ja, natürlich. Diesem Duke. Sicher hat er ihn ihr geschrieben, bevor er fortmusste. Ich muss unbedingt wissen, wohin, und warum sie getrennt wurden.«

Bonnie schüttelt den Kopf, und ein trauriger Ausdruck malt sich auf ihrem Gesicht. »Ach, meine Liebe, das haben Sie völlig falsch verstanden«, meint sie. »Duke war nicht ihr Geliebter.«

»Nein?«

»Nein. Er war ihr Kind.«

»Ihr *Kind*? *Was*? Jetzt begreife ich gar nichts mehr …« Mir schwirrt der Kopf, als mir Sätze aus dem Brief durch den Kopf gehen. *Seit ich dich zum ersten Mal sah, wusste ich ohne jeden Zweifel, dass du die Liebe meines Lebens bist … Unsere gemeinsame Zeit war so kostbar … und viel zu kurz … es bricht mir das Herz, denn heute müssen wir uns trennen … Ich bete zu Gott, dass wir eines Tages … wieder vereint sein werden und ich deine Hand in meiner halten kann …*

Mein Gott, auf diese Möglichkeit wäre ich nie gekommen.

Ich spüre, wie mir die Tränen in die Augen treten. Der gefühlvolle Brief hat eine völlig neue Bedeutung erhalten. Die Vorstellung allein ist unerträglich.

»Es ist wahr, Coco«, sagt Bonnie, die ebenfalls erschüttert wirkt. »Tatty selbst hat diesen Brief geschrieben – an das Baby, das sie weggeben musste, weil sie noch zu jung war.«

»Tatty hatte ein Baby, das sie zur Adoption freigeben musste?«, wiederhole ich. Meine Stimme klingt ganz weit entfernt. Ich kann es nicht fassen.

»Ja«, bestätigt Bonnie. »Es hat ihr fast das Herz gebrochen. Aber sie hatte keine andere Wahl.«

Mir zittern leicht die Hände. Wie konnte ich den Brief so missverstehen? Ich war einfach davon ausgegangen, dass er von einem Geliebten stammt … Das waren wir alle. Es erschien uns so offensichtlich, dass wir es nie infrage gestellt haben. Nicht einmal Mary Moore hat Tattys Handschrift erkannt. Allerdings hat sie Tatty nur als alte, gebrechliche Frau erlebt: Ihre Handschrift hätte sich, seit sie noch jung und lebenslustig war, sehr verändert haben können.

»Aber … warum hat sie ihn weggegeben?«, frage ich. »Warum hat sie ihn nicht behalten?«

Bonnie seufzt traurig auf. »Damals ging es in Irland noch anders zu, Coco. Jungen Frauen, die im Irland der Fünfziger schwanger wurden, blieb nichts anderes übrig. Alleinerziehende Mütter existierten einfach nicht. Fast alle haben ihre Babys weggegeben, oft gegen ihren Willen.«

»Das ist ja barbarisch«, erwidere ich. Ich habe großes Mitleid mit der jungen Tatty.

»Sie haben recht, das war es«, antwortet sie. »Doch damals waren junge Frauen, die vor der Ehe schwanger wurden, Ausgestoßene und Bürgerinnen zweiter Klasse. Sie hatten großes Glück, wenn sie nicht in ein Heim eingewiesen wurden und in der Wäscherei schuften mussten.«

»Ich habe den Film gesehen. *Die unbarmherzigen Schwestern*. Es war grauenhaft.« Ich konnte danach nicht mehr schlafen, so sehr haben mich die Bilder der armen Mädchen berührt, die in diesen Verwahranstalten unter unmenschlichen Bedingungen ausgebeutet wurden.

Bonnie nickt mit bedrückter Miene. »Diese Heime waren Gefängnisse«, sagt sie zornig. »Zwangsarbeit, anders kann man das nicht nennen. Folter. Und das brave Bürgertum hat einfach die Augen davor verschlossen ...«

»Wenigstens ist sie nicht dort gelandet«, sage ich. »Sie kam hierher und konnte ein neues Leben anfangen.«

»Schon, doch das alte hat sie nie vergessen, das weiß ich genau. Der Schmerz hat sie nie wieder losgelassen.«

»Hat sie den Brief deshalb immer bei sich gehabt?«, frage ich mit zitternder Stimme.

»Ja. Sie hat den Brief an dem Morgen des Tages geschrieben, an dem sie ihren Sohn weggeben musste. Sie wollte, dass er ihn in sein neues Zuhause begleitet, damit er ihn lesen kann, wenn er alt genug ist. Doch die Nonnen, die das Mutter-Kind-Heim leiteten, haben es nicht erlaubt. Sie haben sich geweigert, den Brief an die Adoptiveltern weiterzuleiten.«

»Das ist ja entsetzlich«, empöre ich mich. »Hatten sie überhaupt das Recht dazu?«

»Nach Rechten hat damals niemand gefragt.« Bonnies Tonfall wird hart. »Sie behaupteten, es sei besser so. Kontakt zwischen Mutter und Kind war streng verboten.«

»Also hat sie nie erfahren, wohin man Duke gebracht hat?«

»Nein. Damals war es untersagt, Verbindung zur Adoptivfamilie aufzunehmen, wissen Sie, so wie es heute häufig auch noch ist. Sobald eine Frau das Kind abgegeben hatte, war es vorbei. Sie hat das Kind nie wiedergesehen, falls es sich als Erwachsener nicht auf die Suche nach ihr gemacht hat. Und das kann ziemlich schwierig sein. Viele Menschen haben keine Ahnung von ihrer wahren Herkunft und werden es auch nie erfahren, weil die Unterlagen schlichtweg nicht existieren. Eine Schande ist das.«

»Wer weiß, wie viele Mütter und Babys das gleiche Martyrium durchmachen mussten wie Tatty?«, sage ich.

»Richtig, meine Liebe. Tatty war einzigartig, ihre Geschichte ist es leider nicht.«

Ich kann mir nicht vorstellen, wie es sein muss, gegen den eigenen Willen sein Baby wegzugeben, fortzugehen und es nie wiederzusehen, ohne zu wissen, was aus ihm geworden ist. Mum war alleinerziehende Mutter – was, wenn man sie gezwungen hätte, mich wegzugeben? Wo wäre ich jetzt? Dann würde ich Ruth vermutlich gar nicht kennen. Ich wäre nie einem Mitglied meiner Verwandtschaft begegnet. Ich wage gar nicht, mir das auszumalen. Wie anders wäre mein Leben verlaufen, wäre ich ein paar Jahrzehnte früher geboren worden.

Ich betrachte den Brief in meiner Hand. »Es ist so schrecklich«, sage ich und spüre, wie mir wieder die Tränen in die Augen treten. »Dieser Brief war ihre einzige Verbindung zu ihrem Baby …«

»Das war er, und sie hatte ihn immer bei sich. Sie sagte immer, wenn Duke sie je aufspüren würde, würde sie ihm den Brief zeigen. Er sollte wissen, dass sie ihn nicht freiwillig weggegeben hat. Sie hatte einfach keine andere Wahl.«

Und all die Zeit habe ich diesen Brief für einen Liebesbrief an Tatty gehalten, obwohl es doch ein herzzerreißender, einsamer Abschiedsbrief an ihr Baby war. Das Baby, das sie nicht hatte behalten dürfen. Ich werde von Trauer ergriffen. So ein Ende habe ich der Geschichte nicht gewünscht. »Es bricht mir das Herz«, flüstere ich.

»Sie hatte nicht mal ein Foto von ihm«, fährt Bonnie fort, »aber sie sagte immer, dass sie keins brauche. Sein Gesicht habe sich in ihr Herz eingeprägt.«

In dem bedrückten Schweigen, das darauf folgt, fällt mir etwas ein. »Was ist mit Dukes Vater? Welche Rolle hat er gespielt? Was ist mit ihrem Freund?«, frage ich. »Hätten sie nicht heiraten können?«

»Tja, schon. Allerdings war er bereits verheiratet, was die Sache schwierig gemacht hätte«, entgegnet Bonnie. Ihre Stimme klingt nun kalt und hart.

»Oh.«

Also hatte Tatty eine Affäre mit einem verheirateten Mann, als sie schwanger wurde – damals ein absolutes Tabu. Kein Wunder, dass sie anschließend nach London gegangen ist. Sie hat versucht, vor einer verzweifelt traurigen und traumatisierenden Vergangenheit zu fliehen und neu anzufangen.

»Ja, er war ganz offiziell verheiratet. Hat versprochen, sich von seiner Frau scheiden zu lassen, immer dieselbe alte Leier«, fährt Bonnie fort. »Er hat ihr das Ding geschenkt.« Sie tätschelt die Chanel-Tasche, und ihre Augen füllen sich noch einmal mit Tränen. Die Tasche symbolisiert die Liebe, die Tatty für den Vater ihres Kindes empfunden hat. Kein Wunder, dass sie den Brief darin aufbewahrt hat. Jetzt erscheint sie mir wertvoller denn je.

»Anfang 1956 haben sie ein Wochenende in Paris verbracht«, erzählt sie weiter. »Dort hat er sie ihr gekauft. Es ist eine der ersten Taschen, die Coco Chanel je genäht hat, ein Prototyp.«

Also hatten wir recht! Es ist eine der originalen 2.55er.

Bonnie spricht weiter. »Sie konnte es kaum fassen, dass sie Coco tatsächlich kennenlernen durfte – sie bewunderte sie schon so lange.«

»Tatty hat Chanel *getroffen*?«

»Ja, an diesem Wochenende. Ihr verheirateter Liebhaber war ein Freund eines Freundes von Chanel – sie haben sogar mit ihr zu Abend gegessen. Tatty hat so gerne davon erzählt.«

»Sie hat mit Coco Chanel zu Abend gegessen?«, wiederhole ich. »Das ist ja unglaublich!«

»Nicht wahr? Sie waren in ihrem Atelier in der Rue Cambon und haben um Mitternacht gepicknickt – Oliven, Käse und Baguette, hat Tatty gesagt. Und jede Menge Rotwein. Sie fand immer, es sei das schönste Wochenende ihres Lebens gewesen – das Wochenende, an dem Duke gezeugt wurde.«

Mir verschlägt es vor Spannung den Atem. Dass so viel hinter dieser Geschichte steckt, hätte ich nie zu träumen gewagt. Tatty und ihr Liebster haben sich mit Coco Chanel getroffen und mit ihr in ihrem legendären Atelier zu Abend gegessen. Kaum zu glauben. Und ihr Kind wurde in diesen Tagen gezeugt …

»Und was ist dann passiert?«, frage ich. Offenbar ist die Sache danach den Bach runtergegangen.

»Nun, nachdem Tatty bemerkt hat, dass sie schwanger war, änderte sich natürlich alles. Plötzlich brach ihre Welt zusammen. Ihr verheirateter Liebhaber wollte nichts mehr von ihr wissen. Nun war sie ihm nur noch lästig. Der Mistkerl hat sich einfach verdrückt.« Ihr Tonfall klingt verbittert. So, als hätte Tatty ihr anvertraut, wie sehr sie gelitten hat, und sie könne sich noch sehr gut daran erinnern.

»Das war entsetzlich unfair«, sage ich, und Wut steigt in mir auf. Tatty musste für eine leichtfertige Affäre einen hohen Preis bezahlen – sie hat alles verloren, während andere über sie zu Gericht saßen.

»So lief es damals eben in der Welt. Tatty war die Schuldige – die Frau war immer schuld.«

Ich werfe einen Blick auf das Foto an der Wand, das eine lachende Tatty mit Bonnie zeigt. In ihrem Gesicht kann ich nichts von dem erlittenen Schmerz erkennen – die beiden Frauen scheinen sich pudelwohl zu fühlen.

»Und was hat sie dann getan?«, frage ich.

»Nun, ihre Eltern waren über ihren Sündenfall, wie sie es sahen, schockiert und haben sie in ein Mutter-Kind-Heim irgendwo in der irischen Provinz verfrachtet, damit niemand etwas bemerkt. Sie hatten eine Todesangst, dass die Leute davon erfahren könnten.«

»Tatty muss total verschüchtert gewesen sein.«

»Ja, das war sie, so viel steht fest. Sie haben sich nie wieder versöhnt, auch nicht nach der Geburt des kleinen Duke. Obwohl sie ihn zur Adoption freigegeben hat, wie sie es verlangt haben, konnten sie ihr nicht verzeihen. Und sie ihnen auch nicht, weil sie sie dazu gezwungen hatten. Also ist sie nach London gegangen, um noch mal von vorne anzufangen.«

»Die arme Tatty.«

Bonnie zündet sich noch eine Zigarette an und inhaliert tief. »Ja, die Arme. Sie hat sich nie ganz davon erholt. Das Trauma, Duke zu verlieren, hat sie für immer begleitet. Obwohl sie nur acht Stunden bei ihm sein durfte.«

Wieder treten mir Tränen in die Augen. Acht Stunden? »Warum hat sie ihn Duke genannt?«

»Nach Duke Ellington – ›In a Sentimental Mood‹ war ihr Lied, also das von ihr und ihrem Geliebten. Sie hat die Nonnen sogar gefragt, ob die Adoptiveltern den Namen nicht beibehalten könnten, obwohl sie natürlich nie erfahren hat, ob ihre Bitte respektiert wurde ... Die Nonnen waren nicht unbedingt von der fürsorglichen, mütterlichen Art. Sie wissen ja, dass sie nicht einmal den Brief weitergeben wollten.«

»So etwas zu verkraften, ist vermutlich unmöglich.«

»Sie hat ihr Bestes getan, sich durchzuschlagen. Ihre Methode war, Duke nie zu erwähnen – nur an seinem Geburtstag. An diesem Tag, dem 10. November, hat sie sich ein paar Tränen gestattet. Ansonsten hat sie es standhaft verdrängt. Nur so konnte sie damit leben.«

Es entsteht Schweigen, als wir beide darüber nachdenken,

welche Kraft es gekostet haben muss, nach einem so herzzerreißenden Verlust weiterzumachen.

»Und die Tasche?«, frage ich.

»Sie hatte sie immer bei sich. Die Tasche und der Brief waren ihre Verbindung zu ihrem Baby – und auch die einzige zu dessen Vater vermutlich. Ich glaube, sie hat nie aufgehört, ihn zu lieben, und zwar trotz allem, was er ihr angetan hat. In ihren Augen konnte ihm niemand das Wasser reichen. Er war die Liebe ihres Lebens. Wahrscheinlich hat sie deshalb niemals geheiratet.«

»Sie beide standen sich sehr nah, richtig?« Bonnie strahlt die Liebe, die sie für Tatty empfunden hat, aus jeder Pore aus.

»Ja, richtig. Ich verdanke ihr alles. So einfach ist das.«

»Was soll das heißen?«

»Nun, Tatty hat mir geholfen, als *ich* unter nicht gerade optimalen Umständen schwanger wurde. Sie hat durch dick und dünn zu mir gehalten und mich unterstützt, nachdem mich der miese Typ, mit dem ich damals zusammen war, einfach sitzen gelassen hat. Ohne Tatty ... wer weiß, was aus mir geworden wäre.«

»Sie hat Sie unter ihre Fittiche genommen?«

»Ja. Sie war fest entschlossen zu verhindern, dass mir das Gleiche zustößt wie ihr – ich sollte mein Baby nicht verlieren.«

»Und hätte das passieren können?«

»Ich war völlig hilflos, das weiß ich. Und ich hatte keine Ahnung, an wen ich mich wenden sollte. Tatty war mein Fels in der Brandung. Seit sie Duke in Irland auf die Welt gebracht hatte, hatten sich die Zeiten geändert, aber eine alleinerziehende Mutter war noch immer ein Pariah, selbst in London. Wenn sie sich nicht um uns gekümmert hätte, weiß ich nicht, was geschehen wäre. Sie hat darauf bestanden, dass wir bei ihr wohnen, bis wir auf eigenen Füßen stehen konnten. Obwohl sie selbst fast nichts hatte, hat sie das Wenige mit uns geteilt.«

Das erinnert mich an Mary Moores Schilderung von Tatty – wie geborgen sie sich bei ihr gefühlt habe. Kein Wunder, dass sie alles wohltätigen Zwecken vermacht hat. Sie war ein Mensch, der gerne gab.

»Sie muss eine wirklich gute Freundin gewesen sein.«

»Richtig. Wir sind all die Jahre in Kontakt geblieben. Kurz vor ihrem Tod wollte ich sie besuchen, aber sie hat es immer wieder hinausgeschoben. Schließlich habe ich eins und eins zusammengezählt: Sie wollte mich nicht sehen. Ich musste das respektieren, so schwer es mir auch gefallen ist, das können Sie mir glauben.«

»Ihre Pflegerin sagte, sie habe verboten, dass jemand bei ihrer Beerdigung dabei ist.«

Bonnie nickt. »Ich habe erst mehrere Wochen später erfahren, dass sie gestorben ist, und mich schrecklich gefühlt, weil ich nichts davon mitbekommen hatte. Aber ich wusste, dass sie es so gewollt hat. Genauso, wie sie ihre gesamte Habe hat versteigen lassen. Vermutlich war das verständlich. Wem hätte sie denn alles vermachen sollen? Sie hatte keine Angehörigen.«

»Glauben Sie, dass sie je wieder glücklich geworden ist, Bonnie?« Ich kann die Vorstellung nicht ertragen, dass Tatty den Rest ihres Lebens um einen Sohn getrauert hat, den sie nicht hatte kennenlernen dürfen.

Bonnie lässt sich mit ihrer Antwort Zeit. »Wie ich schon sagte, war das Verhältnis zu ihren Eltern endgültig zerrüttet. Doch sie glaubte, die Erbschaft war eine Art Versöhnungsangebot von ihnen. Das war ein großer Trost für sie. Außerdem konnte sie sehr gut mit Geld umgehen. Sie hat von den Zinsen ein angenehmes Leben geführt. Sie hatte eine schöne Zeit, ihre Musik und viele Verehrer. In gewisser Weise war sie sicherlich glücklich. Doch in ihrem Herzen klaffte ein Loch, das nie gefüllt werden konnte.«

»Hat sie je versucht, ihn zu finden?«, frage ich.

»Sie wollte es – das weiß ich genau. Nach ein oder zwei Drinks sagte sie oft, sie würde zu den Nonnen gehen und sie zwingen, weitere Informationen preiszugeben. Aber sie hat es nie getan. Wahrscheinlich hatte sie Angst, sich ihm aufzudrängen, nur für den Fall, dass er nichts von ihrer Existenz wusste. Allerdings hat sie immer gewartet und gehofft, dass er den ersten Schritt macht ...«

»Wo mag er jetzt sein? Ahnt er überhaupt, dass er adoptiert ist?«

»Wer kann das sagen?« Sie zuckt die Achseln. »Er könnte überall sein. Inzwischen ist es zu spät, etwas zu unternehmen.«

»Aber es muss doch möglich sein, mehr herauszufinden«, beharre ich. »Ganz bestimmt ist es das. Erinnern Sie sich vielleicht an weitere Einzelheiten?«

Sie klopft die lange Aschsäule ihrer Zigarette am Aschenbecher ab. »Das Mutter-Kind-Heim hieß St. Jude's, da bin ich sicher. Ich glaube, es war in Westmeath. Und der Junge wurde am 10. November 1956 geboren. Mehr Informationen habe ich auch nicht.«

»Ob das wohl genügt ...?«

»Wofür? Um ihn aufzuspüren?«, erkundigt sie sich mit weit aufgerissenen Augen.

»Mag sein«, erwidere ich. »Denken Sie, dass ich es tun sollte?« Ich muss unbedingt wissen, was sie davon hält. Jetzt kenne ich zwar einige Details, bin aber ratlos, wie ich weiter vorgehen soll. Bonnie war eine von Tattys engsten Freundinnen und Vertrauten und kann mir sicher sagen, wie ich nach Wunsch der Verstorbenen mit dem Brief verfahren soll, der ihr so viel bedeutet hat.

»Ich kann Ihnen auch keinen Rat geben, Coco«, antwortet sie bedrückt. »Ich wünschte, es wäre anders, aber leider ist das Leben kein Theaterstück, sondern viel komplizierter. Und manchmal hat die Geschichte ein offenes Ende.«

»Aber sie haben doch sicher eine Meinung. Oder einen Tipp für mich. Bitte, Bonnie.« Inzwischen flehe ich sie beinahe an, bin aber machtlos dagegen. Ich brauche einen Hinweis, einen Vorschlag, irgendetwas.

Sie mustert mich eine Weile. »Sie sagen, Ihrer Ansicht nach sei es eine Art Botschaft von Ihrer Mutter, dass Sie die Tasche gefunden haben, richtig?«

»Ja«, entgegne ich. »Diese Tasche – es ist genau die, die sie mir immer schenken wollte, weil sie von meiner Namenspatronin ist.«

»Und was wollte Ihre Mutter Ihnen damit mitteilen?«, fragt sie. »Was könnte sie Ihnen sagen wollen, indem sie Ihnen diese Tasche schickt?«

»Ich weiß nicht«, erwidere ich.

»Vielleicht sollten Sie sich zuerst mit dieser Frage beschäftigen«, sagt sie gütig.

Bevor ich sie bitten kann, das näher auszuführen, steckt die Frau, die ich am Vortag mit ihr im Foyer gesehen habe und die sie wegen der Zigarette zurechtgewiesen hat, den Kopf zur Tür hinein. Sie nimmt mich zwar zur Kenntnis, grüßt aber nicht. »Wie oft muss ich dir noch predigen, dass du hier drin nicht rauchen darfst, Mum?«

Mum? Diese Frau ist Bonnies Tochter?

»Ach, verdammter Mist«, murmelt Bonnie trotzig. »Das sind doch nicht mal richtige Zigaretten.«

»Das kannst du dem Amt für Arbeitssicherheit erzählen«, gibt die Frau ärgerlich zurück und verschwindet wieder.

»Kinder«, Bonnie verdreht die Augen. »Die wissen immer alles besser.«

»Das ist Ihre Tochter? Ist sie auch Schauspielerin?«

»Gütiger Himmel, nein.« Sie lacht auf. »Sie ist die Inspizientin, ein richtiger kleiner Feldwebel. Das ist sie schon seit ihrer Geburt. Tatty hat sie immer Frau General genannt.« Mit einem liebevollen Lächeln erinnert sie sich an diese längst vergangenen Zeiten. »Es tut mir wirklich leid, meine Liebe, aber ich muss los. Wenn ich zu spät in die Probe komme, machen die mich einen Kopf kürzer.«

Sie steht auf und wirft dabei noch einen prüfenden Blick in den Spiegel. Nachdem sie sich die Augen abgetupft hat, holt sie tief Luft und richtet sich kerzengerade auf. »Wir bleiben in Verbindung, ja?«, sagt sie und umarmt mich.

»Versprochen«, antworte ich. »Danke, dass Sie sich die Zeit genommen haben, mit mir zu reden, Bonnie.«

»Gern geschehen, Coco«, erwidert sie. »Danke für diese Reise in die Vergangenheit. Ich bin froh, dass Sie es waren.« Sie hält mich auf Armeslänge von sich und lächelt mich an.

»Froh, dass ich es war? Was soll das heißen?«, erkundige ich mich.

»Dass Sie Tattys Tasche gefunden haben natürlich. Ich glaube, Sie haben recht. Sie wurde Ihnen aus einem bestimmten Grund geschickt. Jetzt müssen Sie nur noch rauskriegen, was es ist.«

Nach einer zweiten kurzen Umarmung ist sie fort, während ich zurückbleibe und über meine nächsten Schritte nachdenke. Die emotionsgeladene Geschichte, die sie mir erzählt hat, hat mich erschöpft. Erschöpft und außerdem ziemlich verwirrt. Soll ich versuchen, Duke aufzuspüren? Ihm den Brief seiner Mutter geben? Klappt das überhaupt mit so wenigen Informationen? Wird er sich darüber freuen oder mich dafür hassen, dass ich sein Leben verkompliziere?

Ich krame in meiner Umhängetasche und hole mein eselsohriges Notizbuch heraus. Nachdem ich eine Seite aufgeschlagen habe, schreibe ich auf, was ich weiß:

NAME: DUKE MOYNIHAN
GEBOREN: 10.11.1956
GEBURTSORT: ST. JUDE'S MUTTER-KIND-HEIM, WESTMEATH

Genügt das? Ich bezweifle es sehr. Außer, es befindet sich noch etwas in dem Karton voller Krimskrams – ein Gegenstand, den ich übersehen habe, vielleicht ein Hinweis, der mir weiterhilft. Ich klappe mein Notizbuch zu und drehe mich ein letztes Mal zu Tattys Foto um.

»Okay, Tatty«, sage ich. »Wenn du willst, dass ich weitersuche, tue ich es.« Dann schaue ich nach oben zum Himmel. »Hoffentlich siehst du auch alles, Mum. Du machst es mir nämlich wirklich nicht leicht.«

14

»Den Geruch nach diesem dämlichen Jeyes-Reiniger kriegen wir nie mehr hier raus«, grummelt Ruth. »Du bist dir doch dessen bewusst, oder?«

»So schlimm ist es nun auch wieder nicht«, versuche ich, sie zu beschwichtigen. »Ich nehme ihn kaum wahr, wirklich nicht.«

Wir sind wieder im Swan's. Entgegen meiner tröstenden Worte zu Ruth stinkt es hier derart nach einem ultrastarken Putzmittel, dass man mit den Dämpfen ein Pferd narkotisieren könnte. Ich glaube allmählich, dass das Annas Philosophie der Haushaltsführung ist: Nichts ist wirklich sauber, so lange es keinen Bleichedunst verströmt, der ausreicht, um ein ziemlich großes Tier schachmatt zu setzen. Sie könnte den beiden Damen von der Putzsendung *How Clean Is Your House*? ernsthaft Konkurrenz machen – nein, sie würde vermutlich ihre eigene Sendung bekommen, wenn sie sich darum bewirbt.

Letzte Nacht ist uns der Gestank nicht richtig aufgefallen, weil wir bei unserer Rückkehr aus London so erledigt waren, dass wir gleich nach oben und in die Betten gefallen sind. Heute Morgen jedoch ist nicht mehr zu überriechen, dass Anna sich hier so richtig ausgetobt und jeden Gegenstand gnadenlos geschrubbt hat. Außerdem hat sie so manches umgestellt. Jetzt befinden sich die Dinge nicht mehr an ihrem Platz, weit gefehlt.

»Ich bin letzte Nacht zweimal mit dem scheußlichen Gefühl aufgewacht, dass jemand mich erwürgen will«, sagt Ruth.

»Ich dachte, es wäre ein Albtraum. Aber es lag an dem Geruch.« Sie macht eine ausladende Geste. »Offenbar sind die giftigen Dämpfe die Treppe hinaufgeweht – ein Wunder, dass wir nicht beide im Schlaf erstickt sind.«

»Weißt du was, ich zünde eine Duftkerze an«, schlage ich vor. »Das hilft vielleicht.«

»Um diesen Gestank loszuwerden, braucht man mehr als eine Kerze«, schimpft Ruth. Sie hat heute Morgen eine entsetzliche Laune, und ich weiß auch, warum: Sie muss Anna gegenübertreten und ihr von Colin erzählen. Davor hat sie eine Heidenangst. Sie ist nicht die Einzige.

Wieder in Dronmore zu sein ist in mehr als einer Hinsicht eine Ernüchterung. Meine erste Aktion heute Morgen war, den Karton zu durchwühlen, in dem ich Tattys Handtasche gefunden habe – nur für den Fall, dass noch etwas darin sein könnte, was mir bei meiner Suche weiterhilft. Aber da war nichts, keine weiteren Hinweise. Es war wirklich enttäuschend. Und nun müssen wir Anna reinen Wein einschenken. Bei der bloßen Vorstellung bekomme ich Magenkrämpfe.

»Warum gehst du nicht, sagst hallo zu Karl und schnappst ein bisschen frische Luft? Er hat dich bestimmt vermisst«, meine ich. Ruth braucht Ablenkung, und Karl könnte die perfekte Lösung sein.

Wir schauen beide zu ihm hinüber. Er lehnt vor der Metzgerei auf seinem Besen und sieht mit einem breiten Lächeln zu uns hinüber, als versuche er, Blickkontakt mit Ruth aufzunehmen.

Sie winkt ihm nur geistesabwesend zu und wendet sich dann wieder an mich. »Nein, ich finde keine Ruhe, bevor ich nicht mit Anna gesprochen habe. Ich werde sie bitten, sich mit uns zum Mittagessen im Hotel zu treffen. Ich glaube, ein neutraler Ort eignet sich am besten, um ihr die Nachricht zu überbringen.«

»So bald?«, keuche ich und denke voll Grauen an das, was uns bevorsteht. Ruth hält nichts davon, unangenehme Dinge vor sich herzuschieben, wohingegen ich diesem Konzept einiges abgewinnen kann.

»Ja, wir bringen es besser hinter uns«, verkündet sie forsch. »Dann liegen die Karten offen auf dem Tisch.«

Gerade ist sie nach oben gegangen, als die Ladenglocke klingelt und Cat und Mark hereinkommen. Cats Miene ist ausgesprochen finster, und Mark sieht auch nicht viel glücklicher aus.

Offenbar hat sich die Lage zwischen ihnen nicht entspannt. Wieder habe ich heftige Schuldgefühle, weil ich seit der Geburtstagsfeier der Zwillinge keine Zeit für Mark gefunden habe. Ruth hätte sich an meiner Stelle sofort ins Zeug gelegt und das Problem so schnell wie möglich gelöst. »Hallo, Leute!«, sage ich. »Was machst du denn hier, Mark? Hast du denn heute keine Schule?«

»Doch, Coco, Schule hätte er eigentlich schon«, zischt Cat. »Nur, dass mein lieber Herr Sohn vom Unterricht ausgeschlossen wurde und deshalb nicht hingehen kann. Stattdessen folgt er mir auf Schritt und Tritt – als ob ich nicht schon genug zu tun hätte, ohne dass er mir zusätzlich Schwierigkeiten macht.«

Cat funkelt Mark zornig an, worauf dieser wortlos zu Boden blickt. Die dunklen Ponyfransen fallen ihm ins Gesicht und verbergen seine Augen.

»Was ist passiert?« Ich wage kaum nachzufragen. Das sind eindeutig schlechte Nachrichten.

»Nun, Mark hielt es offenbar für eine lustige Idee, auf dem Rückweg von der Klassenfahrt nach Spanien im Flieger eine Schlägerei anzufangen«, erwidert sie. »Er kann von Glück reden, dass er jetzt nicht in irgendeinem südeuropäischen Gefängnis sitzt.«

»Das ist voll übertrieben, Mum«, nuschelt Mark und hebt den Kopf ein winziges Stück, sodass ich sein Gesicht sehen kann. Er wirkt müde, und seine Haut ist wächsern bleich.

»Ach, wirklich?« Offenbar kocht Cat vor Wut. »Prügeleien in der Luft werden inzwischen sehr ernst genommen, Mark – Leute sind schon für weniger in den Knast gewandert.«

Marks Miene wird verschlossen, als habe er es satt, ihr die näheren Umstände zu erläutern. Wieder schaut er zu Boden.

»Und deshalb ist er suspendiert?«, erkundige ich mich.

»Genau. Er darf eine Woche lang nicht in den Unterricht. Dann gibt es eine Anhörung vor dem Disziplinarausschuss. Wollen wir hoffen, dass er nicht von der Schule fliegt.«

Mark setzt sich auf einen Hocker an der Wand und steckt sich die Ohrhörer seines iPod in die Ohren.

»Die werden ihn doch nicht etwa rauswerfen, oder?«, frage ich Cat leise und voller Entsetzen.

»Wer weiß?«, seufzt sie. »Sie könnten es tun. David ist so stinksauer, dass er ihm für den Rest des Jahres Hausarrest aufbrummen will.«

»Was ist denn eigentlich passiert? Wie hat die Prügelei angefangen?«, erkundige ich mich.

»Dahinter sind wir noch nicht gekommen«, erwidert Cat erschöpft. »Der andere beteiligte Junge hat irgendwas Blödes gesagt. Mehr verrät Mark uns nicht. Er rückt nicht damit raus, was los war. Allerdings scheint der Lehrer zu glauben, dass Mark die Schlägerei vom Zaun gebrochen hat.«

»Das passt so gar nicht zu ihm, Cat«, antworte ich und werfe einen raschen Blick auf Mark. Er hält den Kopf noch immer gesenkt und hat die Hände auf dem Schoß verschränkt. Er macht einen traurigen und niedergeschlagenen Eindruck, der mich sehr beunruhigt.

»Ich weiß.« Sie seufzt wieder. »Aber ich erreiche ihn einfach nicht, Coco. Ich bin mit meinem Latein am Ende.«

»Vielleicht kann ich ja helfen«, schlage ich vor, weil in meinem Kopf gerade eine Idee Gestalt annimmt.

»Und wie?« Sie schaut über ihre Schulter, um sich zu vergewissern, dass er nicht lauscht. Doch ich weiß, dass das unmöglich ist, denn sogar dort, wo ich stehe, höre ich die Musik wummern.

»Meinst du, er redet mit mir?«, frage ich.

Cat zuckt die Achseln. »Keine Ahnung – möglicherweise«, erwidert sie zweifelnd.

»Was, wenn er zu einem meiner Restaurierungskurse kommen würde?«, fahre ich fort. »Heute Abend findet ein zusätzliches Treffen statt, als Ersatz für das, das ausgefallen ist, weil ich in London war. Ich könnte versuchen, die Wahrheit aus ihm herauszuholen.«

Das ist mir zwar gerade erst eingefallen, aber die Idee ist nicht schlecht. Auf diese Weise könnte ich Mark allein erwischen und rauskriegen, was ihn bedrückt. Ich möchte Sean O'Malley, den kleinen Mistkerl, Cat gegenüber noch nicht erwähnen. Aber wenigstens unternehme ich so etwas, anstatt mich tatenlos auf meinen Lorbeeren auszuruhen. Und wenn ich etwas Konkretes erfahre, erzähle ich es ihr, und wir können aktiv werden.

Cat blickt nachdenklich zwischen mir und Mark hin und her. »Ja ... Weißt du was? Es könnte klappen.«

»Erst sorge ich dafür, dass er beschäftigt ist, und dann klopfe ich auf den Busch.«

»Vielleicht vertraut er sich dir ja an«, sagt sie hoffnungsvoll.

»Genau!«, antworte ich. »Du wärst überrascht, was die Leute einem alles beichten, wenn sie mit Arbeit abgelenkt sind. Das ist wie beim Friseur: Die Kundschaft spricht über die verschiedensten privaten Dinge. Und wenn ich erst erfahren habe, was er hat, können wir uns eine Strategie überlegen. Es ist einen Versuch wert.«

»Ich bin dir ja so dankbar, Coco. Es wäre einfach toll, wenn du ihm etwas entlocken könntest.« Sie lächelt zwar, doch ich erkenne Angst in ihrem Blick.

»Kein Problem.« Ich zwinkere ihr zu. »So, und wie bringe ich ihm jetzt bei, dass er das neueste Mitglied im exklusivsten Club der Stadt ist?«

»Was, wenn ich ihn zur Strafe hinschicke? Damit er nicht wieder in Schwierigkeiten gerät?«, schlägt Cat vor.

»Aber hallo!« Ich verziehe lachend das Gesicht.

»Sorry, aber es muss glaubhaft klingen, sonst riecht er Lunte.«

»Du hast recht«, stimme ich zu und drehe mich zu Mark um, um ihn zu rufen. Im nächsten Moment jedoch fällt mir noch etwas ein, und ich beuge mich wieder zu Cat hinüber. »Da wäre noch etwas – Ruth und ich treffen uns nachher mit Anna zum Mittagessen im Hotel.«

»Möchtest du, dass ich einen Tisch reserviere?«, fragt sie.

»Nein, das hat Ruth schon erledigt. Es ist nur ... könntest du einen Bogen um uns machen?«

»Klar«, antwortet Cat sofort, verzieht jedoch verdattert das Gesicht. »Darf ich mich nach dem Grund erkundigen?«

»Den erkläre ich dir später. Es hat etwas mit einer Sache zu tun, die in London passiert ist. Uns steht ein ... unangenehmes Gespräch bevor, und es wäre einfacher, wenn uns niemand dabei unterbricht.«

»Ich lasse euch in Ruhe. Aber nur, wenn du mich so bald wie möglich von meinen Leiden erlöst und mir alles erzählst, versprochen?«

»Ehrenwort. Und jetzt zu deinem Sohnemann ...« Ich drehe mich zu ihm um und erhebe die Stimme. »Hey, Mark?«

Er entfernt die Ohrstöpsel. »Ja?«

»Du kommst heute Abend zu meinem Restaurierungskurs. Ist das nicht spitze?«

Entsetzen malt sich auf seinem Gesicht. »Machst du Witze?«

Cat stemmt die Hände in die Hüften. »Nein, wir machen keine Witze«, entgegnet sie streng. »Und bedank dich bei Coco, weil sie dir dabei hilft, nicht noch mehr Ärger zu kriegen.«

Ich setze ein starres Lächeln auf, während er, noch immer sprachlos, zwischen uns beiden hin und her schaut. »Aber ich will nicht«, protestiert er.

»Warum nicht?«, fragt Cat mit einem gefährlichen Glitzern in den Augen.

»Weil ich keinen Bock habe, mit einem Haufen Omas und Opas abzuhängen.« Er sieht mich an. »Nimm's nicht persönlich, Coco.«

»Schon gut«, erwidere ich. »Warum probierst du es nicht einfach aus, Mark? Es macht Spaß, ich schwöre.« Ich möchte wirklich mit ihm reden, ohne dass Cat dabei ist, und das ist meine einzige Chance. Doch er schüttelt nur starrsinnig den Kopf und scheint nicht bereit, sich auch nur einen Millimeter zu bewegen.

Allerdings lässt Cat sich mit einem Nein nicht abspeisen. »Du gehst zu Cocos Kurs, junger Mann, und damit basta. Ende der Diskussion. Und jetzt, ab nach Hause. Ich komme deinetwegen sowieso schon zu spät zu einer Besprechung.«

»Aber Mum ...«

»Kein Aber. Los, wir gehen.«

Langsam erhebt sich Mark von seinem Hocker. Seine Lippen sind fest zusammengepresst. Er ist stinksauer, weil er zu meinem Kurs kommen muss. Ich kann nur hoffen, dass er doch noch Spaß daran hat und sich ein wenig öffnet.

»Mark, ich habe einen alten Couchtisch, mit dem du anfangen kannst«, verkünde ich, fest entschlossen, ein wenig Begeisterung für den heutigen Abend in ihm zu wecken. »Hast du schon eine Idee, was du damit machen möchtest?«

»Keinen Schimmer«, antwortet er. »Vielleicht sollte ich mich selber dran kreuzigen.«

»Mecker nicht rum, es hat dich ja niemand gezwungen, dich vom Unterricht ausschließen zu lassen«, entgegnet Cat und zwinkert mir hinter seinem Rücken zu.

»Ich bringe ihn anschließend nach Hause«, sage ich, als sie gehen.

Sie lächelt mir zu. »Du bist ein Engel. Ich sterbe schon vor Neugier und will alle Einzelheiten aus London hören.«

»Ich kann es kaum erwarten, sie dir zu erzählen«, antworte ich. Ich freue mich schon darauf, Cats Meinung zu den jüngsten Entwicklungen zu hören – sie ist sehr lebensklug und wird mir einen guten Rat geben, was ich als Nächstes tun soll.

»Hört sich an, als hättest du eine Menge auf dem Herzen.« Sie neigt den Kopf zur Seite.

»So kann man es auch ausdrücken!«

»Ich setze den Teekessel auf«, meint sie.

»Nein, mach eine Flasche Wein auf«, antworte ich. »Ich habe so ein Gefühl, dass ich einen Schluck brauchen werde, bevor dieser Tag vorüber ist.«

»Da sind wir schon zu zweit!«, ruft sie und grinst mir verschwörerisch zu, bevor die Ladentür hinter den beiden ins Schloss fällt.

Ruth und ich sitzen bereits an einem Tisch in der Bar des Central Hotel, als Anna hereingerauscht kommt. Wie immer trägt sie Schwarz, und als sie näher kommt, muss ich daran denken, wie verlogen diese Kostümierung ist. Seit Jahren läuft sie in Trauerkleidung herum, obwohl sie gar keine Witwe ist. Es ist einfach nur bizarr. Ihr ganzes Leben und ihre gesellschaftliche Stellung in dieser Stadt begründen sich auf eine erfundene Geschichte. Wie hat sie es nur geschafft, das so lange durchzuhalten?

Ich spüre die Nervosität, die von Ruth ausgeht, und drücke ihre Hand, um uns beiden ein wenig Mut zu machen.

»Ich kann nicht lange bleiben«, verkündet Anna atemlos, während sie sich uns gegenüber niederlässt und dabei ihren Mantel ordentlich unter sich ausbreitet. »Ich muss mit Vater Pat über Lichtmess reden. Es gibt so viel zu tun – der Tag hat zu wenige Stunden.«

Ich werfe Ruth einen Blick zu. Sie wollte, dass wir uns an einem neutralen Ort treffen, damit sie Anna von Colin erzählen kann. Das Hotel schien eine gute Lösung zu sein, doch nun, da wir hier sitzen, bin ich nicht mehr so sicher. Dass uns jemand belauscht, ist unmöglich, da wir in einer abgelegenen Ecke sitzen. Aber was, wenn Anna durchdreht? Was, wenn sie einen Nervenzusammenbruch kriegt?

»Willst du was trinken, Anna?«, frage ich, wohl wissend, dass sie Alkohol ablehnen wird. Aber ich lasse es trotzdem drauf ankommen.

»Nur ein Tonic Water, danke, Coco«, erwidert sie.

»Nichts stärkeres?«, hake ich voller Hoffnung nach.

»Am helllichten Tag? Natürlich nicht.« Es schockiert sie, wie ich so etwas auch nur fragen konnte.

Gehorsam hole ich ihr ein Tonic Water und setze mich ihr wieder gegenüber.

»Und was soll diese Geheimnistuerei?«, fragt sie mit einem Blick auf ihre Armbanduhr. »Kann es nicht warten, wenn ihr mir von eurem Londonausflug erzählen wollt? Ich habe wirklich keine Zeit für ein Mittagessen. Ich möchte Vater Pat nicht vertrösten.«

Ruth und ich wechseln einen Blick. Ich erkenne an ihrem entschlossenen Augenausdruck, dass sie sofort auf den Punkt kommen wird. Mein Magen macht einen gewaltigen Satz.

»Anna«, beginnt Ruth. »Ich muss dir etwas sagen, und es fällt mir nicht leicht.«

»Aha, ich weiß schon, worauf du hinauswillst«, unterbricht sie die sorgfältig zurechtgelegte Ansprache ihrer Schwester.

»Du weißt es?«, wiederholt Ruth verdattert.

»Ja, und mal ganz ehrlich, Ruth,« – sie verdreht die Augen – »findest du nicht, dass du überreagierst?«

Ruth sieht genauso erschrocken aus, wie ich mich fühle. Weiß Anna bereits Bescheid. Wie kann das möglich sein? »Weißt du es?«, fragt sie und sieht mich aus weiten Augen an. Hat Colin sich womöglich mit ihr in Verbindung gesetzt?

»Natürlich«, entgegnet sie spitz. »Du ärgerst dich, weil ich ein paar Sachen im Laden umgeräumt habe. Aber, glaube mir, du wirst mir dafür dankbar sein. Ich habe ein viel besseres Ordnungssystem angelegt. Du musst dich nur daran gewöhnen. Alles hat seinen Platz und steht auch dort. Ich kann es dir erklären.«

Oh, Gott, sie glaubt, wir reden über ihre Putzorgie.

»Anna.« Ruths Stimme klingt erstickt. »Eigentlich wollte ich mit dir über etwas anderes sprechen.«

»Ja?« Anna zieht fragend die Augenbraue hoch.

»Ja«, erwidert Ruth.

»Soll das heißen, dass du mit dem Umräumen einverstanden bist?«, fragt sie triumphierend. »Ich hab's doch gewusst. Wie ich dir gesagt habe …«

»Anna«, zischt Ruth. »Bitte hör mir zu. Es geht um Colin.«

Anna erbleicht, als sie seinen Namen hört. Ihre Wangen unter dem austernfarbenen Puder werden schlagartig aschfahl. Offenbar bleibt ihr die Luft weg, und mir bricht es das Herz, als ich sehe, wie sich Entsetzen auf ihrem Gesicht malt. Ruth redet weiter, weil sie es unbedingt so schnell wie möglich loswerden muss, bevor sie der Mut verlässt.

»Er hat mir vor einer Weile geschrieben. Deshalb habe ich ihn besucht, als ich in London war. Er ist sehr krank, Anna. Genau genommen liegt er im Sterben.«

»Er ist tot, schon vergessen?«, erwidert sie monoton wie ein Roboter und in eiskaltem Ton.

»Anna, bitte, hör mich an«, fleht Ruth. »Er wollte, dass ich dir etwas übergebe. Eine Botschaft.«

Ruth nimmt Colins Uhr aus ihrer Handtasche und legt sie zwischen uns auf den Tisch. Einen Sekundenbruchteil wird Annas Miene weicher, bevor sie sich wieder verhärtet, und zwar noch schlimmer als zuvor. »Ist das ein Scherz?«, fragt sie mit zusammengebissenen Zähnen.

»Nein«, erwidert Ruth hilflos. »Entschuldige, aber ich wusste nicht, was ich tun sollte.«

»Und deshalb hast du das hier getan?«

»Sie wollte doch nur helfen, Anna. Bitte richte nicht die Überbringerin der Botschaft hin«, schalte ich mich ein, um für Ruth in die Bresche zu springen. Sie wirft mir einen dankbaren Blick zu.

Anna sieht mich drohend an. »Halt dich da raus, Coco«, zischt sie. »Du solltest das gar nicht wissen.«

»Jetzt hör mir doch mal zu, Anna«, bittet Ruth. »Ich fand, dass du davon erfahren solltest. Er will, dass du ihm verzeihst – es ist sein letzter Wunsch, bevor er stirbt.«

Annas Antwort lässt mich erschaudern bis ins Mark. »Was mich betrifft, kann er nicht früh genug sterben«, meint sie gedehnt. »Und wenn es so weit ist, hoffe ich, dass er in der Hölle schmort. Ab jetzt reden wir nie wieder darüber. Habt ihr beide das verstanden?«

Ruth und ich nicken benommen.

»Behaltet das Ding, oder schickt es ihm zurück«, fährt sie fort und deutet auf die Uhr. »Mir bedeutet es nichts.«

»Aber Anna«, setzt Ruth an.

»Ich finde, ihr habt genug angerichtet, oder?«, entgegnet sie und unterbricht Ruth mit einer Handbewegung. »Und jetzt habe ich einen Termin mit Vater Pat.« Sie nimmt ihre Tasche und marschiert davon, bevor wir noch einen Ton herausbringen.

»Oh, Gott, was für eine Katastrophe«, meint Ruth mit einem tiefen Seufzer, während wir ihr nachblicken, als sie – hoch erhobenen Hauptes und die Schultern gestrafft – davonschreitet. Niemand würde vermuten, dass wir gerade erzählt haben, der seit Jahren für tot ausgegebene Ehemann sei noch am Leben und wünsche sich ihre Vergebung, bevor er vor seinen Schöpfer tritt. Das würde kein Mensch glauben.

»Du hast dein Möglichstes getan, Ruth«, sage ich. »Das war sehr mutig von dir.«

»Aber hast du ihr Gesicht gesehen? Sie wird mir nie verzeihen, dass ich mich eingemischt habe.«

»Du hast dich nicht eingemischt«, antworte ich. »Du wolltest helfen.«

»Aber sie sieht das nicht so«, erwidert sie bedrückt. »Sie empfindet es als Verrat, dass ich ihn besucht habe.«

»Du hast dich bemüht, das Richtige zu tun. Wenn sie den Schock erst mal verkraftet hat, wird sie das auch verstehen.« Ich bin nicht sicher, ob das stimmt, insbesondere angesichts ihrer Reaktion auf die Neuigkeiten. Aber ich muss Ruth eine Art Rettungsseil zuwerfen. Ich kann nur hoffen, Anna begreift irgendwann, dass ihre Schwester ihr wirklich nichts Böses wollte.

Ruth nimmt die Uhr und steckt sie wieder ein. »Hoffentlich«, sagt sie mit einem traurigen Kopfschütteln. »Hoffentlich. Aber ich habe das schreckliche Gefühl, dass ich eine Büchse der Pandora geöffnet habe.«

15

»Nett, dich kennenzulernen, Mark. Schön, mal junges Blut in unserem Seniorenclub zu haben«, sagt Harry Smith und schüttelt Mark begeistert die Hand.

»Melde dich, wenn du etwas brauchst, junger Mann, sei nicht schüchtern. Und kümmere dich nicht um Harry, den alten Blödmann.« Lucinda Dee umarmt ihn herzlich.

»Danke«, antwortet Mark und lächelt die Kursteilnehmer scheu an, als sie ihn, einer nach dem anderen, im Kurs willkommen heißen. Ich habe zwar nicht ausdrücklich erklärt, warum Mark plötzlich hier ist, doch sie scheinen seine Nervosität instinktiv zu spüren und heißen ihn deshalb freundlich willkommen. Ich könnte sie alle umarmen, weil sie so nett zu ihm sind.

»Achte nicht auf diese Bande, Mark«, witzle ich. »Wenn sie dich nerven, kriegen sie es mit mir zu tun.«

»Ihn nerven?«, empört sich Harry. »Was bringt dich denn auf die Idee?«

»Weil sie weiß, was dir alles zuzutrauen ist, du alter Mistkerl«, entgegnet Lucinda, worauf die ganze Gruppe zu lachen anfängt.

»Also benimm dich«, warne ich und drohe ihm mit dem Finger.

»Du bist eine alte Glucke«, meint Lucinda liebevoll und lächelt mich an.

»Ich?« Ich bin überrascht, denn ich hätte bei mir nie auch nur die Spur eines Mutterinstinkts vermutet. Allerdings habe ich das Bedürfnis, Mark zu beschützen und ihm zu helfen – und zwar unbedingt.

»Oh, ja, das bist du.« Sie schnalzt vielsagend mit der Zunge. »Manchmal erinnerst du mich sehr an deine Mum. Sie ist ihr sehr ähnlich, findest du nicht, Harry?«

»Wie aus dem Gesicht geschnitten.« Ausnahmsweise ist Harry mit ihr einer Ansicht. »Ihr Ebenbild.«

Dass sie finden, ich sei meiner Mutter ähnlich, ist wirklich reizend. Vielleicht habe ich ja doch etwas von ihr geerbt. Zumindest denke ich sehr viel an sie, seit ich Tattys Tasche gefunden habe. Allerdings fällt es mir seit dem Mittagessen schwer, an etwas anderes als an Ruth und Anna zu denken. Ruth war den ganzen Nachmittag ziemlich niedergeschlagen und hat sich die meiste Zeit oben in der Wohnung ausgeruht, was so gar nicht zu ihr passt. Das Erlebnis hat sie schwer erschüttert und auch auf mich einen schwarzen Schatten geworfen. Es macht mir zu schaffen, dass Anna sich so aufgeregt hat. Und Ruth offenbar auch. Vielleicht hätten wir Colins Botschaft nicht überbringen sollen.

Ich versuche, diese Gedanken beiseitezuschieben und mich auf Mark zu konzentrieren. Jetzt muss ich mich um ihn kümmern, denn ich will ihm und Cat unbedingt helfen.

»Komm mit«, sage ich zu Mark und begleite ihn zu seinem Arbeitsplatz. Der alte Couchtisch wartet schon, und ich hoffe, dass er sich etwas Kreatives dafür einfallen lässt.

»Was soll ich denn damit anfangen?«, fragt er zweifelnd, als wir den Tisch gemeinsam unter die Lupe nehmen.

»Das ist deine Entscheidung«, erwidere ich. »Aber zuerst musst du ihn abschleifen und den alten Lack entfernen, damit du einen sauberen Untergrund hast.«

»Hört sich nach viel Arbeit an«, meint er.

»Für einen kräftigen jungen Mann wie dich? Keine Chance. Zuerst schmirgelst du ihn ab. Du weißt, wie das geht?«

»Schon«, murmelt er ausweichend.

»Also, worauf wartest du? Los, ans Werk. Hier ist alles, was du brauchst. Wenn du Fragen hast, dann frag. Okay?«

Grinsend überlasse ich ihn seinem Schicksal und drücke beim Davongehen die Daumen. Dieser Kurs könnte die optimale Methode für uns beide sein, uns wieder näherzukommen und an unser Verhältnis von früher anzuknüpfen.

Die nächste Stunde verbringe ich damit, die Gruppe zu beraten, aufzumuntern und die Schiedsrichterin zu spielen, während die Kursteilnehmer an ihren verschiedenen Projekten arbeiten. Ich halte Abstand zu Mark, um ihm Raum zu geben. Schließlich möchte ich nicht, dass er sich bedrängt fühlt, insbesondere nicht in der ersten Stunde. Obwohl er mich nicht um Hilfe bittet, behalte ich ihn gut ihm Auge, als er an seinem Tisch schmirgelt. Es ist eine freudige Überraschung, dass er völlig in sein Werk vertieft ist. Nachdem sich die letzten Kursteilnehmer verabschiedet haben, gehe ich zu ihm. Er kauert auf den Fersen, hat die Ärmel seines Sweatshirts hochgekrempelt und schmirgelt immer noch das Holz ab. Er hat sehr gute Fortschritte gemacht, der alte Couchtisch sieht schon viel besser aus als am Anfang.

»Und hast du eine Idee, was du damit machen willst?«

»Schon, aber das ist wahrscheinlich Schwachsinn«, antwortet er, steht auf und streckt seinen Rücken.

»Schieß los.«

»Was, wenn ich aus dem Tisch eine Art Spieltisch für die Zwillinge bastle? Die Höhe ist optimal für sie. Ich könnte Straßen draufmalen, auf denen sie mit ihren Spielzeugautos rumfahren können. Ich könnte sogar eine kleine Garage drauf bauen.« Verlegen sieht er mich an, als sei ihm sein Einfall peinlich. Ich muss mich überwinden, um ihm nicht um den Hals zu fallen und ihn noch mehr in Verlegenheit zu bringen. Das ist der Mark, den ich kenne und liebe, nachdenklich und liebenswert und voller Fürsorglichkeit für seine kleinen Brüder.

»Das ist eine phantastische Idee«, sage ich.

»Echt?« Seine Augen leuchten auf. »Ich könnte ihnen den Tisch zu Weihnachten schenken.«

»Toll. Ich habe die Acrylfarben, die du brauchst. Das wird sicher große klasse. Die Jungs werden begeistert sein.«

»Danke, Coco.« Er lächelt mich schüchtern an. »Der Kurs ist voll gut. Ich habe nicht erwartet, dass er …«

»Dir gefällt?«, beende ich den Satz für ihn. »Na, das freut mich aber, dass ich dich noch überraschen kann.«

»Ich wusste gar nichts von dem Kurs. Wie machst du denn Werbung dafür? Auf Twitter?«

»Äh, nein, du weißt doch, dass ich eine Technikniete bin.«

»Ach, komm schon Coco, *alle* sind auf Twitter.«

»Wirklich? Ist es gut?«, frage ich.

»Früher war es mal cool – inzwischen ist es nur noch ein Netzwerk für Leute, die einem was verkaufen wollen, was echt öde ist. Aber wahrscheinlich solltest du es gerade deshalb benutzen.«

Ich habe keine Ahnung von Twitter oder davon, wie man es nutzt, beschließe aber, dieses Detail für mich zu behalten.

»Ich verstehe. Du verbringst viel Zeit online, richtig?«

Cat hat mir schon oft erzählt, dass es zu schweren Auseinandersetzungen führen kann, wenn man ihn von seinem Computer wegholt. Ihr ist das Internet nicht geheuer, und sie befürchtet alle möglichen Gefahren, obwohl sie und David Sicherheitssperren installiert haben, damit die Jungen nicht zufällig etwas zu sehen kriegen, das nicht gut für sie ist. Dennoch weiß ich, dass man nie vorsichtig genug sein kann – Computer können sich alle möglichen Viren einfangen, und wenn ein Jugendlicher etwas online sucht, findet er es wahrscheinlich auch, Sicherheitssperren hin oder her.

»Ja, schon, Pornos können ganz schön süchtig machen«, höhnt er. »Da merkt man gar nicht, wie die Stunden vergehen.«

»Hoppla! Du bist noch nicht zu groß für eine Ohrfeige, junger Mann!«, lache ich. Offenbar hat er mich durchschaut.

»Das denkt ihr Erwachsenen doch alle, oder? Dass wir unser Leben damit verbringen, im Internet Pornos zu glotzen?«, fragt er mit Unschuldsmiene.

»Nein«, erwidere ich und spüre, wie ich erröte. »Was bringt dich denn auf die Idee?«

»Ha, ha, ha!«, lacht er.

»Hör auf, mich zu veräppeln!«, schimpfe ich. »Das ist unfair. Dafür bin ich inzwischen zu alt.«

»Sorry, ich vergesse immer wieder, dass du eine Oma bist«, antwortet er und krümmt sich wieder vor Lachen.

»Sei nicht so frech. Eigentlich hatte ich daran gedacht, die Webseite des Ladens zu überarbeiten«, spreche ich einen Spontaneinfall aus. »Hättest du Interesse daran, mir dabei zu helfen? Natürlich gibt es Honorar.«

Als sich seine Miene erhellt, klopfe ich mir im Geiste auf die Schulter. Der Weg zum Herzen eines Jungen führt über die Technik.

»Echt?«, fragt er. Seine Augen unter den langen Ponyfransen leuchten.

»Absolut. Sie muss total neu gemacht werden. Hier, ich zeig es dir.«

Ich gehe mit ihm zu meinem Uralt-Computer und rufe die sehr spartanisch gehaltene Webseite von Swan's Antiques auf.

»Okay, also unterhältst du mehr oder weniger nur die Domain«, stellt er fest und betrachtet konzentriert die Seite auf dem Bildschirm.

»Was bedeutet das?«, frage ich.

»Dass es da nichts zu sehen gibt als die Adresse und die Telefonnummer des Ladens. Wie viele Besucher hattest du im letzten Monat?«

»Keine Ahnung«, gebe ich zu. »Woher soll ich denn das wissen?«

»Du zählst deine Besucher nicht?«, erkundigt er sich eindeutig entsetzt.

»Äh, nein.«

»Was ist mit deiner Facebook-Seite? Wie viele Besucher hast du da?«

»Wir ... äh ... haben keine Facebook-Seite«, erwidere ich. Ich muss zugeben, dass mir das ein wenig peinlich ist. Anders als Cat, die über Facebook Kontakt mit allen hält, habe ich mir die Plattform noch nicht einmal angeschaut.

»Soll das ein Scherz sein!« Er ist eindeutig schockiert.

»Ist das sehr schlimm?« Offenbar ja, denn das Grauen steht ihm ins Gesicht geschrieben.

»Alle haben eine Facebook-Seite, Coco – das gehört einfach dazu. Sogar Mum hat eine.«

Bei ihm klingt es, als sei sie ein der Moderne mühsam hinterherhinkender Dinosaurier, keine erfolgreiche Geschäftsfrau.

»Ja, ich weiß. Sie folgt damit den Lebensläufen der Penner, mit denen wir in der Schule waren«, sage ich, ohne nachzudenken.

»Ihr wart mit Pennern in der Schule?«, hakt er nach, und seine Augenbrauen wandern nach oben.

»Nun, natürlich waren nicht alle Penner, nur manche. Und ich war damals auch nicht unbedingt der Star«, füge ich hinzu.

»Warum?«

»Ich war größer als die anderen. Ein bisschen Außenseiterin. Also bin ich gehänselt worden.«

»Mum ist winzig – haben die sie auch gehänselt?«

»Deine Mum war immer viel beliebter als ich. Alle hatten sie gern.«

»Warum?«

»Es war eben so – sie war cool, so wie du.«

»Willst du dich bei mir einschleimen?«, fragt er und neigt mit einem spitzbübischen Grinsen den Kopf zur Seite. Er erinnert mich an Cat als Teenager.

Ich lache auf. »Vielleicht ein bisschen«, gebe ich zu. »Schließlich sollst du an meiner Webseite arbeiten.«

»Bevor ich da dran gehe, brauchst du erstmal eine Facebook-Seite. Das dauert nur eine Sekunde. Du willst doch keine totale Pennerin sein«, erwidert er lachend.

Ein paar Mausklicks später hat Swan's eine neue Facebook-Seite, komplett mit Logo. Bei Mark sieht das so einfach aus, dass es mir fast peinlich ist.

»Vielen Dank, das ist total geil«, meine ich.

Mark verdreht die Augen. »Oh, Gott, Coco, solche Wörter darfst du nicht benutzen – du bist viel zu alt! Und jetzt musst du die Seite immer updaten, damit Bewegung reinkommt, okay? Du brauchst viele ›gefällt mir‹-Klicks.«

»Ach, herrje«, stöhne ich. »Das ist ja, als würde man ständig bewertet. Irgendwie gruselig.«

»Nun, ein bisschen stimmt es«, antwortet er. »So funktioniert die Sache. Aber das ist easy. Du musst nur jeden Tag etwas posten, damit deine Kunden wissen, was los ist – zum Beispiel Fotos von neuer Ware und so. Das geht ziemlich schnell. Du könntest auch ein paar Gratisaktionen machen, um dein Profil aufzuwerten – das machen alle.«

»Ich muss dir etwas beichten, Mark«, stammle ich verlegen. »Ich weiß nicht, wie man ein Foto online postet.«

»Oh, Gott, Coco, das gibt's doch nicht!« Wieder krümmt er sich vor Lachen. »Du tust ja, als wärst du aus den Siebzigern übrig geblieben.«

»Wahrscheinlich habe ich in Sachen Computer einfach den Kopf in den Sand gesteckt«, erwidere ich. »Ruth kennt sich vermutlich besser aus als ich.«

»Was nicht weiter schwer ist.«

»Autsch, volle Breitseite!« Ich zucke zusammen.

»Sorry. Schau, ich zeige dir, wie man Fotos postet, keine Angst, das ist total easy. Ich habe auch schon ein paar tolle Ideen für deine Webseite. Facebook ist okay, um auf eine Marke aufmerksam zu machen, aber die Leute brauchen eine Möglichkeit, deine Sachen auch online zu kaufen.«

»Das wollte ich schon seit einer Ewigkeit in Angriff nehmen.« Das ist auch eines der Dinge, die ich ständig vertage und auf morgen verschiebe.

»Das ist die einzige Methode und wird dein Geschäft beleben«, sagt er. Dabei sieht er wieder genauso aus wie seine Mutter und klingt auch so. Cat hat auch dieses Feuer, diese Einstellung, dass alles möglich ist. Mark ist in dieser Hinsicht nur etwas gelassener.

»Du bist ja echt ein Computer-Crack, Mark«, meine ich bewundernd. »Du beschämst mich.«

Er lächelt mir schüchtern zu. Ich erinnere mich noch, als er im Alter der Zwillinge war und ich ihn gebabysittet habe. Und jetzt führt er mich wie ein Profi durchs Internet. So viel zum Thema vertauschte Rollen.

»Ja, nun, ich muss älteren Menschen behilflich sein. Das ist meine staatsbürgerliche Pflicht.« Er kichert hämisch, und dann fangen wir beide wieder zu lachen an.

Mark und ich amüsieren uns prächtig, und ich fühle mich ihm so nah wie schon seit Monaten nicht mehr. Dieses Herumgealbere müssen wir uns öfter gönnen. Ich habe ein schlechtes Gewissen, weil ich ihn während meiner Zeit mit Tom vernachlässigt habe. Es ist, als sei er über Nacht vom Kleinkind zum Erwachsenen geworden, und ich habe offenbar den Großteil davon verpasst. Ab heute ist Schluss damit. Von nun an werden mein Patensohn und ich jede Woche Zeit miteinander verbringen.

»Ich verlinke deine Seite mit meiner, damit Swan's ein paar ›gefällt mir‹ kriegt«, verkündet er. Er klickt seine eigene Facebook-Seite an, und im nächsten Moment verändert sich schlagartig sein Gesichtsausdruck.

»Was ist?«, frage ich und beuge mich vor, um festzustellen, warum er plötzlich so blass geworden ist.

»Nichts«, zischt er und schließt rasch die Seite.

»Ist da etwas gepostet worden, das dir nicht gefällt?«

»Nein.« Er schüttelt den Kopf. »Alles in Ordnung.«

»Mark, was ist da los?«, hake ich nach. »Du kannst mir alles erzählen.« So, jetzt habe ich es gesagt.

Sofort wird seine Miene noch argwöhnischer. »Wovon redest du?«

»Tja du …« Ich suche nach den richtigen Worten. »Du bist in letzter Zeit so anders als sonst.«

»Coco, du hältst mir doch jetzt nicht etwa einen Vortrag, oder? Denn von denen kriege ich zu Hause genug.«

»Nein, Ehrenwort. Aber ich weiß, dass du momentan irgendwie unter Druck stehst, und vielleicht weiß ich auch, warum.«

Er betrachtet mich durch seine langen Wimpern. »Red weiter.«

»Ich habe gesehen, dass du am Tag der Geburtstagsfeier der Zwillige mit Sean O'Malley gesprochen hast.«

»Du hast mir nachspioniert?« Seine Augen weiten sich vor Entsetzen.

»Nein, natürlich nicht. Ich habe draußen telefoniert und euch dabei zufällig bemerkt. Mit so einem Typen solltest du nicht rumhängen. Der macht nichts als Ärger.«

»Coco, nimm's nicht persönlich, aber ich finde, es geht dich nichts an, mit wem ich spreche«, sagt er inzwischen verärgert.

»Richtig, ganz deiner Ansicht. Du sollst nur wissen, dass ich für dich da bin, wenn du reden willst, okay?«, erwidere ich vorsichtig. Ich will ihn nicht verschrecken, aber vielleicht, ja, nur vielleicht möchte er sich mir ja anvertrauen.

»Über was zum Beispiel?« Inzwischen ist er noch argwöhnischer.

»Nun, wenn etwas in der Schule passiert ist …«

»Wer hat dir das erzählt?« Er weicht ruckartig zurück.

»Niemand. Aber immerhin bist du vom Unterricht ausgeschlossen worden, und das passt so gar nicht zu dir.«

»Darüber will ich nicht sprechen, okay?« Seine Körpersprache hat sich total verändert: Er zieht die Augenbrauen zusammen und die Mundwinkel nach unten und verschränkt die Arme vor der Brust.

»Okay, einverstanden«, antworte ich und rudere sofort zurück, weil ich das zarte Band zwischen uns nicht durchtrennen möchte. Eine beklommene Pause entsteht, während ich überlege, was ich sagen soll, um ihn nicht noch mehr in die Defensive zu drängen. Ich habe offenbar einen Nerv getroffen. Doch er wird nichts preisgeben. Zumindest noch nicht.

»Kannst du mich jetzt nach Hause bringen? Du musst mich ja bewachen, richtig?«, fragt er sarkastisch.

»Es ist keine Bewachung«, erwidere ich. »Ich habe es deiner Mum nur angeboten. Ich möchte sie sowieso noch besuchen.« Das klingt selbst in meinen Ohren wie eine lahme Ausrede.

»Wie du meinst«, entgegnet er und geht los. Ich könnte mich ohrfeigen. Der Konktakt ist eindeutig gestört, und nur ich allein bin schuld daran.

Zwanzig Minuten später trotte ich hinter Mark den Weg zu Cats und Davids Haus entlang und frage mich, wie es nur so katastrophal hat enden können. Er schließt auf, stürmt sofort nach oben und brummt »Tschüss«, ohne sich umzudrehen. Bedrückt gehe ich in die Küche, wo Cat am Tisch sitzt und über Papieren brütet, die nach Hotel-Buchführung aussehen. Sie hat die Haare auf dem Kopf zusammengedreht und einen Bleistift hineingesteckt. Ihre Miene ist sehr konzentriert.

»Wie ist es gelaufen?«, fragt sie aufgeregt und springt bei meinem Anblik auf.

»Dir auch hallo«, erwidere ich.

»Sorry, hallo. Wie ist es gelaufen?«

»Gut, ich glaube, es hat ihm Spaß gemacht. Er hatte ein paar tolle Ideen – wirklich kreativ.« Das ist nicht gelogen: Er hatte wirklich Spaß, bis ich mit meiner Beharrlichkeit alles vermasselt habe.

»Super. Hat er was gesagt?«, fragt sie voller Hoffnung.

»Nicht wirklich«, räume ich ein. »Wir haben uns prima verstanden. Doch als ich versucht habe, etwas in Erfahrung zu bringen, ratterte der Rollladen runter.«

»Mist«, seufzt sie und greift nach der Weinflasche, die sie auf meinen Wunsch bereitgestellt hat. Sie schraubt den Verschluss ab und schenkt uns beiden ein Glas ein.

»Ich glaube, er will reden, schafft es aber nicht.«

»Ich fasse es immer noch nicht, dass er nicht mehr mit mir spricht. Er hat mir früher alles erzählt«, erwidert sie.

»Und das wird er auch wieder«, antworte ich tröstend. »Wir finden schon eine Lösung, keine Sorge. Ich gebe nicht auf.«

»Du solltest dich reden hören. Auf deine alten Tage wirst du noch richtig hartnäckig.«

»Vielleicht stimmt das.« Ich grinse sie an. »Wahrscheinlich werde ich endlich meinem Namen gerecht.«

»Bald läufst du im kleinen Schwarzen rum und trägst zusammenpassende Unterwäsche.«

»Nun, da bin ich mir nicht so sicher«, erwidere ich und streife meine altgedienten braunen Stiefel ab, worauf löchrige, abgewetzte Socken in Sicht kommen. »Aber ich könnte ein bisschen mutiger geworden sein.«

»Wie der Löwe in *Der Zauberer von Oz*?«, fragt sie lachend.

»Ja, genau.« Ich kichere. »Und jetzt lassen wir die Sache Mark erst mal auf sich beruhen, okay? Ich muss dir eine Menge über London erzählen und brauche deinen weisen Rat.«

»Oh, Gott, verrate mir alles bis ins letzte schmutzige Detail«, sagt sie neugierig. »Ich kann ein bisschen Aufmunterung gebrauchen.«

»Gut«, antworte ich. »Aber ich muss dich warnen. Dir stehen einige Schocks bevor!«

16

»Was für ein elendes Wetter«, seufzt Ruth und schaut aus dem Fenster. Draußen prasseln dicke graue Tropfen vom Himmel, so heftig, dass man Karls Laden auf der anderen Straßenseite kaum sehen kann.

»Ein Tag, um im Bett zu bleiben«, meine ich und würde mich wirklich am liebsten wieder im Bett verkriechen. Die Vorstellung, sich unter die Decke zu kuscheln, hat etwas für sich.

»Bei diesem Wolkenbruch geht niemand vor die Tür«, stellt Ruth fest. »Heute Vormittag haben wir sicher nicht viel zu tun.«

Gerade hat sie den Satz ausgesprochen, als die Tür auffliegt, und zwar so heftig, dass sie im tosenden Wind beinahe aus den Angeln kippt. Eine Gestalt kommt herein, den Schirm tief übers Gesicht gesenkt.

»Anna!«, rufe ich aus, als sie über die Schwelle tritt. »Du bist ja klatschnass.«

Der Schirm scheint nicht viel genützt zu haben, um sie vor den Elementen zu schützen, denn sie trieft von Kopf bis Fuß.

»Mir geht es bestens«, entgegnet sie, während sich zu ihrem Füßen eine Pfütze auf dem Boden bildet.

Ruth hastet wie der Blitz um die Theke herum und schält ihre Schwester aus dem durchweichten Mantel. »Bist du wahnsinnig?«, ruft sie. »Bei diesem Wetter holst du dir noch den Tod! Vater Pat ist es nicht wert, dass du dir eine Grippe einfängst, Anna.«

»Eigentlich bin ich nicht seinetwegen unterwegs«, erwidert sie und gestattet Ruth, ihr den Mantel abzunehmen. »Ich wollte euch beide sprechen.«

Ruth und ich wechseln Blicke, während Anna aus den nassen Schuhen schlüpft und die Strickjacke annimmt, die Ruth auszieht und ihr gibt.

»Wirklich?«, fragt Ruth mit angespannter Miene.

»Ja.« Sie holt tief und zitternd Luft. »Ich habe nachgedacht und weiß, dass ich mich bei euch beiden entschuldigen sollte. Es tut mir leid.«

Erschrockenes Schweigen entsteht, während Ruth und ich diese Worte aus Annas Mund auf uns wirken lassen.

»Nein, das brauchst du nicht.« Ruth findet als Erste die Sprache wieder, doch Anna unterbricht sie mit einer Handbewegung.

»Lass mich ausreden, Ruth«, sagt sie. »Du wolltest nur helfen, das ist mir inzwischen klar. Es war nur ein Schock, es ohne Vorwarnung zu hören. Deswegen habe ich so reagiert.«

»Das verstehen wir absolut«, erwidere ich, gehe durchs Zimmer und fasse sie an der Hand. Auch wenn Anna so tut, als sei sie so zäh wie ein Paar alte Stiefel, ist sie eigentlich zart besaitet.

Sie lächelt mich an. »Für dich war es sicher auch ein Schock, Coco. Schließlich hast du ihn für tot gehalten.«

»Nun, ja«, gebe ich zu. »Es war ein wenig seltsam. Ich hatte nicht damit gerechnet.«

»Jetzt denkst du sicher, dass ich eine dumme alte Frau bin«, seufzt sie. »Insbesondere nach meinen Gardinenpredigten zum Thema Tom …«

»Nein, überhaupt nicht«, antworte ich beschwichtigend. »Ich weiß, dass du dir nur Sorgen um mich gemacht hast. Und was Colin angeht, hast du damals das getan, was du richtig fandest. Mehr kann man von niemandem erwarten.«

»Mir kam es eben einfacher vor, allen zu erzählen, er sei umgekommen«, meint sie. »Es war eine plausible Erklärung, und es hat geklappt – niemand hat je Fragen gestellt. Und genau das wollte ich erreichen: keine Fragen. Es war mir so entsetzlich peinlich.« Ihre Augen füllen sich mit Tränen, die sie wegzublinzeln versucht.

Noch nie habe ich Anna so erlebt: so verletzlich und ... menschlich.

Ruth schweigt und verzieht das Gesicht, während sie nach den richtigen Worten sucht. Anna dreht sich zu ihr um. »Du warst all die Jahre der Ansicht, dass ich einen Fehler mache«, sagt sie bedrückt.

»Ich fand, dass du keinen Grund hattest, dich zu schämen«, erwidert Ruth nachsichtig. »Viele Ehen scheitern. Es war nicht deine Schuld.«

»Vielleicht, vielleicht auch nicht«, antwortet Anna traurig. »Jede Geschichte hat zwei Seiten.«

»Nein, stimmt nicht«, protestiere ich. »Er hat dich betrogen!«

Anna zuckt bei diesen Worten zusammen. »Nun, ja, das stimmt«, räumt sie ein. »Aber manchmal glaube ich, dass ich ihn dazu getrieben habe.«

»Das ist doch Unsinn«, widerspricht Ruth.

»Nein, hör zu. Es stimmt, Ruth, und das weißt du genau. Die Sache mit den Babys – das wurde ihm irgendwann einfach zu viel.«

Ruth antwortet nicht.

»Was für Babys?« Verdattert schaue ich zwischen den beiden Schwestern hin und her. Wovon redet sie?

Anna dreht sich zu mir um und holt noch einmal tief Luft. »Als Colin und ich geheiratet haben, war ich schwanger, Coco. Danach noch öfter.« Wieder glitzern Tränen in ihren Augen. Eine kullert auf ihre Wange. Sie wischt sie weg.

»Was ist passiert?«, flüstere ich.

»Ich habe sie alle verloren. Ich bin nie über die sechzehnte Woche hinausgekommen. Kein Arzt konnte es sich erklären. Es gab keinen Grund.« Ihre Stimme klingt monoton, wie benommen.

»Oh, Anna, wie schrecklich.« Wieder greife ich nach ihrer Hand.

»Nach all den Jahren ist es wirklich albern, aber der Schmerz legt sich nie.«

Ruth eilt an ihre Seite, greift nach ihrer anderen Hand und umfasst sie fest.

Anna holt noch einmal tief Luft und fasst sich wieder. »Jedenfalls habe ich Colin gedrängt, es immer wieder zu versuchen. Ich habe ihn stark unter Druck gesetzt. Und irgendwann wurde es ihm zu viel.«

»Meinst du, er ist deshalb gegangen?«, frage ich entsetzt. Wie hat er sie in so einer Situation im Stich lassen können? Er hätte für sie da sein und sie trösten und beschützen müssen, als sie sich so elend fühlte, anstatt ins Ausland zu ziehen und sich mit einer anderen Frau abzugeben. Am liebsten würde ich ihm erzählen, was ich davon halte, dass er so gedankenlos und grausam gewesen ist. Er hat ihr das Herz gebrochen, das ist offensichtlich.

Anna nickt und ringt nach den richtigen Worten. »Dinge wie diese können ein Paar zusammenschweißen oder trennen«, meint sie schließlich. »Uns hat es auseinandergetrieben.«

»Und ihr konntet nicht noch mal von vorne anfangen«, sagt Ruth traurig.

»Nein, ich konnte es ihm nicht verzeihen, dass er mir einfach so den Laufpass gegeben hat. Das kann ich bis heute nicht«, sagt sie. Ich erkenne den Schmerz, der sich in die Falten in ihrem Gesicht eingegraben hat. Kein Wunder, dass sie immer ein wenig distanziert und förmlicher als ihre Schwester gewirkt hat. Sie hat in ihrem Leben viele Verluste und Trauer durchgemacht. Doch während Ruth sich nach dem Tod von Mum und Großvater an den Menschen festgehalten hat, die sie lieben, ist Anna völlig anders damit umgegangen. Sie hat sich zurückgezogen und eine Mauer um sich errichtet, um sich vor weiterem Leid zu schützen.

»Wahrscheinlich hätte ich nicht auf seinen Brief reagieren sollen«, murmelt Ruth. »Es war ein Fehler, ihn zu besuchen.«

»Ich verstehe deine Beweggründe, Ruth«, erwidert Anna, »aber ich kann ihm nicht verzeihen. Ich weiß, dass das unchristlich ist, und du hältst es sicher für Heuchelei.«

»Ich fälle kein Urteil über dich, Anna, und ich werde auch nicht versuchen, dich zu überzeugen«, meint Ruth. »Ich finde nur, dass du dir überlegen solltest, ihm in deinem Herzen zu verzeihen, auch wenn du es vom Verstand her nicht kannst. Welchen Sinn hat es, den Schmerz immer weiter mit dir herumzutragen? Lass ihn los – wenn nicht seinetwegen, dann um deiner selbst willen.«

»Vielleicht«, antwortet Anna zweifelnd. »Ich werde darüber nachdenken.« Kurz herrscht Schweigen, bis sie wieder das Wort ergreift. Ihre Stimme klingt nun kräftiger. »War das also der wahre Grund, warum ihr nach London geflogen seid? Um meinen ›toten‹ Ehemann zu sehen?« Sie lächelt zittrig.

»Offen gestanden gab es da noch einen anderen«, entgegne ich zögernd. Ich bin nicht sicher, ob der Zeitpunkt günstig ist, da sie uns gerade von ihren Fehlgeburten erzählt hat. Aber ich möchte ihr Tattys Geschichte erzählen und so ehrlich zu ihr sein wie sie zu uns. Hoffentlich tut es ihr nicht weh und erinnert sie wieder an das, was sie verloren hat.

Anna mustert mich forschend und tupft sich die Augen ab. Ruth gibt mir mit einem Nicken zu verstehen, dass ich reden kann.

»Vor einer Weile habe ich in einer Tasche, die ich bei einer Auktion gekauft habe, einen Brief gefunden«, erkläre ich. »In dieser Chanel-Tasche.« Ich hole sie heraus und reiche sie ihr. »Nach einigen Nachforschungen habe ich in Erfahrung gebracht, dass er von einer Mutter an ihren Sohn geschrieben wurde, den sie 1956 zur Adoption freigeben musste.« Ich warte auf eine Reaktion – vielleicht geht ihr das zu sehr ans Eingemachte.

»Sprich weiter«, fordert sie mich auf. Als sie die Tasche untersucht, ist ihrer Miene nichts zu entnehmen.

»Nun, da sie nie Gelegenheit hatte, ihm den Brief zu geben, hat sie ihn bis zu ihrem Tod aufbewahrt. Ich habe versucht, so viel darüber rauszukriegen, wie ich konnte.«

»Hast du Privatdetektivin gespielt?« Als sie mich anlächelt, funkeln Tränen in ihren Augen. Ich weiß, dass sie mir mitteilen will, ich könne ruhig fortfahren. Die Erleichterung steht Ruth ins Gesicht geschrieben. Sie hat genauso wie ich davor zurückgescheut, Anna diese Geschichte zu erzählen, und inzwischen kenne ich den Grund. Doch Annas Reaktion hat uns beide überrascht.

»Ja, hat sie!«, erwidert Ruth und hakt Anna vergnügt unter.

»Wie ihre Mutter«, verkündet Anna. Mein Herz macht einen kleinen Satz, denn das könnte stimmen. Mum war zwar in vielerlei Hinsicht sprunghaft, aber auch mutig und hilfsbereit.

»Die Sache ist die, Anna«, fahre ich fort, »dass ich glaube, aus einem ganz bestimmten Grund über diese Tasche gestolpert zu sein.«

»Natürlich bist du das. Deine Mum wollte immer, dass du so eine Tasche bekommst«, antwortet sie. »Sie hat darauf gespart, um sie dir zum achtzehnten Geburtstag zu schenken.«

»Wirklich?« Ich bin ein wenig erschrocken – diese Geschichte kenne ich noch gar nicht. Nun bedeutet mir die Tasche noch mehr, denn sie war wirklich ein Geschenk zur Volljährigkeit: Sie hat mir zu mehr Mut verholfen, als ich je hatte.

»Ja, das hat sie mehr als einmal gesagt«, spricht Anna weiter. »Wir haben uns so gut unterhalten, deine Mutter und ich. Ich hatte oft den Verdacht, dass sie über Colin Bescheid wusste …«

Als ich Ruth ansehe, schüttelt sie fast unmerklich den Kopf. Anna zu erzählen, dass Mum tatsächlich über Colin im Bilde war, könnte ein bisschen zu viel für sie sein.

»Und jetzt fragen wir uns, was wir als Nächstes tun sollen, Anna«, meint Ruth.

»Soll das heißen, ihr wollt diesen Sohn – diesen Mann – aufspüren?«, erkundigt sich Anna, als hätte sich in ihr ein Funke entzündet. Sie denkt nicht mehr an Colin, weil Tattys Geschichte nun auch ihre Phantasie beflügelt hat.

»Vielleicht. Keine Ahnung, ob das möglich ist«, antworte ich.

»Was wisst ihr bis jetzt?«, erkundigt sie sich.

»Dass er in einem Mutter-Kind-Heim in Westmeath geboren wurde, aber das war's dann auch schon«, sage ich, hole mein Notizbuch heraus und lese ihr die Informationen vor, die ich in London so ordentlich aufgeschrieben habe. »Es hieß St. Jude's.«

»Das kenne ich!«, ruft Anna aus. »Meine alte Freundin Schwester Dolores war dort im Kloster.«

»Wirklich? Ist das dein Ernst?«

»Ja – es war eines der besseren Heime, nicht eines, wo die Mädchen in der Großwäscherei schuften mussten«, fährt Anna fort. »Sie haben dort gute Werke getan und vielen in Schwierigkeiten geratenen Mädchen und adoptionswilligen Paaren geholfen …« Ihre Stimme erstirbt. Sie räuspert sich.

»Und wo ist Schwester Dolores jetzt?«, fragt Ruth aufgeregt.

»Sie ist noch dort«, erwidert Anna. »Es ist eines der wenigen Klöster, die übrig geblieben sind. Die meisten anderen Nonnen im Land leben heutzutage in Wohngruppen in Bungalows.«

»Vielleicht solltest du sie besuchen, Coco«, schlägt Ruth vor. »Sie könnte etwas wissen. Die Fahrt dauert nicht lang.«

»Das ist keine schlechte Idee«, merkt Anna an, und ihre Augen leuchten auf. »Ich habe Dolores seit Ewigkeiten nicht gesehen. Kann ich mitkommen?«

Ich kriege den Mund nicht mehr zu. Anna verlässt nur selten die Stadt, wenn nicht gerade in einer Nachbargemeinde eine Beerdigung stattfindet. Sich spontan zu so einem Ausflug zu melden, passt überhaupt nicht zu ihr. Oder zumindest nicht zu der Anna, die ich schon mein Leben lang kenne. Offenbar verbirgt sich hinter dem Witwen-Mummenschanz ein völlig anderer Mensch.

»Ausgezeichnet!«, Ruth läuft schon los, um ihren Mantel zu holen. »Lasst uns sofort aufbrechen. Den Laden machen wir zu – bei diesem miesen Wetter kommt sowieso niemand. Also der optimale Tag für so ein Unternehmen. Was meinst du?«

»Jetzt sofort? In dieser Minute?« Mir schwirrt der Kopf.

»Warum nicht?«, entgegnet Ruth. »Was hältst du davon, Anna? Bist du bereit für eine Spazierfahrt?«

»Ich bin dabei«, stimmt sie zu. »Aber nur, wenn ich vorne sitzen darf. Und Coco muss fahren. Mit dir am Steuer fahre ich nirgendwohin, Ruth.«

»Was soll das heißen?«, will Ruth wissen.

»Nichts. Nur dass du die miserabelste Autofahrerin im ganzen Landkreis bist«, gibt Anna zurück.

Ich muss grinsen, als die beiden zur Tür hinausmarschieren und sich dabei wie immer kabbeln. Wenn sie sich in den Haaren liegen, hat sich die Lage offenbar wieder normalisiert. Oder zumindest so weit normalisiert, wie es möglich ist, wenn man bedenkt, dass ich schon wieder ins Blaue hinein in Sachen Tatty recherchiere – und das in Begleitung zweier zänkischer alter Damen. Ich stecke die Chanel-Tasche ein und folge ihnen. Wenn wir an Dukes Geburtsort fahren, muss mein Talisman mit von der Partie sein.

Zweieinhalb Stunden später gehen wir hinter Annas alter Freundin Schwester Dolores einen langen, schwarz-weiß gefliesten Flur entlang. Die Nonne hat ein faltenloses Gesicht und trägt einen unauffälligen marineblauen Rock, einen Pulli und ein silbernes Kreuz um den Hals. Schwester Dolores' grau meliertes Haar ist unbedeckt, und ich stelle fest, dass sie dieselben Krankenschwesternschuhe mit Gummisohlen anhat, die Anna so liebt. Ihr Gang ist leichtfüßig und federnd, sodass man ihr das Alter nicht anmerkt.

Beim Gehen schaue ich mich um und versuche, mir so viele Details wie möglich einzuprägen.

Außer uns ist niemand zu sehen. Laut Anna gibt es inzwischen fast keine Nonnen mehr, da kein Mensch mehr ins Kloster geht. Als Tatty wegen ihrer Schwangerschaft von ihren Eltern hierher verbannt wurde, muss eine völlig andere Stimmung geherrscht haben. Wie hat sie sich gefühlt, als sie diesen Flur entlangging? Verängstigt und einsam, daran besteht kein Zweifel. Die Vergangenheit dieses Gebäudes ist mir sehr wohl bewusst, obwohl die cremefarbenen Wände und die religiösen Abbildungen heutzutage recht harmlos wirken. Dieses Haus hat sehr viel Leid gesehen. Ich muss daran denken, dass auch Mum hier hätte landen können, wenn sie in einer anderen Zeit mit mir schwanger geworden wäre. Die bloße Vorstellung lässt mich erschaudern.

»Wie schön, dich nach all der Zeit wiederzusehen«, sagt Schwester Dolores und fordert uns auf, in ihrem gemütlichen Büro Platz zu nehmen. Es hat aufgehört zu regnen, fahles Sonnenlicht strömt durch die Buntglasfenster herein und malt hübsche farbige Muster auf den großen beigen Teppich. An den glatten cremefarbenen Wänden hängen die gleichen religiösen Bilder wie auf dem Flur. Mitten im Raum steht ein großer hölzerner Schreibtisch mit einem massiven Schrank aus Rosenholz dahinter. Anna, Ruth und ich lassen uns auf einem Ledersofa nieder wie die Hühner auf der Stange, während Schwester Dolores hinter ihrem Schreibtisch Platz nimmt.

»Ich freue mich auch«, erwidert Anna herzlich. »Du bist überhaupt nicht älter geworden.«

»Das Hautgeheimnis der Nonnen«, raunt Dolores verschwörerisch. »Keine Sonne – wir kommen nicht viel vor die Tür.«

Sie und Anna krümmen sich wegen dieses Scherzes vor Lachen.

»Du warst schon immer ein Witzbold«, meint Anna.

»In diesem Job braucht man viel Humor«, antwortet Schwester Dolores. »Nicht, dass die Mutter Oberin diese Auffassung unbedingt teilen würde.«

»Immer noch derselbe alte Dragoner?«, erkundigt sich Anna.

Schwester Dolores seufzt. »So könnte man es ausdrücken. Aber wir sind alle Kinder Gottes. Zumindest halte ich mir das stets vor Augen.«

Wieder kriegen die beiden einen Lachanfall. Die ganze Zeit über habe ich Anna für eine Frömmlerin gehalten, und jetzt lacht sie über ihren eigenen Glauben. Das ist auch eine neue Seite an ihr, die mir sehr gefällt. Da ich inzwischen die Wahrheit über ihre Vergangenheit kenne, kann ich vieles besser nachvollziehen.

»Am besten kommen wir gleich auf den Punkt, schließlich bist du eine viel beschäftigte Frau«, sagt Anna, stellt ihre Handtasche ordentlich auf den Boden und verschränkt die Hände auf dem Schoß.

»Ich habe mir schon gedacht, dass das kein Freundschaftsbesuch ist«, entgegnet Schwester Dolores, beugt sich vor und spitzt die Ohren. Ein Lächeln spielt um ihre Lippen. »Worum geht es?«

»Nun, Coco versucht, ein Kind aufzuspüren, das in den Fünfzigern hier geboren wurde.«

»Aha, ich verstehe, ein ziemlich heißes Eisen, fürchte ich.« Schwester Dolores schüttelt bedauernd den Kopf.

»Ist es unmöglich?«, fragt Ruth.

»Nun, hängt davon ab. Für einige Kinder haben wir Unterlagen, für andere …« Als die Nonne die Stirn runzelt, entstehen ein paar kleine Fältchen auf der sonst so glatten Haut.

Das ist es, wovon Bonnie gesprochen hat – die geheimen Adoptionen, über die nicht Buch geführt wurde. Wenn Duke auf diese Weise weggegeben wurde, werde ich ihn niemals wiederfinden und das Geheimnis nie aufklären.

»Und wenn du zufällig Unterlagen über seine Geburt hättest?«, hakt Anna nach.

»Nun, dann wären die natürlich vertraulich.« Schwester Dolores sieht sie unverwandt an. »Ich dürfte keine Einzelheiten weitergeben.«

»Ich verstehe«, erwidert Anna mit einem Nicken. »Aber es könnte ja nicht schade, trotzdem mal nachzuschauen.«

Eine kurze Pause entsteht. Es ist, als führten die beiden Frauen ein Gespräch in Geheimcode und könnten sich ohne Worte verständigen.

»Du hast recht, das könnte es nicht«, stimmt Schwester Dolores freundlich zu. »Nachschauen schadet wirklich nicht. Wie war denn der Name des Kindes, Coco?«

Mein Herz klopft wie wild. »Bei seiner Geburt am 10. November 1956 wurde er Duke genannt«, antworte ich. »Seine Mutter hieß Moynihan, Tatty Moynihan.«

Schwester Dolores dreht sich zu dem großen Rosenholzschrank um, der direkt hinter ihr steht, und öffnet ihn mit einem kleinen Schlüssel. Als die Tür aufgeht, kommen einige große rote Kladden in Sicht. Sie holt ein paar davon heraus und legt sie, vor sich hin murmelnd, auf den Tisch mitten im Raum. Eine scheint sie besonders zu interessieren, denn sie studiert gründlich einige Seiten. Ich beobachte sie und stelle fest, dass ich den Atem anhalte. Anna und Ruth geht es genauso. Die Minuten schleppen sich dahin wie Stunden, bis sie wieder den Kopf hebt und Anna ansieht.

»Ich muss mal kurz auf die Toilette, Anna«, sagt sie unvermittelt. »Ich bin gleich zurück.«

Sobald sie zur Tür hinaus ist, springen Anna und Ruth auf.

»Was macht ihr da?«, frage ich entsetzt, als sie sich auf die Kladde stürzen.

»Sie gibt uns Gelegenheit, einen Blick hineinzuwerfen«, erwidert Anna.

»Bist du sicher?«, erkundige ich mich und blicke mich um, überzeugt, dass sie jeden Moment hereinkommen wird, und dann ist es aus mit uns. Zum Teufel mit diesen Gummisohlen.

»Ganz sicher«, entgegnet Anna. »Schwester Dolores war schon immer ein bisschen rebellisch – sie will uns helfen. Und jetzt mach schnell, such den Namen.«

Anna fährt mit dem Finger die Seite hinunter und hält zwischen den handschriftlichen Eintragungen Ausschau nach Dukes oder Tattys Namen. Ruth steht neben ihr und liest Namen und Adressen laut vor.

Aber ich habe ihn schon gefunden – der Name ist mir einfach aus der Seite entgegen gesprungen, als habe er nur darauf gewartet, entdeckt zu werden. *Junge, 10. November 1956, Mutter Tatty Moynihan.* Auf der gegenüber liegenden Seite stehen zwei weitere Namen und eine Adresse: *Luke und Eileen Flynn, Glacken.*

»Da ist er«, sage ich mit vor Aufregung belegter Stimme. »Er muss es sein.«

»Glacken?«, meint Ruth. »Das ist ja von Dronmore aus nur eine Stunde! Nicht zu fassen, dass er ganz in der Nähe war.«

»Dafür ist jetzt keine Zeit, Ruth.« Anna notiert sich die Daten, steckt den Block wieder in ihre Handtasche und klappt sie zu. »Schnell! Setzt euch hin – sie kommt zurück!«

Sie schiebt uns durchs Zimmer, wo wir uns aufs Sofa fallen lassen wie Schulmädchen, die etwas ausgefressen haben. Im nächsten Moment tritt Schwester Dolores ein. Sie stellt sich vor uns hin und verschränkt feierlich die Hände, als wolle sie den Rosenkranz aufsagen. Nichts an ihrer Unschuldsmiene verrät, dass sie unsere Komplizin ist. Sie macht ein Gesicht, als könnte sie kein Wässerlein trüben. »Tut mir leid, dass ich euch nicht weiterhelfen konnte.«

»Kein Problem, Dolores«, antwortet Anna ebenso ernst. »Es war jedenfalls schön, dich wiederzusehen.«

»Dich auch, Anna. Ich werde euch alle in meine Gebete einschließen.« Die beiden lächeln einander verschwörerisch zu.

»Das ist sehr nett von Ihnen«, erwidert Ruth, und ich stimme ihr leise zu. Dank dieser aufmüpfigen Nonne habe ich nun das nächste Teilchen des Puzzlespiels. Ich könnte sie umarmen und sie im Zimmer herumwirbeln, bis ihre Gummisohlen vom Boden abheben und uns beiden schwindelig wird. Ich muss auf meinen Händen sitzen, um nicht in die Luft zu boxen.

»Dann gehen wir jetzt besser«, fährt Anna in aller Seelenruhe fort, und wir stehen auf.

»Ich muss auch los«, meint Schwester Dolores widerstrebend. »Die Sitzbänke in der Kapelle polieren sich nicht von allein, ha, ha, ha.«

Wir alle lachen verlegen, und im nächsten Moment sind wir schon zur Tür hinaus und sitzen wieder im Auto. Als ich losfahre, stoßen Ruth und Anna Jubelrufe aus.

»Ich fasse es nicht«, sage ich und blinke am Tor links. »Wir haben wirklich eine Adresse. Ich glaube, jetzt stehe ich unter Schock.«

»Und ich stehe unter Schock, weil du das durchgezogen hast, Anna. Wie ein Profi«, stellt Ruth bewundernd fest. »Das hätte ich dir gar nicht zugetraut.«

»Vielleicht steckt ja mehr in mir, als man mir ansieht«, verkündet Anna triumphierend. »Die Frage ist nun, Coco, wann du nach Glacken fährst.«

»Du musst hinfahren!«, ruft Ruth aus. »Das ist Schicksal.«

»Eindeutig«, stimmt Anna zu.

»Ihr beide übt einen schlechten Einfluss auf mich aus«, erwidere ich lachend. Die zwei benehmen sich heute wie große Kinder. Es ist wahrhaft eine Freude.

»Ja, ist es nicht toll?«, meint Ruth. Im Rückspiegel sehe ich, dass sie Anna umarmt und fest an sich drückt. Dann fangen beide an zu lachen.

17

»Oh, mein Gott! Ich würde ja so gerne mitkommen!«, kreischt Cat in meinen Ohrhörer, als ich am nächsten Morgen im Auto sitze.

»Du findest also nicht, dass ich spinne?«, frage ich nervös und schalte in den nächsten Gang.

»Das habe ich nicht behauptet!« Sie lacht.

»Ich habe eine Todesangst«, gebe ich zu.

»Du kriegst das sicher prima hin«, meint sie. »Wer weiß, was du alles herausfindest. Ruf mich später an und erzähl mir die ganze Geschichte, okay? Ich muss jetzt Schluss machen – die Zwillinge sind gerade dabei, sich Cheerios in die Nase zu stopfen.«

»Äh, kann ich das mit dem Babysitten heute Abend doch lieber absagen?«, witzle ich. Es ist mir endlich gelungen, Cat zu überreden, sich mit David einen schönen Abend zu machen und mich die Kinder hüten zu lassen.

»Nur über meine Leiche, Schätzchen. Abgemacht ist abgemacht. Es gibt kein Entrinnen.«

Ich lache immer noch, als ich das Gespräch beende. Nicht zu fassen, dass ich tatsächlich nach Glacken fahre, um Duke zu suchen. Die Landschaft gleitet an mir vorbei, als ich mit Raureif bedeckte Bäume und Hecken passiere. Den Kühen auf der Weide steht der Atem als Wolke vor dem Maul.

»Du wärst stolz auf mich, Mum«, sage ich und umfasse das Lenkrad fester. Genau das hätte sie auch getan, wenn sie noch am Leben wäre. Einfach so ins Unbekannte hineinzufahren erinnert mich an meine Kindheit, als sie sich in mein Zimmer geschlichen hat, um mich zu überraschen, wenn sie von einer ihrer Reisen zurückkam.

»Komm, wir unternehmen etwas Abenteuerliches«, flüsterte sie mir ins Ohr, nachdem sie mich mit Küssen und Kuscheln geweckt hatte. Dann trug sie mich, schlaftrunken, wie ich war, zum Auto und wickelte mich wegen der morgendlichen Kühle in eine Decke, und wir fuhren bis zur Weggabelung hinter der Stadt. »Links oder rechts?«, fragte sie, und ich durfte entscheiden, wohin es gehen sollte. Wir machten eine kleine Entdeckungsreise, picknickten am Straßenrand, hielten an, wenn wir etwas Interessantes wie zum Beispiel eine Burgruine sahen, oder folgten einem Wegweiser bis zu einem malerischen Aussichtspunkt. Unsere Fahrten waren nie geplant, aber wir wussten, dass wir den ganzen Tag Zeit füreinander hatten.

»Das ist das wahre Leben«, meinte sie, wenn wir am Straßenrand auf einer zerbröckelnden Mauer saßen, unsere Brote aßen und das Tal unter uns bewunderten. »Wer braucht schon so was wie Alltag?« Und ich war außer mir vor Freude, weil sie da war und weil wir, wie sie immer sagte »zusammen etwas Besonderes« waren. Wenn ich am nächsten Morgen aufwachte, war sie aller Wahrscheinlichkeit nach schon wieder weg, und ich musste zurück zur Schule.

Die eiskalte Luft im Auto reißt mich aus meinen Erinnerungen. Vergeblich versuche ich, die Heizung auf die höchste Stufe zu stellen. Dieses Auto muss in die Werkstatt. Es ist so kalt hier drin, dass ich Mütze, Schal und Handschuhe anbehalten habe. Sie sind mit rosafarbenen Pailetten besetzt, und Cat hat sie mir letztes Jahr zu Weihnachten geschenkt, um mich ein bisschen aufzuhübschen, wie sie es nennt.

Wahrscheinlich ist es nicht mehr weit bis nach Glacken. Gut, ich müsste mir ein iPhone mit irgendeiner App anschaffen, die mir sagt, wohin ich fahren soll. Cat hat ein Navi in ihrem Auto – auch wenn David sie immer aufzieht, dass sie es gar nicht braucht, weil sie ein inneres Navigationssystem hat, das er als Cat-Nav bezeichnet. Ich bin das absolute Gegenteil und habe nicht die Spur von Orientierungssinn.

Zehn Minuten später – zu meiner Überraschung ist es mir tatsächlich gelungen, die Karte zu lesen – bin ich in Glacken und frage mich, was ich nun tun soll. Das Städtchen ist ein winziges Nest und besteht eigentlich nur aus einer einzigen Straße mit ein paar Häusern und einem Laden. Vor der Autowerkstatt gegenüber sind Bricketts und Säcke mit Kohle zum Verkauf gestapelt. Ich halte am Straßenrand, steige aus und ziehe mir wegen der Kälte die Mütze über die Ohren. Ich habe weiche Knie. Nun da ich hier bin, ganz in der Nähe des Hauses, in dem Duke aufgewachsen ist, bin ich nervös. Ich brauche erstmal einen heißen Kaffee – im Laden gibt es sicher welchen zum Mitnehmen. Hoffentlich kann mir auch jemand dort sagen, wo Duke wohnt.

Ich öffne die Tür und blinzle ins Dämmerlicht. Als ich über die Schwelle trete, fühle ich mich wie in eine andere Zeit zurückversetzt. Ich schaue mich nach einer Kaffeemaschine um, kann aber keine entdecken. Stattdessen stehen Limodosen ordentlich aufgereiht in einem Regal neben Bohnenkonserven, einem Korb Rhabarber und einigen Geburtstagskarten, auf denen Hunde am Steuer eines Autos abgebildet sind.

»Hallo, kann ich Ihnen helfen?« Eine Frau mittleren Alters mit derben Gesichtszügen kommt hinter der Theke hervor und begrüßt mich freundlich. Sie trägt eine Schürze mit Rüschen und hat krauses Haar. An ihrer gewaltigen Büste prangt ein Anstecker mit der Aufschrift »Ich bin sexy und weiß es«. Ich kann mir den Moment nicht vorstellen, in dem sie ihn entdeckt und beschlossen hat, ihn zu kaufen, weil er so gut zu ihr passt.

»Äh, hallo«, erwidere ich. »Haben Sie Kaffee?«

»Haben wir«, bestätigt sie resolut. »Was für einen möchten Sie denn?«

»Einen Milchkaffee?«, frage ich, obwohl ich nicht so recht daran glaube, dass ich in einem altmodischen Dorfladen wie diesem so etwas kriege.

»Kein Problem«, antwortet sie. »Fettarme Milch?«

»Äh, ja bitte«, entgegne ich.

Sie dreht sich um. »Ted!«

Ein Mann steckt den Kopf in den Raum. »Ja, Peg?«

»Das nette Mädchen hier hätte gerne einen fettarmen Milchkaffee«, verkündet sie.

»Wird gemacht«, sagt er und zwinkert mir zu.

»Super, danke«, erwidere ich und lächle ihm zu. Sein Grinsen, bei dem er viele Zähne zeigt, ist ansteckend.

Schweigen entsteht, als er wieder verschwindet und die Frau mich, ein breites Lächeln auf dem Gesicht, betrachtet. »Tut mir leid, dass es ein bisschen dauert. Die Kaffeemaschine steht hinten – die, die wir hier vorne hatten, ist kaputt gegangen. Erst zehn Jahre alt, und schon gibt sie den Geist auf. Aber die Geräte sind einfach nicht mehr so haltbar wie früher.« Sie seufzt tief auf.

»Richtig«, stimme ich ihr zu.

»Ist Ihre Kaffeemaschine auch kaputt?«, fragt sie und stützt die Ellbogen auf die Theke, als rechne sie mit einer ausgedehnten Unterhaltung.

»Nein, ist sie nicht. Doch ich bin im Antiquitätengeschäft. Alte Dinge sind mein Beruf.« Das ist mir einfach so herausgerutscht. Warum erzähle ich dieser Frau, womit ich meine Brötchen verdiene? Schließlich bin ich nicht hier, um Freunde zu finden.

»Oh, Antiquitäten! Hast du das gehört, Ted?« Der Mann kehrt mit einem dampfenden Styroporbecher zurück.

»Wie bitte?«, fragt er freundlich, während er mir den Becher gibt.

»Das Mädchen arbeitet in der Antiquitätenbranche!«

»Ich fasse es nicht!«, ruft er aus, worauf sie laut lacht, da sie offenbar mit genau dieser Reaktion gerechnet hat. »Antiquitäten sind meine große Leidenschaft!«

»Wenn *Antiques Roadshow* läuft, ist er nicht vom Fernseher wegzukriegen«, erklärt sie mir. »Fiona Bruce hat es ihm wirklich angetan.«

»Ich liebe diese Sendung«, bestätigt Ted. »Die macht süchtig wie Crack.«

»Ted, zeig ihr die Uhr. Mach schon«, sagt Peg.

Er wird plötzlich verlegen. »Ach, nein, Peg. Das geht nicht«, widerspricht er. »Das wäre nicht richtig.«

»Los«, drängt sie und wendet sich wieder an mich. »Sie haben doch nichts dagegen, oder? Verzeihung, ich habe Ihren Namen nicht verstanden, wie nachlässig von mir. Da stehe ich und rede und rede ...«

»Äh, ich heiße Coco«, sage ich.

»Coco«, wiederholt sie. »Das ist aber romantisch! Wie Coco Chanel, richtig?«

»Ja«, antworte ich und lächle sie an. Sie strotzt nur so vor Tatendrang und guter Laune – eigentlich tun sie das alle beide.

»Oh, der Film war einfach wundervoll, finden Sie nicht?« Sie spricht weiter, ohne mir Gelegenheit zu einer Antwort zu geben. »So eine unabhängige Frau war das.«

»Äh, ja, war sie«, pflichte ich ihr bei.

»Soll ich Ihnen etwas gestehen? Ich habe mir immer eine ihrer Taschen gewünscht. Chanel-Taschen sind ja so schick.«

»Aber, Peg, das wusste ich ja gar nicht.« Ted macht ein überraschtes Gesicht.

»Vermutlich gibt es da eine Menge Dinge, die du nicht über

mich weißt, Ted«, entgegnet sie und zwinkert mir zu. »Coco, Sie sind genau die Frau, die er fragen soll.«

»Bin ich das?« Die beiden legen ein solches Tempo vor, dass mir der Kopf schwirrt.

»Ja, genau die Richtige! Ted hat nämlich eine Uhr, die seit Generationen vom Vater an den Sohn vererbt wird. Ständig liege ich ihm in den Ohren, dass er sie schätzen lassen soll. Aber glauben Sie, er hört auf mich, Coco? Nein, weit gefehlt.«

»Ach, die ist vermutlich nichts wert«, meint Ted mit einer wegwerfenden Handbewegung.

»Ich habe genau so eine im Internet gesehen, Coco«, fährt Peg fort. »Und die war Tausende wert.«

»Es war nicht die gleiche«, widerspricht er.

»Aber es gab fast keinen Unterschied«, beharrt sie. »Das hat sogar Maggie gesagt.«

»Maggie?«, hake ich nach. Wer ist denn diese Maggie – ihre Tochter?

»Maggie ist eine Freundin«, erklärt Ted. »Ein liebes Mädchen – sie ist mit Edward verheiratet. Sie wohnen im ehemaligen Mietstall am Ende der Straße.«

»Sie kennt sich ein bisschen mit diesen Dingen aus – früher war sie in der Versicherungsbranche, bevor sie sich nur noch auf ihre Malerei konzentriert hat«, fügt Peg hinzu.

»Und natürlich kümmert sie sich um die Mädchen«, ergänzt Ted. »Edwards Töchter. Natürlich sind es jetzt auch ihre Töchter. Sie ist ihnen eine tolle Mum.«

»Oh, ja, sie vergöttert die Mädchen, und die beten sie ebenfalls an. Auch wenn das anfangs anders war«, meint Peg.

»Ganz im Gegenteil«, merkt Ted mit ernster Miene an.

»Aber es hat trotzdem ein gutes Ende genommen« stellt Peg fest.

»Ich verstehe«, erwidere ich, obwohl sich das ganz und gar nicht so verhält. Offen gestanden bin ich völlig verwirrt. Ich weiß weder, wer diese Leute sind, noch warum sie mir von ihnen erzählen.

»Jedenfalls glaubt Maggie, die Uhr könnte wertvoll sein – nicht, dass Ted sie je verkaufen würde, oder?«

Ted schüttelt mit Nachdruck den Kopf, als sei der bloße Gedanke schon eine Beleidigung.

»Aber Sie möchten trotzdem wissen, ob die Uhr etwas wert ist?«, erkundige ich mich. Ein vernünftiges Anliegen, viele Leute denken so. Obwohl sie sich nie von einem kostbaren Gegenstand trennen würden, möchten sie seinen Wert kennen.

»Nun, ja.« Inzwischen wirkt Peg ein wenig verlegen. »Ich habe nämlich mit Jimmy gewettet. Er glaubt, dass sie absolut wertlos ist, doch ich bin anderer Ansicht.«

»Und Jimmy ist?«

»Der Dorfpolizist. Er kennt sich ein bisschen mit solchen Sachen aus«, erklärt Ted.

»Das bildet er sich wenigstens ein«, brummelt Peg, und die beiden wechseln einen vielsagenden Blick.

»Nun, natürlich sehe ich mir die Uhr gerne an, wenn Sie möchten«, erbiete ich mich. »Es ist zwar nicht mein Spezialgebiet, aber ich könnte Ihnen eine Einschätzung geben.«

»Was ist denn Ihr Spezialgebiet?«, fragt Peg neugierig. »Nein, sagen Sie nichts, lassen Sie mich raten … Keramiken aus dem achtzehnten Jahrhundert?«

»Äh, nein.«

»Holländische Möbel?«, erkundigt sich Ted. »Bestecke?«

»Nun, eigentlich habe ich kein richtiges Spezialgebiet.«

»Aha, also eher ein breit gefächertes Wissen, richtig?«

»Ja, mehr oder weniger. Soll ich mir jetzt die Uhr anschauen?«

Ted schüttelt heftig den Kopf. »Nein, danke, Coco«, erwidert er. »Ich bleibe dabei. Peg kennt meine Einstellung dazu. Sie hätte es Ihnen gegenüber nie erwähnen sollen.«

»Aber, Ted!«, schreit Peg, offensichtlich tief enttäuscht, auf. »Eine solche Gelegenheit zu erfahren, wie viel sie wert ist, kommt so schnell nicht wieder!«

»Äh, ich bin nicht sicher, ob ich Ihnen eine konkrete Zahl nennen kann – es wäre eher eine grobe Schätzung«, wende ich ein, doch die beiden hören mir gar nicht zu.

»Es ist zwecklos, mit mir herumzustreiten, Frau«, beharrt Ted. »Ich lasse die Uhr nicht schätzen, und damit basta.«

»Spielverderber«, schmollt sie und sieht ihn finster an. »Wirklich. Du könntest mir doch eine Freude machen ... ich verlange doch sonst nicht viel.«

»Tja, dann gehe ich mal lieber«, sage ich nach einem Blick auf die Uhr. Ich bin nun schon seit fast zehn Minuten hier – und habe keine Lust, mich in einen Ehestreit hineinziehen zu lassen.

»Natürlich, Sie müssen weiter!«, ruft Peg aus und hört auf, wegen der Uhr zu schmollen.

»Es hat mich sehr gefreut, Sie kennenzulernen, Coco«, meint Ted.

»Ja, wirklich«, stimmt Peg zu. »Es ist wirklich nett, mal ein neues Gesicht zu sehen. Sonst verirren sich ja nie Fremde hierhier, richtig, Ted?«

»Ja, richtig. Wir leben hier wie zwei alte Dinosaurier«, erwidert er und scheint deshalb auch keine schlaflosen Nächte zu haben.

»Sie wissen nicht zufällig, wo Glacken House ist?«, frage ich, während ich den Kaffee bezahle und das Wechselgeld einstecke, das Peg mir gibt.

»Natürlich wissen wir das!«, antwortet Peg. »Sie fahren einfach geradeaus ...«

»... und an der Kirche vorbei ...«

»... und am Friedhof ...«

»... und dann immer weiter bis zur Kreuzung ...«

»… und wenn Sie zu einem zweistöckigen Haus mit hässlichen Säulen kommen, sind Sie zu weit gefahren.«

»Das ist Paddy Morans Haus – die Säulen hat er selbstgebaut. Der Ärmste, auf einem Auge blind …«

»Jammerschade, der kann einem leidtun.«

»Dann fahren Sie bei Edward und Maggie vorbei …«

»… Mietstall, wie wir schon sagten …«

»… und um die Kurve …«

»… und das Glacken House liegt auf der linken Seite.«

»Soll ich es Ihnen aufschreiben?«, fragt Ted und zwinkert mir zu.

»Nein, danke, ich glaube, ich habe verstanden«, erwidere ich, in der Hoffnung, dass das auch stimmt. Ich bin nämlich ganz und gar nicht sicher, dass ich auch nur ein Viertel ihrer Ausführungen mitgekriegt habe. Doch ich werde das Risiko eingehen.

»Nettes Mädchen.« Ted lächelt mich an.

»Wir sehen uns sicher bald wieder«, sagt Peg.

»Ja, vielleicht«, antworte ich, obwohl ich das nicht ganz glaube.

»Wenn Sie dran denken, könnten sie ja unserer Facebook-Seite ein ›gefällt mir‹ schicken, Coco«, ruft Peg mir nach. »Wir versuchen, zehntausend ›gefällt mir‹ zu kriegen, und haben es fast geschafft!«

»Sie sind bei Facebook?« Ich bleibe an der Tür stehen. Dieser winzige Laden in der Einöde ist bei *Facebook*?

»Natürlich! Sie können uns auch bei Twitter folgen, wenn Sie möchten. Ted twittert nämlich gern, richtig, Ted?«

»Ja, wirklich!«, stimmt er mit Nachdruck zu.

»Jay Z hat ihm letztens getwittert«, fügt sie stolz hinzu.

»Jay Z? Der Rapper?«

»Genau der. Er hat sogar einen deiner Tweets weitergetwittert, richtig, Ted?«

»Ach, das war vermutlich ein Versehen.« Ted läuft rot an.

»Das war kein Versehen«, beharrt sie. »Und danach hatte er eine Menge neuer Follower. Hier ist unsere Visitenkarte. Melden Sie sich mal wieder.« Sie eilt hinter der Theke hervor und drückt mir eine Visitenkarte in die Hand. Das Logo ist hübsch, und vorne prangt eine Zeichnung, die den Laden darstellt.

»Die Zeichnung ist wunderschön«, sage ich und drehe die Karte um.

»Die ist von unserer Freundin Maggie«, verkündet Peg stolz. »Sie ist eine sehr begabte Malerin. Sie könnte auch eine Zeichnung für Ihren Laden machen, wenn Sie möchten – sie nimmt Auftragsarbeiten an. Die Preise sind sehr zivil.«

»Sie können sie googeln«, ergänzt Ted. »Dann können Sie sich ihre Arbeiten online anschauen – sie hat eine tolle Webseite.«

»Danke, ich überlege es mir«, antworte ich.

»Bis bald also«, sagt Peg und winkt mir nach.

»Lassen Sie sich wieder mal blicken«, meint Ted. »Und vergessen sie den Gefällt-mir-Button nicht. Vielleicht gewinnen Sie ja einen Sechsmonatsvorrat Chips!«

Ich muss wirklich die Ärmel hochkrempeln, denke ich, als ich aus der Parklücke und den Hügel hinauffahre. Wenn dieser winzige Laden in der Provinz schon so gut vernetzt ist, muss ich mich wirklich warm anziehen. Die haben eine Facebook-Seite mit fast zehntausend »gefällt mir«! Das muss ich unbedingt Mark erzählen – vorausgesetzt, dass der je wieder mit mir redet.

Ich komme an Kirche und Friedhof vorbei und erreiche dann das Hinweisschild für die Ställe. Gleich habe ich es geschafft. Ich biege um die Kurve, und da ist das Hinweisschild für das Glacken House, genau wie Peg und Ted gesagt haben.

Es ist ein großes, zweistöckiges, graues Haus, das eine lange, von Bäumen gesäumte Auffahrt von der Straße trennt.

Roter Efeu klettert die Mauern hinauf, und die Fenster mit den weißen Rahmen sind groß und beeindruckend. Ich zähle drei Kamine und sehe, dass eine unüberschaubare Anzahl von Granitstufen zur gewaltigen Eingangstür führt. Offenbar ist Glacken House das Sinnbild eines Herrensitzes. Während ich die Auffahrt entlangrolle, die zwischen mit Raureif bedeckten Rasenflächen verläuft, überlege ich, was ich sagen soll.

Ich muss mit Feingefühl zu Werk gehen – schließlich kann ich nicht einfach hereinplatzen, Duke den Brief zeigen und ihm erzählen, dass er an ihn gerichtet ist. Falls der arme Mann nichts über seine Vergangenheit weiß, erleidet er womöglich einen Herzinfarkt. Nein, ich muss einen anderen Weg finden, um es ihm schonend beizubringen.

Gerade ziehe ich die Handbremse, als ich einen Mann bemerke. Er steht ein Stück entfernt und kehrt mir den Rücken zu. Einige Hunde wimmeln um ihn herum. Mein Herz macht einen Satz. Wenn das Duke ist, werde ich sein Leben gleich für immer verändern.

»Jetzt ist es so weit, Mum. Wünsch mir Glück«, flüstere ich. Und dann öffne ich die Tür und steige aus, bevor ich die Möglichkeit habe, es mir anders zu überlegen.

18

Ich gehe auf den Mann zu, der mich noch nicht bemerkt hat. Er wird von einem Dutzend Hunde der verschiedensten Rassen und Größen umringt, die kläffend mit den Schnauzen seine Beine anstupsen. Sein Gesicht kann ich nicht sehen, weil er sich vorbeugt, um eine Reihe von Futternäpfen mit Trockenfutter zu füllen. Dabei redet er die ganze Zeit mit den Tieren.

»Jetzt benehmt euch, Jungs. Wenn ihr euch wieder so aufführt wie gestern, gibt's Ärger, verstanden?«, sagt er mit dunkler Stimme.

Die Hunde bellen, als hätten sie tatsächlich jedes Wort mitgekriegt.

»Ja, das behauptet ihr jetzt«, erwidert er, als könne er sich wirklich mit ihnen unterhalten. »Aber Taten sagen mehr als Worte.«

Ich hole tief Luft, um mich zu beruhigen. Das könnte es sein – vielleicht lerne ich jetzt Duke kennen und habe das Rätsel endlich gelöst. Bei der bloßen Vorstellung schlottern mir die Knie.

Doch als er sich umdreht und unsere Blicke sich treffen, werde ich von Enttäuschung ergriffen. Das ist unmöglich Duke, dafür ist er viel zu jung. Duke muss inzwischen Mitte Fünfzig sein, aber dieser Mann ist höchstens Anfang Dreißig, so wie ich. Er ist groß, mindestens eins fünfundachtzig, sehr breitschultrig und hat dichtes dunkelbraunes Haar und ein gebräuntes, beinahe wettergegerbtes Gesicht. Seine Nase ist offenbar öfter als einmal gebrochen worden – sie ist sogar noch schiefer als meine. Er trägt ein abgewetztes rot-blau kariertes Hemd, ausgewaschene Jeans und schlammige Arbeitsstiefel ohne Schnürsenkel. Eine Jacke hat er nicht an, doch er scheint ein echter Naturbursche zu sein, der wie ein alter Grizzlybär die Kälte nicht spürt. Aber seine Augen sind das Auffälligste an ihm. Sie sind so tiefbraun, wie ich es noch nie gesehen habe, ja, beinahe schwarz.

Jedenfalls ist er nicht der Mann, den ich erwartet habe.

»Hallo«, sagt er. »Tut mir leid, ich habe Sie nicht kommen gehört.« Ein freundliches Lächeln malt sich auf seinem Gesicht, als er den Kopf eines Hundes tätschelt, der schon aufgegessen hat und jetzt seine Streicheleinheiten will. Er wischt sich die Hand an der schmutzigen Jeans ab und schüttelt meine. Dabei lächelt er mir fragend zu.

»Kein Problem. Sie scheinen ja schwer beschäftigt zu sein«, erwidere ich. Meine Hand, die ich sonst immer für viel zu groß und unweiblich halte, fühlt sich in seiner an wie die eines Kindes.

»Mit dieser Rasselbande langweilt man sich keine Minute.« Er lacht auf und kratzt sich am Kinn, während die Hunde rings um ihn sich schwanzwedelnd die Bäuche vollschlagen.

Ein schwarzer Labrador mit einem Fell, das schimmert wie aufgemalt, kommt auf mich zu und leckt mir die Hand. »Hallo, mein Junge«, sage ich und beuge mich vor, um ihn am Kopf zu kraulen. Er sieht mich aus großen braunen Augen an, und ich könnte schwören, dass er lächelt.

»Das ist Horatio«, erklärt der Mann. »Unser Begrüßungskomitee.«

»Er ist wunderschön.«

»Und das weiß er auch.« Der Mann lacht herzhaft. »Also …« Er schaut hinter mich. »… wo ist der Welpe?«

»Welpe?« Wovon redet er? Ich blicke mich ebenfalls um,

als könnte im nächsten Moment aus dem Nichts ein kleiner Hund erscheinen.

»Sind Sie nicht die Dame, die vorhin anrief, weil sie an der Schnellstraße einen Welpen gefunden hat?«, fragt er und neigt den Kopf zur Seite.

»Nein, tut mir leid, das bin ich nicht«, antworte ich.

»Oh, ich verstehe. Eine Verwechslung«, stellt er fest und bückt sich, um einen langohrigen Spaniel zu streicheln. »Ich hatte vorhin einen Anruf – irgendsoein Schwachkopf hat auf der Schnellstraße einen Welpen aus einem fahrenden Auto geworfen.«

»Das ist ja entsetzlich!«, empöre ich mich. Es macht mich ganz krank, dass jemand so brutal sein kann. »Warum tun Menschen so etwas?«

Er seufzt auf. »Das frage ich mich auch jeden Tag. Manche Leute halten Tiere offenbar für Wegwerfartikel.«

»Hoffentlich wird derjenige angezeigt!« Die Vorstellung, wie man sich gegenüber einem unschuldigen und hilflosen Welpen so gedankenlos und grausam verhalten kann, versetzt mich in Rage.

»Tja, das Problem ist, die Brüder auf frischer Tat zu ertappen. Tierquälerei ist nämlich schwer nachzuweisen.« Er hebt einen kläffenden Yorkshire Terrier hoch, dessen Napf bereits leer ist. »Du bist ein schrecklicher Vielfraß, Pudding«, sagt er liebevoll und krault dabei die Ohren des Hundes. »Die würde mich um Haus und Hof fressen, wenn sie könnte. Nicht, dass ich ihr einen Vorwurf daraus mache – die arme Kleine hat man in ihren ersten Lebensmonaten beinahe verhungern lassen.«

Ich sehe zu, wie der Yorkie sich zufrieden in seine Arme kuschelt. »Absichtlich?«, erkundige ich mich. Ich traue meinen Ohren nicht. Wie kann jemand so einen niedlichen kleinen Hund verhungern lassen?

»Ja. Sie musste bei Wind und Wetter draußen bleiben und hatte nicht einmal eine Hundehütte. Als wir sie bekamen, war sie ein bibberndes Wrack. Aber allmählich erholt sie sich, richtig, Pudding?«

»Sie ist wirklich süß«, sage ich, während der kleine Hund zappelt und zufriedene Fiepser ausstößt. »Also ist das hier ein Tierheim für Hunde?«, frage ich und schaue mich um. Das haben die Ladeninhaber gar nicht erwähnt.

»Richtig.« Er lacht spöttisch auf. »Ich leite es, um meine Sünden abzubüßen.«

»Es ist sicher eine Menge Arbeit.« So sehr ich Tiere auch liebe, kann ich mir nicht vorstellen, die Verantwortung für so viele Hunde zu tragen.

»Ja, stimmt«, erwidert er. »Aber es ist die Mühe wert. Viele von ihnen wären eingeschläfert worden, wenn ich sie nicht aufgenommen hätte. Horatio zum Beispiel.«

Horatio leckt inzwischen seinen Napf aus, als ob sein Leben davon abhinge.

»Wenn Sie nicht die Dame mit dem Welpen sind, wer sind Sie dann?«, erkundigt er sich und mustert mich neugierig.

Ich kehre jäh in die Wirklichkeit zurück. Die Hundegeschichten haben mich so abgelenkt, dass ich beinahe vergessen hätte, warum ich eigentlich hier bin.

»Verzeihung. Meine Name ist Coco Swan, und ich suche das Glacken House. Das Paar im Dorfladen sagte, das wäre hier.« Ich weise auf das große Haus. Vielleicht ist Duke ja irgendwo da drin. Bei der bloßen Vorstellung habe ich Schmetterlinge im Bauch.

»Also haben Sie Peg und Ted schon kennengelernt?« Er grinst mich an. »Die beiden sind hier eine Legende.«

»Das kann ich mir denken.« Ich erwidere sein Lächeln.

»Nun, eigentlich wollte ich zu Mr. Flynn. Ist er da?«, frage ich.

»James Flynn?«

Also haben seine Adoptiveltern ihn James genannt, nicht Duke. Arme Tatty, offenbar hat man ignoriert, dass sie ihm bereits einen Namen gegeben hatte.

»Ja.«

»Dann sind Sie hier falsch, fürchte ich. Tut mir leid. Er ist weggezogen.«

»Oh?« Ich werde von Enttäuschung ergriffen.

»Ich habe ihm das Haus vor über drei Jahren abgekauft. Mein Name ist Mac Gilmartin. Kann ich vielleicht etwas für Sie tun?« Als er mich wieder angrinst, entstehen rings um seine Augen tiefe Fältchen. Er ist wirklich sehr attraktiv und erinnert mich an Grizzly Adams aus der Fernsehserie *Der Mann aus den Bergen*. Nicht, dass ich im Moment Zeit und Lust hätte, mich damit zu beschäftigen.

Ich bin tief enttäuscht. Wie dumm von mir – ich wäre nie auf den Gedanken gekommen, dass Duke, oder James, wie er jetzt heißt, umgezogen sein könnte. Was bin ich nur naiv! Natürlich konnte es nicht so leicht sein, ihn zu finden. Es war eine absolute Schwachsinnsidee.

»Muss ich Ihr Schweigen als nein deuten?«, fragt Mac Gilmartin.

»Ja, tut mir leid.«

»War es wichtig?«

»Äh, ja, irgendwie schon«, antworte ich.

»Hmmm ... Sie tun wohl gern geheimnisvoll, was?« Wieder neigt er den Kopf zur Seite.

»Was soll das heißen?«

»Machen Sie das immer so?«

»Was?«

»Eine Frage mit einer Gegenfrage beantworten?«

»Tue ich das?«

Er lacht. »Ja – und Sie haben es schon wieder getan. Das

ist eine klassische Ausweichtaktik. Und ich weiß noch immer nichts über Sie. Sie sind wirklich gut, das muss ich Ihnen lassen.«

»Sie wissen nicht zufällig, wo er jetzt ist, oder?«, erkundige ich mich, als ich wieder klar denken kann. Gut, dann ist Duke/James nicht mehr hier, doch vielleicht ist er ja nicht weit weg. Ich könnte ihn also trotzdem aufspüren. Es ist noch nicht aller Tage Abend. Es könnte nur ein kleiner Umweg sein. Vielleicht wohnt er ja bloß die Straße hinauf im Nachbardorf.

Die Hunde werden allmählich unruhig. Sie haben ihre Näpfe geleert und schnuppern jetzt hektisch den Boden ab, um festzustellen, ob wir noch etwas Interessantes zu bieten haben.

»Könnten wir uns beim Gehen unterhalten?«, schlägt Mac vor und weist auf die Wiese vor uns. »Die Hunde wollen ihren Auslauf haben.«

»Äh, ja, einverstanden«, entgegne ich. Ich brauche weitere Informationen, und offenbar bleibt mir nichts anderes übrig. Zum Glück habe ich meine altbewährten Stiefel an, weshalb es kein Problem darstellt, durch matschige Wiesen zu stapfen.

»Gut, dann alles mitkommen, Zeit, sich ein bisschen auszutoben«, verkündet er, sammelt die leeren Näpfe ein und stapelt sie auf einer hohen Mauer, wo die Hunde sie nicht erreichen können.

Die Hunde rennen voraus, rasen über die Wiese und schlittern zur Seite, als sie um die Ecke biegen. Offenbar kennen sie den Weg und können es kaum erwarten, ihr Ziel zu erreichen.

»Tut mir leid, aber sie sind das gewöhnt«, erklärt er mir. »Wenn sie nicht mindestens zweimal am Tag ausgeführt werde, drehen sie am Rad. Und glauben Sie mir, das ist dann kein Spaß.«

Wir lachen, als Horatio einen Satz über das Gartentor

macht und ein kleines weißes Fellknäuel vergeblich versucht, seinem Beispiel zu folgen.

»Blondie, du lernst es wohl nie«, meint Mac und öffnet das Tor, damit sie weiterlaufen kann.

»Sie ist so süß.«

»Sie hält sich für einen Dobermann, gefangen im Körper eines Shih-Tzu.«

»Ich verstehe.« Ich muss lachen.

»Aber wenigstens traut sie sich jetzt was. Als sie herkam, war sie total eingeschüchtert.«

»Was ist mit ihr passiert?«, frage ich, während ich zuschaue, wie der kleine Hund sich in eine Schlammpfütze wirft, sich begeistert darin wälzt, die Schultern in den Matsch bohrt und glücklich und ausgelassen herumzappelt.

»Sie war bei einem illegalen Züchter und hatte in drei Jahren massenweise Junge geworfen. Die Arme war völlig erledigt, als sie zu uns kam. Außerdem hatte sie die Räude, und ihre Zähne waren völlig kaputt. Doch inzwischen geht es ihr besser.«

»Wie entsetzlich.« Ich zucke zusammen, als ich die traurige Geschichte höre.

»Jetzt aber genug von dieser Rasselbande. Sie suchen James, ja?«, fragt er. »Sind Sie eine Verwandte? Oder eine Freundin?«

Inzwischen mustert er mich verstohlen, offenbar, um herauszufinden, ob ich eine Schraube locker habe.

»Nein, bin ich nicht«, erwidere ich zögernd. »Ich habe nur … etwas, das wahrscheinlich ihm gehört.«

»Aha, Sie sind eindeutig eine Geheimniskrämerin! Noch immer keine Einzelheiten?« Er zieht die Augenbraue hoch.

»Nun, es ist eine ziemlich lange Geschichte«, antworte ich, weil ich nicht weiß, wo ich anfangen soll.

Er wartet schweigend darauf, dass ich zu erzählen beginne.

»Wie gut kennen Sie Duke – ich meine James?«, frage ich.

»Eigentlich gar nicht. Ich hatte nur mit dem Immobilienmakler zu tun.«

Ich überlege, wie ich weitermachen soll. Wenn er und James nicht befreundet sind, ist es doch sicher kein Problem, ihm die ganze Geschichte anzuvertrauen. Ja, er ist ein Fremder, aber er hat ein offenes Gesicht, was es mir erleichtert, ihm mein Herz auszuschütten. Was habe ich schon zu verlieren?

»Nun, die Sache liegt wie folgt: Ich besitze ein Antiquitätengeschäft in Dronmore«, sage ich. »Ich habe bei einer Auktion eine Handtasche gekauft, und darin lag ein Brief ...«

»Ein Brief?«

»Ja, ein sehr persönlicher Brief. Und ich glaube, dass er an James gerichtet sein könnte.«

»Sie glauben? Sie sind also nicht sicher?« Er grinst mich spöttisch an.

»Ja, genau das ist das Problem. Ich kann nichts mit Bestimmtheit sagen.«

»Aha. Und was steht jetzt in dem Brief? Oder werden Sie mir das nicht verraten?«

Die Hunde haben sich übers Gelände verteilt und beschnuppern und erkunden fröhlich die Wiese bis in den letzten Winkel.

»Der Brief wurde von einer Mutter an das Kind geschrieben, das sie zur Adoption freigeben musste. Und ich vermute, dass James dieses Kind ist.«

»Mann, das ist wirklich persönlich.« Er stößt einen leisen Pfiff aus.

»Ich weiß. Die Frau, die ihn geschrieben hat, ist vor Kurzem verstorben. Also kann ich ihr den Brief nicht zurückgeben.«

»Und deshalb fühlen Sie sich verpflichtet, ihn dem Adressaten zugänglich zu machen, ist das der Grund?«

»Ja, schon.«

»Doch das könnte jeder x-Beliebige sein. Warum glauben Sie, dass es James ist?«, hakt er nach.

»Weil ich Nachforschungen angestellt habe. Und die haben mich erst nach London und dann hierher geführt …«

Er starrt mich mit großen Augen an. Jetzt hält er mich für eine Spinnerin. Es war ein Fehler, es ihm zu sagen.

»Darf ich fragen, warum Sie sich all diese Mühe machen? Eigentlich geht es Sie ja nichts an, oder?«, erkundigt er sich.

»Nun, ich fand, dass die Person, für die der Brief gedacht war, ihn auch haben sollte. Und ich war … neugierig.« Das mit Mum wird er von mir nicht erfahren. Das würde einfach zu verrückt klingen, und ich will mich nicht noch mehr blamieren.

Er betrachtet mich abschätzend. »Ja, das kann ich nachvollziehen«, meint er schließlich. »Das ist eine wirklich spannende Angelegenheit. Wenn ich adoptiert wäre, würde ich einen Brief von meiner Mutter auch gerne sehen wollen.«

»Ich ebenfalls«, antworte ich, erleichtert und seltsam froh darüber, dass wir uns einig sind.

»Wahrscheinlich fühlen Sie sich irgendwie verantwortlich, was? Da Sie die Tasche ja gefunden haben.«

»Ja, genau. Ich halte es für meine Pflicht, diesen Mann aufzuspüren. Vermutlich hört sich das albern an …«

»Nein, überhaupt nicht. Es ist wunderschön.«

Als er mich wieder angrinst, freue ich mich sehr. Er versteht mein Anliegen und hält mich ganz und gar nicht für eine Spinnerin. Offenbar findet er mein Vorhaben absolut nachvollziehbar.

»James ist vor etwa drei Jahren weggezogen?«, frage ich und wende mühsam die Augen von seinen ab. Je länger ich mit ihm spreche, desto mehr wird mir bewusst, wie unglaublich attraktiv er ist.

»Ja, so ungefähr – vielleicht ist es ein bisschen länger her.«

»Und Sie sind eingezogen?«

»Ja, ich habe ein Haus mit viel Platz gesucht, und dieses hier passte genau.« Er weist auf das gewaltige Grundstück – an Haus und Garten schließen schätzungsweise einige Hektar an.

»Es ist wunderschön hier«, sage ich. Vor uns erstreckt sich unbebautes Land, so weit das Auge reicht.

»Ja, uns gefällt es, oder, Leute?«, meint er zu den Hunden.

Etwas daran, wie er das ausspricht, weckt in mir die Vermutung, dass er allein wohnt. Allerdings ist das unwahrscheinlich: Das Haus ist riesig. Sicher hat er eine elegante Ehefrau und eine Horde reizender Kinder. Ich kann sie mir gut vorstellen – wie aus der Boden-Werbung, in passenden gepunktenten Gummistiefeln und umringt von ihren treuen Hunden. Ich zwinge mich, in die Wirklichkeit zurückzukehren.

»Und Sie haben keine Ahnung, wo James hingezogen ist?«, frage ich.

»Ich …«

Er kann den Satz nicht beenden, weil plötzlich eine Stimme ertönt. »Hallo? Sind Sie Mac?« Eine aufgelöst wirkende Frau mit einem Welpen im Arm kommt auf uns zugehastet. Offenbar ist das die Dame mit dem aus dem Auto geworfenen Hund, die er erwartet hat.

»Entschuldigen Sie mich einen Moment?«, fragt er und sieht mich an. »Ich muss mich nur rasch um diesen Welpen kümmern. Bin gleich zurück, okay?«

Er läuft auf die Frau zu, und dann gehen die beiden rasch ins Haus. Sie unterhalten sich angeregt und stecken die Köpfe zusammen. Als ich ihnen nachblicke, fühle ich mich plötzlich ein wenig albern. Was denkt dieser Mann wohl von mir? Wahrscheinlich, dass ich nicht alle Tassen im Schrank habe. Gut, er spielt mir Theater vor und hat meine Aktion sogar als wunderschön bezeichnet – doch er scheint ein höflicher

Mensch zu sein. Wahrscheinlich lacht er insgeheim über mich. Wenn jemand mit einer verworrenen Geschichte wie dieser im Swan's aufkreuzen würde, würde ich vermutlich auch nicht sehr aufgeschlossen reagieren. Sicher würde ich versuchen, denjenigen so schnell wie möglich abzuwimmeln. Mac Gilmartin war ausgesprochen hilfsbereit, aber die Spur ist erkaltet. Wenn Duke/James vor drei Jahren weggezogen ist, könnte er überall und nirgendwo sein.

Am besten verschwinde ich, bevor Mac Gilmartin zurückkommt. Wir haben nichts mehr zu bereden, und es wäre schrecklich peinlich, weiter Smalltalk betreiben zu müssen. Inzwischen komme ich mir mehr als albern vor – aus einer Laune heraus hierher zu fahren war nicht mutig, sondern einfach nur dumm.

»Es war sehr nett, dich kennenzulernen«, sage ich zu Horatio, der hinter mir hertrottet und mich zum Auto begleitet, als ich mich leise aus dem Staub mache. Ich öffne die Wagentür und gebe ihm ein Stück Keks, das ich in der Seitentasche finde. Nachdem er es vertilgt hat, leckt er mir die Hand und sucht nach mehr.

»Entschuldige, Kumpel, aber das war alles.« Ich erkenne an seinem Gesichtsausdruck, dass er mich versteht. Ich bin wirklich noch nie einem Hund begegnet, der einen so intelligenten Eindruck macht. Etwas an seinem Blick verrät mir, dass er mehr gesehen hat als die meisten Menschen.

»Wie konnte dich jemand quälen?«, frage ich und tätschle ihn ein letztes Mal, worauf er mit dem Schwanz wedelt. Als mein Auto über den Kiesweg davonholpert, bemerke ich im Rückspiegel, wie er, immer noch fröhlich mit dem Schwanz wedelnd, davongeht. Und ich werde von Bedauern ergriffen, weil ich ihn – und Mac Gilmartin – niemals wiedersehen werde.

19

»Wie jammerschade, dass Mac Gilmartin dir nicht mehr erzählen konnte«, meint Ruth, als wir am Nachmittag zusammen die Hauptstraße von Dronmore entlangschlendern.

Beim Gehen hake ich sie unter. Eigentlich hatte ich nach meiner Rückkehr nicht die geringste Lust auf einen Spaziergang, doch Ruth hat darauf bestanden, dass wir beide frische Luft brauchen, nachdem ich ihr von meinem Besuch in Glacken erzählt habe. Als ich mich sträubte, hat sie mich mehr oder weniger gewaltsam aus dem Haus geschleppt. Inzwischen habe ich sogar Freude daran, obwohl es bitterkalt ist und Frost in der Luft liegt.

»Ist es nicht wundervoll belebend?«, fragt Ruth, als könne sie meine Gedanken lesen. »Ich finde, ein Spaziergang ist ein Allheilmittel. Es macht den Kopf frei.«

»Ja«, stimme ich geistesabwesend zu. Ich bin in Gedanken ganz weit weg.

»Hör auf, dich zu zermürben, Coco«, sagt sie aus heiterem Himmel.

»Was meinst du damit?«, sage ich, obwohl ich bereits einen Verdacht habe, worauf sie anspielt.

»Du ärgerst dich über dich selbst, weil du nicht geblieben bist, um weiter nachzuhaken, richtig? Vielleicht hätte Mac Gilmartin dir noch mehr über Duke erzählen können.«

»James«, verbessere ich sie.

»Verzeihung, James. Aber ich habe recht, oder?«

Ich nickte. »Ich könnte mich ohrfeigen«, gebe ich zu. »Ich

hätte bleiben sollen, um herauszufinden, ob er noch etwas weiß. Doch ich habe kalte Füße gekriegt.«

Genau so war es – ich habe den Mut verloren. Ruth tätschelt mir anteilnehmend den Arm. »Vermutlich hat Mac Gilmartin dich aus dem Konzept gebracht«, stellt sie fest. »Offenbar hat er dich beeindruckt.«

»Nein, hat er nicht«, entgegne ich automatisch. Ich streite es ab, obwohl sie richtigliegt. Er hat auf mich gewirkt, und zwar so, wie ich es schon seit einer Weile nicht mehr erlebt habe. Und das hat mich ziemlich verwirrt.

»Gut, dann eben nicht. Jedenfalls muss es doch einen Weg geben, James Flynn aufzuspüren. Er kann sich ja nicht in Luft aufgelöst haben.«

»Keine Ahnung, Ruth. Ich glaube, ich bin in einer Sackgasse gelandet. Vielleicht sollte ich einfach das Handtuch werfen.«

»Du darfst jetzt nicht aufgeben«, protestiert sie und nickt einem Passanten zu. »Schließlich bist du schon so weit gekommen.«

Ich antworte nicht. Im Moment erscheint es mir als die beste Lösung, die Sache auf sich beruhen zu lassen. Vielleicht war meine Vermutung, das alles könnte etwas mit Mum zu tun haben, ja ein Fehler. In London war ich so sicher, dass ich Tattys Sohn den Brief geben müsse. Inzwischen weiß ich es nicht mehr. Möglicherweise ist es das Klügste, die Angelegenheit zu vergessen. Ich sollte mich an der Handtasche erfreuen und den Brief als ein Stück Vergangenheit betrachten. Allerdings ist das leichter gesagt als getan, weil ich ständig daran denken muss: an Tatty, ihr verschollenes Baby und die ganze traurige Angelegenheit. Sollte der Mann nicht erfahren, wie seine Mutter sich gefühlt hatte? Darf ich ihm diesen Teil seiner Lebensgeschichte vorenthalten? Sie hat ihn so geliebt, und es hat sie zerstört, ihn aufgeben zu müssen. Hat er es nicht verdient, das zu erfahren?

Mein Herz sagt Ja, doch mein Verstand widerspricht, dass es klüger sein könnte, die Finger davonzulassen. Ich bin der Geschichte dorthin gefolgt, wohin sie mich geführt hat, und jetzt stehe ich vor einer Wand. Könnte das ein Hinweis darauf sein, dass es Zeit ist, sich geschlagen zu geben?

Das Problem ist nur, dass eine beharrliche innere Stimme mir zuraunt, dass ich noch nicht alle offenen Fragen geklärt habe. Ich bin gegangen, bevor Mac Gilmartin mir mehr erzählen konnte. Vielleicht hat er ja weitere Hinweise, die mir helfen könnten, Tattys Sohn zu finden, und ich werde den Gedanken nicht los, dass ich es vermasselt habe. Hat Cat nicht etwas Ähnliches gesagt, als ich Tom nicht nach Neuseeland begleiten wollte? Ich hätte in letzter Sekunde einen Rückzieher gemacht? Vielleicht ist es mit dem Brief ja genau das Gleiche: Ich habe mich darauf eingelassen, und als ich kurz vor dem Durchbruch stand, habe ich die Flucht ergriffen.

Wieder tätschelt Ruth mir den Arm, als wisse sie von dem Kampf, der in mir tobt. »Erzähl mir, wie es Cats reizenden Zwillingen geht. Passt du heute Abend nicht auf sie auf?«, fragt sie, um das Thema zu wechseln.

»Ja«, erwidere ich. »Ich hoffe nur, dass sie sich benehmen!«

Trotz meiner scherzhaften Drohung von heute Vormittag freue ich mich aufs Babysitten.

»Das werden sie sicher«, meint sie. »Du hast einen Draht zu Kindern.«

»Da bin ich nicht so sicher«, antworte ich, als mir einfällt, wie ich das Gespräch mit Mark in den Sand gesetzt habe.

»Und wie geht es Mark?«, fährt sie fort, als läse sie wieder meine Gedanken. »Cat macht sich bestimmt Sorgen, weil er vom Unterricht ausgeschlossen worden ist.«

»Eindeutig«, erwidere ich. »Dicke Luft. Sie weiß nicht, was sie tun soll. Ich habe versucht, mit ihm zu reden, um rauszukriegen, was er hat, aber er macht den Mund nicht auf.«

»Ach, ja, die gefürchtete Pubertät. Mit dir hatten wir diese Probleme nicht«, meint Ruth und lächelt mich an, dass auf ihren Wangen Grübchen entstehen.

»Wirklich?«, hake ich nach.

»Ja, ich war auf das Schlimmste gefasst, weil deine Mutter in diesem Alter so schwierig war. Aber du hast uns keinen Ärger gemacht.«

»Soll das heißen, dass ich langweilig war?« Ich seufze auf. Ich war als Teenager viel zu zurückhaltend, um zu rebellieren.

»Nein, Liebes, langweilig warst du nie. Und mit Mark kommt alles wieder in Ordnung, vertrau mir. Ich bin im Internat auch mal vom Unterricht ausgeschlossen worden und trotzdem ein einigermaßen anständiger Mensch geworden.«

»Du bist ausgeschlossen worden?« Ich lache ungläubig auf. »Warum?«

»Wegen einer Prügelei, warum sonst?«, antwortet sie mit einem Funkeln in den Augen.

»Was genau hast du angestellt?«

»Ich habe mit einem anderen Mädchen gerauft, bis sie am Boden lag. Ich habe ihr sogar ein paar Haare ausgerissen.«

»Nein!«

»Doch. Es war eine richtige Keilerei. Noch Monate später wurde darüber geredet. Natürlich haben die Nonnen fast einen Nervenzusammenbruch gekriegt.«

»Und das andere Mädchen? Wurde sie auch ausgeschlossen?«

»Oh, nein, Anna hat das Opfer gespielt – sie war einfach schlauer als ich.«

»Anna?«, stoße ich hervor. »Du hast dich mit deiner *Schwester* geprügelt?«

»Ja. Sie hatte es verdient.« Ruths Augen leuchten.

»Was hat sie getan?«, frage ich und lache über ihren spitzbübischen Tonfall.

»Sie hat mich bei den Nonnen verpetzt, weil ich mich bei Dunkelheit davongeschlichen hatte, um mich mit meinem Freund zu treffen.«

»Und das hat nicht gestimmt?«

»Oh, doch. Aber sie war ein kleiner Moralapostel und konnte einfach den Mund nicht halten. Ich glaube, sie war außerdem neidisch.«

»Wow! Und wie lange wurdest du ausgeschlossen?«

»Für eine Woche. Sie haben mich nach Hause geschickt. Unsere Eltern waren gar nicht begeistert, das kann ich dir sagen.«

»Haben sie je erfahren, was passiert war?«

»Nein, ich habe Anna gedroht, ihr die Augen auszukratzen, wenn sie etwas verrät. Und sie hat mir geglaubt!« Sie wirft den Kopf in den Nacken und lacht aus voller Kehle. Ihre silbernen Locken wippen unter ihrer roten Wollmütze.

»Ruth! Wie gemein von dir.«

»Ich weiß, ich war schrecklich. Die arme Anna ...« Plötzlich scheint sie in Gedanken versunken. »Sie war immer ein bisschen steif.«

»Vielleicht wird sie jetzt ja lockerer«, meine ich. »Unser Ausflug war doch ein Spaß, oder?«

Ruth nickt. »Ja, das hat ihr gutgetan. Sie sollte öfter so etwas unternehmen. Seit Jahren steht sie unter Druck. Diese Lügerei wegen Colin hat ihr wirklich geschadet.«

»Glaubst du, dass sie ihm je verzeiht?«, frage ich. Anna hat ihn zwar seit unserem Ausflug nicht erwähnt, doch er beschäftigt sie sicher noch.

»Ich würde mich freuen, wenn sie es um ihrer selbst willen tut. Aber ich glaube nicht, dass es passieren wird. Sie hat ihr Herz gegen ihn verhärtet. Woraus ich ihr keinen Vorwurf machen kann.«

»Ich fasse es nicht, was sie alles ausgehalten hat, ohne dass ich davon wusste«, sage ich und steckte die Hände in die Manteltaschen, um sie zu wärmen.

»Ja, es war ein schweres Los. Deshalb hat sie ihre raue Schale ja kultiviert, um sich zu schützen.«

»Du bist eine gute Schwester, Ruth«, platze ich heraus, weil ich möchte, dass sie das weiß.

»Bin ich das?« Ruth verzieht das Gesicht. »Ich bin mir da nicht so sicher. Weil ich das Gefühl habe, dass sie kein gutes Haar an mir findet, provoziere ich sie manchmal absichtlich.«

»Kein Mensch ist vollkommen«, erwidere ich.

»Da sagst du mir nichts Neues!« Sie lacht auf. »Obwohl Karl da anderer Ansicht ist.«

»Es läuft gut zwischen euch, oder?« Ich lächle sie an.

»Ja, ich glaube, schon«, antwortet sie. »Es gibt da nur ein Problem. Er will, dass ich Anna von uns erzähle.«

»Und tust du es?«

»Ich weiß nicht. Wenn ja …«

»Dann ist das der nächste Schritt, und es wird etwas Ernstes mit euch« beende ich für sie den Satz.

»Genau«, erwidert sie und sieht mich überrascht an. »Seit wann bist du so weise?«

Wir verfallen in Schweigen, als wir den Hügel hinaufgehen und uns von der Stadt entfernen. Die kühle Luft in meiner Lunge fühlt sich gut an, und der Wind weht mir ins Gesicht, als wir, gemütlich und wortlos, weiterschlendern. Die frische Luft macht mir den Kopf frei. Ruth hatte recht – der Spaziergang tut mir gut.

»Hier wären wir«, verkündet Ruth und bleibt plötzlich stehen. Ich stelle fest, dass wir vor dem Friedhofstor stehen, und mir wird bang ums Herz. War das ihr Ziel? Will sie zum Grab von Mum und Großvater? Ich war schon lange nicht mehr hier – die Erinnerung an das, was wir verloren haben, tut einfach zu weh. Dennoch sage ich nichts, als Ruth das Tor öffnet und den schmalen Weg zur letzten Ruhestätte der beiden entlanggeht. Ich folge ihr einfach. Wenn sie das Grab besuchen möchte, begleite ich sie. Nach allem, was sie für mich getan hat, bin ich es ihr schuldig, ihr Gesellschaft zu leisten.

»Es ist so friedlich hier, findest du nicht?«, fragt sie, als wir vor dem Grab stehen, und bückt sich, um Unkraut vom Stein zu zupfen. »Meiner Ansicht nach haben sie eine der besten Grabstätten, weil die Aussicht hier so schön ist.«

Wir blicken über die geschwungenen Hügel in der Ferne, hinter denen gerade die Wintersonne untergeht. Rosafarbene Streifen entstehen am grauen Himmel, als das Licht am Horizont verschwindet. Ruth hat recht: Die Aussicht hier ist traumhaft. Wenn Großvater das sehen könnte, wäre er sicher begeistert. Ich schließe die Augen und stelle ihn mir vor, wie er war, bevor er erkrankte und das spitzbübische Funkeln in seinen Augen schwächer wurde, bis es schließlich endgültig erlosch. Für ihn gab es nichts schöneres als eine malerische Aussicht an einem angenehmen Abend. Er vertrat immer die Auffassung, dass die kleinen Freuden im Leben die besten seien. Was Mum betrifft, bin ich nicht sicher, ob es ihr hier gefallen hätte. Sie hat den Großteil ihres Lebens damit verbracht, durch die Welt zu reisen und einem weit entfernten Stern zu folgen. Als ich mich umsehe, werde ich den Gedanken nicht los, dass dieser ruhige Kleinstadtfriedhof nicht ihrer Vorstellung vom Paradies entsprochen hätte.

»Ich vermisse die beiden«, sagt Ruth leise.

»Ich auch«, erwidere ich. Manchmal fällt es mir schwer, Mums Gesicht vor mir zu sehen, so viel Zeit ist seit ihrem Tod vergangen. Natürlich habe ich Fotos von uns und auch Videos, die uns zusammen zeigen. Und dennoch erscheint sie mir oft wie ein Phantasiegebilde. Vielleicht bin ich dauernd auf der Suche nach Botschaften von ihr, weil ich eine Verbindung zu ihr brauche.

Ruths Gesicht ist ernst und wirkt im Dämmerlicht blass. »Weißt du, er war nicht meine erste Liebe«, sagt sie unvermittelt. »Dein Großvater.«

»Wer dann? Der Freund, mit dem du dich heimlich getroffen hast, als du im Internat warst?«

»Ja, stimmt. Deshalb war ich so unbeschreiblich wütend auf Anna, weil sie mich verpetzt hat. Als ich nach dem Unterrichtsausschluss zurückkam, habe ich rausgekriegt, dass er mich mit einer anderen betrogen hat.«

»Nein! So ein Arschloch!«, rufe ich aus. Die arme Ruth. Es muss sie schrecklich gekränkt haben, insbesondere, weil sie so viel für ihn riskiert und die Folgen auf sich genommen hat.

»Ja, irgendwie war er das.« Sie seufzt auf. »Er hat mir das Herz gebrochen, ich habe Jahre gebraucht, um darüber hinwegzukommen. Aber seine erste Liebe vergisst man nie, richtig?«

»Du hast doch nicht etwa mit ihm geschlafen, oder?« Ruth ist ein sinnlicher Mensch, aber Sex als Schulmädchen? Nun, das war damals nicht unbedingt üblich.

»Doch, habe ich«, gibt sie zu und sieht mich an, um festzustellen, wie ich darauf reagieren werde. »Es war wirklich skandalös. Und bevor ich deinen Großvater kennengelernt habe, waren da auch noch ein paar andere.«

»Du Jezebel!« Ihr vielsagender Blick bringt mich zum Lachen.

»Ja, ich war wohl ziemlich wild. Zum Glück hat es deinen Großvater nicht gestört.«

»Hast du es ihm erzählt?« Ich betrachte das Grab, in dem er und Mum die letzte Ruhe gefunden haben. Er hat sie so geliebt – kein Wunder, dass ihn ihre Vergangenheit nicht gekümmert hat.

»Oh, ja, wir hatten keine Geheimnisse voreinander. Das gehörte zu den Dingen, die ich am meisten an ihm geliebt habe.

Ich konnte ganz ich selbst sein. Er hat mich nie verurteilt oder versucht, mich zu ändern.«

Sie tritt an den Grabstein und streicht mit den Fingern über seinen Namen. »Er hat mich verstanden wie sonst niemand«, sagt sie leise, und ich höre den Schmerz in ihrer Stimme.

Ich weiß nicht, was ich darauf antworten soll. Sie sieht so traurig aus, dass mir die Worte fehlen. Ich dachte, dass es sie glücklich macht, dass Karl in ihr Leben getreten ist, aber offenbar fällt es ihr noch schwer, nach vorne zu schauen.

»Hey, Jezebel, was hältst du von einer Tüte Pommes?«, schlage ich vor. »Ich finde, die haben wir uns nach diesem Gewaltmarsch verdient, oder?« Ich weiß, dass ich das Thema wechsle. Doch vermutlich hat sie in diesem Moment nichts dagegen.

»Du sprichst mir aus der Seele, Coco Swan«, erwidert sie lächelnd. Aber das Lächeln erreicht ihre Augen nicht ganz. Also umarme ich sie, um mich ebenso zu trösten wie sie. Dabei blicke ich über ihre Schulter auf die beiden Namen auf dem Grabstein. In Wahrheit hasse ich diesen Friedhof. Ich fühle mich ihnen hier niemals nah. Ruth scheint es zu helfen hierherzukommen. Aber mir nicht. Und ich glaube, das wird auch niemals so sein. Es erinnert mich nur daran, was ich unwiederbringlich verloren habe.

Als ich den Stein betrachte, bemerke ich eine winzige weiße Blume, die zwischen dem Kies auf dem Grab hervorlugt – wahrscheinlich Unkraut. Ich mache mich von Ruth los, um die Pflanze auszureißen, als sie mich zurückhält.

»Nein! Das ist kein Unkraut, Coco«, sagt sie. »Sondern eine Blume.« Sie bückt sich und sieht sie sich genauer an. »Ich fasse es nicht!«, ruft sie aus.

»Was ist?«, frage ich.

Inzwischen kauert Ruth da und nimmt die Blume, die aus dem Kies ragt, gründlich unter die Lupe. »Ich glaube es nicht.

Das ist die Lieblingsblume deiner Mum«, verkündet sie mit weit aufgerissenen Augen. »Wie mag sie hierhergekommen sein, und noch dazu um diese Jahreszeit? Sind da irgendwo noch andere?«

Ich blicke mich um, aber da ist nur diese eine auf der kleinen Grabstätte. »Nein.«

»Wie seltsam. Wo kommt sie her? Ich wollte immer welche pflanzen und habe es nie geschafft …«

Als sie das sagt, bekomme ich eine Gänsehaut. Mum hat diese Blume geliebt, und nun wächst sie aus unerklärlichen Gründen auf ihrem Grab – das ist wirklich merkwürdig. Wie … ein Zeichen.

»Wie heißt sie, Ruth?«, frage ich.

»Gypsophila, im Volksmund *baby's breath,* wörtlich Babyatem – Schleierkraut. Ich fand den Namen immer sehr hübsch.«

Ich schnappe nach Luft. Die Blume heißt *baby's breath*? Kann das ein Zufall sein?

Ruth mustert mich, und ich merke ihr an, dass sie weiß, was in mir vorgeht. Wir denken beide dasselbe: Könnte das noch ein Zeichen sein? Eine Botschaft von Mum, dass ich die Suche nach Tattys Baby nicht aufgeben soll? »Nun, wenn du eine Bestätigung brauchst, dass du weitersuchen musst, hast du sie meiner Ansicht nach gefunden«, sagt Ruth und betrachtet kopfschüttelnd die kleine Blume.

»Man kann sich darauf verlassen, dass Mum Sand ins Getriebe streut«, meine ich, bücke mich und berühre die zarten Blütenblätter, die so winzig und dennoch so wundervoll wohlgeformt sind.

»Vielleicht möchte sie nicht, dass du schon das Handtuch wirfst«, erwidert sie grinsend.

»Als Nächstes behauptest du noch, dass Opa auch an der Verschwörung beteiligt ist!«

»Vielleicht«, entgegnet sie. »Er hatte eine Schwäche für gute Krimis.«

»Das stimmt ...« Opa war ein großer Fan von *Inspector Morse* und *Miss Marple*.

»Was meinst du, Coco?«, fragt Ruth und steht auf. »Machst du weiter?«

Ich betrachte die Blume, die sich im kalten Wind regt. Sie ist zwar zart, lässt sich aber nicht unterkriegen. »Nun, wahrscheinlich sollte ich. Ansonsten verbündet ihr euch noch alle gegen mich!«

»Braves Mädchen!« Sie klatscht in die Hände. »Und wie sieht dein nächster Schritt aus?«

»Mein nächster Schritt besteht darin, eine Riesenportion Fish and Chips zu verschlingen. Dann muss ich zum Babysitten zu Cat. Und anschließend ... wer weiß?«

»Ach, das Unbekannte ist immer so aufregend«, meint Ruth, während wir den Friedhofspfad entlang zum Tor gehen.

Als sie das ausspricht, entsteht ein sehr klares Bild vor meinem geistigen Auge – das eines sehr schlampig angezogenen, dunkeläugigen Mac Gilmartin.

20

»Oh, Gott, der Mann muss der absolute Traum sein«, begeistert sich Cat.

Ich sitze an ihrem Küchentisch und habe gerade meinen Ausflug nach Glacken und meine Begegnung mit Mac Gilmartin geschildert. »Ja, er war recht nett«, räume ich ein. »Nur schade, dass er mir nichts über Tattys Sohn erzählen konnte.«

»Wir müssen rauskriegen, ob er verheiratet oder in einer festen Beziehung ist«, entgegnet sie nachdenklich. Offenbar ist sie in Gedanken ganz und gar nicht bei Tatty.

»Cat!«

»Was ist?«, erwidert sie mit Unschuldsmiene. »Du bist nicht die Einzige, die Detektiv spielen kann. Der Typ macht einen sympathischen Eindruck auf mich. Ich kann mir euch beide gut zusammen vorstellen.«

»Ich habe gerade mal zehn Minuten mit dem Mann gesprochen«, halte ich ihr vor Augen.

»Ja.« Sie grinst hämisch. »Zehn Minuten im Paradies, wie es sich anhört.«

»Es war rein geschäftlich, glaube mir.« Ich schlage mit einem Geschirrtuch nach ihr, weil ich nicht zugeben will, dass sie recht hat – ich fand Mac wirklich sympathisch.

»Ach, komm schon, Coco, ein bisschen Romantik wird dich nicht gleich umbringen«, hänselt sie mich. »Es muss ja nicht gleich die große Liebe sein, Lust genügt.«

»Du hast eine schmutzige Phantasie. Ich stehe nicht auf ihn«, protestiere ich. Doch das leichte Beben in meinem

Bauch, wenn ich an den hinreißenden Mac Gilmartin denke, verrät mir, dass das nicht stimmt.

»Wirklich?« Cat zieht eine Augenbraue hoch. »Dann träumst du also nicht davon, es mit Mr. Grizzly Adams auf seinem Heuboden so richtig zu treiben?«

»Hör auf damit!«, kreische ich. »Ich hätte ihn dir niemals beschreiben sollen!«

»Ich bin sehr froh, dass du es getan hast.« Sie kichert. »Der Typ scheint echt scharf zu sein!«

»Wovon redet ihr beide?« David kommt in die Küche und rückt seine Krawatte zurecht.

»Ach, nichts«, erwidert Cat lässig. »Du siehst toll aus!«

David dreht sich um die eigene Achse, um seinen schicken marineblauen Anzug vorzuführen. Sie hat recht. Er ist wirklich attraktiv. »Das ist nur der Anzug«, antwortet er bescheiden. »Du übrigens auch.« Er zwinkert ihr zu.

»Ach, hör auf damit«, stöhnt sie. »Ich sehe zum Fürchten aus.«

Weit gefehlt, denn Cat ist so hinreißend wie immer. Sie trägt ein enges rotes Bandeaukleid, das ihre zierliche Figur perfekt betont, und hat ihr Haar zu einer eleganten Hochfrisur aufgesteckt, die ich niemals hinkriegen könnte, und wenn ich mich volle vierundzwanzig Stunden abmühen würde. Ich werfe einen Blick auf meine übliche Uniform, bestehend aus Jeans und Sweatshirt, und denke, dass sie möglicherweise recht hat – vielleicht sollte ich mehr aus mir machen und mich ein bisschen aufstylen.

»Nein, stimmt nicht, du bist einfach klasse«, antwortet er und grinst sie an.

»Du *musst* das sagen«, kichert sie. »Schließlich sind wir verheiratet.«

»Kannst du nicht endlich mal aufhöre, nach Komplimenten zu angeln?«, sage ich zu ihr. »Du siehst traumhaft aus, und du weißt es auch. Und jetzt verschwindet, sonst kommt ihr zu spät.«

Sie schaut auf die Uhr. »Bist du sicher, dass alles klappt?«, fragt sie. »Mark ist um acht zu Hause, okay?«

»Ich finde noch immer, dass er Hausarrest verdient hat«, verkündet David und überprüft im Spiegel seine Krawatte.

»Wir können ihn nicht einsperren, David. Schließlich zieht er nicht durch die Nachtclubs, sondern besucht nur einen Freund.«

»Gut, aber wehe ihm, wenn er nicht pünktlich ist, denn dann setzt er bis zum Rentenalter keinen Fuß mehr vor die Tür«, entgegnet David mit finsterer Miene.

Cat wirft mir einen Blick zu, worauf ich nicke – unsere Kommunikation ist so gut, dass ich sie auch ohne Worte verstehe: Ich soll noch einmal versuchen, mit Mark zu reden und sein Vertrauen zu gewinnen.

»Jetzt geht schon endlich, sonst kommt ihr zu spät«, schimpfe ich und scheuche sie hinaus.

»Kommst du wirklich klar?«, fragt Cat noch einmal und schlüpft in ihren schwarzen Samtmantel.

»Aber natürlich«, versichere ich ihr. »Weißt du, ich bin eine ziemlich gute Babysitterin.«

Ich helfe den beiden wirklich gern. Cat und David gehen nie mehr allein aus – ihr ganzes Leben dreht sich um die Kinder und deren Freizeitaktivitäten und Spieltermine. Cat sagt oft, dass die Jungen mehr soziale Kontakte haben als ihre Eltern. Ein Abend unterwegs mit ihrem Mann ist also genau das, was sie braucht, und ich freue mich sehr, ihr das ermöglichen zu können. Vielleicht nimmt es ein wenig Druck weg: ihr Beruf, die Kraft, die es kostet, sich um die Zwillinge zu kümmern, und dann auch noch Mark, der plötzlich bockt und sich in der Schule Schwierigkeiten einhandelt. Ich denke, sie muss mal Dampf ablassen. Außerdem habe ich die Jungen seit einer

Ewigkeit nicht gesehen und verbringe gern ein wenig Zeit mit ihnen. Ja, sie können ganz schön anstrengend sein, doch das wird sich irgendwann legen. Mark war früher auch ein Treibauf, während er jetzt nur noch einsilbige Antworten gibt. Ich muss das Verhältnis zu den Zwillingen pflegen, so lange sie mich noch cool finden und glauben, dass ich fast alles weiß. Denn ehe ich mich versehe, werden sie auch anfangen, mich zu ignorieren.

Cat bleibt an der Tür stehen und umarmt mich. »Danke für alles, Coco. Ich freue mich wirklich auf heute Abend.«

»Ja«, stimmt David zu und zieht seinen Mantel an. »Nur du und ich, eine Flasche Wein und ein Essen mit drei Gängen. Und kein Wort über die Arbeit, Cat!« Er droht ihr mit dem Finger.

»Ich schwöre«, erwidert sie feierlich. »Wenn es keinen absoluten Notfall gibt.«

David verzieht das Gesicht. »Coco, sagst du es ihr bitte? Sie muss endlich mal abschalten.«

»Höre auf deinen Ehemann« befehle ich streng. »Ansonsten endest du als schrullige alte Jungfer wie ich.«

»Ich habe so ein Gefühl, dass sich das ändern wird, wenn der hinreißende Mac ins Spiel kommt.« Sie tänzelt aus meiner Reichweite, als ich nach ihr schlage, weil sie so mies und frech ist.

Im nächsten Moment kommen die Zwillinge den Flur entlanggestürmt und schlingen die pummeligen Ärmchen um mich. »Coco! Coco! Kriegen wir Schokolade?«, rufen sie.

»Das habe ich nicht gehört«, meint Cat und hält sich die Ohren zu, während sie und David zur Tür hinausspazieren. »Viel Glück, Coco!«

Anderthalb Stunden später bin ich völlig erledigt. Aber ich amüsiere mich großartig.

»Nur noch eine Geschichte, Coco? *Biiiittttteeee*?«

Michael und Patrick sitzen beide auf meinem Schoß. Wir haben uns auf dem kleinen Schaukelstuhl in ihrem Zimmer niedergelassen. Ich weiß noch, dass Coco sie auf diesem Stuhl gestillt hat – ich war immer erstaunt, wie sie das so mühelos hingekriegt hat, sie hat sie einfach, wie zwei kleine Rugby-Bälle, einen unter jeden Arm geklemmt.

Allerdings ist dieser Stuhl nicht für eine breitschultrige Erwachsene und zwei zappelnde Fünfjährige gebaut. Allmählich tut mir der Rücken weh, und die Zwillinge klammern sich aus Leibeskräften an mich, um sich nur nicht geschlagen geben zu müssen und auf den Boden zu rutschen. Ich hätte ihrem Betteln, ihnen auf diesem Stuhl etwas vorzulesen, kein Gehör schenken dürfen. Es wäre besser gewesen, sie zuerst ins Bett zu stecken, wie Cat es mir empfohlen hat. Aber ich konnte ihren niedlichen Gesichtern nicht widerstehen – wenn sie eine Charmeoffensive starten, ist man absolut hilflos. Ich wage kaum, mir auszumalen, was sie in ein paar Jahren anstellen werden, wenn sie sich verbünden, um Mädchen anzubaggern. Gegen diese beiden Profis wird keine eine Chance haben.

»Ach, Jungs, ich habe euch jetzt schon vier Geschichten vorgelesen. Schlafenszeit«, erwidere ich, während ich versuche, meine verkrampften Beine auszustrecken. Die Zwillinge werden von Tag zu Tag größer und schwerer – manchmal glaube ich sogar, von Sekunde zu Sekunde. Inzwischen weiß ich, was Cat meint, wenn sie sagt, sie müsse ihnen nur den Rücken zukehren, um ihnen ein Schinkenbrot zu machen – und schon wieder sind sie drei Zentimeter gewachsen.

»Ich will nicht ins Bett«, protestiert Michael trotzig.

»Ich auch nicht«, stimmt Patrick ein, zieht den Daumen aus dem Mund und betrachtet mich traurig. Seine großen violetten Augen sehen genauso aus wie die von Cat.

Die beiden werden allmählich weinerlich, das merke ich genau. Wenn ich sie jetzt nicht ablenke, werden sie anfangen, nach Cat zu jammern – oder vielleicht sogar darauf beharren, sie anzurufen. Und Cats und Davids gemeinsamen Abend zu stören, ist das Letzte, was ich will. Also überlege ich, wie ich dem gegensteuern kann. Essen und Trinken kommen um diese Uhrzeit nicht infrage – schließlich will ich nicht, dass sie während meiner Wache kotzen oder ins Bett machen. Doch da fällt mir etwas ein.

»Aber wie soll denn die Zahnfee kommen, wenn ihr nicht ins Bett geht?«, frage ich hinterhältig.

Beide Jungen haben heute – innerhalb weniger Minuten – einen Zahn verloren und den ganzen Abend fröhlich über den bevorstehenden Besuch der Zahnfee gesprochen. Cat hat die Zähne sogar unter ihre Kopfkissen gelegt, damit sie nicht verschwinden. In der Aufregung, dass ich heute die Babysitterin bin, haben sie das offenbar vergessen. Vielleicht wird diese kleine Erinnerung ihnen ja vermitteln, dass es eine ausgezeichnete Idee ist, ins Bett zu gehen und sofort einzuschlafen.

Nun sehen die beiden einander an, als überlegten sie, ob sie sich in ihre Betten kuscheln und einschlafen sollen – oder besser nicht.

»Ryan Delaney hat gesagt, dass es die Zahnfee gar nicht gibt«, verkündet Michael. »Er hat gesagt, dass die Mummies und Daddies das Geld unters Kopfkissen legen.«

»Ja, und der ist in der dritten Klasse«, ergänzt Patrick. »Also kennt er sich aus.«

Ich schlucke. Was soll ich darauf antworten? Es ist, als würde man gefragt, ob der Weihnachtsmann existiert – man kann nur verlieren.

»Ryan Delaney ist ein Klotzkopf«, höre ich da eine Stimme. Es ist Mark, der pünktlich in der Tür steht, ein Glück. Er hat eine tief auf den Hüften sitzende Schlabberjeans und ein Hollister-T-Shirt an, das im Hosenbund steckt. Cat hat sich fast entleibt, um dieses T-Shirt zu seinem Geburtstag aufzutreiben. Sie hat vor dem Laden Schlange gestanden und sich, als sie endlich drin war, mit Horden von Jugendlichen geprügelt. Und als sie es ihm geschenkt hat, hat er nur gebrummelt, die Farbe sei falsch.

»Wie, zum Teufel, sollte ich das erkennen?«, hat sie sich später bei mir beschwert. »Es war so stockdunkel da drin, dass ich die Hand nicht vor Augen sehen konnte.«

»Was ist ein Klotzkopf, Tante Coco?«, fragt Michael.

»Ein Vollidiot«, erwidere ich und lächle Mark über die Köpfe der Zwillinge hinweg an. Ich hoffe wirklich, dass er mir nicht die kalte Schulter zeigen wird. Ich habe ihn nicht mehr gesehen, seit ich versucht habe, mit ihm über Sean O'Malley zu reden – also weiß ich nicht, wie er sich jetzt verhalten wird.

»Ryan Delaney ist kein Vollidiot«, widerspricht Patrick. »Er kann zehn Körbe hintereinander werfen – mit einem echten Basketball!«

Das klingt, ehrlich gesagt, ziemlich beeindruckend.

»Hört mal, ich schaffe zwanzig Körbe, richtig?«, entgegnet Mark lässig.

Die Zwillinge wechseln Blicke. »Ja«, stimmen sie widerstrebend zu.

»Ja. Und deshalb weiß ich viel mehr als Ryan Delaney, und ich sage euch, dass es die Zahnfee gibt, okay?«

»Echt?«, fragt Michael in zweifelndem Ton.

»Echt. Ich habe sie gesehen.«

»Wirklich?«, antworten die Zwillinge im Chor, und ihre Mienen erhellen sich.

»Ja«, entgegnet Mark ernst. »Aber ihr dürft es niemandem verraten, okay?«

»Warum nicht?«

»Natürlich, weil die Zahnfee das gar nicht mögen würde –

sie kriegt dann Ärger mit ihrem Chef. Also würde ich an eurer Stelle sofort ins Bett gehen. Wenn sie kommt und merkt, dass ihr noch wach seid … nun …«

Die Jungen hechten von meinem Schoß in ihre Betten und ziehen die Decken bis zum Kinn hoch, damit die Zahnfee bloß nicht sieht, dass sie frech gewesen sind. Ich werfe Mark einen dankbaren Blick zu, worauf er nickt. Offenbar ist jedes Wort ihres großen Bruders das Evangelium. Ich wünschte nur, ich hätte auch diese Zauberkräfte.

»Wie viel, glaubst du, kriegen wir?«, fragt mich Patrick, als ich die Bob-der-Baumeister-Decke über ihn breite.

»Keine Ahnung, was die Zahnfee heutzutage für Sätze hat.« Ich lächle und küsse erst ihn und dann seinen Bruder. »Aber ich denke, je schneller ihr einschlaft, desto mehr wird es.«

Als ich die kleine Lava-Lampe anknipse, die ich ihnen vom Flohmarkt in London mitgebracht habe, haben beide bereits die Augen geschlossen.

»Ich hab dich ganz fest lieb, Tante Coco«, sagt Patrick.

»Ich dich auch«, stimmt Michael zu.

Mir wird ganz warm ums Herz. Hat Mum sich auch so gefühlt, wenn ich ihr einen Gutenachtkuss gegeben habe? Diese bedingungslose Liebe – sie hat eine durchschlagende Wirkung.

»Ich liebe euch auch, Jungs«, antworte ich, und ich muss zugeben, dass ich ein bisschen rührselig bin. »Und jetzt schlaft und träumt schön.«

Unten hängt Mark, den Laptop vor sich, auf dem Sofa in der Küche herum.

»War es nett bei deinem Freund?«, frage ich freundlich und neutral, als ich hereinkomme. Cat hat gerade eine SMS geschickt, um zu fragen, ob er zu Hause ist. Zum Glück konnte ich wahrheitsgemäß antworten.

»Ja«, erwidert er. »Es war okay.«

»Magst du ein überbackenes Käsebrötchen?«

Das ist mein Schlachtplan. Mark kann meinen überbackenen Käsebrötchen nicht widerstehen. Sie sind schon seit seiner Kindheit sein Lieblingsessen. Damals habe ich sie mit Keksförmchen ausgestochen. Ich hoffe, dass dieses Angebot die seit dem Kurs aufgewühlten Wogen zwischen uns wieder glätten wird. Schaden kann es jedenfalls nicht.

Mit angehaltenem Atem warte ich seine Reaktion ab und setze ein starres Lächeln auf, um ihm zu zeigen, dass ich ihn nicht mehr mit Fragen oder Vorhaltungen belästigen werde. Denn dann könnte er sich einfach in sein Zimmer flüchten, und ich hätte ausgespielt.

»Okay«, antwortet er, worauf ich erleichtert aufatme. »Vergiss die HP-Sauce nicht.«

»Wie könnte ich?«, höhne ich. »Ich bin die Königin der HP-Sauce, schon vergessen?«

Als er lacht, weiß ich, dass alles wieder in Butter ist. Ich muss mir einfach nur Zeit lassen und hoffen, dass er mir erzählt, was sich getan hat, wenn er bereit dazu ist.

»Veranstaltest du bald wieder einen Restaurierungskurs?«, fragt er, während ich den Grill einschalte und den Käse aus dem Kühlschrank hole.

»Warum. Möchtest du wiederkommen?«

Er grinst ein wenig verlegen. »Vielleicht. Wenn du mich nicht wieder ins Kreuzverhör nimmst.«

»Ich will dir doch nur helfen, Mark«, antworte ich zögernd. »Das heißt, wenn du Hilfe brauchst.«

Er hält inne, und unsere Blicke treffen sich. Wider aller Vernunft hoffe ich, dass er sich mir anvertrauen wird. Aber ich darf ihn nicht drängen, so gern ich das auch täte.

»Erinnerst du dich noch, dass du mich gesehen hast, als ich mit Sean O'Malley geredet habe?«, fragt er schließlich.

»Ja«, antworte ich mit klopfendem Herzen.

»Wenn ich dir jetzt etwas erzähle, versprichst du, es Mum nicht weiterzusagen?«

»Oh, Mark, das kann ich dir nicht versprechen«, erwidere ich. »Ich kann dir nur versprechen, dass ich dir aus der Sache raushelfe, falls du Ärger hast.«

Er holt tief Luft. »Sean will, dass ich Gras in die Teeniedisco im Hotel schmuggle, damit er es dort verkaufen kann«, sagt er.

»Dieser kleine Drecksack!« Ich schnappe nach Luft.

Mark lacht düster auf. »Stimmt genau«, erwidert er. »Er geht mir deshalb ziemlich auf den Senkel.«

»Womit droht er denn?« Ich bin empört und habe Mühe, mich zu beherrschen.

»Er sagt, wenn ich nicht mitmache, meldet er das Hotel bei der Polizei, weil es an Jugendliche Alkohol ausschenkt.«

»Aber deine Mum ist da sehr genau – sie würde das nie erlauben.«

»Ich weiß. Allerdings hindert das Sean nicht daran, sie in Schwierigkeiten zu bringen. Und das kann sie momentan absolut nicht gebrauchen.« Er blickt zu Boden.

»Oh, Mark, du hast versucht, sie zu beschützen, oder?« Ich werde wieder von Rührung ergriffen wie vorhin bei den Zwillingen. Trotz ihrer Streitereien in letzter Zeit wollte Mark Cat vor Ärger bewahren, nicht etwa welchen verursachen.

Er zuckt die Achseln, und seine Wangen verfärben sich rosig. »Sie hat schon genug um die Ohren. Sie braucht nicht noch mehr Stress«, murmelt er.

»War das der Grund für die Prügelei im Flieger auf dem Heimweg von Spanien?«

»Ja. Sean hat Mum als Schlampe bezeichnet. Und da bin ich ausgetickt.«

Ich schlage die Hand vor den Mund. »Dieser kleine Scheißkerl! Und auf Facebook hat er auch was gepostet, richtig? An dem Abend im Laden?«

Mark nickt. »Es geht inzwischen ziemlich hart zur Sache.«

Ich bin entsetzt. Dass dieser Gauner Mark das Leben zur Hölle macht, steht fest. »Aber warum hast du nicht mit deiner Mum und deinem Dad geredet?«, frage ich.

»Ich wollte sie nicht stressen«, räumt er ein. »Ich dachte, ich kriege das allein hin.«

»Oh, Mark«, sage ich.

»Ja, das war blöd von mir. Und jetzt weiß ich nicht, was ich machen soll.«

Als er mich hilflos ansieht, werde ich von einem heiligen Zorn ergriffen. Ich werde dieses Problem aus der Welt schaffen, und wenn es das Letzte ist, was ich tue. Dieser Deckskerl wird aufhören, Mark einzuschüchtern und unter Druck zu setzen. Das macht er nur über meine Leiche.

»Keine Sorge«, erwidere ich mit Nachdruck. »Ich lasse mir etwas einfallen, und dann lösen wir das Problem, Ehrenwort.«

»Aber wie, Coco? Mit Sean legt sich keiner an.«

»Und mit uns legt sich auch keiner an, Mark«, entgegne ich.

Meine Gedanken überschlagen sich. Da Cat an die Decke gehen wird, wenn sie das hört, sollte ich einen Plan haben, bevor ich es ihr erzähle. Doch was kann ich tun, ohne dass Mark in der Schule noch mehr Schwierigkeiten bekommt? Das weiß ich noch nicht, aber es muss eine Möglichkeit geben. Und komme was da wolle, ich werde sie finden.

21

Ein paar Tage später bin ich im Nebenraum des Ladens damit beschäftigt, einen Schaukelstuhl gründlich abzuschmirgeln, und denke dabei über Mark nach. Das Abschmirgeln von Möbeln hat etwas Meditatives. Vielleicht übt das rhythmische Hin und Her des Schmirgelpapiers über das Holz ja eine beruhigende Wirkung aus. Man kann sich in die Bewegung vertiefen, bis man den Kopf frei hat und die Gedanken ungehindert schweifen. Manche Leute halten das Abschmirgeln für die langweiligste Arbeit der Welt, doch ich liebe es, etwas mit den Händen zu machen – es ist sehr befriedigend. Heute jedoch gehe ich auf den Stuhl los, als wäre er Sean O'Malleys Gesicht, das ich für immer auslöschen muss. Ich muss mir etwas einfallen lassen, um ihn loszuwerden, damit er Mark nicht weiter zusetzt.

Als die Ladenglocke läutet, bin ich geistig ganz weit weg. Widerstrebend richte ich mich auf. Meine Knie knarzen. Ich lasse den Schaukelstuhl stehen und sehe nach, ob ein Kunde meine Hilfe braucht. Allerdings kostet es mich Mühe, ein Lächeln auf mein Gesicht zu zaubern: Smalltalk betreiben zu müssen, obwohl ich anderweitig beschäftigt bin, hat mir gerade noch gefehlt, aber es muss sein. Ruth hat mir im Laufe der Jahre beigebracht, dass ein einladendes Lächeln das A und O ist, um eine gastliche Atmosphäre zu schaffen, damit die Leute sich wohlfühlen und sich im Laden umschauen. Sie böse anzustieren ist geschäftschädigend.

»Hallo«, rufe ich einem Mann zu. Er betrachtet gerade eine

blauweiße Vase, die ich vor Ewigkeiten bei einer Auktion gekauft habe.

Er dreht sich zu mir um.

Zu meinem Schreck erkenne ich Mac Gilmartin. Heute sieht er weniger abgerissen aus und trägt dunkle Jeans, eine marineblaue Fleecejacke und einen karierten Schal. Ich bin so überrascht, dass ich zweimal hinschauen muss, um sicherzugehen, dass er es ist.

»Hallo, Coco«, antwortet er. Nach seinem Grinsen zu urteilen, ist er über meinen Anblick ganz und gar nicht erstaunt. Das hier ist kein Zufall.

»Äh, hallo«, stammle ich, bemüht, meine Verlegenheit zu verbergen. Offenbar erübrigt es sich, dass ich meinen Mut zusammennehme und noch einmal nach Glacken fahre, um ihn zu fragen, was er über James weiß, denn er steht nur anderthalb Meter vor mir – so nah, dass mir der sehr angenehme Moschusduft seines Rasierwassers in die Nase steigt.

»Ich habe mich daran erinnert, dass Sie gesagt haben, Sie hätten ein Antiquitätengeschäft in Dronmore«, erklärt er und lächelt wieder. »Und da ich gerade in der Nähe war, dachte ich, ich schaue mal vorbei.«

Also ist er nicht nur meinetwegen hier. Warum sollte er auch?

Er blickt sich um und lässt den Laden und die hoch aufgestapelte Ware auf sich wirken. Dann wendet er sich wieder an mich und mustert mich von Kopf bis Fuß. Ich erröte, weil er mich so anstarrt. Wie immer sehe ich zum Fürchten aus – ich habe zum Abschleifen des Schaukelstuhls meine ältesten Sachen angezogen und mir zum Schutz meiner Haare ein Kopftuch umgebunden. Also ziemlich katastrophale Voraussetzungen, um einen guten Eindruck zu machen.

»Die Schaufensterdeko gefällt mir? Ist die von Ihnen?« Er weist aufs Schaufenster.

»Danke. Ja, das war ich.« Obwohl ich mich um einen lässigen Tonfall bemühe, bin ich nicht sicher, ob mir das gelungen ist.

»Wie lange gibt es diesen Laden schon?«, fragt er.

»Sehr lange.«

»Wie lange ist lange?«

»Nun.« Ich wische mir die Hände an der Hose ab und entferne das Kopftuch. »Mein Großvater hat ihn in den Fünfzigern eröffnet.«

»Aha. Und jetzt leiten Sie ihn?«

»Zusammen mit meiner Großmutter, ja.«

»Wer redet da über mich?«, höre ich Ruth rufen. Sie kommt die Treppe hinunter, ohne mir Gelegenheit zu geben, sie vorzuwarnen und ihr zu sagen, dass der Mensch, den ich ihrer Ansicht nach noch einmal aufsuchen sollte, um mit ihm zu sprechen, im Swan's steht, als sei es das Normalste von der Welt.

»Ich«, erwidert Mac, als sie hereingerauscht kommt. Die silbernen Locken schwingen ihr offen um die Schultern und bilden einen Kontrast zu ihrem leuchtend blauen Kleid. Sie sieht hinreißend aus.

»Und Sie sind?« Sie hält ihm die Hand hin und lächelt breit, wie sie es immer bei Fremden tut. Fremde sind nichts als Freunde, die wir noch nicht kennen – so lautet ihr optimistisches Lebensmotto.

»Ich bin Mac Gilmartin«, entgegnet er und schüttelt ihr kräftig die Hand.

»Aus Glacken«, ergänze ich vielsagend.

Ruths Augenbrauen wandern in Richtung Haaransatz. »Aha, ich verstehe.«

Als sie mich ansieht, zucke ich die Achseln. Ich weiß genauso viel – beziehungsweise wenig – über diesen unerwarteten Besuch wie sie. Warum kreuzt er aus heiterem Himmel hier auf? War er wirklich nur zufällig in der Nähe oder steckt noch mehr dahinter?

»Also, Mac aus Glacken«, meint sie. »Was halten Sie von einer Tasse Tee?«

»Ich will keine Umstände machen«, erwidert er höflich.

»Es macht überhaupt keine Umstände. Ich wollte sowieso gerade den Kessel aufsetzen. Sie kommen also im richtigen Moment. Wie möchten Sie Ihren Tee?«

»Nun, wenn ich wirklich nicht störe, hätte ich gern eine Tasse«, antwortet er. »Nur Milch bitte.«

»Coco?«

»Ja, bitte«, sage ich. Allerdings könnte ich nach diesem Schock einen ordentlichen Drink besser gebrauchen. Ruth wirft mir einen verschwörerischen Blick zu, verschwindet nach hinten und lässt mich und Mac wieder allein.

»Der Service hier ist wirklich ausgezeichnet, das muss ich sagen«, meint er und lächelt mich wieder an. »Bekommen bei Ihnen alle Kunden Tee?«

»Eigentlich nicht«, entgegne ich.

»Dann fühle ich mich geehrt.«

Er beherrscht die Kunst des Smalltalks wirklich aus dem Effeff, hat mir aber noch immer nicht verraten, warum er hier ist. Also beschließe ich, ihm auf den Zahn zu fühlen. »Also waren Sie gerade in der Gegend?«

»Ja, ich hatte in der Nähe etwas Geschäftliches zu erledigen. Und da ist mir eingefallen, dass Sie mir von Ihrem Antiquitätenladen hier erzählt haben, und ich dachte, ich könnte sie ja besuchen. Letztens sind Sie einfach verschwunden.«

»Äh, ja, das tut mir leid. Ich musste weg«, erkläre ich, wobei ich meine Gründe, mich aus dem Staub zu machen, absichtlich im Unklaren lasse.

»Das habe ich mir fast gedacht.« Er lächelt. »Ich freue mich, Ihnen mitteilen zu können, dass sich der Welpe gut erholt.«

Ich denke an den kleinen Welpen, der aus einem Auto auf die Schnellstraße geworfen worden ist. »Das freut mich sehr. Er war so niedlich.«

Eine kleine Pause entsteht, in der wir einander mustern.

»Gibt es neue Informationen über den Brief?«, fragt er.

»Nein, ich habe nichts weiter unternommen«, erwidere ich und fühle mich sofort verlegen.

»Warum nicht?«

»Nun, ich hatte zu viel zu tun.« Ich mache eine vage Handbewegung in den Laden hinein. »Außerdem ist es ja eigentlich nicht meine Angelegenheit …«

»Ich fand es wirklich sehr nett von Ihnen, wie Sie sich bemühen.«

»Danke«, murmle ich.

»Und vielleicht kann ich Ihnen ja helfen.«

Er wendet sich ab und schaut aus dem Fenster. Als ich seinem Blick folge, sehe ich Karl, der gerade die Tafel mit den Sonderangeboten abwischt und dann langsam zu schreiben beginnt. Heute sind Hühnerfilets im Angebot – drei für den Preis von zweien. Ich muss mich beherrschen, um Mac nicht zu fragen, was er weiß und warum er glaubt, mir helfen zu können.

»So, wir wären so weit.« Ruth kehrt mit dem Teetablett zurück. »Ich habe auch Kekse da, falls Sie welche möchten.«

»Danke.« Mac lächelt sie an. »Ich verhungere – ich habe nicht gefrühstückt.«

Ruth schnalzt missbilligend mit der Zunge. Kein ausgiebiges Frühstück zu sich zu nehmen fällt bei ihr unter die Rubrik Todsünde. »Warum denn das?«, erkundigt sie sich tadelnd, während er in einen Keks beißt.

»Wahrscheinlich habe ich es einfach vergessen.«

»Hat Ihre Frau Ihnen denn kein Frühstück gemacht, bevor Sie losgefahren sind?«, fragt sie mit Unschuldsmiene. Sie gräbt nach Informationen und benutzt ihren Charme als Spaten.

»Ich bin nicht verheiratet«, antwortet er beiläufig. Ich bin machtlos dagegen, dass meine Eingeweide bei diesen Worten einen kleinen Satz machen. Dämlich … aber trotzdem.

»Aha, ein einsamer Junggeselle. Nun, dann müssen wir Ihnen etwas Essbares verabreichen. Hier, nehmen Sie noch einen.« Sie schenkt ihm Tee ein und schiebt den Teller mit den Keksen zu ihm hinüber. »Coco hat erzählt, dass sie ein Tierheim für Hunde leiten.«

»Richtig.«

»Und wie lange machen Sie das schon?«, will sie wissen.

»Seit ein paar Jahren … eigentlich habe ich aus reinem Zufall damit angefangen.«

»Und jetzt bestimmt es Ihr Leben?«

»So ähnlich. Zum Glück kann ich es mit meinen sonstigen beruflichen Pflichten verbinden, auch wenn es manchmal ein wenig kompliziert ist.«

Also hat er noch einen anderen Beruf. Ich bin neugierig, was er macht, und will ihn gerade fragen, als Ruth wieder das Wort ergreift. »Ich hätte so gern einen Hund«, seufzt sie.

Ich bin überrascht. »Davon hatte ich gar keine Ahnung«, sage ich.

»Nicht? Oh, ja, ich wollte schon immer einen. Aber dein Großvater war kein Hundefreund. Und außerdem haben wir hier nicht viel Platz …« Sie weist auf den winzigen, bis in den letzten Winkel zugestellten Laden.

»Ein kleiner Hund würde zu Ihnen passen«, meint Mac. »Die brauchen nicht viel Platz und nur einen oder zwei Spaziergänge am Tag.«

»Denken Sie da an einen bestimmten?«

Ich starre sie an. Was tut sie da?

»Nun, wir haben ein niedliches kleines Yorkiemädchen da, das vor Kurzem bei uns abgegeben wurde. Wir hatten schon fast ein neues Zuhause für sie gefunden, aber die Sache hat sich zerschlagen. Äh, Coco hat sie gesehen, richtig? Sie erinnern sich doch noch an Pudding?«

»Ja, die ist wirklich süß«, antworte ich.

»Ob ich mal vorbeikommen und sie mir anschauen könnte?«, meint Ruth.

»Selbstverständlich«, antwortet er. »Sie würden sicher großartig zueinander passen.«

Die beiden lächeln einander an wie zwei Freunde, die sich nach langer Zeit wiedergefunden haben. Es ist bizarr.

»Hat Coco Ihnen eigentlich von dem geheimnivollen Brief erzählt, auf den sie gestoßen ist?«, wechselt sie das Thema.

»Ja, hat sie. Und ich sagte gerade zu ihr, dass ich ihr möglicherweise helfen kann.«

»Wirklich?« Ruth beugt sich vor. Ihr Gesicht strahlt, und sie kann ihre Aufregung kaum zügeln.

»Ja. Nun, in Wahrheit bin ich gar nicht zufällig in der Nähe«, gibt er zu. Sein Hals läuft leicht rötlich an.

»Oh?«, entgegne ich seltsam erfreut. Also ist er absichtlich gekommen – mein Magen fängt bei dieser Erkenntnis seltsam zu flattern an. Aus dem Augenwinkel sehe ich, dass Ruth, den Anflug eines Lächelns auf den Lippen, zwischen uns beiden hin und her blickt, als hätte sie uns durchschaut.

»Sie haben also etwas über James rausgekriegt?«

Er nickt und wendet sich an mich. »Ja. Nachdem Sie weg waren, Coco, bin ich neugierig geworden und habe den Immobilienmakler angerufen, der mir das Haus verkauft hat: Carroll and Carroll.«

»Aha!«, ruft Ruth aus und boxt in die Luft. »Und wussten die etwas?«

»Ja, tatsächlich. Sie haben mir seine Adresse in Port-on-Sea gegeben.«

Ruth klatscht in die Hände. »Jetzt wissen wir, wo er wohnt. Wie klug von Ihnen, Mac!«, jubelt sie.

Mac errötet noch heftiger. »Das war doch eine Kleinigkeit«, meint er verlegen. »Hier, ich habe es für Sie aufgeschrieben.«

Ruth nimmt den Zettel entgegen. »Es ist wunderschön in Port-on-Sea. Ich war oft mit meinem verstorbenen Mann dort. Es geht doch nichts über Meeresluft. Als wir noch jung verheiratet waren, vor der Geburt deiner Mum, Coco, haben wir oft einen Picknickkorb mitgenommen …« Ihre Stimme erstirbt, als sie sich an längst vergangene glückliche Zeiten mit Großvater erinnert.

»Vielen Dank, Mac«, sage ich, und unsere Blicke treffen sich einen Moment zu lang. »Das war wirklich nett von Ihnen. Sie haben mir eine große Freude gemacht.«

»Keine Ursache«, erwidert er. »Hoffentlich denken Sie jetzt nicht, dass ich mich in Dinge eingemischt habe, die mich nichts angehen.«

»Überhaupt nicht. Ich war völlig ratlos, was ich als Nächstes tun soll. Sie haben mich gerettet.«

Wir lächeln einander an.

»Könnten Sie Coco vielleicht hinfahren, Mac?«, unterbricht uns Ruth.

»Ruth!«, protestiere ich. Was fällt ihr eigentlich ein? Ich bringe sie um!

Mac scheint ein wenig erstaunt über diese Bitte, macht aber gute Miene zum bösen Spiel und stimmt höflich zu. »Äh, ja, natürlich, wenn sie einverstanden ist«, antwortet er und sieht mich an.

»Wunderbar«, begeistert sich Ruth und versprüht ihren Charme. »Cocos Auto ist nämlich in der Werkstatt und wird dort auch noch eine Weile bleiben – sie finden den Fehler einfach nicht.« Sie seufzt dramatisch auf, als bereite ihr das geheimnisvolle Leiden meines Autos schlaflose Nächte. Natürlich ist das eine unverfrorene Lüge. Meinem Auto geht es prächtig. Es müsste nur mal generalüberholt und vollgetankt werden, aber das ist sein Normalzustand.

»Ich kann Sie hinfahren, kein Problem«, sagt Mac galant.

»Es ist wirklich nicht nötig …« Ich könnte im Erdboden versinken.

»Coco, sei nicht albern. Mac hat es dir angeboten. Und es ist ja nicht weit, richtig?«, meint Ruth.

»Mac hat bestimmt Wichtigeres zu tun«, stoße ich zwischen zusammengebissenen Zähnen hervor und sehe sie warnend an. »Außerdem hat er uns schon mehr als genug geholfen.«

»Aber wäre es nicht toll, wenn ihr beide zusammen hinfahren würdet? Warum packt ihr den Stier nicht bei den Hörnern und brecht sofort auf? Heute ist hier ja nicht unbedingt viel los.«

Als sie uns aufmunternd zulächelt, habe ich Mühe, mich zu beherrschen.

»Offen gestanden arbeite ich gerade an etwas, Mac«, sage ich. »Vielleicht ein andermal.«

»Ach, Unsinn«, flötet Ruth. »Das kannst du auch noch später machen.«

»Aber …«

»Coco, wenn James der Mensch ist, den du suchst, darfst du keine Zeit verlieren, richtig, Mac?«

»Äh, ja?«, antwortet er unsicher und wirft mir einen Blick zu.

»Kluger Junge.« Nun strahlt Ruth ihn an. »Und es macht Ihnen auch wirklich nichts aus, Mac?«

»In der Nähe von Port-on-Sea gibt es ein Hundeasyl, das ich mir immer mal anschauen wollte. Heute Nachmittag könnte es passen …«

»Seht ihr. Das ist Schicksal!« Fröhlich klatscht Ruth in die Hände. »Ich hole euch nur noch eine Thermoskanne mit heißem Kaffee für unterwegs.«

Sie ist so schnell verschwunden, dass ich keine Gelegenheit habe zu protestieren.

»Tut mir leid«, meine ich zu Mac. »Sie ist nicht gerade diskret.«

»Kein Problem«, antwortet er. »Ich finde sie toll.«

Schweigen entsteht, als wir einander, verlegen wie zwei Teenager, ansehen.

»Oh, jetzt hätte ich es fast vergessen!«, ruft er aus. »Ich wollte Ihnen etwas zeigen.«

»Was denn?«

Er kramt in einer braunen Papiertüte. »Eine alte Sammel-LP aus den Fünfzigern«, verkündet er und fördert eine Schallplatte zutage. »Ich bin ein Musik-Freak, und als Sie Tatty Moynihan erwähnt haben, ist bei mir der Groschen gefallen. Sie gehörte zu einem Gesangsduo mit dem Namen The Chanelles. Die andere Frau hieß …«

»Bonnie Bradbury.«

Seine Augen weiten sich. »Ja«, sagt er. »Das wissen nicht viele.«

»Ich habe Bonnie in London kennengelernt«, erkläre ich, »als ich Nachforschungen in Sachen Tatty betrieben habe. Sie hat mir erzählt, dass Tatty mal einen Song für eine Platte aufgenommen hat. Doch ich hätte nie gedacht, dass ich ihn finden würde.«

»Aha, ich verstehe. Vermutlich ist es dieses Stück. Die Platte ist sicher eine Rarität.«

Er reicht mir die Platte, und ich schlage unwillkürlich die Hand vor den Mund, als ich auf der Rückseite ihren Namen lese.

»Ich fasse es nicht«, flüstere ich von Gefühlen überwältigt.

»Sie singt ein Stück von Duke Ellington. Ich hätte meinen alten Plattenspieler mitbringen sollen, damit Sie es sich anhören können.«

»Schon gut«, entgegne ich. »Ich habe einen hier.«

Ich gehe zu Großvaters Plattenspieler hinüber, nehme die Platte aus der Hülle und setze den Tonabnehmer auf. Eine bewegende Stimme erfüllt den Raum. Bedauern, Sehnsucht, Trauer und Melancholie schwingen in ihr mit, und ich erkenne das Lied sofort. Beim Zuhören treten mir Tränen in die Augen, die ich sofort zurückdränge. Das ist sie – meine Tatty. Jetzt weiß ich nicht nur, wie sie ausgesehen, sondern auch, wie sie geklungen hat. Ruth erscheint, die Thermosflasche in der Hand, in der Tür. Auch sie hat Tränen in den Augen. Sie braucht nicht nachzufragen, denn sie kann sich denken, wer da singt.

»Danke, Mac«, sage ich und lächle ihn an. »Du ahnst ja gar nicht, wie viel mir das bedeutet.«

Und in der Sekunde, in der ich den Satz ausspreche, weiß ich genau, wie viel es mir bedeutet und warum. Es ist, als hätte ich die Hand in die Vergangenheit gestreckt, Tatty berührt und gespürt, wie ihr Geist zum Leben erwacht. Und nicht nur sie, denn das Lied, das sie singt, ein Stück, das von Liebe und Verlust handelt, hat Mum mir immer vor dem Einschlafen vorgesummt, als ich noch klein war. Warum wusste ich nicht, dass es »In A Sentimental Mood« heißt? Oder dass es von Duke Ellington ist? Wahrscheinlich deshalb, weil Mum starb, bevor sie mir erklären konnte, ob es für sie eine besondere Bedeutung hatte oder ihr einfach nur gefiel. Das muss ein Zeichen von ihr sein – ganz bestimmt ist es das. Das Lied, mit dem ich aufgewachsen bin, ist dasselbe, das Tatty und ihr Geliebter als ihr Lied betrachtet haben, und der Grund, warum Tatty ihren Sohn Duke genannt hat. Nun zu hören, wie Tatty es singt, ist als hätten ihre und meine Geschichte einen Höhepunkt erreicht und sich, über die Jahrzehnte hinweg, miteinander verwoben. Ich wage kaum, mir auszumalen, was ihr Sohn empfinden wird, wenn er das hört.

»Entschuldige, habe ich dir wehgetan?«, fragt Mac besorgt.

»Überhaupt nicht. Ganz im Gegenteil. Vielen Dank«, antworte ich, wische mir die Augen ab und versuche, mich wieder zu fassen.

»Gern geschehen«, sagt er und lächelt mich an. »Wollen wir fahren?«

»Natürlich will sie!«, ruft Ruth aus.

»Gebt mir fünf Minuten«, sage ich zu den beiden, während ich zur Treppe und in mein Zimmer haste. »Wenn ich Tattys Sohn kennenlerne, möchte ich wenigstens passend angezogen sein!«

22

Nun sind wir unterwegs, ich und Mac Gilmartin, der Beinahe-Fremde aus Glacken. Die Vorstellung, dass ich vielleicht bald Tattys Sohn kennenlerne, löst in mir gleichzeitig Nervosität und Aufregung aus. Wie wird er reagieren, wenn ich ihm den Brief gebe? Ich weiß nicht, was ich täte, wenn plötzlich jemand bei mir vor der Tür stehen und mir einen Brief von Mum überreichen würde, der beinahe aus dem Grab kommt. Doch ich bin sicher, dass ich ihn in Ehren halten würde, insbesondere, wenn er so wunderschön ist wie der von Tatty. Andererseits könnte ich auch so erschrecken, dass ich ihn nicht lesen will. All diese verworrenen Gedanken gehen mir durch den Kopf, als wir losfahren und das Swan's hinter uns lassen.

Außerdem macht es mich seltsam beklommen, so nah bei Mac vorne in seinem verbeulten alten Transporter zu sitzen, doch ich versuche, dieses schulmädchenhafte Gefühl zu unterdrücken. Mac will nur nett sein. Mehr steckt nicht dahinter. Eigentlich hat Ruth ihm mehr oder weniger die Pistole auf die Brust gesetzt, und der arme Mann hat sicher Wichtigeres zu tun. Nur der Umstand, dass er ein Hundeasyl in der Nähe von Port-on-Sea besuchen will, dämpft meine Verlegenheit ein wenig. Also ist die Fahrt für ihn nicht nur Zeitverschwendung.

»Entschuldige die vielen Hundehaare«, sagt er, während er einen Gang herunterschaltet, um eine Kurve zu umrunden. »Das ist, fürchte ich, Berufsrisiko.«

»Die sind mir gar nicht aufgefallen«, lüge ich und pflücke

noch ein Haar von meiner taillierten schwarzen Jacke, die ich nur zu besonderen Gelegenheiten trage.

Ich habe meine alten Sachen mit einer schickeren Jeans, einem schwarzen Oberteil, besagter Jacke und meinen einzigen Pumps vertauscht. Außerdem habe ich mir Mums Lieblingsperlenkette um den Hals gelegt, damit sie mir Glück bringt, mir Cats Schal mit den rosafarbenen Pailetten umgewickelt und Tattys Chanel-Tasche mitgenommen. Ruth hat eine Augenbraue hochgezogen, als ich ging. Sicher ist ihr aufgefallen, dass ich mir mehr Mühe gegeben habe als gewöhnlich. Doch ich hatte das Gefühl, dass es nötig war, nicht, weil Mac mit von der Partie ist, sondern weil es sich um eine wichtige Wendung in Tattys Geschichte handelt und ich angemessen gekleidet sein wollte. Gut, vielleicht auch ein bisschen wegen Mac. Bis jetzt kennt er mich nur in vergammelten Klamotten, und es könnte sein, dass ich ihn ein wenig beeindrucken will. Allerdings hätte ich das Ruth gegenüber niemals zugegeben – ich kann es ja nicht einmal mir selbst wirklich eingestehen.

»Ich habe hier irgendwo eine Rolle Klebeband, wenn du die Haare entfernen willst«, meint Mac jetzt und wirft mir einen Seitenblick zu. »Ich hätte dich warnen sollen, keine dunkle Jacke anzuziehen. Tut mir leid.«

»Kein Problem«, antworte ich, während ich mich frage, wie ich mich jemals wieder säubern soll. Es ist, als vermehrten sich die Haare in einem wahren Höllentempo, noch während ich zuschaue. Wie viele Hunde haben wohl schon auf diesem Vordersitz gesessen?

Gerade schießt mir dieser Gedanke durch den Kopf, als ich einen heißen, feuchten Atemzug im Ohr spüre und vor Schreck einen Satz mache. Es ist der Labrador aus dem Glacken House – er sitzt genau hinter mir in Macs Transporter. Ich habe ihn beim Einsteigen gar nicht bemerkt.

»Horatio, sitz!«, sagt Mac. »Entschuldige, Coco.«

»Schon okay. Ich kenne Horatio ja«, erwidere ich und tätschle ihm den Kopf. Er stützt ihn auf meine Schulter und schnaubt mir zufrieden in den Kragen, als erinnere er sich ebenfalls an mich. Dann mustert er mich aus großen braunen Augen.

»Er kommt gerne mit, wenn ich wegfahre«, erklärt Mac. Er schaut geradeaus und konzentriert sich auf die Straße. »Er hasst es, allein gelassen zu werden. Das liegt sicher an seiner Vergangenheit.«

»Und was hat er für eine Geschichte?«, erkundige ich mich.

»Horatio ist etwas ganz Besonderes«, antwortet er. »Er war mein erster Hund. Ich habe ihn vor ein paar Jahren auf der Straße gefunden. Er war dort ausgesetzt worden. Der Arme war nur noch Haut und Knochen, und sein Bein war an drei Stellen gebrochen.«

»Ich begreife nicht, wie man so einem wundervollen Hund das antun kann.«

»Ja. Der Tierarzt hat schon befürchtet, das Bein amputieren zu müssen, aber wie du siehst ist ein Wunder geschehen, und es war nicht nötig. Er hinkt zwar, ist jedoch schnell wie der Blitz.«

Ich erinnere mich daran, wie er bei unserer letzten Begegnung über das Tor gesprungen ist. »Und trotzdem will ihn niemand adoptieren? Er ist ein Traum – wie kann man ihm widerstehen?«

»Der wird nicht zur Adoption freigegeben«, meint Mac ein wenig verlegen. »Wie ich schon sagte, ist er etwas Besonderes.«

»Dein fest angestelltes Begrüßungskomitee?«

»Genau.« Er lacht, als Horatio mir den Hals ableckt und ich zusammenzucke.

»Wie bist du darauf gekommen, ein Hundeasyl aufzumachen?«, frage ich, weil ich mehr über ihn erfahren will.

»Nun, eigentlich war es keine bewusste Entscheidung«, entgegnet er. »Nachdem ich Horatio aufgenommen hatte, hat es sich herumgesprochen. Jemand hat mir eine Spaniel gebracht. Und dann hat jemand anderer noch einen Hund am entgegengesetzten Ende des Dorfes gefunden und ihn bei mir abgegeben. Seitdem weitet es sich offenbar immer mehr aus.«

»Anscheinend liebst du Hunde.«

»Ich bekenne mich schuldig.«

»Was ist deine Lieblingsrasse?«

»Ich mag sie alle«, antwortet er, sieht mich eine Millisekunde lang an und lächelt.

»Mir gefallen Bassets am besten«, sage ich.

»Warum? Wegen der langen Ohren?«

»Ich weiß nicht genau. Als Kind hatte ich ein Hundebuch, und auf dem Einband war ein Basset abgebildet. Wahrscheinlich hat mich der sehr beeindruckt.«

»Dieses Buch hatte ich auch«, erwidert er.

»Das gibt's ja nicht!«

»Doch – *Das große Hundebuch*. Der Weihnachtsmann hat es mir gebracht.«

»Mir auch!« Ich schnappe nach Luft.

»Vielleicht war es irgendwo im Sonderangebot«, meint er, und wir müssen beide lachen.

»Mein zweitliebster Hund in dem Buch war der Irische Wolfshund«, fahre ich fort. »Allerdings habe ich noch nie einen in echt gesehen.«

»Ich schon – bei einem mittelalterlichen Bankett. Ein beeindruckendes Tier, ich würde es sogar als majestätisch bezeichnen. Er ist mit einer Rinderlende davongelaufen. Die Leute waren ziemlich sauer auf ihn. Der Hofnarr, der ihn beaufsichtigen sollte, hat eine gehörige Standpauke abgekriegt.« Als er wieder zu lachen anfängt, bemerke ich die hübschen Fältchen in seinen Augenwinkeln.

»Ich war noch nie bei einem mittelalterlichen Bankett. War es nett?«, frage ich und wende mühsam den Blick von seinem Gesicht ab.

»Kann ich nicht behaupten. Ich war aus beruflichen Gründen dort, und von dem vielen Geleiere habe ich Kopfweh bekommen.«

»Was? Wurden Reden gehalten?«

»Nein, ich meinte eine richtige Leier. Die Musikerin hat den ganzen Abend gespielt. Nach fünf Stunden ist es wirklich nicht mehr witzig.«

»Aha.« Ich fange zu kichern an.

»So, jetzt habe ich dir meine finsteren Geheimnisse anvertraut – nun bist du dran.«

»Ich habe eigentlich keine«, antworte ich.

»Wohnst du mit deiner Großmutter zusammen?«

»Das ist kein Geheimnis.«

»Aber ungewöhnlich.«

»Meine Mutter starb, als ich noch nicht dreizehn war. Meinen Vater kenne ich nicht.«

»Ich verstehe.« Kurz wendet er den Blick von der Straße ab und sieht mir in die Augen. »Tut mir leid.«

»Schon in Ordung. Es ist schon lange her. Außerdem ist Ruth große Klasse.«

»Warum nennst du sie Ruth?«

»Das ist ihr lieber so. Sie findet, dass es weniger alt macht.«

»Aha, das kann ich nachvollziehen. Wenn ich mal Großvater bin, lasse ich mich definitiv von meinen Enkeln mit Mac ansprechen. Mac-Daddy vielleicht.« Als er mit den Fingern aufs Lenkrad klopft, ertappe ich mich dabei, dass ich seine Finger beobachte.

»Mac-Daddy?«, frage ich und schaue weg.

»Ja, warum nicht? Das klingt doch cool, oder?«

»Äh, eher nicht.«

»Wirklich?« Er runzelt die Stirn. »Dann eben Mac-Granddaddy.«

»Du scheinst ziemlich sicher zu sein, dass du einmal Großvater wirst!«

»Natürlich«, erwidert er. »Willst du nicht auch einmal eine Glamour-Oma werden wie Ruth?«

»Äh, Glamour ist nicht so meine Sache«, antworte ich und erröte leicht.

»Ich weiß nicht. Ich finde, dass du ziemlich gut aussiehst.«

Einen Moment herrscht verlegenes Schweigen zwischen uns, während ich mir verzweifelt das Hirn nach einem anderen Gesprächsthema zermartere.

»Arbeitest du den ganzen Tag im Hundeasyl?«, erkundige ich mich. Ich bin furchtbar neugierig auf den anderen Beruf, den er erwähnt hat, möchte aber nicht aufdringlich erscheinen.

»Eher nicht. Ich packe natürlich mit an, wenn ich da bin. Doch das ist nicht mein Hauptberuf. Ich habe ein paar ehrenamtliche Helfer.«

Schon wieder dieser geheimnisvolle Beruf.

»Und was machst du sonst?«, frage ich. »Ich habe es vergessen.«

»Wahrscheinlich deshalb, weil ich es dir nie erzählt habe.« Er grinst und schaut weiter geradeaus auf die Straße.

»Nein?«, spiegle ich Verwirrung vor.

»Nein. Aber wenn es dich interessiert, ich komponiere Jingles. Musik für Werbespots.«

»Machst du Witze?«

»Nein.« Er schüttelt den Kopf. »Es ist die Wahrheit.«

»Das ist ja cool. Kenne ich Stücke von dir?« Ich bin fasziniert.

»Vielleicht. Erinnerst du dich an den Werbespot für die Versicherung, den mit dem Typen, der Gitarre spielt?«

»Der ist von dir?« Es ist einer der bekanntesten Spots, die im Fernsehen laufen.

»Ja, der ist von mir«, bestätigt er ernst. »Eine meiner besseren Arbeiten, wie ich zugeben muss.«

»Ein richtiger Ohrwurm«, sage ich. »Wenn man es einmal gehört hat, wird man es nicht mehr los. Manchmal singe ich es stundenlang vor mich hin – es treibt mich in den Wahnsinn!«

»Das sagst du nur, um dich bei mir einzuschmeicheln, oder?«, meint er spöttisch.

»Nein, es stimmt. Ruth treibt es auch in den Wahnsinn. Wir singen es einander vor. ›*If you're broke and you can't get no quote, then just don't give up hope …*‹«, singe ich unbefangen und aus voller Kehle, bis ich bemerke, dass Mac laut lacht. Ich verstumme. »Was ist? Habe ich den Text verwechselt?«

»Nein, es ist nur lustig, dich so singen zu hören.«

Plötzlich werde ich von Befangenheit ergriffen. »Ich habe keine sehr gute Stimme.«

»Ganz im Gegenteil. Du hast eine sehr gute Stimme«, widerspricht er, und unsere Blicke treffen sich.

»Also … äh … könnte ich noch andere Werbespots von dir kennen?«, frage ich verlegen. Plötzlich bricht mir ein wenig der Schweiß aus.

»Nun, ich habe vor ein paar Jahren ein besonders gutes Stück für eine Bio-Hämorrhoidensalbe geschrieben.«

»Nein!«, pruste ich los.

»Doch«, erwidert er. Er sieht mich grinsend an und beginnt dann mit Bassstimme zu singen: »*If you have an itch and you wanna scratch …*«

»*… and you don't wanna get a rash …*«, stimme ich ein.

»Kennst du es?«, erkundigt er sich mit hochgezogener Augenbraue.

»Wer kennt es nicht?«, kichere ich.

»Sing weiter.«

»Nur, wenn du mitmachst.«

»Also gut, von Anfang – eins, zwei, drei, vier.«

Und während die Kilometer an uns vorbeigleiten und sich grüne Felder erstrecken, so weit das Auge reicht, singen wir im Chor, und ich kann mich nicht erinnern, wann ich zuletzt so albern und glücklich gewesen bin.

Die Fahrt nach Port-on-Sea vergeht wie im Fluge. Mac biegt mit dem Transporter in eine von Schlaglöchern durchsetzte Auffahrt ein, die zu einem kleinen, windschiefen Häuschen führt.

»Das ist die Adresse, die der Makler mir gegeben hat«, verkündet er und zieht die Handbremse.

Wir sitzen da und betrachten schweigend das Haus. Von den hölzernen Fensterrahmen blättert – vermutlich wegen der salzigen Meeresluft – der hellblaue Lack ab, und die früher sicher einmal wunderschönen Kletterrosen hängen schlaff am Rankgerüst. Ihr Laub ist schwarz und von braunen Punkten übersät. Die werden auch im Sommer nicht mehr blühen. Aus dem Kies der Auffahrt lugt das Unkraut hervor, und der Rasen ist völlig überwuchert. Dieses Häuschen braucht dringend eine liebevolle Hand – es wirkt beinahe unbewohnt.

»Es war bestimmt einmal sehr hübsch hier«, stelle ich fest.

»Ja, hier muss zwar einiges getan werden, aber die Lage ist wie aus dem Bilderbuch«, stimmt Mark mir zu. »Stell dir nur vor, jeden Morgen beim Aufwachen diese Aussicht vor Augen zu haben.«

Ich schaue in die Richtung, in die er zeigt, und sehe in der Ferne eine gewaltige blaue Wasserfläche, die im fahlen Sonnenlicht funkelt. Am Himmel ziehen die Möwen ihre Kreise.

»Wow, kein Wunder, dass er hierherziehen wollte.«

»Sollen wir nachsehen, ob er zu Hause ist?« Mac sieht mich fragend an.

»Einerseits würde ich am liebsten kehrtmachen und abhauen«, gebe ich zu.

»Und andererseits?« Er lächelt.

»Könnte ich die Tür einschlagen.« Ich lache.

»Dann tun wir andererseits«, entgegnet er und zwinkert mir zu. »Wir nehmen all unseren Mut zusammen – richtig, Horatio?«

Horatios Antwort besteht darin, dass er mir den Hals ableckt. Ich hole tief Luft, denke an Mum und Tatty und steige aus dem Transporter.

Nachdem ich geklingelt habe, warten wir. Ich läute noch mal: noch immer nichts. Allmählich gebe ich die Hoffnung auf. Offenbar ist James nicht zu Hause.

»Anscheinend haben wir Pech«, meint Mac.

»Ich fasse es nicht«, entgegne ich genervt. Ich stelle mich auf die Zehenspitzen und spähe zum Fenster hinein, kann aber durch die schäbigen Stores nichts erkennen.

»Am besten rufe ich noch mal den Makler an und frage ihn, ob er auch die Telefonnummer hat«, schlägt Mac vor. »Bin gleich zurück.«

Während er zurück zum Auto marschiert, höre ich von drinnen leise Musik. Ich muss die Ohren spitzen, aber sie kommt sicher aus dem hinteren Teil des Häuschens.

Ich folge dem Geräusch um das Gebäude herum bis zu einem kleinen, nachträglich angebauten Wintergarten, der Blick auf das Wasser hat. Drinnen arbeitet ein Mann, bis auf einen Strohhut und ein Halstuch splitternackt, an einer Skulptur. Da er mir den Rücken zukehrt, habe ich das Panorama seines schlaffen Hinterns gut im Blick. Vor lauter Überraschung schnappe ich nach Luft. Offenbar spürt der Mann, dass er beobachtet wird, denn er wirbelt plötzlich herum, sodass ich in den Genuss einer vollen Frontalansicht komme. Ich habe Mühe, nicht die Hände vors Gesicht zu schlagen, und schaue ihm stattdessen unverwandt in die Augen. Ich glaube, das Bild hat sich unauslöschlich in mein Gedächtnis eingebrannt. Ich werde es in der gleichen Kategorie ablegen wie das von Karl in seiner Homer-Simpson-Unterhose. Wie viele nackte oder halb nackte alternde Männer muss ich mir denn noch ansehen? Offenbar wird es allmählich zur Gewohnheit?

Er lächelt mir zu, und es scheint ihm überhaupt nicht peinlich zu sein, dass ich im Garten stehe und ihn betrachte. Seine Augen sind strahlend blau, sein Haarschopf ist weiß. Als er mich mit einer Handbewegung zum Eintreten auffordert, öffne ich trotz meiner Schmetterlinge im Bauch die Tür.

»Hallo«, sagt er und macht mit einer Fernbedienung die Musik leiser. »Kann ich Ihnen helfen?«

»Äh, hallo, entschuldigen Sie die Störung ...« Ich weiß gar nicht, wo ich hinschauen soll.

»Kein Problem.« Er lächelt. »Mir macht es nichts aus, ganz im Gegensatz zu Ihnen vermutlich.«

Ich blinzle in die Wintersonne, die sich in der Glasfront des Wintergartens bricht und mich blendet. Hier drin ist es verglichen mit der Kälte draußen so warm, dass man sich fast fühlt wie in den Tropen.

»Ich arbeite am liebsten nackt«, erklärt er, greift lässig nach einem Morgenmantel, schlüpft hinein und bindet den Gürtel zu. »Das wirkt geistig befreiend auf mich. Und was kann ich für Sie tun, meine Liebe?«

Zumindest ist er freundlich. Sehr gut. Er schmeißt mich nicht hochkant raus, ohne mir die Chance zu geben, mein Anliegen vorzutragen.

»Ich weiß nicht so recht, wo ich anfangen soll«, antworte ich, versuche, meine Gedanken zu ordnen, und unterdrücke das Bedürfnis, die Flucht zu ergreifen. Dass ich ihm in so einer

Situation gegenüberstehe, hat mich völlig aus dem Konzept gebracht. Ich umklammere Tattys Tasche, um mir Mut zu machen. Bald werde ich sie ihm geben müssen. Ich halte sie zum letzten Mal in der Hand.

»Das klingt ja gefährlich. Stecke ich in Schwierigkeiten?«

»Nein, ganz und gar nicht, es ist nur …« Unwillkürlich greife ich nach Mums Perlenkette an meinem Hals und nestle daran herum, während ich nach den richtigen Worten suche.

Als ich sein breites, offenes Gesicht betrachte, weiß ich wirklich nicht, wie ich beginnen soll. Vielleicht verändere ich jetzt für immer sein Leben, indem ich ihm Nachrichten aus der Vergangenheit überbringe, die er womöglich nicht hören will.

»Warum verraten Sie mir nicht zuerst, wie Sie heißen?«, schlägt er vor, als ich weiter herumdruckse.

»Coco Swan«, sage ich und halte ihm die Hand hin.

»Nett, Sie kennenzulernen, Coco Swan«, erwidert er und schüttelt sie. »Wie hübsch. Sie sind nach Coco Chanel benannt, richtig?«, fragt er, als sei das völlig alltäglich und nicht im Mindesten ungewöhnlich. So etwas freut mich jedes Mal wieder.

»Ja, das ist richtig.«

»Eine interessante Frau, die Chanel«, meint er. »Eine Ikone unserer Zeit. Haben Ihre Eltern sie bewundert?«

»Nun, meine Mutter war ziemlich auf Frankreich fixiert.«

»Aha, das erklärt es. Also, Miss Coco Swan, haben Sie inzwischen den Mut gefunden, mir zu erzählen, warum Sie hier sind? Sie sind nicht zufällig eine reiche Galeristin aus Dublin, die mir eine Million für meine letzte Arbeit anbieten will?« Er weist auf die Tonskulptur hinter sich. Aus meinem Blickwinkel kann ich nicht erkennen, was sie darstellt – es könnte ein Tier, ein Mensch oder etwas völlig anderes sein.

Ich hole tief Luft. Jetzt oder nie. »Ich habe einen Brief gefunden«, platze ich heraus. »Von einer Mutter an ihr Kind – das Kind, das sie 1956 zur Adoption freigegeben hat.«

»Ich verstehe. Und?« Die Nachricht scheint ihn überhaupt nicht zu berühren.

»Ich habe die Vermutung, dass Sie dieses Kind sein könnten.«

Ich atme aus und habe das Gefühl, dass ich eine Ewigkeit die Luft angehalten habe. Da es nun endlich ausgesprochen ist, bin ich unbeschreiblich erleichtert. Eine Sekunde herrscht Schweigen, während er meine Worte auf sich wirken lässt. Dann bricht er in hilfloses Gelächter aus. »Oh, meine Liebe, Sie sind nicht nur vom Namen her dramatisch, sondern auch in Ihrer Persönlichkeit.« Er bekommt einen Lachanfall.

Ich starre ihn verdattert an. Dass Duke/James zu lachen anfangen könnte, ist eine Szene, die nicht auf meiner Liste der möglichen Reaktionen steht.

»Sie glauben das nicht?«, frage ich.

»Gütiger Himmel, nein«, antwortet er. »Unmöglich, tut mir leid.«

»Lassen Sie mich doch erklären …«

»Meine liebe Coco, wenn ich adoptiert worden wäre, würde ich das wissen«, meint er, immer noch lächelnd. »Ich bin ganz sicher nicht der, den Sie suchen, bedaure.«

»Viele Leute wissen nicht, dass sie adoptiert wurden«, wende ich ein. »Die Zeiten waren damals anders.«

Er hält inne und rückt seinen Hut ein Stück zurecht. »Wo haben Sie den Brief gefunden?«

»In dieser Chanel-Handtasche, die ich bei einer Auktion gekauft habe. Er steckte in einem Geheimfach. Schauen Sie.« Ich öffne Tattys Tasche und zeige es ihm.

»Wie sonderbar«, sagt er.

»Ich weiß, dass es merkwürdig klingt, aber es stimmt. Ich habe den Brief hier, falls Sie ihn sehen möchten.«

»Warum nicht?« Er zuckt die Achseln.

Ich reiche ihm den Brief und beobachte ihn beim Lesen.

»Er geht wirklich ans Herz. Doch warum nehmen Sie an, dass er für mich bestimmt ist?«, erkundigt er sich und gibt ihn mir zurück.

»Nun, ich habe einige Nachforschungen angestellt, die mich nach Glacken geführt haben. Und dann habe ich Mac kennengelernt.«

»Mac? Wer ist Mac?« Offenbar versteht er die Welt nicht mehr.

»Mac Gilmartin? Der Mann, der Ihnen Glacken House abgekauft hat?«

Ich bin ein wenig erstaunt, dass er sich nicht mehr erinnert, wem er sein Haus verkauft hat. Vielleicht wird er ja schon senil – der Grund, warum er im Adamskostüm bildhauert. Schließlich ist der Verkauf des Hauses erst wenige Jahre her. Doch der Name scheint ihm wirklich nichts zu sagen.

»Tut mir leid, meine Liebe, aber ich ich verstehe kein Wort mehr«, meint er kopfschüttelnd.

In diesem Moment biegt Mac um die Ecke und steckt sein Telefon ein.

»Da ist er ja«, verkünde ich, als er in den Wintergarten kommt.

»Mac Gilmartin, nett, Sie endlich kennenzulernen«, sagt er und hält ihm die Hand hin.

»James Flynn, es ist mir ein Vergnügen«, erwidert der Mann und schüttelt Mac kräftig die Hand.

Mac sieht mich an und zieht eine Augenbraue hoch, als wolle er feststellen, wie weit wir schon gediehen sind.

»Sie wohnen in Glacken?«, erkundigt sich James.

»Nun, ja, in Ihrem ehemaligen Haus«, antwortet Mac und wirft mir noch einen fragenden Blick zu. »Es ist ein sehr schönes Haus – ich fühle mich sehr wohl dort.«

»Das freut mich.« James lächelt. »Aber ich fürchte, hier handelt es sich um ein Missverständnis.«

Mac starrt mich verwirrt an, und dann betrachten wir beide James.

»Ich bedaure, Coco, doch Sie irren sich«, sagt er. »Ich bin nicht der James Flynn, den Sie suchen.«

»James, lassen Sie mich doch von Anfang an erklären«, setze ich an. Offenbar ahnt der arme Mann nicht, dass er adoptiert wurde, und kann die Information nicht verarbeiten.

»Nein, meine Liebe, ich bin hundertprozentig der Falsche. Ich habe nie in Glacken gelebt. Ich bin mein Lebtag nicht dort gewesen.«

»Aber …«, stammle ich.

»Ich bin vor einigen Jahren aus Cork nach Port-on-Sea gezogen, um zu arbeiten. Hier kann ich am besten bildhauern. Doch ich bin ganz sicher nicht adoptiert worden. Ich bin nicht der Mann, den Sie suchen. Tut mir leid. Das ist eine Verwechslung.«

»Aber der Makler hat Mac diese Adresse gegeben. Carroll and Carroll?« Ich wirble zu Mac herum, der ebenso erstaunt zu sein scheint wie ich.

»Die müssen da was durcheinandergebracht haben«, meint Mac stirnrunzelnd. »Ich verstehe das nicht.«

»Carroll and Carroll? Nun, die haben sicher meine Daten im Computer«, spricht James weiter. »Ich habe dieses Haus bei ihnen gekauft. Allerdings werden Sie feststellen, dass es in diesem Land einige James Flynns gibt. Das ist das Problem, wenn man so einen Dutzendnamen hat, meine Liebe, ganz im Gegensatz zu Ihnen, Coco.«

Trotz meiner abgrundtiefen Enttäuschung lächle ich ihn freundlich an. Ich fasse es nicht, dass wir uns geirrt haben. Ich will es einfach nicht glauben. »Sind Sie ganz sicher?«, hake ich nach.

»Hundertprozentig«, bestätigt er. »Schade, dass ich Ihnen nicht weiterhelfen kann. Der Brief ist wunderschön, und der Mensch, für den er bestimmt ist, wird sehr gerührt sein, wenn er ihn bekommt.«

»Falls das jemals geschieht.« Ich seufze auf. Inzwischen ist diese Möglichkeit in noch weitere Ferne gerückt.

»Da bin ich ganz sicher«, antwortet James lachend. »Sie scheinen ebenso hartnäckig zu sein wie Ihre Namenspatronin.«

»Entschuldigen Sie, dass wir Ihnen die Zeit gestohlen haben«, sage ich, stecke Tattys Brief wieder in die Handtasche und schließe sie. Ich habe das Gefühl, sie und Mum durch diese Verwechslung enttäuscht zu haben.

»Sie brauchen sich nicht zu entschuldigen«, erwidert James freundlich. »Ich hoffe nur, dass Sie ihn finden. Und jetzt würde ich gerne wieder an die Arbeit gehen, so lange die Musen mir wohlgesinnt sind ...«

Als er zu der unvollendeten Skulptur hinüberschaut, wird mir klar, dass das ein höflicher Rausschmiss ist.

»Vielen, vielen Dank, und entschuldigen Sie die Störung – und den Irrtum«, meine ich. »Es war nett, Sie kennenzulernen.«

»Keine Ursache, meine Liebe«, entgegnet er. »Das Vergnügen war ganz auf meiner Seite. Ich bedaure nur, Ihnen nicht helfen zu können. Aber ich bin sicher, dass Sie das Rätsel lösen werden. Geben Sie nicht auf!«

»Wir suchen hier, wir suchen dort ...«, sagt Mac leise auf dem Rückweg zum Auto, zweifellos, um mich aufzuheitern. Doch es nützt nichts. Ich habe mich überreden lassen, den Stier bei den Hörnern zu packen – und alle Mühe ist vergeblich gewesen.

23

»Ist dir auch sicher nicht kalt?«, fragt Mac, als wir uns an einen winzigen Tisch vor einem kleinen Café setzen, das »The Seagull« heißt. Möwe.

»Nein, alles bestens«, erwidere ich und zwinge mich zu einem Lächeln, das echt wirkt. »Es ist schön, ein wenig Meeresluft zu schnappen.« Es ist wirklich eiskalt, aber ich bin warm eingemummelt, und es ist erfrischend, draußen zu sitzen. Außerdem kann Horatio uns so Gesellschaft leisten.

»So lange du dir nicht den Tod holst«, meint er.

»Die Pommes werden mich aufwärmen«, antworte ich, »oder, alter Junge?« Horatio leckt unter dem Tisch meine Hand.

»Die riechen echt lecker«, stimmt Mac zu.

Der unverwechselbare Duft von Fish and Chips weht aus dem Lokal nach draußen, sodass ich Magenknurren bekomme. Das Café ist hübsch und sehr maritim eingerichtet. Als ich drinnen auf der Toilette war, habe ich die Muschelsammlungen in ihren Gläsern und die schräg an den Wänden hängenden Holzanker bewundert. Allerdings ist die Aussicht hier draußen das Allerbeste – von unserem Platz aus können wir das offene Meer, die auf dem Wasser tanzenden Boote und die am Himmel kreisenden Möwen beobachten. Sogar in der Nebensaison und bei winterlicher Kälte ist es traumhaft hier. Als ich dasitze und das Wasser betrachte, fühle ich mich seltsam zufrieden, und das obwohl ich so tief enttäuscht bin, weil ich wieder in einer Sackgasse stecke.

»Ein sehr interessanter Mensch«, sagt Mac, greift nach der Speisekarte und studiert sie.

»Ja, ist er. Und dabei hast du ihn nicht einmal in voller Pracht gesehen …«

Als ich Mac geschildert habe, dass ich bei James Flynn hereingeplatzt bin, während dieser nackt arbeitete, ist er vor Lachen fast erstickt. Jetzt grinst er mich über den Tisch hinweg an. »Wahrscheinlich wirst du ihn nicht so schnell wieder vergessen«, antwortet er.

»Er hat sich in mein Gedächtnis eingeprägt.«

Der Anblick seines verschrumpelten Pos hat sich in mein Gehirn eingebrannt. Allerdings muss ich ihm auch ein wenig Bewunderung zollen – es gehört schon viel Selbstbewusstsein dazu, nackt zu arbeiten. Ich kann ja nicht einmal unbekleidet vom Bad in mein Zimmer gehen. Ruth hingegen fühlt sich in ihrem Körper pudelwohl und hat keine Probleme damit, sich nackt zu zeigen – im Sommer sonnt sie sich häufig oben ohne hinter dem Laden, was Anna sehr empört. Anna ist nämlich der Ansicht, dass Gott den Frauen Brüste geschenkt hat, damit sie sie verhüllen, nicht etwa öffentlich zur Schau stellen. Sie lehnt sogar ausgeschnittene Oberteile ab. Inzwischen habe ich den Überblick verloren, wie oft sie Ruth schon zurechtgewiesen hat, weil sie zu viel Haut zeigt. Cat hat zur Nacktheit auch eine ziemlich lockere Einstellung – ich habe sie schon unzählige Male unbekleidet gesehen. Aber ich habe lieber etwas an. Ich war noch nie so richtig zufrieden mit meinem Körper, weshalb ich ihn nur bei stark gedämpftem Licht und teilverhüllt mit sorgfältig drapierten Laken präsentiere, um ihn so gut wie möglich zu tarnen.

»Es hat sicher etwas Befreiendes, im Adamskostüm zu arbeiten«, meint Mac, schnappt sich ein Stück Brot aus dem Korb, bricht es auseinander und gibt die Hälfte Horatio. Der verschlingt es sofort und nimmt Habtachtstellung ein, bereit für das nächste Leckerchen, wenn er seine Trümpfe richtig ausspielt. Als ich ihm unter dem Tisch heimlich noch ein Stück Brot zustecke, werde ich wieder mit einem feuchtheißen Handablecken belohnt.

»Du meinst, dass man dann weniger gehemmt ist?«, frage ich.

»Ja«, entgegnet er. »Was nicht heißt, dass ich es in allen Fällen empfehle.«

»Nein, natürlich nicht«, erwidere ich ernst. »Ich glaube, die Welt ist noch nicht so weit. Zumindest nicht hier.«

Zwei kleine alte Damen schlendern die Straße entlang. Sie tragen Schwarz und dazu dicke, fleischfarbene Strumpfhosen, Schnürschuhe und fest unter dem Kinn zugebundene Kopftücher.

»Allerdings kann das Äußere auch täuschen«, fährt er fort. »Nimm nur die beiden. Vielleicht sind sie die schärfsten Swingerinnen der ganzen Stadt.«

Ich beobachte, wie sie stehen bleiben, um mit einem älteren Herrn zu sprechen, der ihnen entgegenkommt.

»Und womöglich haben sie mit dem Typen ein Dreiecksverhältnis«, spricht Mac bierernst weiter.

Ich kichere, und Horatio wedelt mit dem Schwanz.

»Eins sage ich dir«, verkündet Mac und zieht eine Augenbraue hoch. »Man weiß nie, was hinter verschlossenen Türen so vor sich geht.«

»Hallo, was darf ich Ihnen bringen?«

Als wir aufblicken, steht eine ultraglamouröse Kellnerin mit gezücktem Notizblock vor uns. Ihr Blick zoomt sofort auf Mac, offenbar bin ich plötzlich unsichtbar geworden.

»Was ist heute frisch gefangen?«, fragt er mit einem höflichen Lächeln.

»Petersfisch«, antwortet sie. »Heute Morgen aus der Bucht geholt. Wirklich lecker.«

»Gut, dann nehme ich den«, sagt er und gibt ihr die Speisekarte zurück.

»Pommes und Erbspüree?«, erkundigt sie sich und beugt sich dabei weiter als nötig zu ihm hinunter. Das übertriebene Funkeln ihrer Augen und ihr strahlendes Lächeln entgehen mir nicht.

»Also gut, Sie haben mich überredet«, erwidert er und lächelt sie an, worauf sie ihm ein weiteres Megawatt-Grinsen schenkt.

Aha, sie steht auf ihn. Natürlich. Deshalb wirft sie sich ihm an den Hals. Wie ungezogen. Schließlich könnten wir ein Paar sein. Was wir natürlich nicht sind, aber das weiß sie ja nicht. Ganz schön frech, so mit ihm zu flirten!

»Ich mag es, wenn ein Mann einen gesunden Appetit hat«, lobt sie ihn und lässt den Blick ziemlich offensichtlich über seine Brust schweifen. Doch anscheinend bemerkt er gar nicht, dass sie ihm zu verstehen gibt, wie scharf sie ihn findet.

»Von Meeresluft krieg ich immer Hunger«, meint er im Plauderton.

»Auch eine Methode, den Appetit anzuregen ...«, entgegnet sie anzüglich.

Allmählich wächst mein Eindruck, dass sie mich nicht zur Kenntnis nehmen wird, wenn ich mich nicht melde, und mir knurrt der Magen. »Äh, ich nehme die Meeresfrüchte-Platte bitte«, versuche ich mein Glück.

»Okay.« Für eine Millisekunde wenden sich ihre Augen mir zu, aber sie schreibt es nicht auf.

»Äh, sind da Beilagen dabei?«, frage ich. »Könnte ich Pommes haben?«

»Machen Sie hier Urlaub?«, erkundigt sie sich bei Mac und ignoriert mich wieder.

»Wir sind nur auf der Durchreise«, antwortet er.

»Ach, was für ein niedlicher Hund«, schnurrt sie und bückt

sich, um Horatio zu streicheln, wobei sie uns einen freizügigen Blick auf ihre Oberweite gewährt. Ich zupfe an meinem Schal und rutsche ein wenig auf meinem Stuhl herum, während ich beobachte, wie ihr Busen unter dem sehr engen T-Shirt wogt. Offenbar spürt sie die Kälte nicht. Oder sie hat einfach keine Lust, sich warm anzuziehen.

Horatio lässt sich von ihren Bemühungen nicht beeindrucken. Ich muss ein Grinsen unterdrücken – er mag sie auch nicht.

»Er ist ja so reizend!«, flötet sie und kriegt sich inzwischen gar nicht mehr ein. »Wie heißt er denn?«

»Horatio«, erwidert Mac und krault ihn am Kinn.

Mittlerweile kniet die Kellnerin auf dem Boden und streichelt Horations Hals, als hinge ihr Leben davon ab. Ihr Verhalten ist so leicht durchschaubar, dass ich es kaum fassen kann. Aber Mac scheint ihr Getue gar nicht wahrzunehmen. Stattdessen sieht er mich über den Tisch hinweg an.

»Wollen wir uns einen Korb frittierte Zwiebelringe teilen?«, fragt er. »Die sehen lecker aus.« Er weist auf einen Tisch am Fenster, wo sich ein Paar gerade genüsslich über welche hermacht.

»Klingt prima!«, antworte ich. Ich hatte schon seit Ewigkeiten keine Zwiebelringe mehr, aber sie machen wirklich einen appetitlichen Eindruck, und über Mundgeruch muss ich mir ja nicht den Kopf zerbrechen – das wird weder Mac noch Horatio interessieren.

»Äh, Verzeihung«, wendet sich Mac an die Kellnerin, die noch immer auf dem Boden kauert und tut, als sei sie Horatios größter Fan.

»Ja?« Sie starrt ihn aus großen Augen an und reckt das Kinn, um sich von ihrer Schokoladenseite zu zeigen. Ich würde mein Leben darauf verwetten, dass sie diese kokette Pose gründlich eingeübt hat.

»Könnten wir als Vorspeise bitte eine Portion Zwiebelringe haben? Knoblauchsauce, Coco?«

»Sie heißen Coco?«, fragt die Kellnerin ungläubig, rappelt sich auf und beugt sich über Mac, als würde sie sich am liebsten auf seinen Schoß setzen, wenn er sie ließe.

»Ja«, antworte ich zögernd. Ich erkenne an ihrer Miene, dass sie das absolut dämlich findet.

»Wow ... hätte ich nicht gedacht«, sagt sie. Dann schenkt sie Mac noch ein Lächeln und stakst davon in Richtung Küche. Dabei wackelt sie so heftig wie möglich mit dem Hintern, um ihn zu beeindrucken. Zugegeben, sie hat einen recht hübschen Hintern, insbesondere in diesen hautengen, kaugummirosafarbenen Jeans.

»Passiert dir das öfter?«, fragt Mac, während ich ihr nachblicke.

»Was? Dass Kellnerinnen mich ignorieren?«

»Hä?«

»Die hat dir praktisch einen Lapdance verabreicht«, meine ich. »Behaupte jetzt nicht, du hättest es nicht bemerkt.«

»Äh, ich dachte, sie wollte nur nett sein«, erwidert er und macht ein leicht verlegenes Gesicht.

»Ja, sehr nett.« Ich lache auf. »Und nein, normalerweise bin ich in Restaurants nicht unsichtbar, falls das deine Frage war.«

»Eigentlich wollte ich wissen, ob sich Leute häufig über deinen Namen wundern. Er ist wirklich ziemlich ungewöhnlich, oder?«

Inzwischen liegt Horatio unter dem Tisch auf meinen Füßen und schnarcht leise. Sein Atem ist ganz warm, und es fühlt sich so angenehm an, dass ich die Füße nicht wegziehe.

»Ach, ich verstehe«, sage ich. »Tut mir leid. Ja, vermutlich ist er ungewöhnlich, und die Leute stellen Fragen.«

»Und warum heißt du Coco?«, erkundigt er sich. »Oder ist das auch streng geheim?« Er sieht mich aus funkelnden Augen über den Tisch hinweg an. Ich spüre, dass die Kellnerin uns vom Lokal aus aufmerksam beobachtet.

»Nein, ist es nicht«, entgegne ich. »Mum hat mich so genannt, weil sie Coco Chanel und Frankreich geliebt hat. So einfach ist das.«

»Cool. Ein toller Name.«

»Danke, aber das finde ich nicht immer«, widerspreche ich.

»Warum nicht?« Er schenkt erst mir und dann sich selbst ein Glas Eiswasser ein.

»Ich wurde deswegen gehänselt. In einer irischen Kleinstadt gibt es nicht viele Cocos. Außerdem passt er nicht unbedingt zu mir ...«

»Was soll das bedeuten?«

»Nun, wenn man Coco heißt, erwarten alle, dass man glamourös und elegant ist. Und das bin ich nicht.« Ich spähe zum Fenster hinein – und natürlich lehnt die Kellnerin am Tresen und starrt uns an. »Wie die Frau gesagt hat«, füge ich spöttisch hinzu, »hat sie das nicht gedacht.«

Wie ich an Macs Miene erkenne, hat er gar nicht bemerkt, dass die Kellnerin mich beleidigt hat. Er trinkt einen Schluck Wasser, bevor er antwortet.

»Du bist ziemlich streng mit dir selbst, oder?«, meint er.

»Nein, nur realistisch.«

Die Kellnerin erscheint aus dem Nichts und knallt mit einem eisigen Blick den Korb mit den Zwiebelringen vor mich hin. Im nächsten Moment ändert sich ihr Gesichtsausdruck, und sie lächelt Mac reizend an. »Ich habe Wasser für Horatio mitgebracht«, flötet sie und stellt den Napf vor seinen Füßen ab, sodass wir wieder Einblicke in ihr Dekolleté erhalten. »Ich dachte, er hat vielleicht Durst.«

»Äh, sehr nett, vielen Dank«, antwortet Mac und klingt ein wenig nervös.

»Kein Problem, es ist mir ein Vergnügen«, sagt sie. »Falls

ich sonst noch was für Sie tun kann, geben Sie mir nur Bescheid.«

Sie bedenkt ihn mit einem langen, schmachtenden Blick und gleitet wieder davon, diesmal noch langsamer und mit mehr Hüftschwung. Offenbar hat sie zu viele Videos mit Beyoncé gesehen – wenn sie so weitermacht, verrenkt sie sich noch was.

»Hast du es jetzt mitgekriegt?«, frage ich und beiße genüsslich in einen Zwiebelring. Keine Ahnung, warum ich die Dinger von meinem Speiseplan gestrichen habe – sie sind einfach köstlich.

»Was?«

»Sie steht auf dich.«

»Nun, aber ich stehe nicht auf sie«, entgegnet er. Etwas an seinem Blick löst in mir ein inneres Flattern aus.

»Es ist wunderschön hier, findest du nicht?«, sage ich und tunke noch einen Zwiebelring in Knoblauchsauce.

»Ja, ist es. Es gibt in diesem Land so viele idyllische Plätzchen. Keine Ahnung, warum die Leute überhaupt ins Ausland fahren.«

»Ganz deiner Ansicht. Ich bin auch ziemlich häuslich.«

»Genau«, sagt er.

»Du auch? Ich dachte, dass niemand diese Einstellung versteht.«

»Ja?«

»Ja. Ich erinnere mich noch an die Vorträge, die mir alle gehalten haben, weil ich angeblich zu ängstlich war, um nach Neuseeland zu ziehen.«

»Ich habe den Verdacht, dass mehr hinter dieser Geschichte steckt.« Er wischt sich den Mund mit seiner Serviette ab. »Raus mit der Sprache.«

Horatio, immer noch zu meinen Füßen, schnaubt leise und kuschelt sich dann enger an. Ich hole tief Luft. »Okay, tja, mein Freund ist nach Neuseeland gezogen. Mein Exfreund, wie ich hinzufügen sollte.«

»Aha, ich verstehe. Ist er wegen des Umzugs dein Exfreund oder trotzdem?«

»Das ist kompliziert.«

»Das ist es meistens«, merkt er spöttisch an. »Erzähl weiter.«

»Nun, er wollte, dass ich mitkomme.«

»Und du wolltest nicht?«

»Nein.«

»Was gefällt dir denn nicht an Neuseeland?«

»Es ist sicher wunderschön dort. Aber ich wohne gern dort, wo ich jetzt wohne. Ich wollte nichts daran verändern.«

»Du hast nie mit dem Gedanken gespielt, es wenigstens mal zu versuchen?«

»Nein, eigentlich nicht.«

»Wegen deiner Großmutter? Ihr steht euch offenbar sehr nah.«

»Nein, sie wollte, dass ich gehe, und hält mich für verrückt, weil ich es nicht getan habe. Meine Freundin Cat ist derselben Ansicht.«

»Aber du hast nicht auf sie gehört?«

»Ich finde es schön so, wie es ist. Außerdem war es zwischen mir und Tom nicht unbedingt die große Liebe.«

»War es nicht?« Er zieht die Augenbrauen hoch.

»Nein, ich meine, er war ein netter Mensch. Er ist ein netter Mensch. Aber ... es hat etwas gefehlt, verstehst du? Manchmal hatte ich das Gefühl, dass wir eher wie Bruder und Schwester waren.«

»Hmmm ... das ist nicht gut.«

Ich lache auf. »Nein, definitiv nicht.«

Zwischen Tom und mir hat von Anfang an die Chemie nicht gestimmt. Kein Feuer, keine Leidenschaft. Ich wette, dass ihm das auch aufgefallen ist, obwohl er es nie zugegeben hat. Jetzt frage ich mich, ob es mit seiner neuen Freundin besser läuft. Ich wünsche es ihm.«

»Also noch mal der Reihe nach«, meint Mac stirnrunzelnd. »Obwohl deine Freunde und deine Familie dich kräftig unter Druck gesetzt haben, damit du auswanderst, hast du dich geweigert, richtig?«

»Ja, das fasst es ziemlich gut zusammen.« Alle haben mich gedrängt zu gehen – sie wollten, dass ich meine Flügel ausbreite und fliege.

»Okay, dann bist du entweder eine schrecklich dickköpfige Frau oder rettungslos heimatverbunden.«

Ich fange an zu lachen, obwohl ich nicht weiß, ob das ein Scherz oder eine Beleidigung war.

»Was hältst du von Urlaubsreisen ins Ausland?«, fragt er.

Wieder muss ich auflachen. »Daran habe ich großen Spaß.«

»Bist du sicher?« Er mustert mich argwöhnisch. »Wann warst du das letzte Mal im Ausland? Das interessiert mich nur, damit ich mir ein klares Bild von dir machen kann.«

»Ich war vor Kurzem in London.«

»Wirklich? Oder behauptest du das nur, damit ich dich in Ruhe lasse?«

»Ich war dort, um mit einer alten Freundin von Tatty zu sprechen.«

»Freiwillig?«

»Ja!«

»Hast du in nächster Zeit irgendwelche Reisepläne? Zum Festland vielleicht?«

»Ganz sicher nicht.«

»Gut.« Er verschränkt die Hände unter dem Kinn und flicht die langen Finger ineinander. »Also tippe ich auf einen milden Fall von Häuslichkeit.«

»Ja?«

»Ja. Weißt du, die schwereren Fälle schaffen es nicht mal bis zum Flughafen. Sie werden schon im Kaufhaus in der Kofferabteilung nervös.«

»Und sie meiden die Gänge mit den Sommersachen?«

»Richtig«, erwidert er. »Du hast den Nagel auf den Kopf getroffen. Sie reisen einfach nicht gern, ganz gleich, wie und wohin.«

»Und zu welche Sorte von häuslichen Menschen gehörst du? Kannst du eine Eigendiagnose stellen?«

»Nun, ich bin Mitglied einer seltenen Spezies. Manchmal muss ich aus beruflichen Gründen verreisen, aber wenn ich die Wahl hätte, würde ich das ganze Jahr zu Hause bleiben und nie irgendwo hinfahren. Du hattest Glück, dass du mich heute hierherlocken konntest.« Da er wieder ein Pokerface aufgesetzt hat, weiß ich, dass er mich auf den Arm nehmen will.

»Ha, daran ist nur Ruth schuld«, necke ich ihn. »Sie hat dich dazu gezwungen.«

»Hat sie das?« Er macht ein argloses Gesicht, als hätte er keine Ahnung, wovon ich rede.

»Hör auf mit dem Theater. Du weißt genau, dass es so war«, lache ich.

»Okay, vielleicht hat sie es getan, aber sie hat sich dazu keine große Mühe geben müssen.« Wieder sorgt die Art, wie er das sagt, dafür, dass ich Schmetterlinge im Bauch bekomme.

Ich schaue auf die Uhr – es ist noch später, als ich gedacht habe. »Was ist mit dem Hundeasyl?«, frage ich.

»Welchem Hundeasyl?«, gibt er leicht verdattert zurück.

»Wolltest du dir nicht ein Hundeasyl hier in der Nähe anschauen, um zwei Fliegen mit einer Klappe zu schlagen?«

»Äh, ja«, antwortet er und weicht meinem Blick aus. »Nun, dafür ist es jetzt ein bisschen zu spät. Ich komme ein andermal wieder.«

»Aber das heißt ja, dass du den ganzen Weg für nichts und wieder nichts gefahren bist!« Ich habe ein schlechtes Gewissen – Ruth hat ihm wirklich keine Wahl gelassen.

Er macht eine wegwerfende Handbewegung. »Zerbrech dir darüber nicht den Kopf. Kein Problem.«

»Ihr Hauptgang.« Die Kellnerin stellt ziemlich unsanft einen Teller vor mich hin. Sie hat sich in der Zwischenzeit die Lippen nachgezogen und jetzt einen grell rosafarbenen Fleck auf den Schneidezähnen. Unter gewöhnlichen Umständen würde ich selbst eine Fremde mit einer diskreten Geste darauf hinweisen. Aber heute werde ich es auf sich beruhen lassen. Als sie sich wieder Mac an den Hals wirft, kann ich nicht anders, als in mich hineinzulachen. So viel zum Thema weibliche Solidarität.

Mac streckt die Hand aus, stibitzt mir ein Pommes und steckt es in den Mund.

»Hey!«, rufe ich und entziehe ihm meinen Teller.

»Entschuldige, die sehen einfach so lecker aus.« Er lacht. »Und außerdem bedeutet Freundschaft, alles miteinander zu teilen.«

»Hmpf«, brummle ich in gespielter Empörung, obwohl mich seine Keckheit zum Schmunzeln bringt.

»Danke« sagt er zu der Kellnerin, als sie ihm seinen Teller reicht. »Das sieht ja köstlich aus.«

»Ich habe Ihnen zusätzliche Pommes draufgetan«, verkündet sie schmollend, als ärgere es sie, dass er nicht auf ihre Reize anspringt. Nachdem sie eine Sekunde gewartet hat, geht sie, einen enttäuschten Ausdruck auf ihrem spitzen Gesicht, davon. Ihre Flirtattacke hat keine Reaktion hervorgerufen. Ich wage zu behaupten, dass ihr das selten passiert, denn sie macht einen ziemlich erbosten Eindruck.

Mac schüttelt die Ketchupflasche und verteilt den Inhalt auf seinem Teller.

»Du stehst offenbar auf Pommes zum Ketchup«, witzle ich.

»Ich liebe Ketchup«, sagt er. »Du nicht?«

Dann fällt sein Blick auf meinen ketchupfreien Teller, und seine Augen weiten sich. »Du bist doch nicht etwa eine von *denen*, oder?«

»Von wem?«

»Von der Anti-Ketchup-Polizei?«

»Und wer soll das sein?«

Er atmet auf. »Puh. Gut, wenn du diese Leute nicht mal kennst, bin ich ja auf der sicheren Seite«, meint er. »Es gibt nämlich Menschen, die dem Ketchup den Kampf angesagt haben.«

»Kampf dem Ketchup?«, wiederhole ich lachend, weil er so albern ist.

»Ja, sie sind überall. Die laufen rum und tunken Münzen in Ketchup, um einem zu demonstrieren, dass er die Eingeweide zerfrisst. Solche Sachen tun die.«

»Mir ist noch nie einer begegnet.«

»Dann danke deinem Glücksstern«, meint er. »Und wie sieht dein Plan aus, Coco Swan?«

»Mein Plan?«

»Um den richtigen James Flynn zu finden.«

»Das weiß ich noch nicht«, antworte ich, tunke ein Pommes in Salz und stecke es in den Mund.

»Dann solltest du dir rasch was überlegen. Ich meine, da du mich jetzt in die Sache reingezogen hast …« Er seufzt dramatisch auf.

»Es hat nichts mit dir zu tun«, entgegne ich und verfüttere ein Pommes an Horatio, der es sofort verschlingt.

»Oh, doch«, antwortet er gespielt traurig. »Wie soll ich nachts nur schlafen, in dem Wissen, dass da ein Brief ist, der dem richtigen Adressaten zugestellt werden muss? Das ist nicht richtig. Ich könnte kein Auge mehr zutun.«

»Ich bin sicher, dass du es schaffst«, erwidere ich.

Er beugt sich über den Tisch und schnappt sich frech noch ein Pommes von meinem Teller, obwohl er selbst einen ganzen Teller voll hat, und steckt es in den Mund, bevor ich Einspruch erheben kann. »Nein, ganz sicher nicht. Und da du keinen Plan hast, habe ich mir selbst etwas ausgedacht.«

»Wirklich?«

»Ja. Pläneschmieden ist meine Spezialität. Das und die Tatsache, dass ich ein meisterhafter Spurenleser bin. Dafür hätte ich bei den Pfadfindern beinahe eine Auszeichnung bekommen.«

»Ach, wirklich?« Ich kann nicht verhindern, dass sich ein breites Grinsen auf meinem Gesicht ausbreitet. Er ist wirklich sehr unterhaltsam. Und außerdem – aus unerklärlichen Gründen – unglaublich attraktiv.

»Ja«, antwortet er selbstbewusst und klaut mir noch ein Pommes. In seiner Tasche läutet das Telefon. »Aha!«, verkündet er. »Es geht schon los.«

»Wer ist es?«

»Der Immobilienmakler. Während du auf dem Klo warst, um dich aufzuhübschen, habe ich die Initiative ergriffen und noch mal angerufen. Diesmal kriege ich die Adresse des richtigen James Flynn.«

Er nimmt das Gespräch an. Ich versuche, der Unterhaltung zu folgen, aber es ist unmöglich. Er nickt nur und brummt etwas.

»Und?«, frage ich, nachdem er aufgelegt hat. »Was hat er gesagt?«

»Es ist, wie wir gedacht haben. Sie haben zwei James Flynns im Computer«, erwidert er. »Allerdings gibt es, was unseren James Flynn angeht, leider keine guten Nachrichten.«

Mir klopft das Herz bis zum Halse. »Ist er tot?« Das wäre das schlimmste Szenario.

»Nein. Aber sie kennen seine Adresse nicht. Nachdem er Glacken House verkauft hat, ist er nach Übersee gezogen, doch sie wissen nicht, wohin.«

»Sie haben wirklich keine Ahnung?«, hake ich nach.

»Nein, tut mir leid, Coco. Offenbar ist er Orchestergeiger. Er bereist die ganze Welt und tritt überall auf, haben sie gesagt. Der Himmel weiß, wo er jetzt ist.«

Meine Gedanken überschlagen sich. »Gib mir dein Telefon«, fordere ich ihn auf.

»Verzeihung?« Mein forscher Tonfall erschreckt ihn offenbar ein wenig.

»Es ist ein Smartphone, richtig?«

»Ja«, antwortet er und reicht es mir.

»Wie lautet hier der WLAN-Code?« Er reckt den Hals, um ihn von dem kleinen Plakat im Fenster des Cafés abzulesen. Ich tippe ihn ein und bin wenige Sekunde später auf Google. Ich gebe »James Flynn, Orchester« ein. Mark wäre schrecklich stolz auf mich, denke ich, als ich warte, bis sich die Seite aufbaut. Gut, dass er mir an dem Abend, als er mir mit der Facebook-Seite für das Swan's geholfen hat, auch erklärt hat, wie WLAN funktioniert, sonst hätte ich nämlich keine Chance.

»Aber natürlich!«, ruft Mac aus und beobachtet mich. »Wenn du rauskriegst, wo sein Orchester auftritt, hast du ihn vielleicht.«

Das hoffe ich. Das hoffe ich wirklich. Es scheint eine Ewigkeit zu dauern, bis die Seite geladen ist, und ich lese, so schnell ich kann. Meine Hände zittern vor Aufregung.

»Er ist erster Geiger beim Irish String Collective Orchestra«, verkünde ich. »Und ihr nächster Auftritt ist in …«

»Wo?«, fragt Mac.

Ich hebe den Kopf und sehe ihn an. Ich kann es kaum glauben. Das ist wieder ein Zeichen auf einer sehr langen Liste. »Paris«, sage ich. »Der nächste Auftritt ist in Paris.«

24

Cat und ich sitzen an einem Tisch in der Hotelbar des Central, wo niemand uns belauschen kann, und stecken die Köpfe zusammen. Ich habe sie um dieses Treffen gebeten, weil mir ein wunderbarer Plan eingefallen ist, um Mark zu helfen. Die Idee kam mir plötzlich, nachdem Mac mich gestern Abend am Laden abgesetzt hat. Keine Ahnung, warum ich nicht schon früher daran gedacht hatte. Als ich aus seinem Transporter stieg, war ich nach unserem Ausflug glücklich und vom Wind zerzaust und aufgeregt, weil ich nun mehr Informationen über James habe.

Ich winkte ihm nach und schloss gerade die Ladentür auf, als ich den miesen, kleinen Sean O'Malley an Karls Laden vorbeischlurfen sah. Und da traf es mich wie ein Blitz aus heiterem Himmel. Auf einmal wusste ich, wie wir Mark aus seinem Dilemma befreien können, und zwar so, dass er sich nicht noch mehr Ärger einhandelt.

»Und du glaubst, das klappt?«, fragt Cat nun mit sorgenvoller Miene.

»Ja«, erwidere ich. »Er ist genau der richtige Mann für diesen Job.«

»Was, wenn es schiefgeht?«, fragt sie. Ihr Blick wandert rasch zur Tür, als warte sie auf sein Erscheinen.

»Das wird es nicht«, entgegne ich mit Nachdruck. »Davon bin ich überzeugt.«

»Du bist so selbstbewusst«, meint sie bewundernd.

Ich trinke eine Schluck Wein und grinse sie an. »Mag sein.«

»Moment mal«, sagt sie und mustert mich argwöhnisch. »Verschweigst du mir vielleicht etwas? Knutschst du etwa mit Grizzly Adams rum? Bist du deshalb so guter Stimmung?«

Bevor ich antworten kann, hören wir eine tiefe Stimme. »Hallo, ihr beiden. Was ist denn das nun für ein großes Geheimnis?«

Karl steht vor uns, ein fragendes Lächeln auf dem Gesicht.

»Setz dich, Karl«, sage ich. »Ich möchte dir einen Vorschlag machen. Oder eher, dich um etwas bitten.«

Karl nimmt uns gegenüber Platz und stützt die massiven Arme auf den Tisch. »Das ist ja reichlich mysteriös«, stellt er fest. »Ich fühle mich wie ein Geheimagent.«

Cat lacht sarkastisch auf.

»Es geht um Folgendes, Karl«, beginne ich und schiebe das Guinness, das ich für ihn bestellt habe, zu ihm hinüber. »Cats Sohn Mark steckt ein bisschen in Schwierigkeiten.«

Karl trinkt einen Schluck Bier und seufzt zufrieden auf. »Was für Schwierigkeiten?«

»Ein kleiner Scheißkerl namens Sean O'Malley will bei der Teenie-Disco hier Gras verkaufen«, erkläre ich. »Und jetzt setzt er Mark unter Druck und erpresst ihn, damit er ihm dabei hilft.«

Karl trinkt noch einen Schluck und betrachtet uns beide. »Ich verstehe«, erwidert er ernst. »Das ist gar nicht gut.«

Cat schüttelt den Kopf. »Nein, überhaupt nicht«, sagt sie. »Mark verhält sich jetzt schon seit einer Ewigkeit seltsam, und ich habe nicht gewusst, warum. Coco ist dahintergekommen.«

Karl lächelt mir zu. »Coco ist eine tolle Frau«, meint er. Cat drückt meine Hand. Seit ich ihr erzählt habe, was Mark mir anvertraut hat, ist sie ein Nervenbündel. Ich musste meine sämtlichen Überredungskünste aufbringen, um sie – und auch David – daran zu hindern, sofort zu Sean zu stürmen und ihm den Hals umzudrehen. Doch nach einer Weile haben sie widerstrebend eingesehen, dass eine solche Spontanaktion Mark nichts nützen und die Sache höchstens verschlimmern würde.

»Die Sache ist, Karl«, fahre ich fort, »dass wir vorsichtig sein müssen. Mark kann keinen weiteren Stress in der Schule gebrauchen. Es ist eine heikle Situation.«

»Natürlich.« Karl nickt.

»Allerdings sollte jemand mal ein ernstes Wort mit Sean reden«, füge ich zögernd hinzu.

»Und das soll ich übernehmen?«, fragt er.

»Wir finden, dass du genau der richtige Mann dafür bist. Du könntest ... mal mit Sean sprechen.«

Karl nickt nachdenklich. »Könnte ich. Aber was hält Mark von dieser Idee?«

»Er ist voll dafür«, bestätige ich. »Er möchte nur, dass Sean ihn in Ruhe lässt und dass es so wenig Wirbel wie möglich gibt.« Bevor ich mich an Cat und David gewendet habe, habe ich Mark angerufen und ihm meinen Plan erläutert. Er klang sehr erleichtert darüber, dass sich jemand um die Sache kümmern und ihm die Verantwortung abnehmen würde.

»Machst du es?«, fragt Cat mit Verzweiflung in der Stimme.

Karl hält inne. »Aber klar doch, mein Schatz«, antwortet er schließlich. »Ich könnte meinen Tattoos ein bisschen frische Luft gönnen, wenn ich ihn besuchen gehe. Vielleicht behalte ich ja auch die blutige Metzgerschürze an, so als hätte ich vergessen, sie auszuziehen.«

»Das macht ihm bestimmt eine Todesangst«, stimme ich zu. »Genau das, was wir wollen.«

Cat atmet auf. »Danke, Karl. Ich möchte keinen Ärger, sondern einfach nur ...«

»Dass ich ihn ein bisschen erschrecke?«, beendet Karl den Satz. »Das kriege ich hin, keine Sorge.«

»Du bist ein Schatz.« Ich lächle ihn an.

»Kein Problem. Aber dafür musst du mir auch einen Gefallen tun.«

Ich grinse ihn an. »Ich glaube, das habe ich schon veranlasst«, antworte ich.

Ich deute über seine Schulter, wo Ruth und Anna gerade untergehakt hereinkommen. Ich habe sie nämlich herbestellt. Noch eine geniale Idee.

Bei Karls Anblick erbleicht Ruth. Sie sieht mich an, wohl wissend, dass ich sie reingelegt habe. Jetzt wird sie Anna von Karl erzählen müssen, so wie er es möchte. Es gibt kein Entrinnen. Ich komme mir deshalb zwar ein wenig gemein vor, aber es ist das Beste so, das weiß ich genau. Karl und Ruth passen wunderbar zusammen, und Ruth sollte es nicht peinlich sein, wenn alle, einschließlich Anna, davon erfahren.

Als Karl sie bemerkt, weiten sich seine Augen, und ich stelle fest, dass seine Hände leicht zu zittern anfangen. Auch wenn er noch so sehr den Macho rauskehrt, hat er in Wirklichkeit ein weiches Herz.

Anna zuckt nicht mit der Wimper, als sie ihn sieht. »Hallo, Karl«, sagt sie spöttisch und betrachtet ihn. »Also zeigt Ruth dich endlich öffentlich vor?«

Ruth schnappt nach Luft.

»Hast du allen Ernstes gedacht, du könntest mir etwas verheimlichen?«, fragt Anna und zieht eine Augenbraue hoch. »Wenn du weiter über diese Mauer kletterst, verletzt du dich noch, Karl.«

Ruth und Karl blicken einander an und lachen verlegen.

»Soll ich dir etwas zu trinken holen, Anna?«, erkundigt sich Karl und steht höflich auf.

»Ich hätte gern einen kleinen Sherry, vielen Dank«, erwidert sie und setzt sich auf seinen Platz.

»Kommt«, meint Cat, erhebt sich ebenfalls und begleitet Ruth und Karl zum Tresen. »Die gehen aufs Haus.«

Anna und ich bleiben allein am Tisch zurück.

»Es passt so gar nicht zu dir, mitten am Tag einen zu trinken«, sage ich lächelnd zu ihr.

»Heute gibt es einen besonderen Anlass.«

»Und der wäre?«, erkundige ich mich.

Sie sieht mir in die Augen. »Ich habe Colin geschrieben.«

»Wirklich?« Ich kriege vor Schreck den Mund nicht mehr zu. Sie war doch so fest entschlossen, ihm niemals zu verzeihen.

»Ja. Nun, ich habe nachgedacht. Ich werde ihm zwar nie vollständig vergeben können, aber ich will nach vorne schauen. Das ist so ein moderner, abgedroschener Satz, findest du nicht? Aber du verstehst sicher, was ich meine.«

Ich greife über den Tisch hinweg nach ihrer Hand. »Ich weiß genau, was du meinst«, sage ich. »Du bist großartig.«

»Ach, sei nicht albern«, antwortet sie und errötet. »Du bist es, die hier großartig ist.«

»Ich? Was habe ich denn schon getan?«

»Nun, wer sonst hätte sich so eingehend mit Tattys Geschichte beschäftigt und Nachforschungen betrieben? Du warst so hartnäckig. Und ich habe auch das eine oder andere daraus gelernt, das kannst du mir glauben. Und ich habe immer gedacht, ich wäre schon zu alt, um noch dazuzulernen.«

»Ach, ich weiß nicht …«, murmle ich verlegen.

»Es stimmt, Coco. Du bist deinem Herzen gefolgt, und dafür bewundere ich dich sehr. Du bist sehr mutig.«

»Ich bin nicht mutig«, protestiere ich.

»Doch, bist du«, beharrt sie. »Und ich finde, du solltest noch mutiger sein.«

»Was soll das heißen?« Inzwischen malt sich ein seltsamer Ausdruck in ihren Augen.

»Nun, was ist mit diesem netten Mac, von dem Ruth mir so viel erzählt hat?«

Mein Herz macht einen Satz, als ich seinen Namen höre. »Was soll mit ihm sein?«

»Genau«, entgegnet sie mit einem hinterhältigen Grinsen, als Karl, Ruth und Cat mit den Getränken an den Tisch zurückkehren.

»Also, Coco, was unternimmst du jetzt wegen diesem James, wenn der im Ausland ist?«, erkundigt sich Karl. Offenbar hat Ruth ihm die jüngsten Entwicklungen geschildert.

»Jammerschade«, seufzt Ruth. »Schließlich kann sie ja schlecht den ganzen Weg bis nach Frankreich fliegen, nur um mit ihm zu reden.«

»Offen gestanden«, beginne ich und freue mich schon auf das, was nun gleich kommen wird, »habe ich genau das vor.«

»*Waaaaas*?«, ruft Ruth aus und kriegt den Mund nicht mehr zu.

»Du kommst doch ein paar Tage allein im Laden zurecht, oder?«, frage ich, leere mein Weinglas und stelle es mit einer entschlossenen Geste auf den Tisch. Dann hole ich ein Blatt Papier aus der Tasche. »Kaum zu glauben«, sage ich in das Meer verdatterter Gesichter hinein, »dass Flugtickets heutzutage so aussehen. Ich gehe einfach damit zum Flughafen, und anscheinend lassen sie mich dann in den Flieger nach Paris.«

Es herrscht Totenstille. Ich habe einen Riesenspaß.

Cat reagiert als Erste, indem sie lachend den Kopf in den Nacken legt. »Endlich«, keucht sie. »Coco Swan führt endlich das Leben, das ich mir immer für sie gewünscht habe! Ich bin begeistert!«

Ich grinse sie an.

»Oh, aber, Coco … Paris …« Tränen schimmern in Ruths Augen. Paris hat ihr ihre geliebte Tochter genommen und mir meine Mum.

»Ich muss es tun, Ruth«, sage ich nur, sehe ihr in die Augen und wünsche mir ganz fest, dass sie es versteht.

»Sarah hätte es so gewollt, Ruth«, meint Anna leise.

»Ich weiß«, erwidert Ruth, lehnt sich an Karl und lächelt mich zittrig an. »Ich weiß.«

»Also gut, das wäre also entschieden«, verkünde ich und stehe auf. »Ich bin dann mal weg.«

»Was? Jetzt sofort?«, stößt Cat hervor und erschrickt verständlicherweise zum zweiten Mal.

»Aber zuerst muss ich jemanden besuchen«, füge ich hinzu und spüre, wie mir die Röte den Hals hinaufsteigt.

»Oh, mein Gott, sie will zu Mac!«, jubelt Cat und klatscht in die Hände.

»Sehr gut, Coco«, meint Anna. »Sprich mit ihm über deine Gefühle. Verabrede dich mit ihm.«

»Das mache ich ganz bestimmt nicht, Anna«, entgegne ich mit Nachdruck.

Leicht enttäuschte Mienen am Tisch.

»Komm schon, Coco«, fleht Cat. »Warum kannst du nicht ...«

»Ich fahre nicht hin, um Mac Gilmartin zu fragen, ob er mit mir ausgehen will«, falle ich ihr ins Wort, stecke das Papier wieder ein und stehe auf. »Sondern um ihn leidenschaftlich zu küssen und mich wie das letzte Flittchen aufzuführen, so lange er mich lässt.«

»Oh, Coco!«, ruft Ruth aus, »das ist das Beste, was du seit Langem gesagt hast.«

Als alle zu lachen anfangen, grinse ich sie spitzbübisch an. »Mac Gilmartin wird nicht wissen, wie ihm geschieht«, verkünde ich und marschiere aus der Bar, während mir ihr Johlen und ihr Gelächter noch in den Ohren hallen.

25

Wieder habe ich Schmetterlinge im Bauch, als ich die Autotür schließe und über den knirschenden Kies vor dem Glacken House gehe. Weil ich die Hunde hinter dem Haus höre, weiß ich genau, wo Mac ist. Hoffentlich ist er allein, denn bei dem, was ich ihm zu sagen habe, brauche ich keine Zeugen. Ich biege um die Ecke, und da ist er, umringt von kläffenden Hunden.

Horatio bemerkt mich zuerst. Er rennt über die Wiese und springt mich so begeistert an, dass er mich beinahe umwirft.

»Hallo«, begrüße ich ihn lachend, als er mich von oben bis unten ableckt. Und dann blicke ich auf – genau in Macs Augen.

»Was führt dich denn hierher?«, fragt er mit einem breiten Lächeln.

»Du«, erwidere ich nur.

Es dauert einen Moment, bis er versteht. Und dann werfe ich mich in seine Arme, und wir küssen uns leidenschaftlich. Ich fühle mich wie unter Wasser und nehme nichts um mich herum mehr wahr. Er schlingt die Arme um mich, fährt mir mit den Händen durchs Haar, und es ist, als würde ich an einen Ort entführt, an dem ich noch nie zuvor gewesen bin und wo ich gerne bleiben möchte.

»Wow«, stößt er hervor, als wir endlich innehalten.

»Das wollte ich schon, seit wir uns zum ersten Mal gesehen haben«, gebe ich zu.

»Ich auch«, flüstert er. Sein Atem streift meinen Hals, seine Lippen berühren mein Ohr.

»Wenn du nichts dagegen hast, würde ich gern auch noch ein paar andere Dinge tun«, spreche ich weiter und spüre, wie mir die Knie weich werden, als er mich wieder küsst.

Sein Gesicht weicht ein Stück zurück, und seine Augen mustern mich forschend. »Ist das so, Miss Swan?«

»Ja«, sage ich, schaue ihn an, erfreue mich an seinem Anblick und werde von einer so heftigen Welle der Begierde ergriffen, dass es mir fast den Atem verschlägt. »Ich bin nämlich ein schamloses Flittchen.«

»Aha«, antwortet er wie immer mit Pokerface. »Und ich habe dich für ein nettes Mädchen gehalten.«

Und dann hebt er mich in seine Arme, und ich fühle mich wie die glücklichste Frau auf der ganzen Welt.

»Nun, damit hatte ich ganz und gar nicht gerechnet«, meint Mac ein paar Stunden später.

Wir liegen in seinem großen Bett, und ich bin so glücklich wie schon lange nicht mehr. Herzukommen und zu meinen Gefühlen zu stehen, war die beste Idee meines Lebens. Ich fasse es noch immer nicht, dass ich den Mut hatte, den ersten Schritt zu machen, doch ich bin sehr froh darüber. Und nun liege ich hier nackt neben ihm und bin nicht einmal verlegen. Es ist, als wäre ich ein völlig neuer Mensch geworden.

»Ja, war es«, stimme ich zu und kuschle mich in seine Armbeuge, wo ich genau hinpasse. »Du hast mich wahrscheinlich nicht für die Art von Frau gehalten, die einfach bei dir vor der Tür steht und dich ins Bett lockt.«

»Eigentlich nicht«, meint er, stützt sich auf einen Ellbogen und schaut, einen warmen Ausdruck in seinen fast schwarzen Augen, zu mir hinunter.«

»Das will ich auch schwer hoffen«, kichere ich. »Außerdem habe ich nur die Initiative ergriffen, weil du zu sehr Gentleman dafür bist.«

»Was soll das heißen?«

»Dass es in der Nähe von Port-on-Sea nie ein Heim für herrenlose Hunde gegeben hat. Das hast du erfunden.«

»Erwischt«, gibt er zu. »Ein Mann muss eben das tun, was nötig ist. Also, jetzt ist die Frage, wie wir weitermachen.«

Inzwischen streicht sein Finger die Innenseite meines Oberschenkels entlang. Die Berührung lässt mich wohlig erschaudern. So ein Knistern wie das zwischen uns habe ich noch nie zuvor erlebt.

»Nun, ich werde ein oder zwei Tage weg sein. Ich fliege nach Paris«, antworte ich lässig.

»Ach, wirklich?«, entgegnet er. »Und warum wundert mich das nicht?«

»Ich muss die Geschichte zu Ende recherchieren.« Ich zucke die Achseln.

»Lust auf Gesellschaft?«, fragt er. »Ich bin ein meisterhafter Fährtenleser, schon vergessen?«

»Danke, Mac, doch diesmal leider nicht«, erwidere ich bedauernd. »Es wäre wunderschön, aber ...«

»Ist es etwas, das du allein tun musst?«, erkundigt er sich.

»Ja.« Ich nicke. »Ich weiß, dass meine Mum es so gewollt hätte.«

»Ich verstehe«, antwortet er. »Spricht deine innere Stimme zu dir?«

»Ist das bei dir auch so?« Ich lächle ihn an.

»Natürlich«, sagt er. »Ich glaube, jeder hat so eine innere Stimme. Der Trick ist, auf sie zu hören – sie irrt sich nur selten.«

»Das hoffe ich«, sage ich und streichle seine Wange. Ich genieße es, hier bei ihm zu sein.

»Aber du kommst doch zurück, oder? Du löst dich nicht einfach in Luft auf?«, fragt er, streift mit den Lippen mein Schlüsselbein und schaut mir dabei weiter in die Augen.

Mit einem zufriedenen Seufzer lasse ich mich ins Kissen sinken und mich von ihm liebkosen. »Oh, ja, ich komme ganz bestimmt zurück. Darauf kannst du dich verlassen. Schließlich bin ich häuslich veranlagt.«

»Sehr gut. Ich werde nämlich auf dich warten.«

Ich schließe die Augen und versinke wieder in seinen Berührungen.

26

Die Chanel-Boutique, Rue Cambon Nummer 31.

Ich kann kaum glauben, dass ich wirklich in Paris bin und vor dem berühmten Laden stehe. Hier war Coco Chanels Königreich, und so seltsam es auch klingt, spüre ich ihren Geist in der Luft. Hier wurde Tattys wundervolle Handtasche geschaffen. Und hier haben Tatty und ihr verheirateter Geliebter einen zauberhaften Abend in Chanels Gesellschaft verbracht – an dem Wochenende, an dem ihr Baby gezeugt wurde. Hier beginnt James' Geschichte.

Heute abend trage ich nicht meine alte bewährte Jeans und die abgewetzten Stiefel, sondern zur Feier des Tages ein kleines Schwarzes und Mums kostbare Perlenkette um den Hals. Tattys geliebte Chanel-Tasche ziert meinen Arm. Es ist wie ein Wunder, doch in dieser exotischen und unbeschreiblichen Stadt mit ihren Lichtern und Geheimnissen zu sein, bringt mich den beiden – Tatty und Mum – näher. Beide waren hier. Beide haben Chanel geliebt. Es ist, als schlösse sich ein wundervoller Kreis des Lebens, so seltsam es auch klingen mag.

So ungern ich auch gehe, muss ich jetzt los. Ich wende mich von Cocos Laden ab und eile über die kopfsteingepflasterten Straßen meinem Ziel entgegen. Es ist kurz vor Mitternacht, und ich darf nicht ausgerechnet heute Nacht zu spät kommen.

Das Café an der Ecke ist warm und gemütlich, und es duftet verführerisch nach Espresso. Ich bestelle einen Kaffee und setze mich ans Fenster. Als ich mich umsehe, frage ich mich, ob Mum je hier war. Sie ist ganz in der Nähe überfahren worden. Vielleicht habe ich es deshalb ausgesucht. Dort zu sein, wo sie ihren letzten Atemzug gemacht hat, bringt mich ihr näher. Kein Wunder, dass sie Paris so geliebt hat: Diese Stadt hat etwas Magisches an sich. Ich hätte schon viel früher herkommen sollen. Das weiß ich jetzt, denn ich habe inzwischen meinen Frieden mit ihrem Tod gemacht, wie es mir bis dahin nie gelungen ist. Einfach nur, weil ich hier in ihrer geliebten Stadt des Lichts bin. Während ich an meinem Kaffee nippe, schaue ich mich um. An der Wand über mir hängt ein altes Foto, das einen Bäcker darstellt. Er hat die Arme verschränkt, sein Gesichtsausdruck ist gleichzeitig stolz und herablassend. Sicher ist das der ehemalige Besitzer der *boulangerie*, bevor der Laden in ein elegantes kleines Café verwandelt wurde. Vielleicht hat Mum hier ja jeden Tag ihr Baguette gekauft – der Bäcker könnte sie sogar gekannt haben. Die Vorstellung wärmt mich von innen. Es macht mich, anders als Ruth befürchtet hat, nicht traurig, hier zu sein. Ich bin zufrieden, denn ich tue das, was Mum gewollt hätte.

Der heutige Abend war in vielerlei Hinsicht unvergesslich. Das Konzert in La Salle Pleyel in der Rue du Faubourg Saint-Honoré hat mich verzaubert. Natürlich konnte ich James unter den vielen Orchestermusikern auf der Bühne nicht erkennen, aber es war eine belebende Erfahrung, einfach nur im Zuschauerraum zu sitzen, die Atmosphäre in mich aufzusaugen und der Musik zuzuhören. Es war mein erstes Orchesterkonzert, und ich habe jeden Moment genossen.

Ich umfasse meine Espressotasse, schnuppere den köstlichen Duft, schließe kurz die Augen und erinnere mich daran, wie es sich angefühlt hat, sich im Augenblick zu verlieren und sich von der Musik davontragen zu lassen.

Als ich die Augen wieder öffne, steht ein Mann vor mir. Er hat einen Geigenkasten unter dem Arm und trägt einen dicken schwarzen Mantel und elegante schwarze Lackschuhe. Sein Gesicht wird zur Hälfte von dem voluminösen weißen Wollschal um seinen Hals verborgen. Aber seine Augen sind hellwach, als er mich mustert. Ich weiß sofort, dass ich James Flynn vor mir habe, Duke Moynihan – es sind Tattys Augen, die Augen, die mir von der Wand in Bonnies Garderobe in Farringdon so lebendig entgegengefunkelt haben.

»James?«, frage ich und sehe ihn an.

»Coco?«, erwidert er.

Ich nicke und fordere ihn auf, sich zu setzen. Unglaublich, doch jetzt, da er endlich hier ist, bin ich vollkommen ruhig. Es fühlt sich an wie Schicksal.

»Danke, dass Sie kommen konnten«, sage ich. »Sicher fanden Sie meine Bitte recht seltsam.«

»Nun, die Nachricht hat mich ziemlich neugierig gemacht«, entgegnet er und zieht eine Augenbraue hoch. »Wie konnte ich da widerstehen?« Er nimmt Blickkontakt mit dem Kellner auf. *»Un grand café, s'il vous plaît, Monsieur.«*

»Das Konzert war wundervoll«, fahre ich fort. »Ich habe mich gefühlt wie in einer anderen Welt.« Das ist die reine Wahrheit.

»Sehr freundlich von Ihnen«, antwortet er. »Die Salle Pleyel ist einer der berühmtesten Konzertsäle Europas, und zwar wegen der unbeschreiblichen Akustik. Es ist immer eine große Ehre, dort aufzutreten.«

Der mürrische Kellner stellt den Kaffee vor ihn hin und zieht sich zurück, als spüre er, dass wir etwas Wichtiges zu besprechen haben.

»Also, Mademoiselle Coco«, spricht er weiter. »Möchten Sie mir nicht erklären, warum ich mit einer irischen Landsmännin nach Mitternacht in einem Pariser Café sitze?«

Ich schaue ihm in die Augen, die genauso aussehen wie die von Tatty.

»Es geht um Ihre Mutter«, antworte ich.

Sein Gesichtsausdruck ändert sich schlagartig – ebenso wie die Stimmung um uns herum. »Meinen Sie meine leibliche Mutter?«, fragt er. Offenbar ist er überhaupt nicht erstaunt und scheint schon lange auf Nachricht von ihr zu warten.

Ich nicke, erleichtert, dass er wenigstens das weiß. »Ja.« Ich lege Tattys Tasche und ihren Brief an ihn auf den Tisch. »Das gehörte ihr«, sage ich nur. »Ich bin gekommen, um es Ihnen zu geben.«

Er greift danach und liebkost mit seinen schlanken Geigerfingern so zärtlich und gefühlvoll die Tasche, dass ich kurz davor bin, in Tränen auszubrechen. Dann entfaltet er den Brief und beginnt zu lesen. Es herrscht Totenstille.

»Ich muss Ihnen erzählen, woher ich die Sachen habe«, setze ich an, als er fertig ist.

»Dafür ist noch genug Zeit«, erwidert er mit belegter Stimme. In seinen Augen funkeln Tränen. »Ich bin so glücklich, dass Sie sich die Mühe gemacht haben, mich zu suchen und mir die Sachen zu bringen.«

Vor Freude zerspringt mir fast das Herz. Eine bessere Reaktion hätte ich mir gar nicht wünschen können. Wenn Tatty uns jetzt sehen könnte, wäre sie sicher auch überglücklich.

Ich lächle ihn dankbar an. »Ich hatte befürchtet, Sie könnten schockiert, verärgert oder gekränkt sei. Ich bin so froh, dass es nicht so ist.«

»Ich kann Ihnen gar nicht sagen, wie viel mir das bedeutet.« Die Kaffeetasse zittert in seiner Hand. »Mein ganzes Leben lang habe ich darauf gewartet, etwas über meine leibliche Mutter zu erfahren. Ich hatte die Hoffnung schon aufgegeben. Ich kenne nicht einmal ihren Namen.«

Ich greife nach seiner Hand. Obwohl wir uns noch nie zuvor begegnet sind, haben uns diese tragische Geschichte und die Gefühle, die sie auslöst, sofort zusammengeschweißt.

»Der Name deiner Mutter war Tatty Moynihan«, erwidere ich. »Und sie hat diesen Brief seit dem Tag deiner Geburt bis zu ihrem Tod ständig mit sich herumgetragen.«

»Tatty Moynihan«, wiederholt er, als müsse er den Namen erst verarbeiten. »Kanntest du sie?«

»Nein.« Ich schüttle den Kopf. »Aber ich habe Leute getroffen, die mit ihr befreundet waren. Sie muss eine wundervolle Frau gewesen sein. Musikalisch wie du.«

»Wirklich?« Er sieht mich an. »Meine Adoptivelten waren Farmer. Ich dachte immer, dass ich meine Musikalität von meinen leiblichen Eltern geerbt haben muss.«

»Nun, sie hatte eine wundervolle Stimme«, sage ich. »Ich habe eine Aufnahme hier, du kannst es dir selbst anhören.«

Ich habe die Aufnahme von Tatty auf CD gebrannt und bereits jeweils eine an Mary Moore in Dublin und an Bonnie Bradbury in London geschickt, um mich bei den beiden für ihre Hilfe zu bedanken.

»Ich fasse es nicht«, meint er kopfschüttelnd. »Mein ganzes Leben habe ich darüber nachgegrübelt, wer sie wohl sein mag, und nun ist es, als sei sie zu mir zurückgekehrt. Vielen Dank, Coco.«

Ich freue mich genauso wie er. »Ich verstehe dich sehr gut«, flüstere ich. »Mütter haben die seltsame Angewohnheit, wieder aufzutauchen, wenn man sie am meisten braucht.«

Wir umarmen uns über den Tisch hinweg. Inzwischen sind wir beide tränenüberströmt. Ich bemerke, dass der Kellner uns neugierig beobachtet. Offenbar wundert es ihn überhaupt nicht, dass zwei Erwachsene in der Öffentlichkeit weinen. Aber schließlich sind wir hier in Paris, der Stadt der Gefühle.

»Wir haben eine Menge zu besprechen«, stelle ich fest, nachdem wir uns voneinander losgemacht haben. »Vielleicht sollten wir noch einen Kaffee bestellen.«

»Vergiss den Kaffee«, entgegnet er lachend. »Ich brauche jetzt einen Cognac.«

Am nächsten Morgen schlendern James und ich Arm in Arm an der Seine entlang. Obwohl wir bis spät in die Nacht geredet haben, ist noch längst nicht alles gesagt.

»Kommst du also nach Dronmore?«, frage ich und lehne mich an ihn, während wir uns über den eisigen Weg tasten. Als wir weiter über den vereisten Pfad gehen, steht uns der Atem in Wolken vor dem Mund.

Ich habe ihn eingeladen, uns im Swan's zu besuchen, wenn er das nächste Mal in Irland ist. Gestern haben wir lange über den Laden gesprochen – darüber, wie sehr ich ihn liebe und was ich noch alles damit vorhabe. Zu hören, wie begeistert James über Musik redet, hat mich an meine Leidenschaft für meinen Beruf erinnert, und ich bin fest entschlossen, die einzigartige Atmosphäre von Paris mit nach Hause ins Swan's zu nehmen. Ich werde während meines Aufenthalts hier einige Märkte besuchen, neue Kontakte knüpfen und Ausschau nach Ware halten. Ich überlege sogar, ob ich einen Online-Shop eröffnen soll, der ungewöhnliche und schräge französische Stücke anbietet. Plötzlich fühle ich mich, als sei alles möglich, und ich bin neugierig darauf, was die Zukunft bringen und welche Richtung mein Lebensweg einschlagen wird. Ich werde niemals eine richtige Weltenbummlerin werden wie Mum – wie ich zu Mac gesagt habe, bin ich eher häuslich –, und dennoch kann ich nun meine abenteuerlustige Seite entdecken, insbesondere jetzt, da ich weiß, wie viel Spaß es machen kann.

»Versuch nur, mich daran zu hindern.« James lacht. »Ich will alle kennenlernen – all die wundervollen Freunde und Angehörigen, von denen du mir erzählt hast.«

»Und du spielst uns auf der Geige vor? Ein Konzert im Swan's, mitten im Chaos?«

»Natürlich.« Er nickt galant. »Du musst mir versprechen, Mac mitzubringen. Ich möchte dem Mann begegen, der jetzt in Glacken House wohnt. Ich verknüpfe viele glückliche Erinnerungen an meine Zeit dort.«

Wir bleiben stehen und blicken zusammen über das dunkle Wasser. Ein eiskalter Wind weht uns ins Gesicht.

»Es ist eine traumhafte Stadt, James. Kein Wunder, dass meine Mum sie so geliebt hat.«

»Sicher ist es traurig für dich, hier zu sein«, erwidert er leise.

Ich habe ihm von Mum, ihrem Unfall und davon erzählt, dass ihr geliebtes Paris sie letztlich das Leben gekostet hat.

»In gewisser Weise schon, aber andererseits ist es auch wie … eine Befreiung.«

»Ich bin so froh, dass du mich gesucht hast, Coco«, sagt er. »Ich weiß gar nicht, wie ich es in Worte fassen soll.«

»Ich auch.« Ich lächle ihn an.

Er greift in die Notentasche, die er geschultert hat, und holt Tattys Chanel-Tasche heraus. »Die ist für dich«, verkündet er und reicht sie mir.

»Oh, nein«, protestiere ich. »Sie gehört dir, James. Deine Mutter würde wollen, dass du sie behältst.«

»Nein.« Er schüttelt heftig den Kopf. »Dein Name steht auf dieser Tasche, Coco. Tatty würde wollen, dass du sie bekommst. Unsere beiden Mütter würden das.«

Als er sie mir gibt, drücke ich sie fest an die Brust und schnuppere ihren ganz besonderen Duft – ein zarter Hauch von Lavendel.

»Danke«, antworte ich. Ich bin so von Gefühlen überwältigt, dass ich sonst kein Wort herausbekomme.

»Es ist mir ein Vergnügen«, erwidert er mit einem herzlichen Lächeln. »Ich hatte das Glück, einen Brief von meiner Mutter zu bekommen, als ich überhaupt nicht mehr damit gerechnet habe. Schade, dass du nicht auch einen hast.«

Ich lächle ihn ebenfalls an und weiß tief in meinem Herzen, dass auch ich großes Glück gehabt habe. »Die Tasche ist mein Brief, James. Sie hat mir alles gegeben, was ich brauche.«

Er nickt verständnisvoll. »Weißt du noch, wie du gesagt hast, dass du dachtest, deine Mutter hätte sie dir geschickt, Coco?«

»Ja?«

»Was wollte sie dir deiner Ansicht nach mitteilen?«

Ich betrachte die Seine, die eleganten Gebäude von Paris und die Brücken, die sich über den Fluss spannen und die verschiedenen Stadtteile miteinander verbinden. Dann schaue ich hinüber zur Ecke der Straße, auf der wir stehen. Gleich dahinter könnte sich eine Überraschung verbergen. Ich lächle, weil ich machtlos dagegen bin, weil Mac zu Hause auf mich wartet, und weil ich vor Glück platzen könnte.

»Ich denke …«, antworte ich »… sie wollte mir sagen, dass ich anfangen soll zu leben.«

Dublin, Mai 2012

Tattys Hand, die den Stift hielt, zitterte. Das Schreiben fiel ihr inzwischen immer schwerer, aber sie war fest dazu entschlossen, es selbst zu tun.

Es war die Altenpflegerin, die sie auf den Gedanken gebracht hatte. Mary Moore. Ja, auf den ersten Blick wirkte sie wie ein Drache, der seine Mitmenschen gerne herumkommandierte. Aber unter der rauen Schale verbarg sich ein weicher Kern. Tatty musste immer noch in sich hineinlachen, wenn sie an das Vorstellungsgespräch dachte. Mary hatte sie tatsächlich zurechtgewiesen, weil sie in einem so großen Haus wohnte, und behauptet, die vielen Treppen seien zu anstrengend für eine alte Dame wie sie. Tatty war so beeindruckt gewesen, dass sie sie sofort eingestellt hatte. Sie erinnerte sie ein wenig an Bonnie Bradbury, ihre alte Freundin aus London – die gleiche unbekümmerte Keckheit. Die arme Bonnie. Sie hatte ein schlechtes Gewissen, weil sie sie immer abwimmelte. Doch sie durfte nicht riskieren, dass ihre alte Freundin ihr ihre letzte Entscheidung ausredete. Bonnie war immer auf ihrer Seite – das war schon von jeher so gewesen –, und vermutlich würde sie ihren Plan für ziemlich absonderlich halten. Nein, auch wenn sie es jetzt nicht verstand, würde sie es schließlich sicher begreifen. Davon war Tatty überzeugt.

Tatty wusste auch, dass sie Mary nicht mehr lange brauchen würde. Sie war bereits an den Rollstuhl gefesselt. Es wurde allmählich Zeit, alles zu regeln.

Wieder griff sie zum Stift und begann, die Anweisungen für ihren Anwalt Dermot Browne aufzuschreiben. Er war zwar ein arroganter Mistkerl, würde sich aber buchstabengetreu an ihre Wünsche halten, und nur das zählte.

Die Hälfte ihres Vermögens würde sie einer Stiftung für alleinerziehende Mütter vermachen. Natürlich hatten sich die Dinge inzwischen geändert – viele Kinder hatten Eltern, die nicht verheiratet waren, und erzwungene Adoptionen kamen zum Glück nicht mehr vor. Doch das Geld würden sie sicher trotzdem gebrauchen können.

Die andere Hälfte war für eine Organisation bestimmt, die Menschen unterstützte, über deren Adoption es keine Aufzeichnungen gab und die verzweifelt nach ihrer Vergangenheit suchten. Es gab so viele, die keine Ahnung von ihrer Herkunft hatten. Das Geld würde ihnen bei ihren Nachforschungen helfen. Schließlich hatte Mary Moore sie erst kürzlich wieder daran erinnert, dass materielle Dinge nichts weiter waren als Gegenstände. Das letzte Hemd hatte keine Taschen. Und deshalb sollten Haus und Inventar ein hübsches Sümmchen zugunsten von Bedürftigen einbringen, eine Vorstellung, die Tatty sehr gefiel.

Da war nur ihre geliebte Chanel-Handtasche. Der Gedanke, sie zurücklassen zu müssen, machte sie sehr traurig, denn sie hatte ihr jahrzehntelang viel bedeutet. Sie musste verhindern, dass sie irgendeinem reichen Sammler in die Hände fiel, der ihren wahren Wert nicht zu schätzen wusste. Und dafür hatte sie schon einen Plan.

Sie hatte beschlossen, die Tasche in einen Karton mit wertlosem Krimskrams zu packen und diesen zusammen mit dem Marmorwaschtisch, der sie an den in Chanels prachtvollem Atelier in der Rue Cambon erinnerte, an ein kleines Auktionshaus in der Provinz zu schicken. Wenn sie die Augen schloss, sah sie noch immer die Vase mit getrockneten Lavendelblüten vor sich, die an diesem unvergesslichen Wochenende darauf gestanden hatte – dem Wochenende, an dem ihr geliebter Duke gezeugt worden war. Bevor sie das Atelier verlassen hatten, hatte sie heimlich ein Zweiglein in ihre Tasche gesteckt, um es für immer aufzubewahren. Natürlich war es im Laufe der Jahre zerfallen, doch der Duft hielt sich und erinnerte sie an alles, was sie gewonnen und verloren hatte.

Den Brief, den sie Duke vor all den Jahren geschrieben hatte, würde sie in der Tasche lassen. Den Grund konnte sie sich nicht einmal selbst erklären. Aber zwischen der Tasche und ihrem Sohn bestand für sie einfach eine Verbindung, sodass es ihr unmöglich erschien, sie voneinander zu trennen.

Wenn sie jemandem ihren Plan verriet, würden alle sie für eine verrückte Alte halten – eine wertvolle Tasche am Grunde eines Kartons voller Nippes zu verstecken! Tatty schmunzelte in sich hinein. Sie hatte im Leben einiges gelernt, und eines davon war, auf die Mächte zu bauen, auf die man keinen Einfluss hatte. Sie würde die Tasche und den Brief dem Schicksal anvertrauen. Sie wusste nicht, wer sie finden und wo sie schließlich landen würde. Aber etwas sagte ihr, dass Coco Chanel sie ihrer rechtmäßigen Besitzerin in die Hände spielen würde – einer Frau, die sie genauso in Ehren halten würde wie Tatty es immer getan hatte. Die Geschichte der Tasche war noch nicht vorbei, auch wenn ihre eigene bald enden würde.

Tatty legte den Stift weg, sah aus dem Fenster hinunter auf die Straße und dachte daran, wie ihr wunderschöner kleiner Sohn jene acht kurzen, kostbaren und schmerzlichen Stunden in ihren Armen gelegen hatte. Diese wertvollsten Stunden ihres Lebes, das Zentrum ihrer gesamten Existenz, die vorbeigerast waren wie im Fluge. Ihr Sohn, der Junge, den sie nicht zum Mann hatte heranwachsen sehen dürfen, hatte gewusst, dass er in der wenigen gemeinsamen Zeit, die man ihnen gegönnt hatte, geliebt worden war, davon war sie überzeugt. Sie konnte nur hoffen, dass ihre Mutterliebe ein Leben lang vorgehalten hatte und dass er sie immer noch spürte, wo immer er auch heute sein mochte.

Niamh Greene

studierte in Dublin Englisch und Französisch. Eigentlich wollte sie schon immer Autorin werden, doch dann nahm ihr Lebenslauf ein paar Umwege über eine Reihe unbefriedigender Jobs in der Tourismusbranche, in Verlagen und im PR-Bereich, jeweils in Dublin, London und San Francisco. Heute lebt Niamh mit ihrem Mann und ihren beiden Kindern wieder in Dublin und hat sich ihren Lebenstraum verwirklicht.